MORT AUX CONS

Carl Aderhold est né à Decazeville, dans l'Aveyron, en 1963. Il vit aujourd'hui à Paris. *Mort aux cons* est son premier roman.

CARL ADERHOLD

Mort aux cons

HACHETTE LITTÉRATURES

© Hachette Littératures, 2007.
ISBN : 978-2-253-12487-0 – 1re publication LGF

À Michèle Sanqui,
à Vincent Sankoi,
et à Janine Ossi.

« La tolérance ? Il y a des maisons pour ça. »

Paul CLAUDEL.

I

1. On ne fait jamais assez attention aux petites choses de la vie. Pourtant le plus souvent, ce sont elles qui sont à l'origine des changements importants de notre existence. La littérature et le cinéma nous encombrent l'imagination de grands drames qui bouleversent la destinée du héros. Mais dans la réalité, ces brusques coups de tonnerre prennent presque toujours la forme de détails ridicules.

Un jour, ma femme m'a raconté qu'elle avait quitté son précédent mari en voyant, un matin, sa brosse à dents traîner sur le bord du lavabo. Lorsque son regard s'était posé sur la brosse, négligemment abandonnée une fois de plus sur l'émail taché de dentifrice, toutes les petites contrariétés auxquelles elle s'était habituée pour pouvoir vivre en couple lui avaient sauté à la gorge, l'odeur de son mari au réveil, sa façon de manger si rapide qu'on avait l'impression d'une pelleteuse creusant un trou, son laisser-aller – il ne se rasait pas le week-end, portait un vieux jean qu'il ne boutonnait jamais, et se déplaçait dans l'appartement, une main retenant son pantalon – et bien d'autres choses, son raclement de gorge à chaque fois qu'il commençait à parler, comme s'il allait dire quelque chose d'important, et sa toux nerveuse qui lui écorchait les oreilles quand elle l'appelait au téléphone, tout avait resurgi en même temps avec une précision incroyable. Elle avait alors sorti sa valise de l'armoire et jeté quelques affaires dedans.

2.   Quant à moi, c'est une petite chatte, une saleté de boule de poils noire avec une tache blanche sur l'oreille, qui changea le cours de ma vie. Et encore, cet animal n'était même pas le nôtre. Ma femme n'aurait jamais supporté d'avoir un chat à la maison. Il appartenait à notre voisine qui l'avait appelé Zarathoustra. Comme nous nous étonnions de ce drôle de nom, surtout pour une chatte, elle nous avait expliqué que c'était en souvenir de son premier grand amour, un professeur de philosophie.

Les soirs d'été, lorsque nous laissions la fenêtre ouverte, Zarathoustra (vite devenue Zara) entrait par le balcon et venait s'installer sur notre canapé.

3.   C'est ainsi que tout a commencé, un soir d'été. Écrasés par la chaleur, ma femme et moi étions avachis devant la télévision. Je n'avais gardé que mon caleçon et le cuir du canapé collait à ma peau. Le moindre mouvement me demandait un effort et j'éprouvais un sentiment diffus d'exaspération, comme un malade incapable de trouver une position qui le soulage.

Pour le pauvre citadin que je suis, habitué aux bureaux climatisés, la canicule agit sur mon esprit comme un mauvais génie. Dans ces cas-là, un désir de méchanceté, qui va bien au-delà de l'accès d'humeur chagrine, s'empare de moi. Comme un mal de dents que l'on prend plaisir à entretenir en y passant sa langue, je trouvais une joie mauvaise à faire défiler dans ma tête des scènes dans lesquelles je donnais libre cours à mon irritation. Je m'imaginais jetant un mégot allumé par la fenêtre, je cherchais querelle à ma femme...

J'en arrivais à la conviction que si la chaleur avait un tel effet sur quelqu'un comme moi, ayant reçu une éducation plutôt sévère et doté d'un solide sens des interdits, elle devait agir bien plus fortement encore sur ceux de mes contemporains plus fragiles. Sûrement même, je touchais là à une des grandes lois régissant leurs humeurs.

Je décidai de m'en ouvrir à ma femme.

— C'est incroyable la réaction des gens quand il fait chaud. On dirait que ça les rend super-agressifs. Et les mecs ? T'as vu comment ils reluquent les filles ? Ils les déshabillent littéralement...

Ma femme esquissa un sourire.

— Ils sont comme des bêtes juste avant l'orage, affirmai-je.

Elle ne répondit pas.

— C'est vrai quoi, insistai-je. Regarde les gens, dans les grandes villes. La neige les rend joyeux alors que la canicule, ça les met en rogne.

— Sauf qu'au bout de cinq minutes, la neige se transforme en bouillasse et que tout le monde râle, lâcha ma femme, sans quitter le téléviseur des yeux.

4.   Au début de notre rencontre, je croyais qu'elle faisait ce genre de remarques pour m'obliger à éliminer les faiblesses de mon raisonnement. Mais assez vite, je m'étais rendu compte que c'était juste pour dire quelque chose, ou plutôt pour ramener à elle, à son petit univers de pensées pratiques et utilitaires, des réflexions dont elle ne comprenait pas véritablement le sens. J'avais alors pris l'habitude de parler à voix

haute pour éclaircir mes idées sans attendre de réponse. Pourtant cette fois-ci, sa repartie m'irrita fortement.

— Bon d'accord, la neige se transforme en bouillasse, repris-je sur un ton agacé. C'est comme si elle faisait ressortir la saleté de nos rues. Tandis que la canicule, elle, fait ressortir la saleté de nos âmes.

Elle éclata de rire.

Du coup, nous n'entendîmes pas la chatte entrer dans le salon. Elle bondit sur le canapé et poussa un petit miaulement. Nous sursautâmes. Ma femme surtout, qui cria. La chatte se figea, nous regarda puis, revenue de sa frayeur, s'allongea entre nous.

— Tu m'as fait une de ces peurs, la gronda affectueusement ma femme en portant la main à sa poitrine.

L'animal se mit à ronronner sous ses caresses.

Interrompu dans mes réflexions par l'arrivée intempestive de Zara, je poursuivis :

— Je suis sûr que les flics l'ont noté aussi...

— Quoi ?

— Ben la canicule. Je parierais qu'ils en tiennent compte, comme d'un élément criminogène. Enfin tu vois ce que je veux dire. Peut-être même que ces soirs-là, ils renforcent leurs effectifs, comme pour les sages-femmes les nuits de pleine lune.

Elle eut un petit sourire.

— Si tu le dis..., lâcha-t-elle sur un ton moqueur.

Remarque : Quand on utilise son sens de l'observation dans une direction à laquelle les gens ne sont pas habitués, ils vous prennent aussitôt pour un original qui cherche à faire le malin. Pourtant les films sont remplis de répliques de ce style. « Les gens s'abandonnent à la chaleur comme à une mauvaise pensée », dit l'homme, fixant l'horizon, à la fenêtre du quarante-

14

quatrième étage d'un immeuble surplombant Singa-
pour. Au loin les nuages qui flottent au-dessus du port
semblent acquiescer à ses propos. Dans la salle, les
spectateurs ne bronchent pas. Ils trouvent même
normal que la fille, allongée sur le lit derrière le héros,
lui réponde : « C'est parce que, avec la canicule, toute
la saleté de nos âmes remonte à la surface. » Mais
dans la réalité, cela les fait marrer.

5.   La chatte s'était mise sur le dos, les pattes écartées
pour que ma femme lui caresse le ventre.
    — Regarde Zara. Tu vois, les hommes et les chats,
c'est pareil. C'est aussi facile de vous contenter.
    Comme si la chatte avait voulu appuyer ces paroles,
elle se mit à ronronner plus fort.
    — Mais Zara est une chatte !
    — Tu comprends très bien ce que je veux dire.
    Ma femme adore faire ce genre de provocation facile,
avec un grand sourire charmeur, qui faisait que je ne
savais jamais si elle était sérieuse ou simplement ironique. En fait, je crois qu'elle avait fini par se prendre
à son propre jeu. Ce qui au début était entre nous une
sorte de petite agacerie amoureuse était devenu avec
le temps un tic d'esprit, d'autant plus énervant que, si
par hasard je la prenais au sérieux et la contredisais
avec un peu trop de véhémence, elle s'en tirait par une
pirouette du genre « je plaisantais ». Mais ce soir-là,
elle dut être déçue car je n'entrai pas dans son jeu.

6.   En fait j'oscillais entre exaspération et lassitude.
J'étais dans cette humeur où l'on sent monter au fond
de soi le vent de la révolte en même temps qu'un certain fatalisme. Il fallait que quelque chose se passe,

mais je ne savais pas quoi. Sans doute connaissez-vous, vous aussi, cet état, le sentiment d'avoir perdu sa soirée à s'abrutir devant la télévision, d'être mécontent contre soi-même tout en éprouvant une impression poisseuse d'impuissance.

Bien sûr, je me fis les habituelles promesses de lire beaucoup, de me cultiver, de prendre ma femme avec fougue. Pendant un long moment, ces visions m'occupèrent l'esprit – moi dans mon fauteuil en train de lire le dernier Goncourt, moi écoutant une émission culturelle à la radio, moi au-dessus de ma femme sur la table de la cuisine (dès que je m'imagine bousculant la routine du couple, c'est toujours dans la cuisine que cela se passe).

Je me souviens du scénario. Au début, je me voyais en train d'entamer les travaux d'approche, une petite bise dans le cou, une main remontant le long de sa cuisse. Je la déshabillais rapidement, la portais jusqu'à la cuisine et la prenais avec rage sur la table.

Mais, peu à peu, à force de faire défiler les images afin de les rendre le plus réalistes possible, j'ajoutai de plus en plus de détails qui insensiblement en firent dévier le sens. À la fin, mon rêve tourna au cauchemar : elle finissait par enlever elle-même ses vêtements de peur que je les abîme, les pliait sur une chaise comme dans un vestiaire de piscine, elle refusait que je la porte de peur de tomber, acceptait de mauvaise grâce de s'allonger sur la table qui s'écroulait lorsque je m'appuyais dessus. Elle m'engueulait, et en plus je devais réparer illico...

Remarque : On cherche toujours à comprendre dans la vie des grands hommes l'instant précis où tout bascule, où ils passent d'une vie anonyme et normale à une existence hors du commun. Pourquoi, comment, à

16

quel moment les choses changent, qu'est-ce qui fait que Picasso peint *Les Demoiselles d'Avignon*, que Bonaparte devient Napoléon ? Sans me comparer à ces grands hommes, il me semble toutefois qu'en ce qui me concerne, c'est précisément quand ces visions apaisantes furent anéanties par mon malaise, que s'est forgé mon destin.

7.   J'étais en proie à une angoisse grandissante et la crise qui m'agitait prenait des proportions inquiétantes. Je tentai de trouver refuge dans une vision extrême et désespérée de ma situation. Je vis tout en noir, me trouvant d'une nullité sans fond, accablé par la fatalité et ma faiblesse de caractère. C'était une musique douloureuse mais réconfortante et j'étais résolu dans mon irrésolution, je m'en délectais. La lucidité dont je faisais preuve me paraissait la garantie que je conservais malgré tout une certaine intelligence de la situation. Mais même cela ne m'apporta aucun soulagement. Cette fois-ci, je sentis qu'il fallait que je fasse quelque chose de plus, que je trouve une SOLUTION INÉDITE. J'étais, je le pressentais, à l'aube d'une grande décision. Je m'imaginais me levant, me rhabillant – je revis plusieurs fois la scène et cherchais à chaque fois à la faire durer un peu plus, pour mieux jouir de son effet théâtral. Je mettais mes chaussures lentement. J'enfilais mon blouson. Et d'un pas tranquille, sans un mot, sans un regard qui puisse trahir une attente, une hésitation ou même une émotion, je claquais la porte. Je me retrouvais dans une chambre d'hôtel glauque, je fumais une cigarette, allongé sur le lit. Le néon de l'enseigne d'un bar en face éclairait la pièce d'une lumière orange. Perdu dans mes réflexions, je me

demandais si j'allais revenir, ou même seulement donner un signe de vie à ma femme.

— Je vais me coucher, dit-elle.

8.   L'étendue du désastre m'apparut soudain. Parfois elle décidait « on va se coucher » et j'avais alors l'impression qu'on se sauvait ensemble du marasme. Parfois même, avec un peu de chance, on faisait l'amour. Mais là, elle avait juste lâché « je vais me coucher », m'obligeant à trouver seul l'énergie nécessaire pour arrêter cette longue descente embrumée aux enfers. Je laissai passer sans bouger les quelques secondes où une réaction était encore possible – trouver un bref instant la force de répondre « moi aussi ». J'entendis Christine se laver les dents, s'allonger et éteindre la lumière. Chacun de ces gestes familiers m'éloignait encore un peu plus d'elle, comme le courant emporte loin de la rive.

Remarque : Même si j'ai décidé de ne pas vous dévoiler de détails qui vous permettent de découvrir mon identité, je me rends compte, à ce stade de mon manifeste, et au vu du rôle qu'elle joue par la suite, qu'il n'est plus possible de continuer indéfiniment à appeler ma femme « ma femme ». Donc elle se prénomme Christine. Cela vous permettra de vous représenter plus facilement la situation. Quand vous racontez à quelqu'un que vous connaissez à peine un événement qui s'est passé chez vous, vous commencez par lui dire « ma femme », puis à un moment cela vous échappe ou vous souhaitez préciser, et vous lâchez son prénom en ajoutant : « C'est ma femme. » Aussitôt, celui qui vous écoute a l'impression de voir la scène. Votre interlocuteur l'imagine alors, plutôt jeune, généralement belle... En fait dans ces cas-là, on se figure la femme de l'autre comme celle qu'on aurait aimé avoir. En l'occurrence, Christine est plutôt jolie. Dans l'éventail des femmes que je peux espérer séduire (n'étant pas un homme spécialement remarquable sur le plan physique), elle se situe dans la partie supérieure. Brune, la trentaine, le genre qui attire les regards. Le problème, ce n'est pas son aspect, mais son esprit. Je veux dire sa capacité, ou plutôt son incapacité, à s'élever au-dessus des contingences, à comprendre le sens de ce que je fais ou pense.

9. Je savais qu'il me faudrait des heures pour trouver le petit sursaut de volonté grâce auquel, ivre de fatigue, pestant contre mon apathie, effaré à l'idée d'être comme un zombie le lendemain au bureau, j'éteindrais la télé et me traînerais jusqu'au lit. Parfois je m'assoupissais devant le poste et le réveil brutal en pleine nuit, dû aux douleurs d'une position inconfortable, me permettait de gagner la chambre tel un boxeur sonné. Il ne me restait plus qu'à attendre l'indigestion télévisuelle en compagnie de Zara.

Je ne fus pas déçu. La bêtise s'étalait, paradait – plastronnait. On dirait que plus les gens sont bêtes, d'une bêtise telle que même le plus abruti des téléspectateurs peut se moquer d'eux, plus ils ont de chances d'être choisis.

L'émission atteignait des sommets. Elle était consacrée aux problèmes de voisinage. Un type confessait un couple de petits vieux dont le chien avait disparu ; de forts soupçons pesaient sur leur voisin. La caméra filmait les malheureux qui montraient les objets familiers de Roméo, leur épagneul. « Il est né une année en R, expliquait la vieille. Alors on a choisi Roméo, parce que j'aimais bien la comédie musicale *Roméo et Juliette* et que mon mari, passionné de voitures, a tout de suite pensé à Alfa Romeo. » Suivait un gros plan sur le panier tristement vide où d'habitude dormait Roméo – elle : « Il était pas malheureux. Ça peut pas être une fugue, pas mon Roméo. » Puis un autre gros plan sur son os en plastique – lui : « On n'a touché à rien depuis qu'il a disparu. » Une voix off interrogeait : « Roméo a-t-il été enlevé par des trafiquants ? A-t-il été écrasé par un chauffard qui s'est débarrassé du corps dans la forêt alentour ? » Enfin on s'arrêtait longuement sur la laisse accrochée à la patère de l'entrée – elle : « Tous les matins, il se tenait là, il attendait que je mette mon manteau pour aller aux courses. » Elle versa quelques larmes. Son mari lui donna une tape affectueuse dans le dos. La voix off reprit : « Avec l'aide de ses maîtres, nous avons tenté de savoir ce qui s'est réellement passé ce 31 octobre... »

10.   Zara quitta son coin de canapé, s'étira puis vint se frotter contre moi. Elle se mit à ronronner et, quand je la caressai, me mordilla le bout des doigts.

Aussi minaudière que sa maîtresse, pensai-je.

Ma jeune voisine prenait un malin plaisir, quand je la croisais sur le palier, à me fixer, un léger sourire au coin des lèvres, comme si j'étais un miroir devant lequel elle arrangeait d'un geste discret une jupe trop courte qui laissait voir des jambes très fines, l'échancrure de son décolleté où j'apercevais un soutien-gorge en dentelle. J'avais l'impression qu'elle vérifiait sur moi l'effet qu'elle cherchait à produire. Elle m'avait classé dans la catégorie des hommes trop vieux, bien que nous ne devions pas avoir plus de dix ans d'écart, sans intérêt pour elle, mais encore capable de désir, lui servant ainsi de mètre-étalon.

Chassant cette pensée d'un geste de la main que Zara arrêta d'un coup de griffes, je jetai un œil à la télévision pour voir où en était mon couple de petits vieux.

11.   L'apitoiement paterne du présentateur qui énumérait avec une gourmandise obscène les habitudes de l'épagneul afin de rendre la disparition plus poignante, l'écœurante chantilly de bons sentiments qui émanait du public sur le plateau et dégoulinait de l'écran, la sollicitude de crocodile du pseudo-enquêteur dépêché sur place pour retrouver un éventuel indice, son air de redresseur de torts à la petite semaine, sûr de sa toute-puissance – « c'est la télé » – me donnaient l'impression que j'étais au bord d'UNE CRISE ULTIME...

La vieille retraçait les dernières heures jusqu'à la disparition du chien et l'on suivait chaque détail de cette journée fatidique, qu'une musique de fond s'attachait à rendre plus dramatique. Nous étions désormais dans la peau du chien, vivant ses derniers instants. Dans le coin gauche de l'écran s'affichait, en gros et en rouge, RECONSTITUTION. La caméra arpentait les trottoirs à vingt centimètres du sol, comme l'aurait fait Roméo. Nous longeâmes une palissade pour nous arrêter devant un portail. Une habile contre-plongée nous montra une main appuyant sur la sonnette et nous vîmes apparaître un gros homme, l'air rogue. Le journaliste se présenta et lui demanda s'il savait quelque chose. L'autre s'énerva, parla des nuisances que lui avait causées la bête, des aboiements à longueur de journée. En incrustation le visage de la pauvre vieille niait vigoureusement les dires du voisin. Puis le présentateur sur le plateau lui posa la question fatidique de la manière qu'il considérait la plus solennelle (un micro lui descendait depuis l'oreille jusque devant la bouche et lui donnait l'air d'un super-agent venu rendre la justice) :

— Monsieur, je vous en conjure. Devant les millions de gens qui nous regardent – et je profite de ce moment pour les saluer –, savez-vous quelque chose ? (Il séparait bien chaque morceau de phrase pour que nous ayons le temps d'en mesurer le sens.) Pouvez-vous nous dire ce qui est arrivé à ce chien ?

L'autre marmonna.

— Pardon, monsieur, nous ne vous avons pas entendu. Parlez plus fort !

— Non, je ne sais pas ! reprit l'autre.

Il mentait, cela se voyait comme le nez au milieu de la figure, mais son refus de céder devant l'injonction du journaliste, l'air tellement éploré des petits vieux, elle qui répétait « je suis sûre que c'est lui », et lui interpellant le voisin : « dites-le-nous si vous savez quelque chose... », me le rendirent aussitôt sympathique.

— Monsieur, recommença le présentateur, au nom des millions de téléspectateurs qui ont le droit de savoir...

L'autre continuait à faire non de la tête.

Je sortis de ma torpeur tandis que Zara essayait d'attraper ma main qui s'agitait.

— Vas-y. Ne craque pas, m'énervai-je. Tiens bon. Plante-leur, leur émission.

Je m'imaginais en train d'enterrer le chien dans le fond du jardin, exaspéré par ces aboiements et par ces maîtres qui ne voulaient rien comprendre...

— Pour que vos voisins puissent entreprendre ce que, dans notre métier, nous appelons un travail de deuil..., intervint sur le plateau un homme, dont la fonction de psychologue s'inscrivait sous son visage à chaque fois que la caméra le cadrait. La disparition d'un être cher, comme c'est le cas ici ce soir, avec ce chien, ne peut véritablement être supportée, ou tout du moins ne plus être aussi douloureuse, que par la représentation concrète de l'événement traumatique...

— Vous voulez dire, docteur Siméon, et là je parle sous votre contrôle, que Georges et Renée seront dans la souffrance, tant qu'ils ne sauront pas exactement ce qui est arrivé à Roméo ?

Le docteur acquiesça tout en s'excusant d'avoir employé un jargon un peu technique.

— Ce n'est pas un problème, bien au contraire, protesta le présentateur. Si l'on veut ne pas dire n'importe quoi, il est nécessaire d'avoir recours à un spécialiste, et à l'emploi de termes précis, pour bien comprendre la gravité de la situation.

Puis il se tourna vers l'écran à sa gauche et lança :

— Vous entendez, monsieur, ce que vient de dire le docteur Siméon. C'est extrêmement important, capital même, on peut le dire, docteur Siméon ?

— Oui, tout à fait, confirma le docteur.

— Parlez bien dans le micro, docteur. Vous êtes pourtant un habitué de notre plateau...

— C'est l'émotion, plaisanta un chanteur venu faire la promotion de son dernier album.

Ils rirent.

— S'il vous plaît, c'est sérieux, se reprit le présentateur. Donc, docteur Siméon, vous confirmez l'importance capitale, pour Georges et Renée, de savoir ce qui est arrivé à leur Roméo.

— Oui, tout à fait.

— Ah bien voilà ! Là, nos téléspectateurs vous ont bien entendu. Donc, monsieur, vous avez saisi ce qu'a dit le docteur Siméon ? C'est capital pour eux, de savoir ce qui s'est passé ce... ce... Il chercha dans ses fiches. Excusez-moi, ce 31 octobre. Monsieur, je vous en conjure, je fais appel à vos sentiments humains, voyez combien Georges et Renée sont malheureux. Pensez à tous ces gens qui nous regardent et qui, comme nous, souhaitent aider Georges et Renée. (La caméra les prit en plan rapproché.) Si vous savez quelque chose, monsieur, au nom de la vérité, il faut le dire maintenant.

Dans un dernier effort, l'autre bougonna quelques mots, puis, terrassé par la puissance cathodique, bredouilla quelques excuses avant d'avouer son forfait. Sur le plateau on entendit un grand cri d'effroi. La petite vieille fondit en larmes.

C'est alors que Zara réussit à attraper ma main et me décocha une série de coups de griffes avec ses pattes arrière.

12.   Je la saisis par la peau du cou, me dirigeai vers le balcon et la jetai à travers la fenêtre. Puis j'éteignis la télé et allai me coucher.

II

13.   En relisant ces pages, je me rends compte qu'un lecteur un peu pressé ou inattentif pourrait être amené à penser que la canicule seule est responsable de ce qui venait de se produire. Je tiens à affirmer que ce n'est nullement le cas. Certes elle a agi comme un facteur aggravant et j'admets que la même scène n'aurait pu se produire en hiver. Et cela pour deux raisons : la fenêtre de mon balcon ne serait jamais restée ouverte toute la soirée, et d'une, et de deux le froid me rend pacifique et plutôt joyeux. Mais, ce qui devait arriver arriva. D'ailleurs, malgré la canicule je dormis très bien, comme si la projection de l'animal m'avait libéré d'un grand poids.

Le lendemain, je me levai plein d'entrain. Je sifflotai même en beurrant mes tartines. Christine ne manqua pas de remarquer cette gaieté. Depuis un mois que j'avais dû me résoudre, à la suite de ses injonctions, à reprendre le boulot, la pauvre avait eu à subir mes accès de mauvaise humeur à chaque petit déjeuner.

À cette époque, je venais juste de renoncer à faire carrière dans la chanson après le désastre de mon premier et unique récital, six semaines plus tôt, dans l'arrière-salle d'un café. Je souhaitais prendre le temps de réfléchir à ce que j'allais faire. Mais Christine estima que je pouvais aussi bien réfléchir en travaillant. Elle m'annonça qu'elle me laissait quinze jours pour dénicher un emploi. Soucieux de m'y investir le moins possible, je choisis l'intérim. Toute cette affaire avait engendré chez moi une forte rancœur. C'est pourquoi, ce matin-là, elle nota ma bonne humeur. « On dirait que tu t'habitues à la dure vie des travailleurs. » Je sortis sans même lui répondre. En fait, la fin de Zara me procurait une satisfaction profonde.

14.   J'étais à ce point émerveillé par mon geste que l'idée qu'il puisse avoir des conséquences fâcheuses ne m'avait pas effleuré. Mais arrivé sur le palier du troisième étage, j'entendis le bruit d'une discussion dans le hall d'entrée. Un mot surtout, que je saisis dans le brouhaha de la conversation, me glaça : « Voisin ». C'était la voix désagréablement nasillarde de Suzanne, ma concierge (aussitôt j'eus la certitude qu'ils parlaient de la disparition de Zara). « Quelqu'un m'aurait-il vu ? » me demandai-je, étonné de ne pas m'être posé la question plus tôt. Je descendis les marches sur la pointe des pieds et m'arrêtai au deuxième.

Je distinguais désormais clairement les propos des autres locataires. Il y avait la dame du cinquième, dont la porte claquait chaque matin à sept heures quarante-cinq quand elle partait au travail, et à dix-neuf heures quinze quand elle rentrait. Avec le temps, ce rituel était devenu pour ma femme et moi, qui habitions juste en dessous, de véritables points de repère : son départ sonnait notre réveil, son retour annonçait l'heure de préparer le dîner. Le couple de jeunes du premier qui ne sortaient jamais l'un sans l'autre, pas même pour chercher le pain, était là aussi. Quelqu'un pleurait, je devinais qu'il s'agissait de ma petite voisine.

— J'allais pour rentrer la poubelle, disait Suzanne, quand j'l'ai vue. Sur le coup, j'l'ai pas reconnue. J'ai cru que c'était un chat du quartier qui s'était fait écraser. Une voiture avait dû lui rouler dessus parce qu'il y avait des boyaux partout.

Les sanglots redoublèrent.

— Mais sa petite tête était intacte. C'est comme ça que j'ai su qu'c'était elle. Et précisément, voilà pourquoi. Comment elle s'appelait déjà ?

J'entendis ma petite voisine, entre deux hoquets, murmurer :

— Zarathoustra.

— C'est égyptien comme nom ?

— Non, ça vient du persan.

— Ah bon, pourtant il était pas persan votre chat... Enfin bref, j'ai appelé la police aussitôt.

Un frisson me parcourut le dos.

— La police ?

— Oui, mais ils ont pas voulu venir. Alors j'ai appelé les pompiers. Pareil. C'est incroyable quand même, hein ? Pour un humain, ils se déplacent tout de suite, mais quand c'est un animal, ils lèvent même pas le petit doigt.

Les autres approuvèrent.

— J'pouvais pas la laisser comme ça. Alors j'ai pris un grand sac plastique puis j'ai ramassé les morceaux. Ça a pas été facile. Y en avait partout. Vous avez vu dehors ? On voit encore la marque.

Re-sanglots.

— Suzanne ! intervint la dame du cinquième. Épargnez-nous les détails !

— Ben quoi, j'dis c'qui est. J'ai tout nettoyé. Puis j'suis montée sonner chez vous. Et précisément voilà pourquoi.

Je pris mon courage à deux mains et entrepris la

descente des deux derniers étages en faisant suffisamment de bruit pour être entendu. La conversation s'arrêta et toutes les têtes se levèrent.

— Ah ! Vous voilà ! m'apostropha Suzanne. La petite chatte est morte !

Je fis semblant de ne pas comprendre.

— Pardon ?

— Oui, la chatte de votre voisine, Zara-tout-à-trac...

Je pris mon air le plus étonné, mais au fond je redoutais de ne pas retrouver avec assez de naturel les réactions que l'on doit avoir dans ces cas-là.

— Quoi ? Comment ça ?

Chacun y alla de ses explications. Je m'approchai de ma petite voisine, esquissai un vague sourire de compassion. Me sentant sous le regard des autres, je cherchai quelque chose de bien senti à dire. Mais je ne trouvai rien d'autre que...

— Toutes mes condoléances.

Elle fondit en larmes et, dans un geste qui me surprit, posa sa tête contre mon torse. Je sursautai et passai mon bras autour de ses épaules.

Suzanne reprit :

— On se demandait si par hasard vous auriez pas vu quelque chose ?

— Si j'avais vu quelque chose ?

— Oui. Surtout que d'après ce que nous a dit la demoiselle, ça arrivait des fois que sa chatte, elle passe par votre balcon...

— Qu'elle passe par notre balcon ? (Je commençais à me dire qu'il fallait que j'arrête de faire comme si je ne comprenais rien, à la longue cela risquait de paraître louche.) Non..., fis-je, semblant chercher dans mes souvenirs. Attendez... Si. Zara est bien venue chez nous hier soir...

Les autres étaient suspendus à mes lèvres.

— Euh... C'était hier soir ou la veille ? Non, non, c'était hier soir. Elle a sauté sur le balcon, puis elle s'est installée sur notre canapé.

— Il était quelle heure ? demanda Suzanne.

— Attendez... C'était juste à la fin du film sur la Une. Il devait être dix heures et demie, quelque chose comme ça.

Les autres acquiescèrent.

— Et après ?

Remarque : Je trouvais que Suzanne ressemblait de plus en plus à un inspecteur de série télévisée, et même si j'avais de profonds doutes sur sa perspicacité et plus généralement sur son intelligence, je ne pouvais pas m'empêcher de me sentir dans la peau du coupable, vaincu par l'enquêtrice dont il ne s'était pas méfié assez.

— Euh, elle est restée une bonne heure. Enfin avec moi parce que ma femme est allée se coucher. Puis elle est repartie comme elle était venue.

— Elle aurait pu tomber en sautant de chez vous, chez sa maîtresse...

— Non. Enfin, j'ai pas fait attention, mais je ne crois pas.

— On sait déjà, dit Suzanne, que le drame a eu lieu après vingt-trois heures trente.

Elle se tourna vers ma voisine.

— Et vous, vous étiez où ? Vous êtes rentrée tard la nuit dernière...

La jeune femme rougit et murmura :

— Vers deux heures du matin.

— Plutôt vers deux heures quarante-cinq, non ? reprit la concierge.

— Oui, peut-être.

— Elle était là ou pas ?

— Non. Je l'ai remarqué parce que quand je suis allée me coucher, elle n'est pas venue dans le lit. Elle me fait toujours un câlin le soir. J'ai pensé : « Elle doit être en vadrouille. »

— Donc l'heure de la mort se situe entre vingt-trois heures trente et deux heures quarante-cinq du matin. Personne n'a rien remarqué à ce moment-là ? demanda Suzanne à la cantonade.

Devant notre silence, elle ajouta :

— Bon, j'irai interroger les autres locataires.

— Vous pensez à quelque chose en particulier ? demandai-je, inquiet.

— Non, mais je dis juste que j'ai jamais vu un chat tomber du quatrième étage. C'est trop équilibriste, ces bêtes-là.

— Un bruit l'aura peut-être fait sursauter ? dit le jeune homme du premier.

Suzanne haussa les épaules.

— Vous avez des soupçons ?

— Avec tous les fauves qui traînent par ici le soir...

— Les fauves ?

— Je m'comprends. Un chat, ça ne tombe pas comme ça. Et précisément, voilà pourquoi il a dû se passer quelque chose.

À nouveau, un silence gêné s'installa.

— Il faut que je me sauve, dit la dame du cinquième. Je suis déjà très en retard.

Ce fut le signal du départ pour tous.

15. Dans les semaines qui suivirent, plusieurs changements notables intervinrent dans la vie de l'immeuble – tous indiscutablement liés à la disparition de

Zara, ce qui ne manquait pas de me plonger dans de profondes réflexions. Bien que je ne sache pas vraiment sur quoi tout cela pouvait déboucher, quelque chose de très important était en train de germer en moi.

Les jeunes du premier se révélèrent sous un jour nouveau. Après des années de complète discrétion, uniquement préoccupés de leur petit nid d'amour, ils sortirent de leur silence. Un matin, nous trouvâmes, glissée sous notre porte, une lettre de leur part. Ils expliquaient qu'après le drame ils avaient pris conscience qu'il fallait « retrouver les valeurs essentielles telles que l'entraide et la solidarité dans un monde où l'on n'avait même plus le temps de communiquer ». Pour conclure, ils avaient eu l'idée d'organiser un grand repas dans la cour où nous étions tous invités. Chacun devait apporter sa chaise, ses couverts, une bouteille et un plat qu'il avait lui-même cuisiné. Cette « boum des locataires », comme l'appelait Christine, déclencha un véritable enthousiasme.

Notre petite voisine aussi changeait. Elle portait un discret bracelet de deuil noir au poignet et était devenue la protégée de l'immeuble. Le couple aux trois enfants bruyants du troisième l'avait quasiment adoptée. Le mari était venu réparer le robinet de la cuisine qui fuyait et régler le chauffe-eau. Seuls les amoureux du premier restaient sur la réserve, la jeune femme sentant confusément en notre voisine une possible rivale.

Même Christine, peu encline aux relations de voisinage, se sentit obligée de lui apporter une part de gâteau à chaque fois qu'elle en faisait un.

16.   Vint le jour du repas d'immeuble. Chacun se fit un devoir de goûter tous les plats réalisés par les autres et de féliciter les apprentis cuisiniers. Arrivé au dessert, le veuf du sixième fit un bref discours qu'il acheva par ces mots :

— Enfin, je remercie nos voisins du premier de leur excellente initiative qui, je l'espère, se renouvellera chaque année, et je lève mon verre à la mémoire de Zarathoustra. Que de là où elle est, elle soit heureuse de nous voir tous réunis... À quelque chose malheur est bon, comme on dit. Sans sa disparition tragique, nous n'aurions pas pu manifester à notre charmante voisine notre sympathie.

17.   Ce discours fut pour moi un véritable déclic.

Si la suppression d'une petite chatte avait ainsi bouleversé la vie de notre immeuble jusqu'alors des plus mornes, si elle avait pu entraîner entre les locataires un élan « d'entraide et de solidarité », si grâce à cet événement non seulement chacun se saluait, mais échangeait quelques mots, se rendait de menus services et venait aux nouvelles lorsque l'un d'entre nous dérogeait à ses habitudes, on pouvait logiquement supposer que cela produirait un effet dix fois plus fort, dix fois plus bénéfique encore si l'on s'attaquait non plus à un immeuble, mais à tout un quartier, voire à toute une ville. J'imaginais que, face à cette succession de disparitions dramatiques, un mouvement spontané de compassion s'emparerait de tous, voisins, entourage, habitants, etc. Je me figurais même des réunions de soutien psychologique en faveur des propriétaires d'animaux défunts, de grands banquets en leur honneur, des semaines de bienfaisance lancées par les commerçants du quartier...

Les victimes, à qui serait enfin survenu un événement digne d'être raconté (rabâché même), deviendraient des sortes de héros. En retour, l'amour qu'elles portaient à leurs compagnons défunts se reporterait sur ceux qui leur auraient témoigné des marques d'affection.

Au vu de ces raisons, et de bien d'autres encore dont je ne pouvais que pressentir l'existence tant je faisais confiance à l'esprit d'initiative de mes concitoyens, cela me semblait un des moyens les plus rapides, les plus simples et surtout les plus efficaces, en tout cas à la portée d'un individu résolu et bien préparé, pour recréer du lien social et faire disparaître le manque de communication et la solitude, source de tant de souffrance et d'agressivité dans nos villes.

Remarque : Pour que le succès soit total, il fallait s'attaquer en priorité aux animaux des personnes les plus aptes à être plaintes : les petits vieux et les enfants dont les chats et les chiens sont les seuls amis pour les uns, les compagnons de jeux préférés pour les autres.

Ayant été à l'origine de cette transformation, j'étais tout désigné pour mener à bien cette expérience à plus grande échelle.

Le soir même je décidai de mettre mon plan à exécution.

III

18.   Afin d'éviter toute riposte du propriétaire de l'animal, j'adoptai une méthode à la fois simple et efficace. En cinq points :

1/ Repérer et filer ma future victime sur le trottoir d'en face ;

2/ attendre qu'il n'y ait plus personne dans la direction que je prendrais pour m'enfuir et aussi sur mes arrières ;

3/ traverser d'un air tout à fait anodin juste derrière l'animal et son maître ;

4/ au moment de les dépasser, sortir mon cutter, trancher la laisse, me baisser et saisir le chien ;

5/ me mettre à courir et me débarrasser de la victime dans un endroit tranquille (soucieux de réduire au maximum la souffrance probable des maîtres, je pensais que la fin de leur animal devait s'opérer loin de leurs regards).

Il était évident que le tranchage de la laisse représentait le moment le plus délicat de l'opération. Qu'un manque de fermeté dans le geste, qu'une hésitation ou qu'une matière trop résistante viennent à faire rater le premier coup, je m'exposais à la réaction du maître revenu de sa surprise. Je m'entraînai à peaufiner ma technique. J'achetai différents types de laisses. J'y accrochai un poids d'une dizaine de kilos, et à force d'exercices, que la laisse soit tendue ou non, en plastique ou en cuir, je réussis à attraper le coup de main parfait.

19.   Ma première victime fut un petit caniche noir. J'avais décidé de faire un essai dans une autre ville. Tout l'après-midi, j'avais arpenté les rues sans repérer le moindre animal. Je m'apprêtais à renoncer lorsque dans une petite avenue pavillonnaire j'entendis derrière moi une femme qui parlait sur un ton très doux. « Je t'ai pris pour ce soir un steak comme tu les aimes. » Au début je n'y prêtais guère attention. « Je te le couperai en petits morceaux, comme a dit le docteur. Sinon tu ne les digères pas. » J'essayais d'imaginer la tête du petit garçon auquel s'adressait ce discours, je revoyais ma grand-mère me vantant les vertus du poisson, le mercredi midi quand j'allais manger chez elle... Au moment de prendre la rue vers la gare, je jetai un coup d'œil dans le rétroviseur d'une voiture garée à côté. J'aperçus la femme qui parlait à son caniche. Sans même prendre le temps de m'assurer que la voie était libre, je fis demi-tour, m'approchai, l'air dégagé, me saisis du chien et me mis à courir. J'étais déjà loin quand la vieille appela à l'aide.
    La facilité avec laquelle se déroula cet essai me convainquit que je pouvais désormais me lancer à l'assaut des animaux de mon quartier.

20.   Les premières disparitions passèrent pratiquement inaperçues. Mais après quatre ou cinq teckels, un ou deux chats de gouttière, un cocker et plusieurs autres de race indéterminée (ou plutôt que je ne sus pas identifier), une rumeur commença à enfler : une

bande de mystérieux kidnappeurs d'animaux sévissait dans le quartier. Deux bichons, un terrier et trois bassets plus tard, tout le monde ne parlait plus que de cela. La police était paraît-il sur l'affaire.

Afin que la surveillance se relâche un peu, je marquai une pause de quelques jours que je mis à profit. Je multipliai les repérages de mes futures victimes. Les chats en particulier me posaient un problème. Le plus souvent ils restaient à l'intérieur des appartements, parfois dans les cours et les jardins. Je me munis de croquettes afin de les attirer au-dehors.

Le week-end suivant, alors que la peur commençait à s'estomper dans le quartier, je frappai très fort : deux caniches le samedi matin, trois chats l'après-midi, et un bouledogue le soir (en se débattant, il me mordit la main, ce qui m'amena à m'équiper de gants de protection). Le dimanche fut particulièrement fructueux : un cocker, au moment où le maître sortait de la boulangerie les bras chargés de gâteaux et de baguettes, un teckel qui aboyait après les passants derrière la grille d'un pavillon, et surtout un yorkshire qu'une dame portait dans ses bras.

Dès le lundi matin, une association se constitua, qui regroupait les premières victimes. Lors de la séance inaugurale, le maire dut répondre à un flot de questions angoissées : « Pouvez-vous nous dire où en est l'enquête ? », « A-t-on une chance de les retrouver vivants ? »...

Des cris fusèrent de la salle. Quelqu'un l'apostropha avec véhémence :

— Il vous faudra encore combien de disparitions pour que vous preniez les mesures nécessaires ?

L'homme raconta qu'il avait perdu son chat (celui-là, je n'y étais pour rien). La nuit, il entendait encore ses miaulements et ne trouvait pas les mots pour expliquer à sa fille l'absence de son petit compagnon.

— C'était un animal qui nous faisait confiance. Il nous apportait des oiseaux qu'il avait attrapés. C'était sa façon à lui de nous montrer son affection. Et nous, nous n'avons pas su le protéger...

Il s'effondra en larmes sous un tonnerre d'applaudissements. Le président de l'association, un monsieur d'un certain âge, notaire à la retraite, fit un émouvant discours sur l'importance de « ces compagnons des bons et des mauvais jours, qui, sans tomber dans une misanthropie facile, étaient souvent plus humains que les humains ».

21. Si je n'avais pas trop à craindre de la police, en revanche l'intérêt de Suzanne pour cette affaire m'inquiétait. La mort de Zara l'avait occupée de longs mois, mais faute d'éléments nouveaux, elle en avait été réduite à ressasser ses maigres conclusions aux malheureux locataires qu'elle réussissait à coincer dans le hall (postée à l'entrée de sa loge, elle semblait guetter sa proie derrière ses grosses lunettes). L'apparition du tueur en série était venue lui donner un nouveau sujet de réflexion à se mettre sous la dent. Enfin, c'était façon de parler, car la pauvre femme avait la bouche pleine de chicots, ce qui la contraignait à passer ses samedis matin chez le dentiste et lui donnait une haleine épouvantable. Chacun dans l'immeuble redoutait ses confidences. Elle se collait alors contre son interlocuteur, de sorte que ce dernier n'avait plus comme solution que de retenir sa respiration le plus longtemps possible.

Remarque : Je n'ai jamais compris l'espèce de nostalgie qu'éprouvent certains à l'égard des concierges. Leur capacité de nuisance n'est plus à prouver tant elles usent et abusent de leur petit pouvoir sur les habitants des immeubles. Quand elles ne sont pas à surveiller ou à médire, elles jalousent, convoitent et, pis encore, mouchardent. C'est bien simple, elles portent en elles le bacille de la dénonciation. D'ailleurs, Vichy ne s'y était pas trompé qui en avait fait une de ses principales sources d'information... Et je ne parle même pas de la cérémonie des étrennes où, sous couvert de remerciements, elles vous font comprendre que les voisins ont donné plus que vous...

Pourtant, si médiocre que fût son imagination, il lui arrivait malgré tout de deviner juste. En l'occurrence, elle avait tout de suite senti qu'il existait un lien entre la mort de Zara et le tueur.

Je l'avais entendue en parler à la dame du cinquième.

Je décidai donc à la première occasion de la questionner sur ce qu'elle savait réellement. Je n'eus pas longtemps à attendre. La semaine suivante, Suzanne me fit des grands signes quand je passai devant sa loge.

— Vous avez reçu un colis. Un livre.

Elle me fit entrer. Un courant d'air froid me saisit. Suzanne ne chauffait jamais. Chaque ouverture était calfeutrée avec du papier journal et les vitres de la porte du fond qui donnait sur la cour étaient recouvertes de grandes bandes d'adhésif marron. Seule une cuisinière réchauffait quelque peu la pièce quand elle se faisait à manger. Un locataire, en partant, lui avait laissé sa vieille télévision dont l'image était toute déformée, mais Suzanne s'en servait comme d'une radio.

Je n'eus aucun mal à la lancer sur le sujet qui m'intéressait.

— Celui qui a fait ça, vous voulez que je vous dise, c'est un monstre ! dit Suzanne. Pire qu'Hikler...

Je la regardai sans comprendre.

— Hikler ! reprit-elle. C'est à cause de mes dents. Je n'arrive pas à prononcer le son « t » avec le « l »... C'est pareil pour Aklantique, je peux pas le dire. Enfin bref, pire que les Allemands !

— Voyons, Suzanne, ce ne sont pas des choses à dire.

— Oui... Oui, d'accord, mais quand même... Parce que malgré tout ce qu'ils ont fait, toutes les horreurs, la guerre, l'Occupation, tout ça, eux au moins, ils aimaient les animaux, pas comme ce monstre ! Surtout les chiens. Hein, vous savez pourquoi que les bergers allemands, on les appelle comme ça ?

— Je ne sais pas. Parce qu'ils viennent d'Allemagne ?

— Eh ben oui. C'est les Allemands qui ont inventé cette race. Je l'ai entendu à la télévision. Et précisément, voilà pourquoi. Tandis que l'autre monstre... J'ai peur pour mes chats.

Elle me montra une écuelle de lait posée dans un coin.

— Vos chats ? Je ne savais pas que vous aviez des chats...

— Si, enfin, ils ne sont pas vraiment à moi. Ce sont des chats abandonnés. Ils viennent par la cour. Je leur donne du lait et des croquettes. Ils sont fidèles, vous savez. Mais tous les soirs, je me dis : « Demain, il y en a un qui ne reviendra pas. Il aura croisé la route du monstre. »

— Allons, Suzanne...

— Si, si, j'en suis sûre. J'ai un mauvais présage. Je fais ma petite enquête pour le trouver avant qu'il ne trouve mes chats. Et précisément, voilà pourquoi.

— Ah, ah, Suzanne, vous jouez au détective.

— Vous vous moquez de moi. Vous êtes comme M. José, le gardien de la paix qui habite l'immeuble en face. Tout ça parce que je lui ai dit que tout avait commencé avec la mort de la petite chatte.

— Comment ça ?

— Ben oui, j'en suis sûre. Je le sens. C'était son premier crime. Mais il m'a ri au nez, l'autre andouille. Pourtant si on trouve qui a fait le coup ici, on tient le bonhomme.

— Mais la mort de Zara était un accident.

— Que vous dites. Non, croyez-moi. Tout ça, c'est lié. C'est exactement comme dans *Columbo*. Vous savez le policier, à la télé, celui qui fume tout le temps le cigare. Je comprends même pas comment les autres, autour de lui, ils arrivent à supporter ça. Enfin, bref, dans son enquête, tout est lié. Et c'est seulement à la fin qu'il comprend.

— Et vous voulez faire comme dans *Columbo* ? dis-je en souriant.

— Non, enfin oui. Je sais bien que c'est pas des vraies enquêtes, mais quand même... Je fais comme lui, je note tous les détails, même ceux qui ont l'air sans importance. Parce que vous savez, dans *Columbo*, c'est toujours un petit détail qui le met sur la piste. Dans le dernier, c'est grâce à un mégot de cigarette qu'il a trouvé...

— Et alors ?

— Ben pour l'instant, ça a rien donné. Et précisément, voilà pourquoi j'ai rien trouvé.

22.   Un peu rassuré, je me consacrai de plus belle à mon plan d'élimination. Les gens désormais étaient sur leurs gardes, et plusieurs fois je ne dus mon salut qu'à la fuite. Lors d'une filature, je faillis tomber dans un piège. Un homme arpentait le trottoir avec son chien. Je m'apprêtais à passer à l'action, lorsqu'une vieille dame sortit de l'immeuble juste devant moi. Dans l'embrasure, j'aperçus des individus qui manifestement attendaient que leur camarade soit attaqué pour intervenir.

Je redoublai de vigilance et de patience. Je mis à profit ce temps passé à surveiller mes futures victimes pour tenter d'établir une sorte de typologie des maîtres à partir de leur animal. Je me rendis compte en effet qu'il existait une espèce de logique inconsciente dans le choix que le maître fait d'un compagnon domestique. Ou plutôt la maîtresse – car les femmes placent dans leurs animaux beaucoup plus de sentiments que les hommes.

Ainsi la jeune fille au chien qui appelle son animal « mon bébé » lors de grandes séances de léchages et de câlins. Au premier abord, on peut n'y voir qu'un élan un peu puéril, un reste de sensibilité de petite fille (au même titre que les peluches qui couvrent son lit). Mais ce geste n'a rien d'anodin. Il annonce à tous les hommes qu'elle croise sa volonté d'une relation affective stable. Vous pouvez être sûr qu'elle croit non seulement à la mairie, mais aussi au livret d'épargne, aux vacances planifiées, à l'achat d'un pavillon...

À l'inverse, la jeune fille au chat accorde la priorité aux grandes passions, aux coups de foudre. Elle a une prédilection marquée pour l'ésotérisme, la spiritualité, le journal intime et les films d'auteur. Dès la première soirée, elle citera Cocteau : « Je préfère les chats parce qu'il n'y a pas de chats policiers », lira un poème de son écrivain préféré et fera le récit de son enfance. Pas question d'essayer de caresser l'animal (le coup de griffes est garanti), elle seule peut l'approcher. Par la suite, si on pénètre plus avant dans son intimité, on devra assurément donner son avis sur la grande question qui l'agite depuis des mois : faut-il le castrer ?

Remarque : Cela dit, la jeune femme au chat présente un avantage. Si vous parvenez à vous mettre en ménage avec elle, il est fort probable qu'elle laissera son animal à un ami ou à ses parents (il n'y a pas la place pour deux dans son cœur). Avec celle au chien, vous serez contraint de vivre avec, et plus encore de promettre de l'aimer et de le sortir.

23.   Je passais beaucoup de temps avec Suzanne, j'avais pris l'habitude de m'arrêter dans sa loge sous prétexte de suivre les avancées de son enquête. Elle déployait un zèle impressionnant. Chaque après-midi, elle s'installait devant l'immeuble et observait les allées et venues dans la rue. Au bout d'une semaine, elle avait déjà désigné à l'attention du gardien de la paix d'en face trois représentants de commerce qui faisaient du porte-à-porte, un individu qui s'avéra être un mari adultère rendant visite à sa maîtresse, un couple de jeunes qui vendait de petits tableaux de paysages et de chevaux, et deux témoins de Jéhovah.

Parfois, je descendais avec une bouteille de porto. Après un ou deux verres, elle se laissait aller à quelques confidences.

— Et notre enquête ? Où en est-on ?

— J'ai du nouveau, dit-elle un jour sur un ton mystérieux. Je suis sur une piste.

— Alors ? Racontez-moi !

— Je sais pas si je peux. C'est que c'est encore un secret.

— Je serai muet comme une tombe. Je vous le jure.

Elle fit semblant de réfléchir puis elle rapprocha sa chaise de la mienne. Elle pencha la tête et baissa la voix – je bloquai ma respiration.

— C'est grâce à mon dentiste.

— Quoi ?

— J'vous explique. Tous les samedis matin à huit heures quarante-cinq, j'ai rendez-vous chez lui. Je passe la première. Mais il commence toujours en retard. Alors je vais dans la salle d'attente. Et dans sa salle d'attente, vous savez ce qu'il y a ? Vous ne devinerez jamais !

— Non ?

— Plein d'animaux en paille !

— Empaillés, vous voulez dire.

— Oui, c'est bien ce que je dis. Comme pour les chaises. En paille, en paillé si vous préférez. D'habitude, j'y fais pas attention. Mais avec toute cette histoire, forcément, c'est différent.

— Forcément.

— Là-dessus, le dentiste arrive. « C'est quoi tous ces animaux ? que je lui dis. — Vous admirez ma collection d'animaux en paillé ? qu'y me répond. Vous savez, Suzanne, qu'y me dit, les gens ne se rendent pas compte. Mais les animaux en paillé, c'est beaucoup mieux que les vrais. Ils perdent pas leurs poils. On n'a pas à les sortir. Et puis c'est pas un problème quand on part en vacances. »

— Il plaisantait, fis-je.

— Mouais, fit Suzanne, pas convaincue. Enfin, pendant qu'y me soignait, moi dans ma tête, je me disais : « C'est pas clair, cette histoire. » Alors, à la fin, quand il en a terminé avec mes dents, je lui ai

demandé : « Et ça vaut cher, des animaux comme ça ?
— Oui, qu'y me dit. — Combien ? que je lui fais.
— 1 500 euros, y me dit. — En francs, ça fait combien ? que je lui demande. — 10 000 francs.
— C'est pas si cher que ça », que j'lui dis. Alors y me répond : « Un million d'anciens francs. » Quand j'ai entendu ça, ça m'a coupé l'herbe sous le pied. « Tant que ça ? que je lui fais. — Ben oui, qu'y me répond. Il y a tout le travail du taxiphoniste. »

— Taxidermiste.

— Voilà, c'est ça le mot qu'il a dit. Et même qu'il a ajouté que si ça m'intéressait, il me donnerait l'adresse. Alors j'ai pensé : « Le taxi machin, il enlève les animaux, enfin lui ou ses complices, il les tue, il les bourre de paille, et après, il les vend. » Et précisément, voilà pourquoi.

— Et vous en avez parlé à la police ?

— Oui, à l'instant. J'viens de tout expliquer à M. José. Il a dit qu'il en parlerait au commissaire...

IV

24.   Au bout d'un mois, mon entreprise philanthro-
pique commençait à porter ses fruits. Conscients que
le kidnappeur ne visait que leur quartier, les habitants
faisaient preuve, comme je l'espérais, d'un bel élan de
solidarité. Les personnes âgées trouvaient désormais
des voisins pour les emmener promener leur chien.
J'éprouvais une certaine fierté d'être à l'origine de tout
cela.

L'association Pirouette (du nom du chien de son
président) organisait des collectes pour venir en aide
aux maîtres en détresse, diffusait un petit journal, *La
Main à la patte*, et avait même ouvert un site Internet
où étaient recensés les animaux enlevés. Ils avaient
droit à leur photo, une courte biographie ainsi qu'aux
témoignages d'affection de leurs propriétaires. On
pouvait aussi décider de parrainer un des disparus
et l'on s'engageait alors à diffuser son signalement
dans tout le quartier. Les murs et les devantures des
magasins se couvrirent bientôt de dizaines d'avis de
recherche.

Certes la nouvelle situation présentait également des
aspects moins positifs. Le renforcement de la solidarité
s'était accompagné d'une méfiance et d'un rejet croissants à l'égard de toute personne étrangère au quartier.

Remarque : Ce dernier point avait aussi un bon côté, plus aucun démarcheur ni aucune personne distribuant des prospectus dans les boîtes aux lettres ne s'aventurait dans nos rues.

De même, la crise avait fait resurgir certaines inimitiés de voisinage et le commissariat recevait un flot de lettres de dénonciation, tandis que des patrouilles de police sillonnaient le quartier. Je considérais tous ces inconvénients comme passagers, des effets secondaires liés à ma campagne d'éradication qui, une fois achevée (dès que j'aurais la certitude que les liens nouvellement créés étaient assez solides), ne manqueraient pas de disparaître.

Une seule chose me préoccupait réellement : depuis une semaine, un groupe de riverains organisait des rondes avec de gros chiens agressifs. Cette milice me tracassait d'autant plus qu'elle me faisait toucher du doigt les limites de ma méthode. Je ne pouvais m'attaquer qu'à des animaux de petite taille. Il m'était en effet impossible d'emporter dans les bras des chiens plus imposants, comme les dobermans ou les labradors.

25. Au bout de notre rue, il y avait une tour de quinze étages où vivait un homme qui possédait un berger allemand. Le chien, qui n'était pas tenu en laisse, bousculait les gens sur son passage, courait après les ballons des enfants, parfois même les crevait d'un coup de dents – sans que l'homme esquisse un geste ou s'excuse –, poursuivait les joggers, aboyait contre tous ceux qui avaient le malheur de faire quelque geste trop rapide, et menaçait de les mordre. Les habitantes redoutaient plus particulièrement le

moment où elles se retrouvaient seules dans l'ascenseur avec le chien, car ce dernier l'atteignait bien avant son maître et s'y installait dès que les portes s'ouvraient. Elles étaient alors enfermées avec l'animal, qui tournait en rond, grognait et montrait les crocs. C'était une sorte de jeu entre le chien et son maître qui l'attendait patiemment en bas.

L'homme faisait mine de ne rien remarquer. Le ventre et la moustache en avant, il marchait d'un pas lent, comme s'il était seul au monde, et n'accordait à personne l'aumône d'un regard. Pourtant, un sourire quasi imperceptible, une sorte de rictus qui formait un pli au-dessus du coin gauche de ses lèvres, trahissait qu'il n'en perdait pas une miette et jouissait des réactions craintives des autres.

J'enrageai de ne pouvoir rien faire. Cette histoire de berger allemand m'obnubilait tellement que j'en vins à douter de l'efficacité de mon action.

Ce moment d'abattement ne dura pas. L'importance du but m'imposait de passer à une nouvelle étape. Il me fallait, pour cela, interroger mon père pour savoir ce qu'était devenu le revolver de mon grand-père.

À l'époque où il travaillait dans des ateliers de construction automobile à Argenteuil, dans les années trente, mon aïeul était un fervent anarchiste et prenait part à toutes les échauffourées avec la police. Les camarades recherchés trouvaient chez lui un refuge sûr, jusqu'au jour où il rencontra ma grand-mère. Par amour pour elle, il arrêta de militer et abandonna sa condition d'ouvrier pour devenir petit commerçant.

Avec sa femme, il acheta une poissonnerie dans une ville du Sud-Ouest, fit connaissance avec les livres de comptes, et se mit à faire des emprunts à la banque et, plus grave encore, des sourires amènes à tous les clients. Il dut en particulier se faire un défenseur acharné du vendredi maigre, lorsque les communistes qui dirigeaient la mairie décidèrent de faire servir de la viande ce jour-là à la cantine de l'école primaire. L'évêché chargea mes grands-parents de prendre la tête de la croisade des catholiques contre cette machination des athées, ce qui fut pour mon grand-père, ancien bouffeur de curés virulent, assez difficile à digérer.

C'est pourquoi il avait imaginé une sorte de mise en scène pour faire passer sa rage d'avoir dû renier ses idées. Tous les dimanches matin, il sortait faire sa promenade en ville. Quand j'étais en vacances chez eux, je n'aurais manqué pour rien au monde de l'accompagner. Le cérémonial était toujours le même. Nous descendions l'escalier et juste au moment d'ouvrir la porte donnant sur la rue, il soulevait un court instant sa veste, me laissait apercevoir bien calé sous son aisselle un revolver qu'un camarade autrefois avait oublié chez lui. Il mettait un doigt sur la bouche et me faisait un clin d'œil. C'était notre secret. Puis il lançait : « On y va. J'emmène le petit avec moi. » Sans attendre la réponse nous étions déjà dehors. Quand nous passions devant le grand café qui trônait sur la place, il glissait sa main sous sa veste et semblait hésiter. Je tremblais et me collais contre lui. Se penchant vers moi, il me disait : « Un de ces jours, je viderai mon chargeur sur tous ces crétins ! » Et comme je lui demandais pourquoi, il me répondait : « Seuls les bourgeois prennent un verre à la terrasse des cafés ! » La même scène se répétait ensuite dans la boulangerie où nous allions acheter le gâteau de midi, chez le marchand de journaux où, contraint par ma grand-mère, il prenait *La Croix*, et chez le buraliste qui, sans qu'il le lui demande, lui posait sur le comptoir son paquet de gitanes maïs. « Les petits commerçants, m'expliquait-il, voilà une race de voleurs et de rapaces. De vraies sangsues sur le dos des ouvriers. » Une fois je m'étais risqué à lui demander si poissonnier c'était pareil. Il m'avait souri, avait semblé réfléchir un long moment avant de s'exclamer : « Moi, c'est pas pareil, j'aide ta grand-mère. »

Bien des années après la mort de mon grand-père, elle m'avait avoué être au courant. « Tu comprends, c'était son petit plaisir. Mais il était incapable de faire du mal à une mouche. Et puis, de toute façon, il avait enlevé les balles... »

Pour que mon père ne s'étonne pas d'une telle demande, je prétendis avoir besoin du revolver comme accessoire pour un spectacle que je montais avec des amis. « Cherche dans la console au grenier. J'y ai rangé toutes les vieilleries de tes grands-parents. » Je ne mis pas longtemps à le trouver, ainsi que plusieurs boîtes de munitions bien emballées dans un linge – ma grand-mère était très soigneuse. J'avais largement de quoi m'exercer, avant de passer à l'acte.

26.   La chance nécessaire à l'accomplissement des grands desseins m'avait souri. L'arme était en parfait état. C'était un Pieper, léger et maniable, mais qui avait pour principal défaut de faire beaucoup de bruit, ce à quoi, après plusieurs séances d'entraînement au tir dans la forêt, je finis par m'habituer. Une fois son usage devenu familier, je me postai un soir dans l'embrasure d'une porte cochère et guettai le berger allemand et son propriétaire. Cinq minutes et quarante-sept secondes plus tard (je ne cessais de consulter ma montre), je les vis apparaître. Je sortis de ma cachette et fis de grands gestes comme si j'appelais quelqu'un à l'autre bout de la rue. Aussitôt le chien

s'élança, il distança bientôt son maître et vint se planter devant moi. Il se mit à aboyer très fort. Je sortis le revolver de ma poche, visai posément entre les deux yeux et fis feu. Un vacarme, bref mais énorme (du moins c'est ce qu'il me sembla), se fit entendre. L'animal s'écroula à mes pieds. Je pense qu'il n'a pas eu le temps de souffrir. Je vis des lumières s'allumer dans les maisons alentour, des fenêtres s'ouvrir et des têtes se pencher. Mais je disparus avant même que son maître ait compris ce qui s'était passé.

Dans la tour voisine, la majorité des locataires se réjouit en silence de la disparition du molosse.

27. Il ne fallait pas que je relâche mon effort. La semaine d'après je m'occupai d'un braque, d'un doberman et d'un malinois. On frôlait l'hystérie collective. Un homme faillit être lynché par ses voisins parce qu'il avait exprimé son espoir de voir le tueur le débarrasser du chien d'à côté qui avait l'habitude de faire ses besoins sur le trottoir. J'attendis quelques jours avant d'exaucer son souhait. La police l'interrogea, il fut relâché, mais l'association Pirouette manifesta sous ses fenêtres. Tous les défenseurs des animaux des environs se joignirent à la manifestation, ainsi que les collectifs « Souvent déçu par les humains, jamais par mon chien », « Chienne de vie », « Chats, chiens et nature » et, en queue de cortège, les miliciens.

Avec l'éradication des molosses, je changeai le rituel des disparitions. Jusqu'alors en effet, une fois mon action accomplie, je me débarrassais des animaux dans un sac en plastique lesté d'une pierre que j'allais jeter à la nuit tombée dans la Seine. Mais je ne pouvais faire de même avec les gros chiens. J'étais obligé de les laisser sur place, je n'avais ni le temps ni la force de les emporter. Aussi, par souci d'équité, je m'arrangeai désormais pour que tous les propriétaires puissent récupérer le corps de leur compagnon domestique.

Le vendredi suivant, l'association Pirouette prit en charge l'organisation des funérailles des victimes de la semaine, deux cockers et un chat. Leurs maîtres, leur famille, leurs proches, mais aussi de nombreux habitants du quartier s'y rendirent en procession. Le président de Pirouette prononça un vibrant discours qu'il acheva par une citation de Pascal : « Nos amis les chiens ne nous font de la peine que lorsqu'ils meurent. »

— Les chats aussi, cria une voix dans la foule.

Bientôt, tous les vendredis après-midi, le petit cimetière fut le théâtre du même cérémonial. Accompagnés par les membres des différents collectifs, les gens se massaient autour de la tombe fraîchement creusée et le président retraçait la vie de l'animal défunt. Avec le temps, il était passé maître dans l'art de l'éloge funèbre, même si certains habitués commençaient à trouver qu'il se répétait.

Peu à peu ces enterrements dégénérèrent. Chacun voulut prouver la force de ses sentiments à l'égard du disparu. C'était à qui aurait la plus belle pierre tombale, la plus grosse couronne de fleurs, le plus beau poème sur la stèle. La période de la Toussaint aggrava encore cette curieuse compétition. Certains esprits chagrins se plaignirent que les tombes des animaux étaient plus fleuries que celles des humains. Mais comme le faisait remarquer le fleuriste en face du cimetière : « Fleurir la tombe d'un cousin éloigné, c'est bien souvent une corvée, tandis que fleurir celle de son chien, c'est la preuve d'une affection toujours sincère. »

28.   Au troisième mois de mon action, les choses se
gâtèrent franchement. Cela commença par les dissen-
sions au sein de Pirouette. Plusieurs trouvaient que le
président mettait un peu trop en avant la disparition de
son cocker. Les possesseurs de gros chiens revendi-
quaient une place plus importante, d'autres estimaient
que c'était la durée de la relation avec le compagnon
qui devait être prise en compte et non la taille. Quant
aux maîtres des chats, ils se disaient victimes d'un
véritable ostracisme et réclamaient une présidence
tournante, six mois un propriétaire canin, six mois
un propriétaire félin. Les polémiques s'envenimèrent,
et lors d'une assemblée générale la rupture fut
consommée. Chiens et chats se séparèrent, puis les
amis des dobermans, malinois et autres bergers allemands quittèrent eux aussi Pirouette.

Ils ne parvenaient à surmonter leurs différends que
face aux autres habitants. Les maîtres d'animaux disparus trouvèrent, en petit comité d'abord et au détour
d'une phrase, puis de plus en plus ouvertement dans
leur journal, que les non-victimes étaient incapables
de comprendre leur douleur, et pis encore que, passé
le premier élan spontané de solidarité, elles ne montraient désormais plus guère de compassion.

Les plus radicaux commencèrent à dire que les non-
victimes étaient d'une certaine façon complices, pas-
sives certes, mais complices, car elles n'avaient rien
fait ou rien vu...

Je commençai sérieusement à douter du bien-fondé
de mon entreprise.

29.   La seule qui semblait s'accommoder de la situation et même en tirer bénéfice était Suzanne. Attirées
par la réputation de la concierge qui passait pour être

au courant de tout, des femmes vinrent la voir. Les unes désiraient savoir si leur mari les trompait, les autres s'inquiétaient pour leurs enfants. Quelques époux soupçonneux s'y rendirent aussi. Suzanne fut obligée d'instaurer des heures de rendez-vous, entre dix-huit et vingt heures. Dans le hall, on voyait maintenant des gens faire la queue. Suzanne avait installé deux vieilles chaises et posé sur les marches de l'escalier des magazines que lui donnaient les petits vieux du premier.

Cependant les conseils de Suzanne s'avérèrent plus dangereux que bénéfiques. Donnant aux événements, y compris les plus anodins, une interprétation toute personnelle, elle provoqua des scènes de ménage, des ruptures, des bagarres même. Les voisins, en entendant des cris et des insultes fuser d'un appartement, disaient : « Encore une qui a été voir Suzanne. » Un mari retrouva sa valise sur le palier sans comprendre pourquoi.

Quand je descendais vers vingt heures pour lui parler, je pouvais voir dans sa loge les cadeaux que ses « clients » lui offraient. Méthodiquement, Suzanne rangeait ces dons comme autant de trophées. Au bout de la table, les boîtes de chocolat achetées au supermarché, puis les napperons et les broderies, de l'autre côté les objets divers, cendriers, vases, dessous-de-plat, bibelots. Le long des murs, et jusqu'autour du canapé, des dizaines de plantes étaient alignées. Sur tous ces présents était noté le nom du donateur.

— Vous n'aurez bientôt plus de place, lui dis-je, un soir.

— M'en parlez pas. J'en ai autant dans la cour. Mais j'en donne aux autres gardiennes. On échange. Un renseignement contre une plante.

Puis soudain, elle me glissa à l'oreille :

— Je crois que je sais qui c'est !

Elle éteignit son poste, m'invita à m'asseoir, me proposa un chocolat – je refusai poliment –, sortit du buffet deux petits verres et la bouteille de porto, la regarda un instant, marmonna : « Il en reste presque plus. C'est à cause de M. José », remplit les verres, passa son doigt sur le goulot pour enlever la goutte qui menaçait de tomber, le lécha, leva son verre, « À la nôtre », but une gorgée, puis ajouta : « Toujours ça qu'il n'aura pas » – je me souviens de tous ces détails tant dans ma hâte de savoir ils me parurent durer une éternité.

— Vous savez pourquoi la police n'a rien trouvé ?

— Non, répondis-je, inquiet.

— Parce que c'est pas une question d'intérêt ! Vous vous souvenez. Je vous avais dit que j'étais sûre qu'il y avait un lien entre la mort de la chatte de votre voisine et les autres crimes.

— Oui, fis-je.

— Et précisément voilà pourquoi j'ai d'abord soupçonné un des locataires de l'immeuble. J'ai même pensé à vous... Parce que vous êtes la dernière personne à l'avoir vue vivante.

— À moi ? sursautai-je.

— Excusez-moi, une seconde. C'est l'heure que je donne à manger à mes amours.

Suzanne adorait ménager ses effets. Elle ouvrit la porte de derrière, cinq chats apparurent.

— Vous voilà mes minous. Toujours à l'heure.

Ils se frottèrent contre ses jambes.

— Mais oui, mais oui. Ça vient, mes amours. Heureusement que Suzanne est là, hein ?

Elle sortit une bouteille de lait du réfrigérateur, en versa dans un bol et le posa par terre.

Les chats se mirent à laper. Puis elle attrapa au-dessus de la cuisinière un paquet de croquettes, l'ouvrit et en mit dans une assiette.

— C'est pour qui les bonnes croquettes ? Hein, c'est pour qui ? Mais oui, fit-elle à un chat qui venait de sauter sur la table. Mais oui, c'est pour toi.

La bête se mit à ronronner très fort. Je sentis la colère monter en moi.

— Rassurez-vous. Je le sais bien que c'est pas vous. En fait, j'ai fait comme Columbo. J'ai essayé de me rappeler quelque chose d'inhabituel qui se serait passé un peu avant, ou le jour même. Mais j'voyais rien. Faut dire que la mémoire, c'est plus ça. Et cet après-midi, ça m'est revenu... C'est quand Marie, elle a parlé du légionnaire... Vous savez, Marie, celle qui tient la loge du 34. Elle a parlé du légionnaire et alors ça a été comme dans *Columbo*, quand il met la main à son front et qu'il a ce petit sourire. Comme ça.

Elle mima le geste.

— J'ai tout compris. Tout ! Et précisément, voilà pourquoi c'est le légionnaire !

— Le légionnaire ? Je comprends rien. Quel légionnaire ?

— Mais c'est grâce à Marie ! On était chez Annette, on faisait le point. Et Marie, elle s'est mise à râler qu'elle en avait assez, que les propriétaires, fallait qu'ils installent un code à l'entrée... Ça faisait trois matins de suite qu'elle trouvait dans le hall le légionnaire qui venait dormir là.

— Le légionnaire ?

— Oui, c'est Annette qui l'appelle comme ça. À cause qu'y paraît que c'est un ancien militaire. C'est le clochard qui passe ses journées à la gare. Le vieux qui est toujours à dire des gros mots. À gueuler comme un tigre... Mais si ! Il a un œil qui dit merde à l'autre...

— Ah ! Oui... Je vois. Il a une sorte de gros sac de couchage ?

— Oui voilà, c'est lui. Marie a été obligée de se fâcher pour qu'y parte. Et lui, il l'a traitée de tous les noms ! Elle a eu peur de prendre un coup. Quand elle a raconté ça, aussi sec, ça m'est revenu. Juste avant la mort de Zara, moi aussi, j'ai eu affaire à lui. Et comment que je l'ai mis dehors. Moi aussi y m'a insultée et même menacée de revenir me casser la figure !

Un chat se mit à miauler.

— Qu'est-ce qu'y a, mon minou ? T'as encore faim ? Attends, Suzanne va voir ce qu'elle peut faire pour toi.

Elle lui tendit des croquettes dans la paume de sa main. Aussitôt les autres rappliquèrent.

— Mais on meurt de faim ce soir. Doucement. C'est ma dernière boîte. Faut que je pense à en racheter demain.

Elle désigna les boîtes de chocolat.

— J'peux pas en manger. C'est à cause de mes dents. Ils feraient mieux de m'offrir des croquettes. Hein, mes amours, des croquettes, ça nous serait plus utile ? Hein ? Parce que ça lui coûte cher, à la pauvre Suzanne. Et précisément, voilà pourquoi. Qu'est-ce que je disais ? Ah oui le légionnaire. Tous les soirs, il attend qu'il fasse nuit et, hop, il se glisse dans un immeuble. Y dort à même le carrelage. Pire qu'une bête... Donc le jour avant la mort de Zara, j'l'avais trouvé dans notre hall et j'l'avais mis dehors. J'avais même dû prendre mon balai pour le réveiller. C'est lui le coupable.

— Mais le mobile ?

— En plus, fainéant comme pas deux, méchant comme un peigne et violent avec ça. Enfin bref, tout

ça pour dire... Ah oui, le mobile... Mais la vengeance !
Oui la vengeance. Il voulait se venger des gens du
quartier... Annette nous a dit qu'il aurait déserté pour
une sombre histoire. On ne sait pas trop quoi. Bref, un
ancien militaire. Vous voyez ce que je veux dire ? Le
revolver ? C'est à lui. Mais oui, mes amours. Régalez-
vous. C'est simple comme bonsoir. Je le vire. Il se
venge. En tuant le chat de la petite du quatrième. Puis
après, il fait pareil dans tous les immeubles où il a été
mis dehors. Parce qu'y va jamais ailleurs. Il reste dans
le quartier. Et les chats et les chiens qui sont morts, ce
sont ceux du quartier. Et lui, personne n'y fait attention. Un conito. Ni vu, ni connu, j'me débrouille. Et
précisément, voilà pourquoi. Demain matin, j'irai voir
le commissaire. Mais oui, mes amours, y finira ses
jours en prison. Il a déjà assez fait de mal comme ça,
ce monstre. Hein, mes amours...

30.   Sans un mot, je me levai, je marchai vers elle, je
l'attrapai. « Mais qu'est-ce que... » Elle heurta dans sa
chute le coin de la cuisinière et resta étendue sur le
lino. Les chats tournèrent autour d'elle. L'un d'eux se
posa sur son ventre. J'enjambai son corps et sortis de
la loge.

V

31.   Ainsi s'acheva ma carrière de tueur d'animaux de compagnie. De toutous et de matous, de mistigris, de cabots, de minous et de minettes, de clébards, de greffiers, de grippeminauds, de chiens-chiens à sa mémère et de chats-chats à son pépère, de Kiki, de Médor, de pu-puces, de trésors, de zouzous, de lou-lous, de doudous, et autres su-sucres.

32.   Cette nuit-là, j'examinai la situation de la façon la plus objective possible et dus me rendre à l'évidence. C'était un échec.

Je ne suis pas du genre à me chercher des excuses, ni même à me contenter d'une demi-réussite. J'aurais pu, bien sûr, faire valoir la tranquillité retrouvée des habitants de la tour après la disparition du berger allemand, ou bien encore rappeler qu'un certain nombre de personnes se reparlaient depuis que le chien d'à côté n'aboyait plus ou ne faisait plus ses besoins sur le trottoir. Mais ce n'étaient que des succès limités et insuffisants. Si dure que soit la vérité, je devais néanmoins admettre que l'extension de mon action au quartier n'avait pas provoqué la réaction escomptée, bien au contraire.

J'avais dû commettre une erreur dans mon raisonnement, pensais-je. J'avais l'impression d'être dans la situation du chercheur qui, impuissant à reproduire le résultat de son invention, demeure malgré tout persuadé que la solution du problème se trouve dans le précipité de départ (si je puis user de cette image, concernant la chute de quatre étages de Zara).

La disparition de Suzanne me touchait profondément. Car elle sonnait comme un aveu d'impuissance. Dépassé par les événements, j'avais opté pour une solution de facilité, comme un scientifique débordé par sa découverte met un terme à l'expérience. J'en vins à éprouver un immense regret : celui de n'avoir pas eu l'idée de supprimer Suzanne plus tôt. Avec ses interventions intempestives, son colportage de ragots et ses nombreuses dénonciations, elle avait grandement contribué à fausser les résultats de mon action. Qui sait ce qui se serait passé si j'avais agi de la sorte dès le début ? Par manque de lucidité sans doute, j'avais sous-estimé sa capacité de nuisance. Pour reprendre l'image du chercheur, j'avais fait la bêtise de laisser dans mon éprouvette un résidu réactif invalidant le développement ultérieur de ma recherche.

Cependant, plus j'avançais cette nuit-là dans mon raisonnement, plus je pressentais que mon échec ne relevait pas tant de la méthode que de la direction. Au petit matin, j'avais acquis la certitude que le problème n'était pas les animaux de compagnie, mais leurs maîtres. Ce qui empêchait l'essor d'une vraie vie de quartier, ce n'était pas l'existence des premiers, mais l'attitude des seconds, ou plutôt de quelques-uns d'entre eux. Il n'était donc plus question de continuer à éliminer les animaux.

Quant à Suzanne, je considérais qu'il s'agissait d'une sorte de point final à mon expérience malheureuse. Cela s'était fait presque sans y penser. Comme la disparition de Zara, je ne l'avais pas prémédité. Je ne dis pas ces mots en vue de préparer mon éventuelle défense face à un tribunal, mais parce qu'il en fut ainsi. Bref, je considérais cela comme une affaire classée.

La police aussi d'ailleurs. Au vu de l'absence d'effraction et de traces de coups sur la victime, de son âge avancé et de sa santé fragile, du fait également qu'on ne lui ait rien dérobé et du témoignage du gardien de la paix, M. José, qui certifia que Suzanne avait un penchant certain pour le porto, les enquêteurs conclurent assez rapidement à un accident.

Elle eut droit à un bel enterrement. Les autres gardiennes offrirent une magnifique gerbe sur laquelle elles avaient fait mettre « À la meilleure d'entre nous ». Le plus inconsolable fut apparemment son dentiste.

Peu à peu, tout rentra dans l'ordre. Suzanne ne fut pas remplacée. Le propriétaire décida de faire l'économie d'un salaire de concierge, on nous installa de magnifiques boîtes aux lettres, ainsi qu'un code à l'entrée, et une entreprise de nettoyage passa une fois tous les quinze jours pour les escaliers et le hall. D'abord réticents, les locataires apprécièrent cependant de pouvoir se livrer à leurs petites affaires sans craindre d'être épiés. Dans le quartier aussi, l'atmosphère se détendit. On vit à nouveau les gens promener leurs chiens et l'on oublia cette histoire aussi vite qu'elle était apparue.

Quant à moi, je me réjouissais de mon impunité (un peu) mais surtout de la fin au bout du compte heureuse de cette histoire. Devant cet apaisement général, j'en vins même à penser que Suzanne resterait à tout jamais une exception.

33.   Vers le début de l'été, un couple d'amis de Christine nous invita à passer une quinzaine de jours dans leur résidence de campagne en Normandie. Ces amis, Martine et Jean-Paul, avaient acheté dans un village du bocage une petite bicoque avec un bout de jardin, une jolie véranda et un barbecue. Le confort était certes sommaire et les contraignait à renoncer à y venir l'hiver, mais suffisant l'été. Martine profita de notre venue pour convaincre Jean-Paul de repeindre la pièce où nous devions dormir et de poser du parquet dans le salon. Cela nous l'apprîmes dès le premier soir, lorsque nous prîmes le frais dans le jardin, assis sur des chaises en plastique blanc, un verre à la main. Martine nous fit aussi part de leur intention de refaire l'isolation de leur chambre.

Remarque : Rares sont les propriétaires de maison de campagne qui ne vous entretiennent pas des travaux à entreprendre. Souvent même il vous faut donner votre avis. Pratiquement à chaque fois, je ne comprends rien à leurs projets, ils m'abreuvent de termes techniques dont j'ignore tout. Dans ces cas-là, je me contente d'acquiescer tout en m'interrogeant pour savoir par quel mystère, même des individus peu enclins à ce genre de tâches sont soudain pris d'une frénésie de bricolage dès qu'ils passent des vacances dans leur résidence secondaire.

Jean-Paul nous invita en vain à regarder les étoiles. Martine lui reprocha son manque d'intérêt pour l'entretien et l'embellissement de leur maison. Il se défendit mollement. J'éprouvais de la compassion envers Jean-Paul, d'autant plus que je redoutais le moment où Christine en viendrait à son tour à m'entreprendre sur le sujet. Dans un élan de solidarité sans doute lié à l'effet du vin, je proposai à Jean-Paul de l'aider. À la fin de la soirée et de la bouteille, la décision était prise, nous allions nous y mettre dès le lendemain.

Au matin, bien que dégrisés, nous dûmes nous exécuter. Les débuts furent difficiles, chacun attendait que l'autre prenne les choses en main, par crainte de dévoiler son incompétence. Les premières maladresses surmontées, nous avancions avec une certaine bonne humeur. C'est alors que retentit la sonnette et qu'entra un homme d'une cinquantaine d'années, la carrure imposante. Il lança à la cantonade :

— Bonjour, c'est moi !

Il n'était pas très grand, plutôt petit en fait. Mais il émanait de lui, de son cou de taureau, de son torse massif et des muscles de ses bras bien dessinés, une impression de force très grande. Le genre de type tout d'une pièce, qui sous un abord sympathique vous laisse pourtant un sentiment désagréable. Je devinai quelqu'un de franc et obtus dont les rapports avec les autres reposent sur une certaine façon directe et avenante, mais profondément lourde, de s'imposer.

Il arborait un vieux pantalon de survêtement et un tee-shirt usé à force d'avoir été lavé.

L'espace de quelques secondes, les traits de Jean-Paul se contractèrent en un rictus de contrariété. Il posa son cutter sur la table et prit son air le plus souriant.

— Bernard ! Laisse-moi te présenter nos amis qui sont ici pour quelques jours.

Jean-Paul se tourna vers moi et continua sur le même ton :

— Bernard est notre voisin. Notre sauveur, devrais-je dire, car dès qu'on a un problème dans la maison, Bernard est là pour nous aider...

Mais les grimaces qu'il me faisait démentaient la sincérité de ses propos.

L'autre me donna une poignée de main, comme on offre son amitié, mais j'eus plutôt l'impression qu'il essayait de me jauger.

— Enchanté !

En moins de cinq minutes, il m'avait informé de tout ce qu'il pensait nécessaire de savoir sur lui. Il travaillait au Gaz, était à deux ans de la retraite, habitait un pavillon à Corbeil et passait toutes ses vacances ici. Il avait acheté la maison d'à côté deux ans plus tôt, en avril, non, en mai. Il avait fait une bonne affaire. 380 000 francs. « Désolé, je parle encore en francs. » (Il émit un rire très bruyant.) Une bouchée de pain. Avec sa femme, Nicole, ils l'avaient retapée, la maison, pas sa femme (nouveau rire bruyant) pour y passer sa retraite.

Il examina nos travaux.

— Le polystyrène, c'est pas valable, finit-il par dire. À mon avis, ça ou rien, c'est à peu près pareil. Ou alors, t'aurais dû mettre des plaques de 12 minimum. Là vous avez posé du 8 ?

— Du 10.

— Du 10 ? C'est pas assez. Vaut mieux de la laine de verre. Ça c'est valable.

— Oui, je sais, s'excusa Jean-Paul. Mais on voulait pas se lancer dans trop de frais.

— Oh eh, farceur ! Tu prends du Patinex 500. Pas du 100 parce que ça n'isole pas assez. Du 500. C'est pas très cher. 50 le kilo. Il t'en faut... Voyons voir...

Il sortit son mètre de sa poche de survêtement.

— 1 mètre... Rends-toi utile. Tiens-moi l'autre bout, dit-il à Jean-Paul. 2 mètres... 3 mètres... 55... 3 mètres 55 pour ici. Et là... 1 mètre, 2 mètres...

66

3 mètres... 4 mètres... 12. Combien j'ai dit déjà pour l'autre mur ?

— 3 mètres 55, répondis-je.

— C'est bien. Y en a au moins un qui suit. (Il rit.) Tiens à propos, Jean-Paul, tu la connais celle-là ? Quelle est la différence entre un 69 et un chalet suisse ? Le point de vue ! (Il partit d'un grand éclat de rire.) Enfin revenons à notre affaire... Donc 3 mètres 55 sur 4 mètres 12... 14 et quelques... Disons 15. Il t'en faut... voyons, c'est par pots de 5 kilos... J'dirais 10 kilos maxi. Il t'en restera. Tu pourras même faire un bout d'une autre pièce avec... Patinex, j'te dis. Et avec ça t'es tranquille. Enfin, comme dirait l'autre, c'est vous qui voyez... (Rire.)

Dix minutes plus tard, il nous avait convaincus (imposé serait plus juste) d'aller acheter son Patinex (à force de nous bassiner avec son « Patinex, c'est valable », nous finîmes, Jean-Paul et moi, par le surnommer ainsi entre nous), de défaire tout ce que nous avions déjà posé et de recommencer à zéro.

Il est des gens avec qui l'on se sent en permanence dans une sorte de compétition. À qui se montrera le plus mûr, le plus responsable. Patinex était de ceux-là. Chacun de ses mouvements paraissait calculé, précis et efficace comme s'il était en train de poser une étagère. Inconsciemment, Jean-Paul et moi adoptâmes un ton de voix assuré, nous nous entendîmes dire des phrases sans humour, pleines de bon sens pratique. Nos gestes devinrent mesurés. Le tout étant, sous le regard de Patinex, de faire un sans-faute : un mot, une action, un but. La moindre distraction est sinon aussitôt perçue comme une faiblesse, un signe d'enfantillage.

Ce sentiment de concours culmina au magasin de bricolage. Les rares fois où, contraint par Christine, je m'y étais aventuré restaient pour moi un souvenir pénible : l'impression d'un dédale sans fin parmi des rayons entiers d'objets dont j'ignorais jusqu'alors l'existence et ne devinais pas l'usage. Nous arrivions avec une idée plus ou moins claire de ce que nous voulions entreprendre, mais une discussion de quelques minutes avec un vendeur nous révélait l'étendue des opérations à réaliser, et plus encore la multiplication des outils et des produits à nous procurer. Ici, même la réparation la plus simple devenait une sorte de rituel initiatique, aussi hermétique que compliqué, qui devait nous amener jusqu'à notre entrée dans le monde des bricoleurs. Le tout sous l'œil plus ou moins indifférent du vendeur qui nous parlait dans une langue abstruse. Il maintenait dans ses explications juste ce qu'il fallait d'incertitudes, notre mur n'était pas exactement comme celui qu'il décrivait, sa surface présentait des aspérités ou des défauts non prévus. Au début je croyais que cela était dû à la réalité même, impossible à décrire, sauf à venir avec son mur. Mais en fait, il s'agissait d'autre chose : ce zeste d'initiative qui demeurait dans l'action de l'apprenti bricoleur et constituait justement le cœur de son initiation.

Avec Patinex, rien de tout cela. Nous entrâmes, nous nous dirigeâmes aussitôt au bon rayon, nous vîmes et il choisit. Il prit trois gros pots de Patinex. Il discuta bien un peu avec le vendeur, mais c'était une discussion d'égal à égal. « Du 12, c'est mieux non ? — Oui, du 12 c'est bien. Ou alors du 15. Ça dépend de votre mur. — De la brique. Non, 15, je trouve que c'est un peu trop. — Alors du 12. Mais attention, mèches de 7. — Oui, bien sûr. » Patinex voulait avoir le dernier mot.

Toute la journée, nous fûmes contraints de trimer sous le flot des directives de Patinex, comme si nous

étions de mauvais apprentis, jusqu'à l'heure de l'apéritif.

— Vous préférez l'opéra ou l'apéro ? déclara
Patinex, qui s'esclaffa. Parce que dans la vie il y a
ceux qui aiment *Rigoletto* et ceux qui aiment rigoler
tard !

Jean-Paul lui servit un grand Ricard et laissa la bouteille à côté de lui.

— Tu te ressers quand tu veux...

— Oh doucement. Avec ce que j'ai déjà, ça ira largement... Alors, mesdames, qu'est-ce que vous en
dites ? Ça te plaît, Martine ? Demain si tout va bien,
on finit. Hein, les gars ? Vous verrez, le Patinex, vous
m'en direz des nouvelles... (Il but une grande rasade.)
Encore quelques jours de travaux et vous ne reconnaî-
trez plus vos hommes. À mon avis, ils vont bien
dormir. Mais ce soir, ceinture. Au lit direct. (Il partit
d'un grand éclat de rire, se resservit un autre verre.)
Parce que demain, faut être en forme si on veut terminer...

34.   Nous finîmes effectivement la chambre le lendemain après-midi, mais comme il l'avait prévu, il nous
resta un bon morceau de Patinex. « Faut pas gâcher. »
Aussitôt il nous persuada d'entamer une autre pièce.
Et ainsi, de pièce à terminer en morceaux de Patinex
restants, nous nous retrouvâmes pendant les quatre
jours suivants à refaire l'isolation de toute la maison.

Mais cela ne marqua pas pour autant le terme de
notre calvaire. Ce fut ensuite une succession d'événements aussi étranges qu'implacables. Patinex réussit à
nous persuader qu'il fallait casser le mur entre le salon
et la cuisine pour dégager un grand espace seulement
séparé par un bar à l'américaine, comme chez lui.

Il y a quelque chose d'extrêmement rassurant dans le bricolage, dans cet enchaînement d'actions dont la réussite s'avère si satisfaisante pour l'esprit qu'elle agit sur le bricoleur comme une drogue.

Il faut dire aussi que l'intensité des efforts fournis nous épuisa rapidement et que nous nous retrouvâmes à l'état de zombies, comme des conscrits durant leurs classes. Il y avait d'ailleurs du militaire dans sa façon de distribuer les tâches et les objectifs à atteindre : un mur à finir, une découpe à faire, un lé de Placo à poser...

— Tout repose sur l'ordre et la méthode. Seul l'ordre est valable, nous expliquait-il au briefing du matin.

Et quand nous nous récriions devant l'ampleur de la tâche, il ajoutait :

— Ce n'est pas une question de temps, mais d'organisation. Une question d'organisation, pas de temps. Capiche ? Allez, messieurs, au travail et comptez pas sur moi pour réparer vos bêtises. Démerden sie sich ! (Rire.)

Remarque : Plus j'y pense, plus il me paraît évident que la manie de bricoler qui s'est emparée de nombre de mes contemporains, loin de se réduire à un innocent et paisible loisir, se révèle être une dangereuse obsession d'ordre et plus encore de pouvoir. Le bricolage est aux manuels ce que le jeu d'échecs est aux intellectuels. L'un est la tête pensante, l'autre la main agissante, mais au vrai tous deux reposent sur une même vision du monde, fondée sur l'illusion que chaque chose a une place et une fonction, que l'on peut ordonner. Les joueurs d'échecs considèrent le monde comme une suite de pions à déplacer, à manipuler, voire à sacrifier, les bricoleurs réduisent le réel à un ensemble de lignes droites, d'angles d'attaque, où pour chaque problème il existe une solution.

35.   Patinex avait pris le chantier sous sa direction et semblait ne jamais vouloir le terminer. Il se sentait chez lui. Nous avions repéré qu'en fonction des heures de la journée, ses humeurs ou ses sujets de conversation étaient réglés comme la bulle du niveau.

Le matin était consacré aux plaisanteries vaseuses, aux jeux de mots idiots. Ainsi, quand il examinait ce que nous étions en train de faire, il ponctuait ses remarques par « c'est du travail d'Arabe ». Certains jours, c'était au tour des Italiens ou des Marseillais de faire les frais de son ironie. Il y avait aussi une blague qu'il nous réservait très souvent. « Ces dames n'écoutent pas ? demandait-il avant de commencer. Bon. Vous connaissez la devise des bricoleurs ? Il vaut mieux l'avoir blanche et droite que black et d'équerre ! » (Rire.)

L'après-midi débutait avec son jeu favori quand Martine ou Christine venait voir comment les choses avançaient : commenter notre travail.

— Nous voici maintenant en deuxième semaine. Nos candidats ont accompli des progrès fantastiques. Jean-Paul a appris comment poser un enduit de lissage sans baver, tandis que son camarade, lui, ponce comme un chef. Depuis une semaine, ils n'ont pas ouvert un livre ! Mais je ne crois pas que cela leur manque, tellement ils sont occupés à retaper la Ferme !

Plus la journée avançait, plus son humeur s'assombrissait. Il se livrait alors à un certain nombre de réflexions, toujours les mêmes (seul l'ordre changeait), où se mêlaient le souvenir de son trekking au Népal, la supériorité du chauffage au gaz sur l'électrique et la responsabilité de Mai 68 dans les problèmes actuels. Et même s'il nous demandait sincèrement notre avis, et écoutait les remarques de Jean-Paul (j'étais trop fatigué pour tenir un raisonnement), il ramenait les propos de mon ami à sa façon de voir les choses.

Après le mur, nous refîmes la cuisine, comme chez Nicole, sa femme, puis nous transformâmes la véranda en bow-windows. Alors que nous touchions au but – il ne restait plus que quelques finitions –, il nous annonça qu'il avait eu une grande idée :

— Vu que la Ferme est devenue un palace, il me semble qu'il faudrait y ajouter la touche finale qui en ferait véritablement un château !

Jean-Paul et moi, nous nous regardâmes, atterrés et inquiets.

— À quoi pensez-vous ? demanda Christine.

— À quelque chose qui donne un cachet à une maison. On voit ça dans les films. Et de plus ce serait véritablement mon chef-d'œuvre car je n'en ai jamais construit avant.

— Une mezzanine ?

— Tu es le maillon faible, Jean-Paul. Au revoir.

— Une cheminée ? hasarda Nicole.

— Bravo, il y en a une qui suit !

— Une cheminée ? Mais où ?

— Dans le salon !

— Mais il faudrait percer le plafond et le toit pour faire le conduit. Jamais on n'y arrivera.

— Il n'y aura pas assez de tirage, risquai-je, sans être trop sûr de l'argument que j'avançais.

— Mais pas une vraie. Une fausse.

Il sortit un catalogue qui s'ouvrit aussitôt à la page qu'il avait cornée.

— Avec un chauffage au gaz à l'intérieur, en forme

de bûches. Ça chauffe très bien et c'est pas contraignant. Pas cher et efficace. Valable quoi !

— C'est-à-dire..., bredouilla Martine.

— Oh vous ! je vous connais, vous allez adorer. C'est tout à fait le genre que vous aimez. Vous n'aurez plus qu'à acheter un tapis épais ou une peau de bête, j'ai un copain qui en vend aux puces, j'vous aurai un bon prix. Vous pourrez vous allonger devant votre cheminée pour lire. Vous pourrez même faire la bête à deux dos...

— Oh, Bernard !

Tout le monde garda un silence gêné. Jean-Paul et Martine cherchaient comment parer le coup sans vexer Patinex, Christine me regardait avec un air de compassion. Quant à moi, ma décision était prise.

Dans la nuit, je me levai sans faire de bruit et préparai ce qui était nécessaire à la réalisation de mon plan.

Le lendemain matin, je le guettai devant la porte.

Précis comme une horloge, il arriva à huit heures vingt-neuf.

Je lui expliquai que nous avions été dérangés toute la nuit par des bruits bizarres du côté du grenier.

— Des fantômes, lâcha-t-il en rigolant. C'est normal vu qu'on a fait de la Ferme un château...

— Des rongeurs sans doute. J'ai pris l'échelle pour regarder à la base du toit, au niveau du grenier, mais je n'ai rien vu. Comme je n'y connais pas grand-chose, je me demandais si...

— ... Je ne pourrais pas jeter un œil ?...

Je fis oui de la tête, de l'air d'un adolescent sollicitant l'aide de son père.

— Pas de problème. Montre-moi où c'est.

Je fis le tour de la maison et lui désignai l'échelle.

— Juste en haut, lui dis-je.

— Ah ces intellos..., lâcha-t-il en commençant à grimper. Et Jean-Paul, il est où ?

— Il dort encore.

— Quoi ? Avec tout ce qu'on a à faire aujourd'hui ! dit-il en riant. Tout ça c'est de la faute à Martine. Entre nous, elle m'a tout l'air d'avoir un sacré...

36. Il n'acheva pas. Son pied venait de se poser sur l'un des derniers barreaux que j'avais pris la peine de scier légèrement. Cela ne se voyait pas à l'œil nu, j'avais prévu qu'il se brise à la moindre pression. Patinex tomba de près de trois mètres de haut sur un tas de gravats dans lequel durant la nuit j'avais enfoncé des tiges de fer. Ces jours de bricolage n'avaient pas été totalement inutiles puisqu'ils m'avaient permis de préparer ce piège selon les règles appliquées par tout bon bricoleur : anticipation, rigueur et méthode. « Une question d'organisation », aurait dit feu Patinex.

Il mourut sur le coup. Je peux même dire qu'il n'a pas souffert. Je me précipitai à l'échelle, la renversai de sorte que le barreau scié se trouvât maintenant en bas. Je sciai également l'autre côté. On voyait bien qu'il en manquait un, mais sa position à moins de cinquante centimètres du sol ne rendait plus son absence dangereuse.

D'ailleurs les gendarmes, que Jean-Paul avait prévenus peu après, confirmèrent aussitôt la thèse de l'accident.

Christine et moi décidâmes de rentrer le lendemain du drame.

Ayant reçu en héritage la caisse à outils de Patinex (« Il aurait voulu qu'il en soit ainsi, j'en suis sûre », lui avait dit Nicole), Jean-Paul se sentit obligé de se livrer à quelques menus travaux. Mais traumatisée par cet accident, Martine lui interdit de s'approcher d'un marteau ou de toucher à une perceuse pour le restant de ses jours.

Au-delà de la satisfaction d'avoir mis un terme à notre chemin de croix, cette nouvelle disparition marqua une étape décisive dans mon évolution. Si j'avais pu croire que Suzanne avait été un cas isolé, une exception, je mesurais avec Patinex toute l'étendue de mon erreur. La fin de la concierge n'était au contraire que le point de départ, le *ground zero* d'une série dont j'ignorais encore si elle serait longue ou non. La facilité avec laquelle cela s'était fait (le propre des grandes résolutions) et l'évidente utilité du résultat (l'arrêt définitif des travaux) me confirmèrent que j'étais dans le vrai.

37. Il ne me fallut pas longtemps pour l'expérimenter de nouveau.

VI

38.　En fait dès le voyage du retour.

Nous étions sur l'autoroute et venions de dépasser la sortie d'Évreux. J'avais d'ordinaire une conduite calme, n'étant pas du genre à m'énerver contre les autres conducteurs ou à écraser le champignon. Le trafic était un peu dense, nous étions en période de retour de vacances. Je roulais donc tranquillement. Je venais de doubler un gros camion et me trouvais encore sur la file de gauche. Je n'avais pas eu le temps de me rabattre, deux caravanes précédant le camion. Soudain, je vis arriver au loin dans mon rétroviseur une voiture tous phares allumés.

Remarque : Qu'on me pardonne ici de ne pouvoir citer la marque, mais je suis totalement ignorant de ces choses. Enfant, je n'ai jamais joué aux petites voitures, mais aux cow-boys et aux Indiens malgré l'interdiction de mon père qui, en bon communiste, y voyait l'influence malsaine de l'impérialisme américain. Ma mauvaise conscience vis-à-vis de mon père m'empêchait de massacrer les Peaux-Rouges, mais pour autant, il m'était impossible de les laisser l'emporter. Je passais donc des heures dans un subtil équilibre où aucun de mes personnages ne mourait vraiment malgré de longues batailles, épuisé par ce

compromis historique aussi improbable que peu satisfaisant. Bref, mes connaissances en matière d'Indiens
se révélèrent immenses (quoique peu utiles au quotidien), à l'inverse de celles sur les automobiles.

Je la vis grossir et fondre sur moi. Je ne sais pas
vous, mais moi j'ai toujours trouvé qu'une automobile
qui vous suit en codes en plein jour a quelque chose
de menaçant, comme quelqu'un qui vous fait les gros
yeux. Elle s'était collée juste derrière moi. Je distinguais le visage du conducteur, dont les traits étaient
déformés par la colère. Il me faisait signe de dégager
sa route et me serrait maintenant de très, très près. La
cinquantaine guerrière, les cheveux argentés et longs,
portés comme une crinière, il arborait une montre en
or énorme à son poignet qu'il agitait frénétiquement.
J'essayai de lui faire comprendre par des haussements
d'épaules que je ne pouvais me rabattre, et qu'étant
déjà à 130 km/h je n'avais pas l'intention d'accélérer.
Cela eut le don de l'énerver encore un peu plus. Il
multiplia les appels de phares. Un instant, l'idée me
traversa l'esprit de freiner net pour démolir sa belle
auto et avec un peu de chance l'envoyer dans le décor.
Je sentais l'énervement monter. Par provocation, je
refusai de me mettre de côté et doublai encore une
caravane cinquante mètres plus loin. L'autre s'en
aperçut et appuya comme un fou sur son klaxon. Mon
exaspération allait croissant contre ce type dont tout le
courage reposait dans la puissance de son moteur. Je
crois que c'est ce sentiment d'impuissance qui me
blessait le plus : je savais que fatalement j'allais finir
par me rabattre, contraint de me plier à sa volonté. Je
laissai donc passer une deuxième occasion, ce qui le
mit au comble de la fureur. À la troisième, il déboîta
sur la droite, me dépassa, non sans multiplier les

gestes obscènes, et me fit une impressionnante queue de poisson. Tandis que je le regardais s'éloigner, son numéro de plaque d'immatriculation se gravait dans ma mémoire – je m'en souviens encore aujourd'hui : 787 MDR 75.

C'est d'ailleurs grâce à ce numéro que je le retrouvai, une cinquantaine de kilomètres plus loin, sur un parking de l'autoroute. Christine m'avait obligé à m'arrêter sur une aire de repos (bénie soit la vessie de ma femme). Pendant qu'elle filait aux W-C, j'allai me dégourdir les jambes et fumer une cigarette. Machinalement, mes yeux tombèrent sur la plaque d'immatriculation de la voiture d'à côté. 787 MDR 75. Je mesurai aussitôt l'étendue de ma chance. Il me fallait faire vite avant que Christine ne revienne. J'écrasai ma cigarette, me précipitai dans la voiture à la recherche du bon objet. Le revolver de mon grand-père ferait trop de bruit, même si, le sort étant décidément de mon côté, il n'y avait qu'une seule autre automobile sur le parking, un couple en train de changer son bébé. Le couteau pour le pique-nique ! Je m'en saisis et courus jusqu'aux toilettes où devait se trouver mon chauffard.

Il était penché au-dessus du lavabo et se passait de l'eau sur le visage. Il avait posé ses clefs, ses papiers et son portable sur le rebord, à côté de lui. En entendant du bruit, il releva la tête et, dans la glace, m'aperçut. Il soutint un instant mon regard, détourna les yeux, puis me fixa à nouveau. Sans doute cherchait-il dans quelles circonstances il avait pu me croiser, à moins que mon air farouche ne l'impressionnât. Il tomba de tout son long sans même avoir compris ce qui lui était arrivé. Je le saisis sous les bras, le traînai jusque dans une cabine des toilettes. Je fermai derrière moi. Je pris appui sur la lunette, passai par-dessus la cloison et sautai de l'autre côté. « Avant que quelqu'un ne le découvre, je serai loin », me dis-je. Je nettoyai le couteau, le lavabo et les quelques traces sur le sol. J'emportai ses affaires, éteignis son portable, jetai le tout dans une poubelle et me dirigeai vers ma voiture. Mon sang-froid m'étonnait moi-même. Le couple avec le bébé était déjà reparti, et quand Christine me rejoignit je fumais paisiblement une cigarette, assis sur le capot.

— Tu as vu, me dit-elle, on dirait la bagnole du chauffard de tout à l'heure...

— Ah bon, tu crois ? fis-je.

— On devrait l'attendre et lui dire deux mots sur sa conduite.

Je restai quelques secondes silencieux (abasourdi en fait).

— Non... Laisse tomber. D'abord on n'est même pas sûrs que c'est sa voiture...

— Si, je te dis. Je la reconnais. C'est la sienne. Elle était rouge, pareille, avec le veston sur la plage arrière. Je m'en souviens...

— Rouge... Rouge... Ce n'est pas la seule voiture rouge sur l'autoroute... C'est vrai ça. Qu'est-ce que t'y connais, toi, en voitures ? Tu as jamais su faire la différence entre une 205 et une Golf. Et puis elle n'était pas rouge. Enfin pas rouge comme ça. Elle était un peu plus foncée... Bordeaux ou prune...

— Prune ? Mais tu me prends pour une idiote ou quoi ?

— Et puis même. Admettons que ce soit lui. À mon avis, c'est tout à fait le genre à faire une connerie s'il se sent agressé.

— N'importe quoi !

— Je n'ai pas envie que ça dégénère à cause d'une broutille.

80

— Une broutille ? Ce n'est pas ce que tu disais tout à l'heure...

— Oui, peut-être. Mais j'ai réfléchi. C'est pas la peine de tomber dans le piège de la violence... Allez viens... Montrons-nous plus intelligents que lui...

— Ce n'est pas le courage qui t'étouffe, lâcha-t-elle en remontant dans la voiture.

Remarque : Mus par un élan spontané de compassion, certains d'entre vous pourraient peut-être trouver que ce qui venait d'arriver à ce chauffard, en regard de sa mauvaise conduite, était un peu disproportionné. Je vous préviens tout de suite : je n'ai pas l'intention d'ergoter à chaque fois sur le bien-fondé de telle ou telle disparition. Je veux bien faire ici une exception, à caractère didactique, pour vous amener à ne pas vous arrêter aux apparences (apparences dont se servent si habilement de telles personnes pour nous pourrir la vie, et plus encore jouir de l'impunité), mais à les dépasser et à voir clairement l'aveuglante réalité concrète des choses. Analysons la situation. Je venais de mettre fin à une source potentielle d'accident. Plus que potentielle. Probable même. Une telle conduite risquait de déboucher à plus ou moins longue échéance sur une sortie de route, un carambolage, une collision même, entraînant au mieux des blessés, au pis un voire plusieurs morts (peut-être un de vos amis, un proche ou pourquoi pas... vous ?). Maintenant, qu'est-ce qu'il vaut mieux ? La prévention (c'était l'année où le ministère des Transports avait lancé une grande campagne sur le thème « la sécurité, c'est l'affaire de tous »), ou bien ce que j'avais fait moi, solution certes expéditive, mais peu coûteuse et efficace ? Pouvez-vous me dire qui, ce jour-là, du ministère ou de moi, a fait le plus pour la sécurité routière sur l'autoroute entre Caen et Paris ?

39.   Je rentrai de ces vacances avec le sentiment assez perturbant que les événements se précipitaient sans que je puisse en maîtriser le cours. Mais passé le premier moment d'inquiétude, celui bien naturel que nous connaissons tous face à une situation complètement nouvelle qui menace de nous dépasser, je me rendis compte que tout cela me procurait, en fait, une joie profonde. Loin d'être abattu ou effrayé par la tournure des choses, je sentais au contraire monter en moi une lucidité et une détermination que je ne me connaissais pas. J'en arrivai ainsi aux conclusions suivantes :

1/ Ce qui nous pèse au quotidien, c'est de devoir toujours composer. La plupart du temps même, nous en sommes réduits à subir. Pourtant nous savons qu'il existe une solution radicale qui réglerait le problème de façon définitive, ou du moins à notre plus grande satisfaction. Souvent même, nous y songeons comme à une revanche. Nous l'imaginons dans les moindres détails, mais c'est pour mieux y renoncer, nous en exagérant les conséquences. Nous préférons au fond ces accommodements qui nous évitent toute confrontation, même si nous sommes convaincus que rien ne sera véritablement résolu. Il suffirait cependant de sortir des sentiers battus de l'autocensure, de faire preuve d'un peu de détermination.

La fin de Suzanne, de Patinex et du chauffard ramenard m'avait fait toucher du doigt la radicalité d'un tel geste. D'où cette jubilation qui m'habitait désormais. En fait, une porte venait de s'ouvrir. Je me sentais capable d'affronter le monde, armé de cette toute nouvelle résolution, fruit de ma découverte : jamais plus je ne transigerais.

2/ J'avais eu beaucoup de chance concernant la réalisation, mais aussi la réussite de mon action. J'y voyais même un signe. Sans me comparer aux grands hommes de l'Histoire, il est indéniable qu'il était entré dans le succès de mon entreprise une part de hasard non négligeable, une sorte d'aura magique : Napoléon et le soleil d'Austerlitz, de Gaulle et sa baraka, les exemples sont nombreux. Toute proportion gardée, Patinex et son échelle, mon chauffard et son aire d'autoroute appartenaient au même mécanisme du destin. J'avais moi aussi une bonne étoile.

3/ J'avais fait preuve d'un grand sang-froid qui témoignait d'une prédestination pour le moins heureuse à ce genre d'entreprise. Ma maladresse légendaire et mon indécision non moins fameuse avaient, comme par miracle, disparu au moment de passer à l'action. Malgré tout, je devais à l'avenir ne pas me montrer inutilement imprudent et mieux réfléchir à la phase de préparation (j'avais admis que j'allais me trouver de nouveau, voire peut-être régulièrement, confronté à ce type de situation). Tout cela était « une question d'organisation ».

La nouvelle de la disparition du chauffard ne fut rendue publique que deux jours plus tard. D'après les journaux, il s'appelait Éric Menard (voilà encore une affaire élucidée), dirigeait une agence immobilière et résidait à Paris. Les gendarmes avaient retrouvé ses papiers et son téléphone portable dans la poubelle du parking. Ils excluaient le crime crapuleux et s'orientaient vers la piste d'un déséquilibré. Mais il n'y avait aucun hôpital psychiatrique dans les environs. Ils en étaient donc réduits à lancer un appel à témoins. Je tremblais que Christine ne fasse le rapprochement.

Elle avait un tel rejet de tout ce qui était fait divers qu'elle n'y prêta pas attention.

Une semaine plus tard eut lieu l'ultime rebondissement : le couple avec un bébé s'était manifesté. Ils avaient vu Éric Menard se garer et se diriger vers les toilettes. En fait, c'est l'homme qui s'en était souvenu car il avait admiré la voiture de Menard. Ce témoignage faillit causer ma perte. J'étais en train de lire l'article relatif à ce fait nouveau quand Christine se pencha par-dessus mon épaule, parcourut les titres et s'exclama :

— Oh ! Regarde !

Je ne pus réprimer un tremblement.

— Je t'ai fait peur ?

Je ne répondis pas.

— Regarde ! Ils parlent de l'usine où mon père travaille !

Elle m'arracha le journal des mains.

— Tu permets ? me dit-elle d'un ton câlin, avant de se mettre à lire.

Je l'observai pendant tout le temps que dura sa lecture. J'essayais d'échafauder toutes les réponses possibles. Mais elle me rendit le journal sitôt l'article fini pour appeler ses parents.

L'enquête s'arrêta là, du moins les médias n'en reparlèrent plus. Moi j'étais déjà passé à autre chose. En fait, je me souviens que, durant toute cette période, j'étais sur un petit nuage. J'avais l'impression d'être un super-héros qui vient de découvrir ses super-pouvoirs. Littéralement, je planais au-dessus des choses. Le simple fait de savoir qu'il existait, si je le voulais, une possibilité rapide de mettre fin à toute nuisance me procurait un sentiment de complet détachement vis-à-vis des contingences.

Remarque : On me pardonnera ces courtes notations personnelles, empreintes d'une vanité naïve. Mais je me suis engagé à décrire avec précision toutes les étapes de ma lutte, et il me semble important de ne pas passer sous silence mes propres émotions. Premièrement, parce qu'elles jouèrent un rôle dans l'évolution de mon combat. Deuxièmement, parce qu'elles témoignent du fait que l'homme n'est pas toujours à la hauteur de sa découverte. J'aurais pu, comme font beaucoup de mémorialistes, réécrire l'histoire après coup. Mais ma démarche est une vraie démarche scientifique. Dans la réalité, j'ai avancé à tâtons (et commis parfois des erreurs de jugement ou d'interprétation) pour élaborer peu à peu ma réflexion théorique.

40.   Je ne tardai pas à expérimenter de nouveau la redoutable efficacité de mon action, et ce dans un domaine où les pauvres citoyens que nous sommes restent le plus souvent démunis et impuissants. Je veux parler des rapports avec l'Administration.

Mes ennuis débutèrent par une lettre des impôts. J'ai une crainte maladive du fisc. Lorsque je trouve dans ma boîte aux lettres mon avis d'imposition, je ressens immédiatement de violents maux de ventre comme ceux que j'avais enfant, le dimanche soir, à la veille de retourner à l'école. J'ai toujours peur d'être pris en faute, d'avoir oublié de déclarer quelque chose, et plus encore de ne pas arriver à payer le montant de mon tiers.

La lettre m'informait que j'avais rempli ma déclaration de manière incorrecte, du fait de mes multiples petits boulots. On me réclamait un certain nombre de documents complémentaires. Je m'exécutai. Peu après, une deuxième lettre m'indiquait que j'étais désormais soumis à l'URSSAF pour avoir fait un travail payé en honoraires. À cet envoi, un nouveau formulaire était joint, que je m'efforçai de remplir sans trop bien comprendre. Un troisième courrier m'avertit que mon appartement était dorénavant considéré comme un local commercial redevable de patente et autres charges. Un quatrième m'annonça des pénalités de retard.

À chaque fois, René Jiffard, percepteur à la trésorerie principale, m'assurait de ses sentiments dévoués avec une constance méritoire et me signalait qu'il était à ma disposition pour toute information complémentaire. Il répondait à chaque lettre avec une ponctualité sans faille, quoiqu'il se révélât aussi inflexible sur la somme que je devais au fisc que tatillon sur les échéances. Je décidai de prendre rendez-vous avec lui.

Il se montra affable, m'expliqua qu'il me fallait payer au plus vite afin d'éviter de nouvelles pénalités et que c'était seulement après avoir encaissé mon règlement que l'administration fiscale, se rendant compte du trop-perçu, me rembourserait. Je lui démontrai l'absurdité de la situation et ma bonne foi. Il me répondit sur un ton courtois que, certes, il comprenait ma position, mais que le Trésor public n'admettait aucune dérogation. J'avais l'impression d'être face à un ordinateur qui ne connaît que la touche suivante ou précédente. Je tentai de l'apitoyer. René Jiffard était impitoyable. Je m'énervai. René Jiffard resta imperturbable. Je le menaçai de recourir au médiateur. « Payez d'abord, me dit-il, vous le saisirez ensuite. » À bout d'arguments, je pris congé. Il m'assura une dernière fois de ses sentiments dévoués.

Quant à moi, je lui adressai mes vœux les plus meurtriers. Il ne passa pas la semaine. Il habitait un vieil immeuble avec un escalier en bois et de grandes fenêtres. Un matin, il glissa malencontreusement sur une marche, passa à travers la vitre et fit une chute mortelle de cinq étages. La concierge, pardon la gardienne, fut un temps inquiétée pour mise en danger de la vie d'autrui car l'escalier entre le quatrième et le cinquième étage avait été particulièrement bien ciré la veille (par mes soins). Mon dossier prit un certain retard, avant qu'une jeune perceptrice plus compréhensive ne s'y attelle et débrouille l'affaire.

41.   La Sécurité sociale prit illico le relais des impôts. Tout commença par l'envoi de plusieurs demandes de remboursements de soins. Quinze jours plus tard, la totalité de mon dossier me fut retournée et l'on me signalait que j'avais omis une ordonnance. Je réparai aussitôt mon erreur, mais deux semaines après tout m'était de nouveau retourné car il manquait la signature du médecin. Le paraphe obtenu, je renvoyai le tout. Un mois plus tard, mon centre m'informait qu'il avait égaré une feuille de soins et qu'il me fallait faire un duplicata. Décidé à ne pas renoncer, je me procurai le duplicata et me rendis sur place pour être sûr que plus rien ne retarderait la mise en route du règlement.

Je pris un ticket à l'entrée. Une bonne heure s'écoula avant que mon numéro ne s'affiche au-dessus d'un bureau.

L'hôtesse d'accueil, une Antillaise d'une quarantaine d'années, examina ma feuille de soins en silence puis me la rendit.

— Votre dossier est incomplet. Il manque le montant des honoraires du médecin.

— Mais, fis-je, c'est écrit qu'il s'agit d'un acte gratuit.

Elle marqua un temps d'hésitation, puis se leva et me dit :

— Je reviens.

Les numéros au-dessus des autres bureaux s'égrenaient lentement. J'imaginais le bureau de saint Pierre identique à celui-là. Et les gens que j'y avais envoyés, s'y présentant.

— C'était votre locataire le tueur d'animaux, expliquait l'ange à Suzanne.

— J'aurais dû m'en douter ! Et mes chats ? Qui c'est qui va s'en occuper, hein ?

— Je n'en sais rien, dit l'ange.

— S'il vous plaît. Vous pouvez pas le savoir avec votre machine ?

L'autre consulta un écran puis lâcha :

— Un pauvre ermite qui se fait appeler le centurion, ou quelque chose comme ça.

— Connais pas. Vous êtes sûr ?

— Oui, c'est un nom comme ça, le centurion... le légionnaire... Suivant.

— Tout ça à cause d'une cheminée. Je comprends pas. Une cheminée. En tout cas, si vous avez besoin d'un coup de main pour retaper les chambres.

— Un bricoleur ? Ah, alors vous vous êtes trompé. Depuis l'épisode de la Crucifixion, on refuse tous les manieurs de clous et de marteau...

Je me sentais gagné par l'énervement. De temps en temps, le bruit d'une conversation me parvenait de la pièce où l'Antillaise était entrée. Cela faisait bien dix minutes. Les numéros dansaient maintenant, comme s'ils me narguaient, 306, 307, 308... Le temps filait au rythme de leur clignotement. 309, 310, 311... N'y tenant plus, je me penchai par-dessus le bureau et jetai un coup d'œil dans la direction d'où provenaient les voix. Par l'entrebâillement de la porte, je l'aperçus une tasse à la main en train de discuter avec ses collègues. Nos regards se croisèrent. Elle me cria :

— J'arrive, monsieur.

Puis elle me tourna le dos et reprit sa conversation.

Remarque : Je ne sais pas pourquoi, mais de telles situations, c'est toujours sur moi que cela tombe. Au supermarché, je choisis à coup sûr la mauvaise file d'attente, celle qui n'avance pas, parce que soudain la vendeuse arrête son service ou qu'un client paie avec toute sa petite monnaie. Déjà gamin, lorsqu'un professeur interrogeait au hasard, le premier nom qui lui venait était presque chaque fois le mien. Entièrement soumis au bon vouloir d'une femme dont j'ignorais quand elle se déciderait à revenir, j'entrevoyais de plus en plus clairement la possibilité qu'il s'agisse d'une conspiration. Une conspiration des imbéciles et des crétins pour m'entraver ainsi que tant d'autres dans mon cas. Pour non seulement nous faire perdre notre patience, nous voler un temps important de notre vie, mais aussi prendre à travers nous, contre nous, leur revanche, leur minuscule, leur lilliputienne revanche sur toutes leurs frustrations.

Elle revint enfin. Elle admit que, vu sous cet angle, mon dossier était complet. Mais... (elle marqua une longue pause)... de toute façon, le médicament prescrit n'était plus remboursé.

Elle appuya sur le bouton pour appeler le numéro suivant.

Je la regardai, interloqué. Je crus que j'allais l'étrangler sur place.

Le lendemain, à la sortie de son travail, alors qu'elle passait pour une personne très calme (et même un peu lente, aux dires de son chef de service), elle traversa de manière inconsidérée, se jetant littéralement sous les roues d'une voiture, sans que le conducteur ait le temps de réagir, comme il devait l'expliquer peu après à la police. Pour ma part, ce n'était pas un acte gratuit.

Remarque : Que cela soit bien clair entre nous, je n'ai rien en général ni même en particulier contre l'Administration. Je ne fais pas partie de ceux qui hurlent avec les loups contre les lenteurs de l'institution ou l'irresponsabilité des fonctionnaires. Même les grèves à la SNCF ou à la RATP, je les comprends et je les soutiens.

Pour le coup, les choses ne s'améliorèrent pas immédiatement au centre de Sécu et je dus intervenir à plusieurs reprises.

En à peine six mois, je fis disparaître :

— Une hôtesse d'accueil qui consacrait la moitié de l'année à soigner ses nerfs et l'autre moitié à les passer sur les assurés. Grâce à moi, elle trouva enfin le repos (la police conclut à un suicide).

— Un chef de service qui multipliait les demandes de justificatifs afin de décourager les assurés. Dans le cadre d'une campagne de prévention, j'avais été tiré au sort pour que mon centre m'explique les vertus d'une hygiène de vie plus saine. Il m'avait fait comprendre que j'étais responsable de ma santé, envers non seulement moi-même mais aussi la collectivité. Par mes soins, il fit une chute de vélo dans la forêt où il randonnait tous les dimanches matin et ne s'en releva pas.

— Une assistante sociale qui pratiquait les conseils et la morale aux assurés dans le besoin, comme les Chinois l'art de la torture. Elle avait voulu me fixer les nouvelles règles pour une meilleure santé : sortir le chien cinq minutes de plus, aller chercher le pain en vélo... « Mais je n'ai ni chien ni vélo », lui dis-je. Elle me regarda comme on dévisage un homme irresponsable ou plutôt dont l'irresponsabilité frôle l'incivisme. Le sport qu'elle faisait pour se maintenir en forme lui fut fatal : elle fut retrouvée noyée dans la piscine où elle se rendait régulièrement.

— Et enfin un médecin expert qui auscultait les patients comme s'il faisait des ménages, en un coup d'œil, en une question. Il me fit me déshabiller, me regarda de la tête aux pieds, me fit me rhabiller et me trouva en très bonne santé. Lui par contre le fut rapidement beaucoup moins : le soir même, il s'asphyxia avec un mélange de soude et d'eau de Javel alors qu'il faisait la vaisselle (« une négligence domestique », estimèrent les enquêteurs).

VII

42.　Cela marqua la fin de mes tracas administratifs.

Pendant les mois qui suivirent, je me laissai griser par une véritable euphorie quelque peu naïve. L'efficacité de ma méthode et la conviction que rien de fâcheux ne pouvait m'arriver me donnèrent un sentiment de toute-puissance qui m'incita à zigouiller un peu à l'emporte-pièce. En fait, impuissant à dégager une direction claire, je pensais que cela s'opérerait au fur et à mesure et décidai de m'en remettre à mon instinct. Mais ma pratique débordait de très loin mes capacités théoriques. J'avais toujours un train de retard dans la compréhension de ce qui m'arrivait, pour autant cela ne m'empêchait pas de m'activer avec, il faut bien le reconnaître, une belle énergie.

Bref, je faisais trépasser à tour de bras.

En reprenant mes notes, je m'aperçois qu'en à peine quatre mois et demi, je réglai leur compte à quarante-quatre personnes.

Cela commença par le SDF de la station Opéra. Allongé sur un duvet usé jusqu'à la corde, il faisait la manche comme s'il s'en prenait aux malheureux qu'il sollicitait. Il affectionnait les femmes seules qu'il harcelait avec hargne.

Un soir que j'étais à l'autre bout du quai (j'avais pris soin de prendre mes distances), plongé dans un roman policier, je sentis soudain une odeur nauséabonde. Il était planté à côté de moi et mimait mon air absorbé, les deux mains à plat devant lui, comme s'il lisait. Je souris. Il me réclama une petite pièce. J'avais déjà depuis le début de mon trajet donné à un chanteur et à un vendeur de petits journaux. Je lui fis signe que je n'avais rien sur moi. Il m'agonit d'injures, d'abord sur un ton sec, puis de plus en plus fort jusqu'à hurler. Il mit en cause mes pratiques sexuelles avec un luxe de détails qui révélaient certes une imagination fertile, mais soulevaient le cœur par son insistance à décrire des scènes ordurières. J'ai toujours détesté la violence et plus encore la colère, surtout quand elles s'expriment en public, aussi je fixai avec obstination mon livre, dont je relisais pour la cinquième fois la même phrase. Dans ma tête je priais pour que le métro arrive vite. Mais juste à ce moment-là, le haut-parleur avertit que, « suite à un accident de voyageur à la station Havre-Caumartin, le trafic [était] interrompu », et que « la RATP [nous priait] de l'excuser pour la gêne occasionnée ». Ces excuses me paraissaient bien légères par rapport au supplice que j'étais en train de subir. En revanche, cette nouvelle sembla doper l'énergie du SDF qui reprit de plus belle son flot d'injures. Je décidai de rentrer à pied.

Le lendemain, je m'équipai de gants en caoutchouc et à l'heure de pointe, alors qu'il arpentait le quai, occupé à râler, je n'eus aucun mal à le pousser sur la voie quand le métro arriva. Au milieu de la cohue, personne ne remarqua mon geste. Tous crurent à une glissade d'ivrogne. Des gens maugréèrent qu'ils allaient arriver en retard au bureau.

43. Deux jours plus tard, alors que je descendais l'escalier de la bouche de métro, un type devant moi poussa la porte et sans même se retourner la lâcha. J'accélérai le pas et tendis le bras pour la saisir avant qu'elle ne se ferme, mais j'entendis le clac du pêne s'engageant dans la gâche. Mon bras plia sous le poids de la porte et, comme j'avais continué à avancer, je me cognai contre le battant déjà refermé. Je dus donner un coup d'épaule pour la rouvrir. Je criai en direction du type un « merci » sonore. Il se retourna et me regarda sans comprendre, puis haussa les épaules. Un sentiment de rage bref mais intense me saisit.

Par un hasard étonnant la même scène se reproduisit le lendemain et le surlendemain encore ! Et par un hasard encore plus extraordinaire, à chaque fois, il s'agissait du même type. En fait, je venais de prendre un nouveau poste en intérim et nos horaires de départ correspondaient désormais à la seconde près. Le troisième jour, j'arrivai en avance et, lorsque je le vis apparaître, je me glissai devant lui et lui lâchai la porte sur le nez. Il ne broncha pas. Le jour suivant, il agit comme les jours précédents. Mon action pédagogique avait échoué. Après un week-end de repos, je le retrouvai le lundi : porte lâchée, clac de fermeture, coup d'épaule pour la rouvrir. Mais cette fois, cela ne demeura pas impuni. Je quittai plus tôt mon travail et me postai à la station de métro du matin, attendant son retour. Je le vis apparaître vers dix-huit heures trente et le suivis jusque chez lui. Le lendemain, je l'attendis devant la porte de son immeuble. D'après mes calculs, il devait apparaître vers huit heures seize. Il se montra d'une ponctualité parfaite. Je me précipitai, lui assenai un coup de couteau et m'en allai d'un pas rapide, comme s'il ne s'était rien passé (j'avais vu faire ça dans un film d'espionnage). « Qui me claque la porte, claque à sa porte », pensai-je en m'éloignant. Il habitait 11, boulevard du Maréchal-Leclerc. Je dis cela pour que vous puissiez l'identifier car les journaux ne mentionnèrent jamais son nom.

44.   Zigouillée aussi la petite dame qui me bouscula un matin sur le quai à Denfert, pour pouvoir entrer dans la rame sans attendre que les gens en descendent. Je la vis se précipiter sur la banquette et, faute de place, se rabattre sur un strapontin. Bien que nous fussions serrés comme des sardines, elle resta assise, plongée dans la lecture de son magazine. Un homme lui fit remarquer qu'elle pourrait se lever. Le plus tranquillement du monde elle lui répondit qu'elle ne voyait pas ce que cela changerait. Tant de mauvaise foi eut le don de m'exaspérer. Je décidai donc d'employer la même méthode qu'avec le type de la porte. En la suivant, je repérai qu'elle habitait un petit pavillon à Asnières. Le jour d'après je prévins Christine que je rentrerais tard ce soir-là. J'inventai un dîner entre collègues. J'entrai dans son jardin, grimpai à pas de loup les marches du perron et branchai à la poignée en fer de sa porte deux fils reliés à un générateur électrique, puis je sonnai. J'avais enlevé le fusible pour éviter le court-circuit. Je disposais de quelques secondes avant que mon générateur ne rende l'âme. Je l'entendis arriver d'une pièce de derrière. « Dépêche-toi, pensai-je. Dépêche-toi. » « Qui c'est ? demanda-t-elle. — La Poste. J'ai un recommandé pour vous. » Elle posa sa main sur la poignée. Elle poussa un petit cri bientôt couvert par un fort bruit de grésillement, puis elle s'écroula. Sa mort fit sensation, en raison des circonstances mystérieuses dans lesquelles elle était survenue. Les enquêteurs étaient perplexes face aux brûlures de

la main. Pour certains experts, la crise cardiaque ne faisait aucun doute même si, selon les autres, Geneviève Lenthune (d'après le nom sur la boîte aux lettres) présentait tous les symptômes de l'électrocution. Mais les tenants de cette thèse étaient incapables d'en déterminer la cause. Un tabloïd affirma que l'on était en présence d'un nouveau cas de poltergeist...

45.   Cette disparition ainsi que celle du boulevard Leclerc faillirent avoir des conséquences fâcheuses. Christine ne fut pas sans remarquer qu'il m'était arrivé à plusieurs reprises de rentrer très tard et elle en arriva à la conclusion que j'avais une aventure. Elle me fit une scène terrible. Les mensonges n'étant pas mon fort, je lui avouai que je m'étais débarrassé de Lenthune et de quelques autres. « Tu n'es pas drôle », me dit-elle.

Remarque : Bon, je le reconnais, au fond de moi, j'étais bien certain qu'elle ne pouvait pas me croire. Admettre ou même tout bonnement concevoir que la personne que nous aimons, avec qui nous vivons, puisse supprimer à tour de bras ses concitoyens, voilà qui dépasse nos capacités d'entendement et même d'imagination. C'est une évidence. J'étais condamné au silence comme le savant obligé de taire sa découverte sous peine de passer pour un fou. C'est pourquoi je me faisais un malin plaisir de lui dire la vérité sans ambages.

J'insistai tant, qu'elle finit par me dire :
— J'ai compris ! Tu écris un roman policier. C'est ça ?
J'acquiesçai.

— Tu as peur que je te dérange, alors tu vas dans un café ? ajouta-t-elle, rassurée sur ma fidélité.

Comme souvent, elle faisait les questions et les réponses. Sur le moment, l'idée d'écrire une sorte de confession, ou plutôt de laisser à la postérité une trace de mon entreprise, me tenta. Je lui expliquai que je m'inspirais des crimes récents et lui parlai aussi de la mort de Patinex. Elle se montra très dubitative.

— C'était un accident. Et puis je ne vois pas le rapport... Ne me dis pas que ton héros est un détraqué ! C'est nul !...

Je me renfrognai.

— Oh allez. Te vexe pas. Tu me feras lire ?

— Bien sûr, répondis-je. Mais quand je serai plus avancé.

— Quand ton héros aura plus de victimes à son actif ?

Au début, je me pris au jeu. Pour être tout à fait honnête, je crois que ma vanité était flattée par ce projet. Très vite cependant, j'y trouvai une réelle utilité : cela devait me permettre d'y voir plus clair.

46.   Pendant quelque temps, je crus même être sur une piste, après avoir vu un reportage au journal télévisé sur l'évolution de la criminalité. Le journaliste signalait la brusque augmentation des incivilités dans les grandes cités.

Les incivilités ! C'était exactement cela, du moins c'est ce que je pensai sur le moment. Le chauffard, Suzanne et ses ragots, le percepteur, les dames de la Sécu... je me remémorai toutes les disparitions et parvins à discerner, à l'origine de chacune, une incivilité... y compris chez Patinex qui nous imposa sa dictature de la cheville et du marteau.

La certitude d'être parvenu à sérier mon action me procura le sentiment rassurant de maîtriser la situation. Surtout, elle me permit de concentrer mon attention sur le repérage de ces incivilités et leur résolution.

VIII

47. À l'agence d'intérim, ils cherchaient quelqu'un
doté d'un minimum de culture générale pour servir de
guide dans des excursions à destination des seniors
inactifs (autrement dit des vieux à la retraite). Il s'agissait de visites en car des monuments de Paris. « C'est
bien payé et tu peux même doubler ton salaire avec
les pourboires », m'assura l'employée de l'agence.

J'appris donc par cœur des passages entiers de différents ouvrages touristiques et fus bientôt capable de
réciter, sur la voix monocorde idoine, les dates de
construction de chaque monument, des anecdotes et
des petites histoires dont je pensais les vieux friands.

Le jour de la première excursion, nous avions rendez-
vous à huit heures devant la mairie. J'arrivai cinq
minutes en avance. Ils étaient déjà tous là, à m'attendre.
Je pointai les noms. Raymond, dont je compris aussitôt
qu'il était le boute-en-train de la bande, répondit « présent » à l'appel de chacun, ce qui m'obligea à recommencer. Une petite vieille qui semblait avoir mangé son
tube de rouge à lèvres me glissa : « Faut pas vous for-
maliser, il fait toujours ça. »

Durant le trajet pour nous rendre à Paris, j'avais
prévu un petit topo sur l'histoire de la capitale.

— Le prends pas mal, me coupa Raymond, mais,

comme dirait mon petit-fils, c'est moisi ce que tu nous racontes.

Le car gloussa. La femme du premier rang répéta à sa voisine ce que venait de dire Raymond. Quand l'autre finit par comprendre, elles rirent en me regardant, comme les deux élèves sages qu'elles avaient dû être soixante ans plus tôt.

— Dis-nous plutôt ce qui est prévu pour midi.

— Arrêt buffet dans un restaurant au pied de la butte Montmartre.

— À quelle heure ?

— Midi quinze.

— Vous savez ce qu'il y aura au menu ? me demanda la voisine du premier rang. Parce que je ne peux pas manger de choses avec des graines dedans. C'est très handicapant. Ni concombres, ni raisins, ni cornichons, ni courgettes. En fait très peu de fruits et légumes...

Elle entreprit de me raconter ses problèmes intestinaux.

Bientôt nous arrivâmes à Paris. Je pris le micro et récitai mon commentaire sur le premier objet de notre visite, le Louvre.

Un vieux m'interrompit presque aussitôt et me posa de nombreuses questions. Sorti de ce que j'avais appris pour l'occasion, mes connaissances en histoire étaient plutôt maigres et lointaines. Je confondis différents règnes et inventai pour m'en sortir une anecdote qui eut pour le moins le don d'étonner mon interlocuteur.

Une vieille qui portait un magnifique chignon me sourit puis me glissa :

— C'est Jacques. Faut toujours qu'il la ramène. L'année dernière, au Mont-Saint-Michel, il n'a pas arrêté de tout le trajet et votre prédécesseur a dû lui dire de se taire...

La suite de la matinée se passa à peu près sans histoires, si ce n'est qu'après chaque visite, quand en remontant dans le car je tentais de les compter, Raymond, invariablement, lançait du fond du bus une série de chiffres farfelus pour me faire perdre le fil. Ce qui marchait à chaque fois et le faisait rigoler.

À midi quinze tapant, nous débarquâmes au restaurant. Chacun voulut s'asseoir près de moi. La dame aux intestins défaillants continua de me faire la liste des fruits et légumes à graines qui lui étaient interdits. Chacun se mêla à la conversation et suggéra une recette ou un remède pour lui venir en aide.

Raymond prit le relais.

— Vous qui êtes jeune, qu'est-ce que vous pensez de la situation actuelle ?

Sans se soucier le moins du monde de ma réponse, il poursuivit :

— J'aime bien plaisanter, vous l'avez sans doute remarqué. Mais si on est sérieux deux minutes, il faut bien reconnaître que tout cela est très préoccupant. Je ne parle pas pour moi. Nous les vieux, on a fait notre temps.

Les autres opinèrent du chef.

— Mais c'est pour nos enfants et plus encore pour nos petits-enfants qu'on se fait du souci. Notre économie n'est plus assez concurentielle...

En moins d'une demi-heure, il passa en revue la politique internationale, la mondialisation, le Proche-Orient, la montée de l'islamisme et des Chinois (« quand ils vont débarquer ceux-là, ça va faire mal »), nous fit part des décisions qu'il prendrait, lui, s'il était à la place du président, puis critiqua pêle-mêle Bruxelles, le maire de notre ville pour son manque de clairvoyance, et son voisin qui refusait de voir que nous n'étions plus assez compétitifs.

De temps en temps, lorsqu'il laissait passer quelques secondes avant de se lancer dans une nouvelle analyse, j'entendais la voix de la dame à côté, qui continuait son énumération : « Le poivron non plus je n'y ai pas droit. Et le melon. Un vrai poison pour mes intestins. »

La vieille au chignon me glissa à l'oreille :

— Ils sont aussi chiants l'un que l'autre. Et encore, Denise vous a pas fait le récit de toutes les vedettes de cinéma qu'elle a côtoyées.

— Elle était actrice ? demandai-je.

— Non, elle était secrétaire d'un producteur. Enfin elle, elle vous dira qu'elle était son assistante. Mais une femme qui tape le courrier et, pardonnez-moi l'expression, se fait culbuter de temps à autre par son patron, c'est une secrétaire, pas une assistante.

Je la regardai, étonné. Elle me sourit.

Raymond était reparti sur les grands problèmes de l'époque. Il s'attaquait maintenant à la question du développement des pays pauvres.

— Parce qu'on l'a bien vu l'année dernière, quand on a été au Maroc avec ma femme. Ils ne connaissent que le bakchich.

Remarque : Passé un certain âge, le moindre crétin se croit en droit de nous infliger les pires âneries, comme s'il s'agissait du résultat de sa longue réflexion. Il y a probablement là quelque chose d'hormonal. Le passage aux cheveux blancs doit sans doute s'accompagner d'un dérèglement physiologique qui amène les vieux à croire soudain qu'ils sont devenus des sages. On retrouve ce même phénomène dans la variété. Tel chanteur, qui chantait à vingt ans « Wow wow wow, les filles sont si jolies, wow wow wow, j'aime quand elles me sourient », resurgit après des années de silence. Et par la grâce de son beau visage de vieillard et de sa superbe chevelure poivre et sel, il nous délivre quelques sentences bien senties sur l'avenir de la chanson française, dont il passe pour une figure respectée...

48. Au bout de quatre ou cinq excursions avec les seniors inactifs, j'en vins à voir des vieux partout, à avoir l'impression d'être poursuivi, harcelé par eux.

J'essayais de nous imaginer Christine et moi quand nous serions vieux. Je rêvais de ressembler à mon grand-père qui avait choisi la lecture et le whisky pour tout viatique. Mais je n'arrivais pas à me représenter Christine. Ou plutôt, je ne parvenais pas à la voir autrement que sous les traits de ma belle-mère, une dame à l'exquise et pesante gentillesse, qui m'obligeait à entrer dans une sorte de compétition de bonnes manières.

Une vision soudain me terrifia : nous étions dans un voyage organisé, une croisière en Grèce ou en Tunisie, le genre de destination où plus jeunes nous n'avions pas eu le temps de nous rendre (ou plutôt que j'avais refusé à Christine parce que je déteste voyager). Je devais avoir fini par céder. On mangeait dans les salons du bateau, avec d'autres vieux qui nous racontaient dans quoi ils avaient travaillé. « Dis quelque chose, râlait Christine, fais au moins semblant de t'intéresser. Tu vas les vexer. » À la fin, excédé, je prenais mon couteau, en tapotais le pied du verre. « Votre attention s'il vous plaît. » Le silence se faisait. Je me levais, très digne, et déclarais : « À la demande générale, et plus particulièrement de ma femme, je vais vous réciter une petite poésie. *Le Corbeau et le Renard* de Jean de La Fontaine. "Maître corbeau, sur un arbre perché..." » Une fois la fable dite, je quittais la table sans ajouter un mot.

Pourtant, je dois avouer que cela ne marchait pas trop mal pour moi. Les « seniors » s'étaient mis en tête que je serais leur guide pour le grand voyage de fin d'année, les châteaux de la Loire.

La dernière excursion, avant le grand voyage, nous mena à la basilique de Saint-Denis. Mes petits vieux avaient longuement hésité à s'inscrire car, ainsi que me l'avait expliqué Raymond, « on redoute un peu la racaille, comme dirait mon petit-fils ». Tout le long du trajet, ils ne parlèrent que de cela. Le chauffeur me gratifia de plaisanteries racistes, Jacques m'informa que « malheureusement on n'avait pas arrêté tous les Arabes à Poitiers », et la dame aux intestins en passoire me dit qu'elle avait vu à la télé comment ils égorgeaient les moutons pour leur fête, qu'elle trouvait cela dégoûtant, que de toute façon elle n'aimait pas leur cuisine, en particulier le couscous, parce qu'il y avait trop de légumes avec des graines et des pois chiches qu'elle ne digérait pas. Je décrochai complètement quand Raymond se mit en tête de m'expliquer l'islam. « Le Maroc je connais. Je peux te dire que là-bas... »

Remarque : J'ai toujours pensé que la démocratie gagnerait à ce que le droit de vote ne soit plus autorisé au-delà d'un certain âge. De la même manière que l'on considère que les jeunes n'ont pas atteint la maturité suffisante avant dix-huit ans, il faudrait admettre que, passé soixante-quinze ans (et je suis généreux), les gens ne sont plus en mesure de décider clairement ou plutôt ne sont plus concernés par l'avenir du pays. Or c'est tout le contraire. On dirait que plus ils sont proches de calancher, plus ils se précipitent aux urnes...

Bref, ils me poussèrent à bout et je rentrai chez moi bien décidé non seulement à échapper aux châteaux de la Loire, mais encore à rendre service à mon pays en rayant des listes électorales une trentaine d'électeurs, chauffeur compris. Je réussis à me faire porter pâle en obtenant un certificat d'arrêt de travail. Le conducteur buvait tous les matins son petit café avant de prendre son service, dans un bistrot près de la mairie. J'y arrivai bien avant lui, m'installai à une table éloignée. Il se pointa sur le coup de sept heures trente, s'attabla, posant son sac sur la chaise d'à côté, et commanda un crème et des croissants. Je le surveillai du coin de l'œil, caché derrière mon journal. Vers sept heures cinquante, il se rendit aux toilettes. J'en profitai pour me glisser jusqu'à sa besace, m'emparai de sa Thermos et y introduisis la moitié d'un tube de somnifères.

Une fois de plus la chance me sourit. Le chauffeur s'endormit au volant au moment précis où il franchissait la Loire. Lancé à vive allure, le car percuta la rambarde et bascula vingt mètres plus bas dans le fleuve. Il n'y eut aucun survivant. Sur le moment, je reconnais que je fus très impressionné par une telle réussite. Jusqu'à présent, j'avais zigouillé en petit, à l'unité. Mais là trente d'un coup. Enfin vingt-neuf pour être précis car, au dernier moment, la dame aux intestins grêles avait renoncé à partir.

J'eus droit, enfin je veux dire l'accident eut droit au 20 heures trois soirs de suite. On nous passa en boucle la vision de la rambarde défoncée, ainsi que l'interview du capitaine des pompiers, du préfet et du petit-fils de Raymond en larmes. Les journalistes firent leurs choux gras de l'histoire de la miraculée. « Je me suis désistée la veille, expliquait-elle aux caméras. À cause de petits soucis de santé. Je ne peux plus manger de légumes avec des graines, ça me détraque, si vous voyez ce que je veux dire... »

Un reporter, qui recherchait quelque chose de plus original, remonta jusqu'à moi. Mais quand je lui répondis que j'étais malade au moment des faits et que j'évoquai une gastro-entérite, il préféra ne pas insister. Les policiers aussi vinrent m'interroger. Simple vérification. J'avais trop vu de séries policières pour ne pas me méfier. Ils s'intéressèrent surtout au chauffeur. On avait semble-t-il retrouvé une forte dose de barbituriques dans son sang ainsi que dans sa Thermos. Il m'aurait été facile d'orienter leur enquête vers une possible déprime, d'inventer quelques souvenirs suggérant l'existence de signes avant-coureurs. Mais je jugeai plus prudent de leur donner un témoignage sans intérêt, celui du type qui aimerait bien leur dire des choses, mais qui ne sait rien et se remet à peine de la chance extraordinaire qu'il a eue de ne pas se trouver dans le « car de la mort ». Je ne fus jamais reconvoqué par eux, ni plus tard par les avocats lors du procès, qui aboutit à la condamnation de la compagnie de bus pour non-respect de la législation sur l'examen de santé obligatoire des chauffeurs, deux fois l'an.

49.   Pendant le mois suivant, Christine se montra d'une grande gentillesse envers moi, m'interdisant de retourner travailler, me dorlotant, comme si j'étais un rescapé. Une sorte de bénéfice secondaire de la tuerie en masse... J'en profitai pour lui arracher la promesse que nous ne partirions jamais en croisière, quel que soit mon état mental, après soixante-dix ans (par pré-

caution, je décidai quand même de réviser *Le Corbeau et le Renard*...).

Passé le moment de fierté de voir mon œuvre à la une des journaux, je connus une période d'abattement. « Le contrecoup de l'accident », m'expliqua Christine. Au fond, je savais bien que c'était plus grave que cela. La disparition de tous ces petits vieux avait détruit mes certitudes naissantes, je ne pouvais ranger leurs commérages et leurs réflexions malfaisantes sous la simple rubrique des « incivilités ».

Les interrogations que je nourrissais depuis le départ sur la finalité de mon entreprise resurgirent, plus fortes que jamais. J'avais la pénible impression que chaque fois que j'entrevoyais une direction possible, aussitôt après une disparition imprévue remettait tout en cause.

C'est alors que se produisit un événement qui acheva de me plonger dans une crise profonde.

IX

50.   Ayant repris le chemin de l'agence d'intérim après un mois de convalescence, je fus envoyé dans une société d'assurances. Je remplaçais quelqu'un en congé de maternité, au service du renseignement par téléphone.

Je fus reçu par M. Vespier, le chef du service. Il se montra d'une grande froideur.

— J'avais demandé plutôt une femme. Enfin maintenant que vous êtes là...

Il me présenta aux dix-huit autres standardistes. Je compris alors pourquoi il m'avait fait une telle remarque, j'étais le seul homme de l'équipe. Aux rires en coin et aux regards appuyés de plusieurs d'entre elles, je compris qu'il devait s'agir d'une sorte de petite révolution.

Je faisais partie de la section relative aux dégâts des eaux et aux sinistres dus aux intempéries. Elle était dirigée par Mlle Larivière, une femme d'une quarantaine d'années ni belle, ni laide, ni grande, ni petite, moyenne en tout. Elle passa la matinée à m'expliquer en quoi consistait mon travail. C'était assez simple. Il fallait taper sur l'écran le nom de l'assuré qui appelait, vérifier si la police qu'il avait souscrite couvrait le dommage subi, lui indiquer la marche à suivre, ouvrir un dossier et le transmettre à notre bureau d'expertise.

Tout le temps que dura cette brève formation, Larivière me dévisagea avec une attention si soutenue que je crus y déceler une certaine compassion. À midi, comme c'était mon premier jour, elle déjeuna avec moi à la cantine. Pendant tout le repas ma chef ne me quitta pas des yeux. À la fin, n'y tenant plus, je lui demandai :

— Il y a quelque chose qui ne va pas ?

Elle réfléchit. J'eus le sentiment qu'elle cherchait la manière la plus diplomatique de me faire savoir ce qui la gênait chez moi.

— Cela fait longtemps que vous avez ça ? me dit-elle en désignant le bouton sur l'arête de mon nez.

Je rougis, dérouté par la question.

— Euh, non. Cela doit faire un jour ou deux, répondis-je, embarrassé qu'une personne que je connaissais à peine aborde un tel sujet.

Sans même s'apercevoir de la position inconfortable dans laquelle elle me mettait, elle reprit :

— C'est qu'il faut faire très attention avec ce genre de chose. Mon frère, c'est comme ça que cela a commencé. Un bouton sous l'œil. Et le malheureux a été emporté par la maladie en à peine six mois.

Elle se mit à sangloter.

— C'est juste un petit bouton de rien du tout, tentai-je de la rassurer.

Elle hocha la tête en signe de dénégation.

— Vous devriez consulter. Je connais un très bon spécialiste.

— Un dermato ?

— Non, je parle de médecine douce. Vous savez, les médecins traditionnels, malgré tout leur savoir, ils ne comprennent plus rien à la maladie. Ils vous prescrivent un tas d'examens et de médicaments, mais la maladie, il faut la sentir. Si on ne soigne que le symptôme, on passe à côté de l'essentiel. Mon pauvre frère n'a jamais voulu l'admettre et voyez où ça l'a mené. L'important, c'est de rétablir l'équilibre entre les énergies.

Le lendemain elle m'apporta non seulement l'adresse de son ostéopathe, mais celle d'un très bon herboriste ainsi que la liste des huiles essentielles qui pourraient m'être utiles.

N'eût été son insistance à vouloir me faire prendre rendez-vous, mon nouveau travail était agréable. Je mémorisai en moins d'une semaine les argumentaires des contrats qui me permettaient sans problème de répondre aux appels, et surtout je me sentais comme un coq dans une basse-cour au milieu de toutes mes collègues, ce qui avait le don d'énerver Christine et de flatter mon ego. Pas un midi, pas une pause l'après-midi, sans que je sois invité par l'une d'elles. Chacune prenait alors bien soin de passer en ma compagnie devant le bureau de Vespier qui nous jetait un regard mauvais. Un jour, l'une des standartistes m'avoua que c'était une façon d'échapper à ses avances car « Vespier est assez porté sur la chose et abuse de la situation. Mais depuis que tu es là, il n'ose plus. Il se tient tranquille ». Ma fierté en prit un coup, mais je m'accommodai assez vite de mon rôle de protecteur, même si je ne savais pas trop bien ce que j'aurais fait s'il prenait l'envie à Vespier de recommencer son petit jeu.

J'en profitai pour m'ouvrir à mes collègues du harcèlement thérapeutique dont j'étais victime. Elles rirent.

— C'est son dada, surtout depuis que son frère est mort, me dirent-elles. Tu n'y couperas pas. Tu devrais essayer. Tu sais, on est plusieurs à y aller et à trouver ça très bien.

51. Je me résignai donc à prendre rendez-vous, dans l'espoir que cela mettrait fin aux sollicitudes de ma chef. L'ostéopathe me fit entrer dans son cabinet, me posa deux ou trois questions dont je ne compris pas bien l'intérêt (« Êtes-vous d'un tempérament colé- reux ? Mangez-vous beaucoup de fibres ? Rêvez-vous souvent de voler ? »), puis m'invita à me déshabiller et à m'allonger sur une moquette blanche et épaisse. Malheureusement pour moi, le matin même, j'avais ciré mes chaussures et en les ôtant d'un geste un peu brusque, je fis une trace de cirage noir sur sa moquette. Il mit une musique douce et alluma quelques bâtons d'encens, ce qui instantanément me mit les nerfs en pelote. Il posa ses mains sur mon dos, puis sur mes hanches. Il plaça ses paumes à un endroit précis et nous restâmes ainsi pendant de longues minutes sans bouger, avant qu'il ne change de position. Plus l'am- biance devait m'amener au relâchement, plus je sentais au fond de moi le stress m'envahir. La musique et les bougies suggéraient un univers apaisé... apaisé... Une rage sourde, profonde, exaspérante comme des impa- tiences dans les jambes, m'envahit. Nos regards se croisaient – je m'imaginais lui décochant un coup de boule –, le sien s'efforçait d'exprimer un état d'équi- libre – un vrai coup de boule qui lui briserait le nez juste en dessous de l'arête –, une sérénité profession- nelle qui se voulait exemplaire – le sang coulerait le long de sa bouche, tacherait sa blouse blanche...

— Vous vous sentez détendu ? me demanda-t-il.

— Oui, fis-je.

Il me dit de me rhabiller, m'interdit pendant deux jours le moindre effort et me prescrivit de prendre un bain chaud. En fait d'effort, je me contentai le soir même d'un simple coup de pince qui sectionna le câble de freins de son scooter, ce qui lui fut fatal au premier carrefour.

Remarque : Je suis allergique à toute cette quincaillerie spirituelle, soi-disant made in Orient. M'insupporte ce mélange des genres qui établit un lien quasi mystique entre l'âme et le corps, ce dont la médecine européenne a mis deux mille ans à se défaire. Croyance pour croyance, je préfère encore la religion des antibiotiques qui se limite à la prise d'un comprimé matin et soir. Et je ne parle même pas de l'absence totale d'humour et de distance de tous ces praticiens bio, qui semblent tous penser que la guérison dépend de leur air d'austérité monacale.

Le matin suivant, je n'avais pas encore allumé mon ordinateur que Larivière me demandait comment j'avais trouvé son ostéopathe. Je lui fis un compte rendu précis (j'omis bien sûr de lui parler de la tache de cirage et du scooter) et pour lui faire plaisir reconnus que cela m'avait fait beaucoup de bien. J'aurais mieux fait de n'en rien dire. Elle redoubla de recommandations. Presque tous les jours, je trouvais sur mon bureau un petit flacon d'huiles essentielles avec un mot : « Essaie celle-là. C'est très bon pour la circulation », ou « pour la tension », « la digestion », ou que sais-je encore... Elle commençait sérieusement à m'indisposer.

52. Avec les autres collègues, en revanche, tout se passait le mieux du monde. Elles m'avaient complètement adopté. La meilleure preuve en était que désormais je faisais partie du petit groupe qui jouait au Loto le vendredi. Vers dix heures, ce jour-là, celle qui avait

été désignée pour établir la grille et la porter à midi chez le buraliste passait voir chacun, lui demandait ses deux numéros et deux euros. La troisième fois que j'y participais, elles décidèrent que c'était à mon tour de m'acquitter de cette tâche. « Tu vas nous porter chance. » Quand je revins du buraliste, elles m'attendaient à la cafétéria. La conversation roula sur ce qu'elles feraient si elles gagnaient. Plus encore qu'à ce qu'elles achèteraient, elles rêvaient au moment précis où, comme elles l'avaient vu dans la publicité pour le prochain tirage, elles entreraient dans le bureau de leur patron, se moqueraient de lui et sortiraient fièrement, délivrées de la peur qu'il leur inspirait. Elles se délectaient par avance de la tête qu'il ferait, passant de la stupéfaction à la rage, et elles, radieuses par la grâce du billet gagnant, lui étant soudain devenues supérieures, et rendues plus encore libres, lui jetteraient des regards hilares. L'une d'elles se voyait même arriver tel un mannequin, en manteau de fourrure, son premier achat de millionnaire, puis écarter les pans de sa pelisse, sous laquelle elle serait entièrement nue, et lui clamer d'une voix chaude : « Rince-toi bien l'œil, parce que pour toi, c'est même pas en rêve ! »

Vespier apparut à cet instant. Ce fut un immense éclat de rire dont il ne comprit pas la signification, mais à en juger par le regard noir qu'il me jeta, il était clair qu'il m'en tenait pour responsable.

Larivière ne sacrifiait pas au rituel du Loto. « Je ne crois pas au Père Noël », me disait-elle. En revanche, elle croyait aux bienfaits de l'homéopathie et au pouvoir des herbes, ce qui à mes yeux revenait au même. J'avais beau lui dire que je n'étais pas malade, que mon bouton avait disparu, elle ne voulait rien savoir et me rabâchait que la santé était un équilibre fragile qu'il fallait sans cesse entretenir. Comprenant que cela ne s'arrêterait jamais, je me résolus à mon tour à m'occuper de sa santé, mais d'une manière autrement radicale.

Un imprévu vint bouleverser mes plans. Vers la fin de la matinée, Martine, ma collègue dont le poste de travail était à côté du mien, se mit soudain à pâlir, puis à fondre en larmes.

— Qu'est-ce qui t'arrive ? lui dis-je.

Elle m'expliqua qu'elle venait d'avoir au fil un vieux monsieur dont la maison avait subi d'importants dégâts à la suite d'une inondation. Mais son contrat ne prévoyait pas la prise en charge des réparations. Attendrie par le désespoir de son interlocuteur, elle avait accepté de modifier les conditions de sa police de manière qu'il soit remboursé et avait antidaté le nouveau contrat. Malheureusement pour elle, elle avait oublié que la procédure normale en un tel cas prévoyait que ce nouveau contrat soit validé par Larivière, pour devenir effectif.

Je lui conseillai d'aller tout lui raconter. Martine refusa. Je décidai d'y aller moi-même.

— Mais c'est toi qu'elle va virer.

— Tant pis, fis-je, grand seigneur. Je ne suis qu'un intérimaire. Allez, transfère le contrat sur mon ordi et ne t'occupe plus de rien.

Je frappai à la porte de la chef, sentant dans mon dos le regard admiratif de Martine. Larivière se mit tout d'abord en colère, puis me demanda de l'accompagner jusqu'à mon poste pour que nous regardions ce que nous pouvions faire. En voyant les yeux rougis de Martine, elle comprit aussitôt. Elle admonesta ma collègue, me reprocha mon inconscience et s'apprêtait à rejeter la demande de validation quand Vespier apparut.

— Un problème avec notre nouvel intérimaire, mademoiselle Larivière ?

— Non, non, monsieur Vespier, je lui montrais comment on fait pour valider un nouveau contrat.

À notre grande surprise, elle prit la souris, cliqua sur « Oui ». Nous restâmes interdits. Vespier à peine sorti, Martine se jeta au cou de Larivière.

— C'est bon, c'est bon, fit-elle. On se calme. Tu me feras le plaisir de prendre une dose d'eupatorium en 5 CH pour te remettre de tes émotions. Et toi, ajouta-t-elle dans ma direction, motus et bouche cousue.

Après un tel geste, je ne pouvais raisonnablement plus mettre mon plan à exécution. Pour la première fois je renonçai donc. Je passai le reste de la journée complètement abattu. Et si Martine n'avait pas commis cette erreur aujourd'hui, mais le jour d'après ou la semaine suivante ? J'aurais dépêché *ad patres* Larivière sans même savoir qui elle était réellement... Et pour les autres, dont l'affaire était déjà réglée, peut-être m'étais-je précipité ?

53.   Toute la nuit, je repassai dans ma tête mes disparus, cherchant à me remémorer le moindre détail qui sur le moment aurait pu m'échapper et aurait justifié que je ne passe pas à l'action. Pour certains, le doute n'était pas permis : Suzanne, le chauffard, le SDF, le car de vieux... Quoique... Raymond était peut-être un bon grand-père. Sûrement même. Et Patinex, après tout ne cherchait-il pas seulement à rendre service ? Mais cela suffisait-il pour les racheter ? Je maudissais mon manque de clairvoyance, mon sens moral défaillant qui m'amenait soudain à trouver Suzanne sympathique. L'idée que je pourrais commettre la disparition de trop se fit jour. Celle qu'ensuite je regretterais, et

qui sonnerait comme un remords invalidant toute mon action. Il me fallait d'urgence être capable d'opérer une sorte de tri. Sans doute étais-je victime d'une crise de surmenage. Je décidai de faire une pause. Je passai les jours suivants dans un profond état de prostration. Christine s'en inquiéta.

— Pourquoi tu ne vas pas voir un psy pour en parler ? finit-elle par me suggérer un soir que je restais affalé sans un mot devant la télévision. Cela ne peut plus durer comme ça. C'est sûrement les séquelles de l'accident de car, le contrecoup ou quelque chose comme ça...

Je mis cela sur le compte de la fatigue, je lui promis que bientôt j'irais mieux. Mais elle insista tant et plus que je me résignai à consulter.

54. À peine étais-je entré dans le cabinet du psy que je regrettai d'être venu. Mais contrairement à ce que je pensais, la première séance se révéla très intéressante.

— D'après ma femme, je suis invivable en ce moment.

— Et vous, qu'en pensez-vous ?

— C'est parce que j'ai entrepris de me débarrasser de tous ceux qui m'empoisonnent la vie...

— Vous débarrasser de tout ce qui vous empoisonne la vie... ? dit-il. Je vois. C'est assez classique.

— Ah bon ? fis-je, interloqué.

— Parlez-moi de vos rapports avec votre père.

— Mon père, mais qu'est-ce qu'il a à voir avec ça ?

— « Vous débarrasser de tout ce qui vous empoisonne la vie », comme vous dites, ou bien « tuer le père », comme nous disons nous, c'est une métaphore bien connue de la psychanalyse pour exprimer l'angoisse liée au passage à l'âge adulte. Serai-je capable d'y parvenir ? Faut-il pour cela que je tue le père, c'est-à-dire la figure d'autorité qui a régi mon enfance ? Et si je fais disparaître l'enfant que j'étais, est-ce que je ne prends pas également le risque de faire disparaître le père ?...

— Et vous tuer ?

— C'est un bon début, un commencement de transfert qui s'opère...

Je dois avouer que je me pris au jeu. Je lui racontai la fin de Suzanne. Il trouva que c'était un point de départ encourageant et me demanda quels étaient mes rapports avec ma mère.

D'une certaine manière, j'avais enfin trouvé quelqu'un à qui parler sans risque. Dans les premiers temps, le psy m'aida à supporter l'incertitude dans laquelle j'étais. Je me disais qu'à la façon dont les choses tournaient, n'importe quel conseil était le bienvenu.

Au bout d'un mois je décidai même de reprendre du service. Mais seulement dans des cas où le doute n'était pas permis.

X

55.   Je zigouillai Vespier. D'une certaine façon je lui
voue une réelle reconnaissance. C'est grâce à lui que
j'ai recommencé à croire à l'utilité de mon action. Si,
depuis mon arrivée, il s'était tenu tranquille, sa libido
n'avait pas tardé à reprendre le dessus. Un soir qu'une
de mes collègues était restée plus tard pour finir un
contrat, il tourna autour d'elle, ponctuant son discours
sur le travail bien fait par des gestes amicaux, mains
posées sur le bras, puis sur le dos et enfin dans le cou.
Par manque de chance pour lui, je revins à ce moment-
là du bureau d'expertise où j'avais déposé un dossier
de sinistre. Il ordonna à ma collègue de rentrer chez
elle et me demanda de le suivre.

— Cela fait partie du travail de tout bon dirigeant
de remonter le moral des troupes, me dit-il.

Je gardai un silence prudent et l'incident fut clos.

Mais dès le lendemain, Vespier passa à l'offensive.
Il se pointait à tout moment à mon poste. Sous des
airs bienveillants (« Pas trop dur avec toutes ces femmes ? »), il vérifiait ce que je faisais, cherchait la
petite bête et, parlant soudain haut pour que les autres
l'entendent, s'attachait à les monter contre moi
(« Vous dites ? Les femmes ne travaillent pas comme
nous ? »). Chacune de ses perfidies devenait aussitôt
une vérité, car celles-là mêmes qui détestaient le plus

Vespier étaient aussi celles qui adhéraient avec le plus de facilité à ses paroles, par une sorte de respect inconscient de la hiérarchie, surtout si cela concernait un autre salarié. Il surveillait mes horaires, mes pauses-déjeuner, mes pauses-café, mes pauses-pipi, il organisait des réunions de service pour dire qu'il avait constaté de nombreuses erreurs ces derniers temps, tout en me fixant du regard... Bref, il s'efforçait de me mettre dehors, sans que cela ait l'air d'une vengeance personnelle. J'étais déjà résigné, malgré Larivière qui, s'étonnant du brusque changement d'attitude de Vespier, plaidait sans cesse ma cause. Au bout de quelques jours de ce manège, il m'informa que des collègues s'étaient plaintes de moi :

— Je passe sur les accusations de machisme. Vos opinions ne concernent que vous. À condition que cela ne dérange pas le fonctionnement du service. Mais bon, nous avons tous nos petits travers et puis, tout à fait entre nous, il faut bien reconnaître que ces dames non plus ne sont pas exemptes de tout reproche, si vous voyez ce que je veux dire. Mais je ne peux pas fermer les yeux sur vos insuffisances professionnelles. Depuis que vous êtes arrivé, plusieurs m'ont dit avoir dû faire des heures sup pour pallier vos retards. Je suis désolé, mais vous ne faites pas l'affaire. Ce n'est pas la peine de revenir.

Il marqua une pause, me jeta un regard sévère, attendant sans doute une réaction de ma part, qui ne vint pas. Alors il ajouta sur le ton d'un père sévère mais juste :

— Tâchez au moins que cette expérience vous serve de leçon.

Il se replongea dans ses dossiers. L'entrevue était terminée.

Son existence ici-bas aussi. Il me fallait agir vite.

Demain, il serait trop tard. Il appellerait l'agence et je ferais dès lors, en cas de disparition, un suspect idéal. Je l'attendis dans le parking.

C'est fou comme un si petit objet, un revolver, peut changer instantanément l'humeur de celui sur lequel on le braque. Vespier, un instant plus tôt encore si sûr de son pouvoir, était maintenant le plus gentil des hommes.

Je l'obligeai à monter dans sa voiture et à rouler vers la sortie de Paris.

Nous passâmes Châtillon, Le Plessis-Robinson.

— Je ferai ce que vous voudrez. Dites-moi... Je vous en supplie.

— Roule !

Nous traversâmes Toussus-le-Noble, Châteaufort, Milon-la-Chapelle.

— Roule toujours !

— Ne me faites pas de mal. Je vous ferai embaucher en CDI !

Nous nous arrêtâmes dans la forêt de Chevreuse.

— Je virerai cette vieille peau de Larivière ! Vous serez mon bras droit...

Je l'enfermai dans le coffre et roulai jusqu'à un lac, dans le fond duquel je poussai la voiture. Puis je gagnai Chevreuse à pied, pris le RER et rentrai à la maison. Christine m'attendait, très inquiète, mais pour la première fois depuis des semaines, j'étais d'excellente humeur et nous passâmes une soirée fort détendue.

Le lendemain tout le département des dégâts et sinistres de la Prévoyante et associés ne parlait que de ça : Vespier n'était pas rentré chez lui la veille au soir et depuis lors tout le monde était sans nouvelles. Les jours passèrent sans apporter d'éléments nouveaux. Les dirigeants de la Prévoyante décidèrent de nommer

Larivière au poste de Vespier, à titre provisoire d'abord, puis de manière définitive. Mes collègues se réjouirent d'un tel changement.

56.   Je commençais vraiment à croire que les séances avec le psy portaient leurs fruits. Je poursuivais le récit de mes actions, auxquelles il s'évertuait à trouver un sens caché. Il voyait ainsi dans la disparition de Patinex et ma haine du bricolage un refus de correspondre à l'image que l'on se fait habituellement de l'homme adulte, capable de protéger et réparer. Dans celle d'Éric Menard, le chauffard, il croyait déceler chez moi une peur latente de l'homosexualité (une voiture qui « vous colle au cul », selon votre propre expression...). La fin du percepteur lui parut également limpide : « Dans percepteur, il y a père. Le père qui surveille, qui peut aussi punir, qui s'occupe de votre argent, c'est-à-dire des moyens de votre indépendance... » Pour l'hôtesse d'accueil antillaise, il avait plus de mal. Il ne trouvait rien de vraiment probant, même s'il évoquait les mots de Freud au sujet de la femme, « ce continent noir... » Mais une fois ma série établie, il retrouva toute son assurance et insista sur le fait que je m'attaquais là à la « Sécurité [il appuya sur le mot] sociale. La sécurité. Vous êtes toujours tiraillé entre le désir d'indépendance, de voler de vos propres ailes, au risque à vos yeux de déboucher sur l'homosexualité, et le désir de sécurité en restant le petit garçon auprès de son père-cepteur et de sa mère...

— ... -ceptrice...

— ... réceptrice ! celle qui connaît tous vos petits secrets, comme votre concierge, ou qui vous apporte le réconfort, comme les dames de la Sécu »...

57. La disparition de Vespier m'avait regonflé. J'avais la certitude d'avoir renoué avec le sens initial de mon entreprise, même si je me sentais encore convalescent. Aussi, pour éviter tout risque de rechute, je décidai de reprendre du service en m'attaquant à nouveau à un cas évident : le propriétaire du berger allemand de la tour voisine.

Il avait passé les semaines suivant le trépas de son chien dans un état d'abattement extrême. Puis, il avait repris du poil de la bête, si je puis dire, n'étant pas homme à se résigner, et un beau matin, il était réapparu, accompagné d'un énorme rottweiler. L'animal était encore plus impressionnant que le précédent, tirant sans cesse sur sa laisse comme s'il allait bondir sur chaque passant. Persuadé que celui qui avait tué son berger allemand était un des habitants de la tour, il se promenait avec l'air de soupçonner tout le monde. De la morgue un peu hautaine, il était passé à une sorte d'agressivité à fleur de peau. Il se prenait pour un justicier dont la police semblait s'accommoder, au grand dam des locataires qui en étaient à leur troisième pétition.

Je passai plusieurs jours à établir mon plan. La difficulté résidait dans le fait que j'avais affaire non pas à un, mais à deux adversaires. Pour brouiller les pistes, j'envisageai de simuler un braquage de son bar-tabac. Un soir, posté dans le renfoncement d'une porte cochère, j'attendis le départ des derniers clients, et me glissai dans l'entrebâillement de la porte comme il fermait.

— C'est fini, je ne sers plus, dit-il en me barrant l'entrée.

Je sortis de ma poche une liasse de billets.

— Je voudrais juste une boîte de cigares, déclarai-je.

Cet ultime appât du gain lui fut fatal. Je ne le laissai même pas atteindre le comptoir. La deuxième balle fut pour son rottweiler, qui n'avait pas eu le temps de se dresser sur ses pattes. Je vidai la caisse et m'enfuis à toutes jambes. Dehors, personne ne semblait avoir remarqué le bruit des détonations. Je me débarrassai de la recette dans une bouche d'égout. Tout s'était déroulé si vite et surtout si facilement, que je n'arrêtai pas toute la nuit de me repasser la scène pour m'assurer que je n'avais pas fait d'erreur.

En fait la police parut complètement déboussolée par cette affaire. Si les experts en balistique firent très vite le rapprochement entre les balles utilisées pour le braquage et le cafetier, et celle employée, quelques mois plus tôt, contre le berger allemand, les inspecteurs en revanche se montrèrent incapables de faire le lien. Sous la pression des cafetiers en colère, qui baissèrent le rideau de leurs établissements en hommage à leur collègue, le préfet promit le châtiment rapide des coupables. Les policiers se contentèrent d'arrêter plusieurs petits voyous, qu'ils relâchèrent discrètement peu après.

Remarque : Plus j'avançais dans mon entreprise, plus une évidence me sautait aux yeux : quand elle n'arrête pas le criminel sur le fait, ou bien quand ce dernier ne laisse pas sur place suffisamment de preuves pour être aussitôt démasqué, la police en est réduite à se tourner du côté du mobile. Neuf fois sur dix, c'est le mobile qui met les inspecteurs sur la piste. En ce qui me concernait, j'avais acquis la certitude que, sauf erreur de ma part, ils continueraient longtemps à patauger...

58.   « Encore des attaques contre les figures de l'autorité ! » s'exclama mon psy quand je lui parlai des disparitions de Vespier et du cafetier. Il avait déjà trouvé que l'affaire du « car de la mort » signalait chez moi une peur de vieillir très prononcée. Je lui fis part de mon sentiment grandissant d'être, à ma façon, une sorte de redresseur de torts.

— Parlez-moi un peu de ce sentiment. Qu'est-ce qui vous fait croire que vous êtes investi d'une telle mission ? D'où selon vous pourrait-elle vous venir ?

Sa question me plongea dans un grand étonnement. Je ne m'étais jamais demandé pourquoi personne avant moi n'avait imaginé l'existence d'une solution à nos problèmes aussi efficace et simple à mettre en pratique. C'est vrai, pourquoi moi ? Si je regardais les choses en face, il me fallait bien reconnaître que jusqu'alors, je n'avais fait preuve d'aucun talent spécifique, ni même d'aucune intelligence particulière, et rien n'était venu m'annoncer une quelconque destinée originale. Poussé par la curiosité, je me mis à chercher si dans mon enfance il y avait eu quelque chose, un événement qui aurait pu expliquer les raisons de ma découverte.

J'ai eu une enfance heureuse, tout ce qu'il y a de plus normale. Comme je l'ai déjà dit (cf. paragraphe 38), mon père était communiste. Je fus conçu sous le portrait de Karl Marx qui trônait au-dessus du lit de mes parents. Mais je ne voyais pas très bien en quoi cela pourrait avoir ou non une incidence sur mon action présente.

Tout juste pouvais-je noter que mon père aimait faire le coup de poing. Tout le contraire de moi, qui déteste le sang et la bagarre. Sans doute parce que je l'avais trop vu rentrer à la maison, le visage tuméfié, après quelques manifestations un peu agitées. On aurait dit que chaque trace de coup était comme des stigmates qui annonçaient la révolution. Ma mère le soignait avec un mélange de désapprobation et d'admiration.

C'était d'ailleurs comme ça qu'elle l'avait rencontré. Un jour de manif. Poursuivi par la police, il avait pénétré dans son immeuble. Elle attendait l'ascenseur. « Mademoiselle, accepteriez-vous de me laisser entrer quelques secondes chez vous ? lui avait-il demandé. Je ne suis pas un voyou, juste une victime de la dictature gaulliste. » Ma mère ne connaissait rien à la politique. Elle sortait du couvent des Oiseaux et venait de sa Bretagne natale pour finir ses études. Elle avait dû trouver cela très romanesque. Trois mois plus tard, elle adhéra au PCF, mon père y tenait, ils se marièrent peu après, ma mère y tenait. Ils s'aimèrent profondément. Car leur amour survécut à l'intervention en Tchécoslovaquie, aux révélations sur le Goulag, à l'eurocommunisme qui plaisait beaucoup à ma mère, à l'abandon du centralisme démocratique qui désolait mon père et même à l'invasion de l'Afghanistan. En fait, plus la situation du Parti devenait difficile, plus ma mère militait pour lui prouver son amour.

Non vraiment, rien n'indiquait une quelconque prédisposition.

Quoique... il y avait peut-être bien dans ma jeunesse deux ou trois signes avant-coureurs. Enfin en cherchant bien. Je me souviens d'une sortie au jardin du Luxembourg, au cours de laquelle j'avais poussé sciemment dans le bassin un autre enfant assis sur le rebord. Pour éviter de me faire punir, j'avais affirmé qu'il m'avait traité de « sale fils de coco » (ce qui était faux). En réalité, la seule idée de voir ce qui se passerait après, une fois l'autre dans l'eau, ses habits trempés, m'avait incité à le faire. Je mentionnai également la fois où lors du mariage de mon oncle et de ma tante, la mariée était entrée, habillée comme une princesse, avait traversé la salle sous les regards de tous les convives, rejoint sa place et s'était écroulée par terre, comme une pièce montée qui s'effondre, parce que j'avais eu la pensée saugrenue, la tentation plutôt, de tirer sa chaise au moment où elle allait s'asseoir.

Plus j'y repensais, plus j'avais l'impression de découvrir derrière l'enfant que je croyais avoir été, sérieux et obéissant, un autre qui n'apparaissait que dans de rares occasions, toujours prêt non pas à ruer dans les brancards, mais à oser pour voir. Comme à l'occasion d'une de ces réunions familiales. Invariablement, le repas se terminait par le récit de quelques histoires drôles. Il y avait le festival de blagues de l'oncle d'Angoulême dont certaines faisaient rougir sa femme, les plaisanteries sur l'URSS de mon père, le seul à avoir le droit de s'en moquer, et aussi les anecdotes et citations de mon cousin, étudiant en lettres à la Sorbonne. Cette année-là, estimant sans doute que j'étais arrivé à l'âge où je devais moi aussi en raconter une, toute la famille insista pour que je prenne la parole. J'essayai de m'y dérober, détestant ce rituel ridicule, mais ils insistèrent tant que je dus m'exécuter.

— Cela se passe au temps de l'empereur Néron, commençai-je.

— *Qualis artifex pereo !* glosa mon cousin.

— Artifex ! Artifex ! T'en fais un drôle d'artifex ! glapit mon oncle.

— Ce sont les derniers mots de Néron, reprit mon cousin. « Quel grand artiste meurt avec moi ! »

— Je sais pas s'il avait le nez rond, mais moi, en tout cas, j'ai eu le nez creux de te payer des études, lui rétorqua mon oncle.

— Donc, cela se passe au temps de l'empereur Néron. Pour fêter je ne sais plus quelle victoire, des jeux du cirque ont été organisés.

— Toujours les mêmes vieilles méthodes pour abuser le peuple..., commenta mon père.

— Et le clou du spectacle, c'est le martyre de quelques chrétiens. On les fait venir dans l'arène et on lâche les fauves.

— Les trafiquants d'opium du peuple, au poteau ! ricana mon oncle, en faisant un clin d'œil à mon père.

— Tu vas pas nous raconter des histoires communistes, comme ton père, jérémia ma grand-mère.

— Qu'est-ce qu'elles ont mes histoires ? râla mon père. Tu préfères les blagues salaces du beau-frère ?

— Arrêtez ! Pas de bisbille un jour comme aujourd'hui, prévint ma mère. Allez, vas-y, reprends.

— Donc, on lâche les guépards. Tous les chrétiens sont dévorés, sauf un.

— Elle est drôle ton histoire, ironisa mon oncle.

— Elle n'est pas finie, fis-je. À chaque fois qu'un guépard s'approche de lui, le chrétien glisse quelque chose à l'oreille de l'animal et celui-ci s'éloigne sans lui faire de mal. Étonné, Néron ordonne qu'on lâche les tigres. Même chose. Les tigres s'approchent. Il leur parle à l'oreille. Ils s'éloignent. De plus en plus surpris, Néron ordonne qu'on envoie les lions.

— Eh dis donc, tu vas pas nous faire toute la ménagerie..., railla mon oncle.

— Pareil. Les lions s'approchent, il leur dit quelque chose et ils repartent. Alors les spectateurs se tournent vers Néron et demandent qu'on lui laisse la vie sauve. Néron, excédé, fait venir le chrétien.

— *Vox populi, vox Dei !*

— Tu parles, avec près de la moitié de la population qui était des esclaves ! rectifia mon père. Je me

130

demande ce qu'on t'apprend à l'université. T'as qu'à relire l'histoire de Spartacus et tu comprendras.

— « Chrétien, lui dit-il, je t'accorde la vie sauve si tu me racontes ce que tu dis aux fauves. — C'est simple, répondit le chrétien. Je leur dis : D'accord tu vas me manger... »

— *In cauda venenum*, lâcha mon cousin, « dans la queue était le venin »...

— « ... tu vas faire un bon repas, mais après, il faudra que tu leur racontes une histoire. »

XI

59. Il arrivait plusieurs fois dans l'année que le bureau des expertises de la Prévoyante et associés envoie l'un des siens en province pour estimer certains sinistres compliqués ou sources de contestation avec l'assuré. Cela prenait souvent deux ou trois jours et la maison mère préférait dépêcher sur place un membre de son équipe plutôt que de faire confiance à un de ses correspondants locaux. Dans ces cas-là, l'expert parisien était accompagné d'une personne de notre département, comme deux gendarmes. L'expérience avait prouvé qu'il valait mieux descendre en binôme. Cela impressionnait toujours l'assuré et parfois aussi l'administration. Larivière, qui m'avait à la bonne et envisageait sérieusement de me faire embaucher, me proposa d'être du voyage avec François Rémy, l'expert, pour une mission dans le Lot. « Quelques jours à la campagne te feront du bien. Je te trouve fatigué en ce moment. Tu prends toujours tes granules d'*Apis mellifica* ? »

Nous descendîmes en voiture. Pendant les cent derniers kilomètres, il m'expliqua l'affaire :

— Un cas peu banal. Il y a une quinzaine de jours, le propriétaire de la maison en question nous déclare un dégât des eaux. Notre correspondant local s'y rend. Pas de traces de fuite, rien. Pourtant les dégâts sont bien visibles. Les autres maisons autour n'ont rien. Il n'y a que celle-là de touchée. Mais le plombier est formel : toute l'installation fonctionne parfaitement. Le propriétaire finit par se rendre au cadastre et s'aperçoit qu'une rivière souterraine, recouverte depuis plus d'un siècle, passe juste en dessous de chez lui !

— D'où le litige ?

— Exact. Nous avons deux problèmes : 1/ Le contrat de la Prévoyante couvre-t-il un tel dégât ? 2/ Si oui, quelles sont les mesures à prendre pour éviter que cela ne se reproduise ? Accessoirement, il faudra aussi que je revoie l'estimation du montant faite par le collègue.

Nous arrivâmes à quatre heures de l'après-midi à l'hôtel du Quercy.

— Deux étoiles. La chambre à 45 euros. C'est le maximum des frais accordés par la Prévoyante dans ces cas-là, m'expliqua Rémy. Et en plus ils ont le câble.

Les rares nuits dans mon existence où j'avais dû dormir dans un de ces petits hôtels de province m'avaient laissé le souvenir d'un bourdon incroyable. Ça me reprit dès que j'eus poussé la porte de la chambre. Était-ce la vue du mobilier réduit à sa plus simple expression, ou au contraire les maigres efforts de décoration (un paysage de causse sous le soleil avec des chênes et des moutons était accroché au-dessus de mon lit), ou bien encore l'odeur de renfermé qui flottait dans la pièce ? Je me sentais comme un roi déchu en partance pour l'exil. Tout ce que j'essayais d'être à Paris, mon allure, ma façon de marcher, de parler, jusqu'à mes habits m'apparut au contact de ces lieux terne et incongru.

Ce sentiment de malaise fut encore renforcé quand le collègue de Rémy débarqua. C'était un homme d'une quarantaine d'années, les traits un peu marqués, les cheveux en arrière dans un mouvement qui se donnait pour naturel, mais dont il vérifiait toutes les cinq minutes d'un geste de la main qu'il n'avait pas bougé, et une fine moustache. Il salua la patronne, dit un mot à la femme de chambre qui rougit, puis vint s'installer à notre table.

— Jean-Claude Gaillac. Mais appelez-moi Jicé comme tous mes amis.

Il nous expliqua qu'il était trop tard pour se lancer maintenant dans une quelconque démarche et nous proposa de discuter de tout cela ce soir au cours du dîner. Il nous fit un grand sourire et repartit aussitôt.

— Je crois que nous avons quartier libre, me dit Rémy. Je vais en profiter pour relire le dossier. Vous n'avez qu'à aller faire un tour.

J'interrogeai la patronne qui m'indiqua une vague promenade le long de la rivière, juste après le pont, à cinquante mètres de là.

Pendant plus d'une heure, je n'eus pour tout décor qu'une rangée monotone de saules pleureurs, une suite infinie de cailloux et de touffes d'herbe dans les ornières du chemin et le lent courant d'eau qui charriait de temps à autre une feuille ou une branche d'arbre.

La campagne me tapait sur les nerfs. En fait cette dernière a toujours été très mauvaise pour ma santé. Je passe sur les différentes allergies qu'elle me déclenche, éternuement, éruption de plaques rouges, respiration sifflante... Non, il s'agit de quelque chose de plus profond : le silence, si pesant, agit sur moi comme du bromure qu'on aurait versé dans mon café. En quelques heures, j'ai l'impression d'être devenu placide comme le bétail dans l'étable...

Je regagnai l'hôtel d'une humeur de chien, redoutant de passer une soirée tout aussi noire. Ma crainte se révéla fondée. À sept heures trente précises, nous étions à table avec Jean-Claude. La serveuse apporta le pain, puis la carafe de vin comprise dans le menu, puis une carafe d'eau.

— Les trois mousses avec des morceaux de foie, annonça-t-elle solennellement.

Remarque : Je reviens sur la campagne. J'ai en horreur ces gens qui en vantent les mérites, je m'en méfie comme de vrais charlatans, de ces ruraux qui chantent les louanges de la vie en plein air, de ces citadins qui rêvent d'aller y vivre avec leurs gosses, comme si l'idéal pour sa progéniture se limitait à en faire de bons petits cochons bien gras et sains...

Nous mîmes sur pied notre plan de bataille pour le lendemain. Enfin nous essayâmes car dès que nous envisagions un rendez-vous, Jean-Claude soulevait une objection. L'employé de la mairie n'était pas là le mardi matin, le cadastre n'ouvrait qu'à quatorze heures, le propriétaire ne nous attendait qu'à dix heures trente.

— Nous avions prévu de rentrer demain en fin de journée. Au plus tard mercredi.

— Ça me paraît difficile...

— Cela va faire des notes de frais en plus, commenta Rémy.

Remarque (bis) : Pour en finir avec la campagne, le premier qui s'est avisé de planter une graine a été en fait le pire ennemi des hommes. Nous avons échangé notre liberté contre la sécurité certes, mais aussi contre la propriété et tout ce qui va avec : la soumission au temps, l'attachement au sol... Une sagesse de cimetière. En ce qui me concerne, l'usage de la terre se limitera à mon enterrement.

Jean-Claude fit à Rémy le récit des dégâts, lui brossa un portrait rapide de l'assuré et conclut :

— C'est quelqu'un qui compte ici. Les gens ne comprendraient pas qu'on ne le rembourse pas. Je leur ai dit au siège. Faut savoir lâcher pour gagner des clients.

Puis, sur un ton mi-ironique, mi-désolé, il ajouta :

— Ici, c'est pas Paris...

« Ici, c'est pas Paris. » Cela semblait être leur grande phrase à tous. La patronne nous le fit comprendre quand Rémy voulut payer en tickets-restaurant. Un client hilare, au bar, me le répéta quand je sortis pour aller fermer à clef les portes des voitures. Et même la serveuse l'expliqua à Rémy quand ce dernier se plaignit que la télévision ne marchait pas. « Le réparateur doit passer. »

Remarque (ter) : Je m'excuse d'en revenir encore à Vichy, mais le culte de la campagne était bien à son programme aussi : les concierges et la terre !

Je passai la nuit dans un demi-sommeil, à rêver que nous ne pourrions jamais repartir, comme dans ces romans fantastiques, où les héros sont peu à peu victimes de la malédiction du village. Je me levai de bonne heure. De toute façon, ils ne servaient plus le petit déjeuner après huit heures trente. Nous avions rendez-vous chez le propriétaire deux heures plus tard. Je décidai donc de refaire le même tour que la veille dans l'espoir de m'aérer un peu la tête.

Je retrouvai les mêmes saules, les mêmes cailloux, la même eau. Pour me réconforter, je me promettais, à mon retour, une orgie de rues et d'immeubles en enfilade... Je manquai de glisser sur une plaque de boue et m'étalai sur le talus. J'étais tellement occupé à essayer de me nettoyer les mains, que je n'entendis pas Jean-Claude m'arriver droit dessus, en petites foulées. Il fit un écart, me doubla sans ralentir, inspirant et expirant avec une régularité de métronome. Il me salua d'un geste de la tête et s'éloigna. Peu après, un autre jogger me dépassa à son tour. Au bout d'une demi-heure, je les vis revenir ensemble, dans l'autre sens, toujours aussi fringants, le buste haut, les bras bien en équerre, seule la mèche sautillante trahissait l'effort. Je dus me ranger sur le bord pour les laisser passer. Une brusque montée de colère me saisit.

Remarque : Je ne suis pas de ceux qui rejettent la pratique sportive. Au contraire, je peux dire que j'ai été pendant longtemps un sportif assidu. Ce que je déteste, ce sont les gars qui courent, font des abdos, des sorties en vélo pour se maintenir en forme. Pour s'entretenir. Est-ce qu'on aime pour entretenir ses sentiments ? Est-ce qu'on pense pour entretenir ses méninges ? À mes yeux, faire son jogging revient à ramener le dépassement de soi à un exercice de point de croix pour play-boy sur le déclin. Pire même, c'est comme manger des céréales le matin, boire avec modération ou bien encore se dire européen : un engagement qui n'en est pas un, une abstention déguisée, avec pour seul but, dans la vie, de durer.

Quand je rejoignis les deux autres, Jean-Claude me fit un grand sourire.

— Désolé pour tout à l'heure, mais je ne pouvais pas m'arrêter, ça m'aurait fait perdre mon rythme.

Nous rencontrâmes le propriétaire. Les choses s'annonçaient compliquées, mais Rémy faisait preuve de beaucoup de diplomatie, tandis que Jean-Claude cherchait manifestement à complaire à l'assuré.

En sortant, Rémy me glissa à l'oreille :

— Vous comprenez pourquoi on nous a envoyés...

Le repas fut encore plus triste que la veille. Jean-Claude n'était pas très à l'aise avec nous et s'éclipsa dès le café bu, marmonnant un vague « À demain ». Rémy s'inquiétait du temps que tout cela nous prendrait.

Le réparateur n'était toujours pas passé, il ne nous restait plus qu'à dormir. Je sentais monter en moi une résolution que je connaissais bien, mais j'hésitais encore sur mon choix.

60.   C'est fou comme on prend vite des habitudes à la campagne. Je crois que le choix des choses à faire est si restreint qu'on en vient très rapidement à repérer deux ou trois passe-temps supportables et à s'y consacrer pleinement. Pour la troisième fois donc, en deux jours, j'arpentai le même chemin, mais cette fois-ci, au lieu de suivre la rivière, j'avisai un petit sentier sur la gauche, barré par une chaîne, et m'y engageai. Au bout de cinq minutes, je me retrouvai en plein milieu des champs. Le pire des terrains pour mon allergie. Je sentis très vite mon nez me piquer, mes yeux se mettre à pleurer. Je lâchai une série d'éternuements retentissants. Aussitôt, en face de moi, à une dizaine de mètres, surgit un homme, en tenue de chasseur, un fusil à la main.

— Abruti ! me cria-t-il tout en s'avançant, le canon de son arme pointé sur moi.

Deux autres types sortirent juste derrière lui.

— C'est un des deux Parisiens qui sont descendus chez la mère Razet.

Ils m'entourèrent et me fixèrent d'un air mauvais.

— Du plomb dans le cul aux Parisiens ! dit le plus vindicatif – il portait une casquette avec une plume d'oiseau accrochée sur le côté. Ça fait deux heures qu'on est cachés dans les fourrés.

— Et d'abord qu'est-ce que vous venez foutre ici ?

— Je me promenais, risquai-je.

— Il se promenait ! Et la chasse, abruti ! T'en as jamais entendu parler ? me demanda le type à la casquette, qui s'échauffait à mesure qu'il parlait.

Il me regardait avec une rage croissante.

— Même ici, il faut qu'ils viennent nous faire chier (les deux autres ricanèrent). Je parierais qu'en plus, t'es sûrement un peu écolo (le rire des deux autres se figea). D'après Jicé, il y en a un qui joue les cadors et l'autre qui fait un peu chochotte.

— Ça doit être lui.

— Oui, le genre chochotte qui aime la nature. On va t'en donner, nous, de la nature.

Ils décidèrent de rentrer.

— Tiens, tu vas porter notre barda, ça te fera les pieds.

Ils me firent passer devant, leurs trois gibecières sur le dos. Revenu de ma frayeur, je réfléchissais. Je m'imaginais me retourner, d'un geste brusque me saisir d'un fusil, et pendant que je zigouillais le premier, je décochais un coup de poing à son voisin et un balayage du pied au dernier, et les achevais avant qu'ils n'aient eu le temps de se relever. Mais je doutais de ma capacité à enchaîner les trois mouvements assez vite pour éviter toute riposte.

Nous arrivâmes au bord de l'eau. Ils sortirent une bouteille qu'ils se passèrent.

— Je sais ce qu'on va faire de lui. Tu vas prendre un bon bain, fit l'un d'eux en me désignant la rivière.

— Quoi ? Comme ça ?

— Oui, tout habillé. Après ça tu y réfléchiras à deux fois avant d'emmerder les chasseurs.

Les autres applaudirent à son idée. Je protestai. Ils me menacèrent. Je fis semblant de m'exécuter. Mais au moment de m'élancer, je sortis posément mon revolver et, devant leur regard stupéfait, leur dis :

— Assez joué. Vos armes et vite.

— Eh oh, te fâche pas. On voulait juste te faire une blague.

— Ta gueule !

Une fois de plus, j'expérimentai l'effet thérapeutique du revolver.

Je ramassai leurs fusils, en épaulai un et abattis le premier chasseur à bout portant puis le deuxième, sans que le troisième ait pu esquisser un geste. J'eus même le temps de recharger l'arme et de lui régler son compte.

Je disposai les corps de façon que l'on crût à une bagarre entre chasseurs. Jean-Claude et son compagnon de jogging arrivèrent sur ces entrefaites. Ils me virent penché sur les corps, hésitèrent une seconde à s'arrêter tant la situation leur parut improbable, puis s'approchèrent.

« Qu'est-ce qui se passe ? » furent leurs dernières paroles.

Ah j'étais en grande forme ! Tout ce que j'avais sur le cœur après ces deux jours de campagne était sorti d'un coup. Je n'avais plus de vague à l'âme ni même d'allergie.

Je rentrai rapidement, en prenant soin de m'arrêter à la pharmacie pour acheter de l'aspirine ; le pharmacien et les clients présents, comme je l'avais prévu, me dévisagèrent, puis je regagnai l'hôtel, le sac de médicaments bien en vue, et m'exclamai en entrant :

— J'ai une de ces migraines. Et en plus je me suis perdu. Impossible de trouver la pharmacie.

La patronne rit.

— Vous auriez dû me demander...

Rémy et moi attendîmes Jean-Claude près de trois quarts d'heure. Finalement, Rémy décida de partir à la mairie. Nous passâmes toute la matinée à consulter le cadastre. Lorsque nous revînmes à l'hôtel, il était noir de monde, comme si tout le village s'y était donné rendez-vous. Nous aperçûmes la serveuse en larmes, affalée sur une chaise. Sa patronne essayait de la réconforter. Dès qu'elle nous vit, elle fondit sur nous.

— Ah vous voilà ! On vous cherche partout !

— Nous étions à la mairie, dit Rémy avec calme. Mais pourquoi toute cette agitation ?

— Il est arrivé un grand malheur.

Nous la regardâmes, intrigués.

— Jean-Claude. On l'a retrouvé mort ce matin.

— Mort ? fîmes-nous en chœur.

Il faut dire que j'avais désormais une certaine pratique de ce genre de situation qui me permettait de mimer à la perfection la surprise.

— Et ce n'est pas tout. Il y avait aussi Gérard, son ami avec qui il courait tous les jours, et trois autres gars du village, René, Francis et Roger, partis ce matin de bonne heure à la chasse.

— Mais qu'est-ce qui s'est passé ?

— On n'en sait rien pour l'instant. Les gendarmes sont arrivés il y a plus d'une heure. Ils sont toujours là-bas. Vous savez, dit-elle en me regardant, sur le chemin qui longe la rivière. Là où vous êtes allé vous promener hier.

Je blêmis.

— Dire que si je n'avais pas eu mal au crâne, je serais encore allé faire un tour par là ce matin.

— Oh mon pauvre monsieur ! s'exclama-t-elle, en me saisissant le bras.

L'hôtel s'était transformé en QG de journalistes. La patronne et sa serveuse ne savaient plus où donner de la tête. Les gendarmes entrèrent, se dirigèrent vers notre table et nous demandèrent de les suivre.

Le capitaine nous reçut.

— Un drame effroyable, commença-t-il par dire.

Il nous interrogea : quand avions-nous vu le dénommé Jean-Claude Gaillac pour la dernière fois ? Quel avait été notre emploi du temps au cours de la matinée ? Il était déjà au courant de ma visite à la pharmacie.

Je lui donnai tous les détails possibles, mais sans excès de zèle. Un témoignage sans importance. J'avais acquis un sang-froid à toute épreuve, en m'exerçant à me penser comme étranger à l'affaire. Moi, je n'étais que le pauvre voisin, collègue, ou témoin qui n'avait rien vu, et n'avait aucune idée sur la question. En fait je m'inspirais aussi des réactions de Rémy, qui faisait preuve d'un grand calme. Un moment pourtant, les choses faillirent mal tourner.

— Vous êtes donc allé à la pharmacie vers dix heures ? dix heures quinze ?

— Je crois qu'il était un peu plus tôt. Il me semble avoir entendu les cloches de l'église sonner dix heures juste après, quand je redescendais vers l'hôtel. Mais je n'en jurerais pas. Peut-être c'était avant. (J'avais choisi le genre accommodant, qui n'a rien à cacher et peut donc admettre que ses souvenirs soient un peu défaillants.)

— Mlle Geix, l'employée de l'hôtel du Quercy, dit

vous avoir vu sortir vers neuf heures trente de l'hôtel. Qu'avez-vous fait durant tout ce temps-là ?

— Euh, d'abord je crois qu'elle se trompe. En fait il me semble que c'était la veille que j'étais sorti vers neuf heures trente. Ce matin, comme je vous l'ai dit, j'avais mal à la tête. Je n'ai pas fait attention à l'heure, mais je suis sans doute sorti plus tard parce que je suis remonté dans ma chambre me passer un peu d'eau sur le visage. Ensuite, je me suis perdu. Je ne connais pas le village, et comme je n'ai croisé personne, j'ai tourné un peu en rond avant d'arriver à la pharmacie...

— En somme, il y a un trou dans votre emploi du temps.

— Oui, oui. Enfin je me suis simplement perdu...

Rémy vint à mon secours.

— Enfin, capitaine, je ne comprends pas. Mon collègue va acheter de l'aspirine et le voilà suspecté d'avoir tué M. Gaillac et quatre autres personnes qu'il ne connaît même pas ?

— Calmez-vous. Simple question de routine. Il ne faut négliger aucune piste. Vous savez, pour l'instant, c'est le noir total. La balistique doit nous donner ses résultats demain.

— Mais au moins, est-ce qu'on a une idée de comment ça s'est passé ?

— Pas vraiment. Juste que c'est la même arme, un fusil de chasse, qui a servi pour les cinq personnes. À part ça, est-ce qu'il s'agit d'une querelle entre chasseurs ? Mais alors que viennent faire les deux joggers ? Est-ce que les deux joggers ont été tués par les chasseurs, à la suite d'un différend qui a dégénéré ? Puis ensuite, les chasseurs voyant la tournure des événements se sont à leur tour disputés... Peut-être même y avait-il un sixième homme...

Nous rentrâmes à l'hôtel complètement abasourdis.

144

— La province ! glapit Rémy. Ça fait des années que je dis à la direction qu'il ne faut plus assurer la province. Trop dangereux. Juste Paris, la couronne et les grandes villes comme Lyon, ou Marseille... Mais pas plus.

À notre retour, Rémy fit une déclaration au nom de la Prévoyante et associés, pour déplorer la mort de notre collègue, Jean-Claude Gaillac (on entendit dans l'arrière-salle la serveuse redoubler de sanglots), victime sans doute d'un forcené. Il annonça que la compagnie d'assurances avait décidé, au vu des épreuves que traversait actuellement la commune, de prendre en charge les obsèques de Jean-Claude Gaillac. La serveuse lui fit une bise. Puis nous regagnâmes notre véhicule et repartîmes, soulagés de quitter cet endroit.

XII

61.   Le psy commençait à s'y perdre. Le chasseur lui évoquait bien l'image du père armé d'un phallus mais il ne parut l'évoquer que pour la forme, par acquit de conscience. Toujours est-il que ma cure avançait bien. Trop bien même car je me hasardais dans des domaines jusqu'alors inexplorés, mais ô combien satisfaisants : la vengeance d'anciennes mortifications qui me restaient sur le cœur. C'est au cours de la séance qui suivit la disparition des chasseurs que je m'en rendis compte. Comme je lui expliquais à quel point mon impuissance face à ces trois hommes m'avait plongé dans une rage incontrôlée, le psy me demanda si cela éveillait quelque chose en moi, une telle réaction cachant peut-être un traumatisme plus ancien. Alors ce fut comme un éclair. Tout me revint avec une précision incroyable. C'était l'année de mon entrée au collège. Accusé de vol par un élève qui m'en voulait de ne pas l'avoir aidé au cours d'une interrogation de mathématiques, j'avais été convoqué chez le censeur.

— Tu dois savoir pourquoi tu es là, me dit-il.

— Non, monsieur.

— Cherche bien. Si tu avoues tout de suite, j'en tiendrai compte.

147

Sous son œil inquisiteur, je réfléchissais de quel forfait je pouvais bien être coupable.

— J'ai poussé un camarade dans la cour.

— Arrête de faire l'andouille. Tu devrais tout me dire pendant qu'il en est encore temps.

J'éclatai en sanglots, incapable d'articuler un son.

Mes parents furent à leur tour convoqués. J'eus beau nier, jurer, pleurer, j'allais être sanctionné. Heureusement pour moi, le fruit du larcin fut alors retrouvé au fond d'un cartable. Le censeur tenta de tourner cela à la plaisanterie :

— Tout le monde sait que les blonds sont blancs comme neige.

Il me fallait réparer cet affront.

Kemeneur. Je me souvenais de son nom. Et aussi qu'il avait dit une fois, alors qu'il remplaçait notre professeur d'histoire-géo, quelque chose comme : « Ce n'est pas à un vieux Lorientais comme moi qu'on fera admettre que Nantes est en Bretagne ! »

J'épluchai l'annuaire du Morbihan. Il y avait treize Kemeneur à Lorient même et soixante-trois dans tout le département. Je les appelai les uns après les autres, prétextant un sondage sur les retraites (j'avais calculé que, vu son âge à l'époque des faits, il devait avoir cessé toute activité professionnelle depuis plusieurs années déjà). Cela en élimina un certain nombre.

Ma patience finit par payer. Au trente-deuxième appel, du côté d'Hennebont, je tombai sur le bon.

Le week-end suivant, prétextant un nouveau voyage d'expertise, je pris le train pour la Bretagne. Il habitait près de la grand-place, une ancienne bâtisse de pêcheur. Je lui dis que j'étais un ancien élève de passage dans la région et que j'avais eu envie de venir lui dire bonjour. Je ne sais pas trop s'il crut à mon histoire, il vivait seul et était ravi d'avoir quelqu'un à qui parler. Nous évoquâmes le collège. Je cherchai à le mettre sur ma piste. Il ne se souvenait de rien. Je finis par lui rappeler mon histoire. Il parut se troubler un peu et me demanda d'un ton sec :

— C'est pour me raconter ça que vous êtes venu jusqu'ici ?

— Pas tout à fait. Je voulais corriger une erreur.

Il me regarda, étonné.

Je sortis mon revolver.

Il sursauta, porta sa main à son cœur et commença l'habituelle litanie des vieux :

— Je suis malade... Laissez-moi tranquille...

J'ôtai le cran de sûreté, engageai la balle dans le magasin. Il s'affaissa.

— Je voulais vous dire. Vous aviez tort. Les blonds ne sont pas tous blancs comme neige...

Je tirai. Il s'écroula sans vie.

62.   Dans la foulée, je m'attaquai aux deux ou trois autres anciennes humiliations. Je zigouillai la fille dont j'étais amoureux fou, quand j'avais une quinzaine d'années. À l'époque, je l'avais invitée au restaurant et lui avais déclaré ma flamme, elle m'avait écouté en silence, puis demandé si je mangeais ma part et, devant ma réponse négative, l'avait engloutie sous mes yeux. Je la retrouvai facilement. Elle habitait toujours chez ses parents, avait pris vingt kilos (peut-être à cause de nombreuses déclarations de soupirants) et me fit bon accueil. Je crois même qu'elle aurait souhaité que je me fasse plus pressant désormais. Mais je me contentai de lui

assener ses quatre vérités ainsi qu'un coup sur le crâne, avant de la faire disparaître dans la Seine, près d'un chantier, suffisamment lestée pour que son souvenir ne remonte jamais à la surface. De même je retrouvai le copain de fac qui s'était moqué de mes boutons sur le visage devant une fille que nous rêvions tous les deux de séduire. Il était agent de change dans une grande banque, portait en toutes circonstances une oreillette qui lui permettait de discuter avec moi, en même temps qu'avec New York et Londres. Un bon coup de pelle judicieusement donné, un dimanche matin alors qu'il m'avait invité à faire un jogging au bois de Meudon, derrière chez lui, lui permit de raccrocher définitivement.

Je tenais enfin une première piste sérieuse. En faisant le tri avec mon psy dans mes souvenirs d'enfance, je m'aperçus que certains d'entre eux, bien qu'ils aient été désagréables sur le moment, me laissaient désormais un sentiment d'amusement, voire de tendresse. Ainsi quand j'étais enfant nous avions une concierge, très affectueuse...

— Encore une concierge.

— Oui bon... Une concierge. Très envahissante. Elle cherchait tout le temps à m'embrasser et moi je détestais ça... Mais aujourd'hui, quand j'y repense, ça me fait sourire. Alors que le Kemeneur... Il s'agit d'une question d'injustice. Même des années plus tard, ça ne peut pas s'apaiser. Ce qui prouve que sont exclus de mon combat les... Comment les appeler ?... Les casse-pieds ! Les emmerdeurs, comme ma concierge...

— Les casse-pieds ? fit-il. Intéressant.

Je brûlais, je le sentais. J'approchais de la vérité. L'inconvénient de ma première ébauche de définition me sauta aux yeux très rapidement : je ne pouvais

150

visiblement juger que pour des cas survenus dans mon enfance. Mais avec cette méthode rétrospective, je ne me voyais pas, pour les cas actuels, attendre plusieurs années, pour juger si humiliation il y avait.

63. Concrètement, la démarcation était beaucoup plus difficile à tracer au quotidien entre les casse-pieds et mes vrais ennemis. Par exemple, le fils de nos nouveaux voisins. Casse-pieds ou candidat à la disparition ? Avec ses parents, il avait remplacé depuis deux mois environ la dame du cinquième étage, partie à la retraite. Trois soirs par semaine, il faisait la fête avec des copains. Ils parlaient fort et poussaient des cris jusque tard dans la nuit, et ce, les fenêtres ouvertes. Pour couronner le tout, il jouait de la guitare, enfin apprenait, ce qui était pire. Au bout d'un mois à ce rythme, Christine se risqua à lui faire comprendre notre exaspération d'une façon diplomatique. « J'fais ce que je veux ! Vous êtes pas ma mère ! » Après une nouvelle semaine de javas, nous passâmes de la diplomatie aux remarques, puis abandonnant le ton de la politesse, aux remontrances, aux objurgations et enfin aux ultimatums. Nous étions désormais en guerre ouverte. Je finis par me résoudre à mettre un terme radical aux gammes du jeune virtuose. Une idée germa dans mon esprit. Je connaissais sa passion pour les jeux vidéo. Un matin, je feignis d'être malade et restai à la maison. J'attendis que tout le monde soit parti et grimpai par le tuyau de chauffage jusqu'à son appartement. J'allai dans sa chambre, démontai sa télévision et trafiquai le tube juste ce qu'il fallait pour qu'au moindre choc, il implose.

Le soir venu, je l'entendis allumer le poste,

s'énerver parce que l'image était brouillée, donner un coup de poing dessus et... l'immeuble fut réveillé par une explosion, suivie dix minutes après par la sirène d'une ambulance. Ce fut la dernière fois où nous fûmes dérangés par nos voisins.

Le psy me félicita. Je faisais à l'en croire de grands progrès. En m'attaquant à un adolescent, je marquais clairement mon désir de passer à l'âge adulte. Je sentais aussi que je progressais. Grâce à la disparition de ce petit morveux, j'avais même le sentiment que j'étais à l'aube d'une grande découverte. Je ne me trompais pas.

Un lundi matin, comme j'arrivais à la Prévoyante, Larivière m'appela dans son bureau. Elle me proposa un thé au ginseng. « L'heure est grave », me dis-je.

— Écoute, j'ai vu le grand patron hier. J'ai fait tout ce que j'ai pu, mais il dit que les résultats ne sont pas bons cette année, qu'on ne peut se permettre de... Bref, il refuse de t'embaucher. Je suis désolée.

— Ça n'est pas grave, fis-je. Ce n'est pas la fin du monde.

Elle essuya une larme et ajouta :

— Et tu sais pas ce qu'il a osé me dire ? « La disparition de Vespier nous a permis d'alléger la masse salariale. Comme ça, on a pu équilibrer le budget. » Non mais quel con, je te jure. Quel con !

— Quoi, qu'est-ce que tu as dit ? sursautai-je.

— Quoi, à propos du budget ?

— Non, après...

— Je ne sais plus, moi... Quel con ?

— Oui c'est ça ! m'exclamai-je.

— Ah ça, tu peux le dire, renchérit-elle. Le roi des cons, oui.

Je l'embrassai et sortis de son bureau sur un petit nuage.

Je savais enfin contre qui je me battais. J'avais enfin mis un nom sur leur visage.

64.   « Le con, m'écriai-je, voilà l'ennemi ! »

XIII

65.   Convaincu mais confus, contrit et content à la
fois, confit un peu aussi, contrarié surtout... Encore
aujourd'hui le contrecoup, le contrechoc, devrais-je
dire, de cette considérable constatation me consterne.
Comment n'y avais-je pas songé plus tôt ? Les cons !
Que de conjectures incongrues, que de contretemps
contre-productifs et autres contrevérités malheureuses
pour en arriver là ! Confondant ! Inconcevable !
Confronté à ce constat si évident, j'aurais volontiers
congratulé Larivière, pour son concours concluant, et
fêté de concert avec elle la consécration de mon
combat. Je me consolais en pensant qu'on se confronte
toujours au concret avant de comprendre le concept.

   Enfin, je tenais le fil par lequel j'allais dérouler la
pelote. Tout devenait clair. Mieux, mes actions passées prenaient enfin leur sens véritable, comme des
pièces d'un immense puzzle.

   Un horizon sans limites s'offrait à moi. Un continent à conquérir.

66.   Conscient du fait que, sans s'en douter, Larivière
venait de me rendre un immense service, je décidai à
mon tour de faire quelque chose pour elle, et ce, dès
le soir même. J'attendis que l'assistante du P-DG soit

partie et frappai à la porte du bureau du grand patron. Lorsqu'il me vit dans l'embrasure, il eut un mouvement de surprise. Peu habitué à ce que la victime d'une de ses décisions vienne le trouver, désarmé sans sa secrétaire qui faisait habituellement barrage, il s'affaissa dans son siège. « Le marché de l'assurance... », bredouilla-t-il. Je le rassurai sur le but de ma visite. Je ne venais pas lui demander des explications, mais l'avertir que sa voiture sur le parking avait été emboutie par un employé maladroit. « Juste une aile froissée, ajoutai-je. Peut-être aussi un peu le coffre... Rassurez-vous, le conducteur n'a rien. » Il poussa un juron, se leva d'un bond et ouvrit la fenêtre, agonissant déjà d'injures le coupable. « J'espère au moins que cet abruti n'est pas assuré chez nous » furent ses dernières paroles.

Je n'eus aucun mal à le faire basculer par-dessus la rambarde. Il fit une chute du quatrième étage et s'écrasa précisément sur son automobile. J'étais d'autant plus satisfait de cette fin que la Prévoyante et associés (enfin, associé, devrais-je écrire, car il n'en restait désormais plus qu'un) refusa de payer à sa femme l'indemnité décès en raison du suicide (conclusion à laquelle parvinrent et la police et l'expert en assurances) qui ne donnait lieu à aucun versement. Sa disparition n'alourdit donc aucunement les comptes de l'entreprise et valut à Larivière une promotion. Le dernier associé vivant décida de s'entourer de nouvelles têtes et appela auprès de lui ma chef pour le seconder.

Je venais donc de faire trépasser mon premier con. Du moins mon premier con « officiel », si je puis dire.

Cette révélation me permit durant plusieurs jours de retrouver le sourire. Très vite cependant, il me fallut déchanter. Plus j'y réfléchissais, plus je me rendais compte qu'il m'était impossible de circonscrire ce qu'était au juste un con. Comme tout le monde, j'avais une vague idée, ou plutôt j'étais capable, dans certaines circonstances, d'appliquer ce qualificatif à tel ou tel individu. Mais cela se révélait, à la réflexion, par trop aléatoire, car dépendant très largement de mon degré de patience, susceptible de varier d'un jour à l'autre, voire d'une heure à l'autre. Ainsi une personne qui, dans un moment de bonne humeur, m'apparaissait simplement stupide, voire amusante, et même dans un très bon jour, excusable, pouvait, si soudain je m'énervais ou m'impatientais, entrer dans cette catégorie. Une telle approche du problème s'avérait beaucoup trop subjective. Tel con à mes yeux ne le serait sans doute pas pour un autre et inversement.

Il me fallait donc absolument parvenir à élaborer une définition qui soit à la fois générale et précise afin que :

1/ je puisse l'appliquer sans avoir à me poser à chaque fois trop de questions ou de cas de conscience ;

2/ aucun con ne passe à travers les mailles de mon filet.

67. Consacrant désormais mon énergie à tenter de définir le con, je m'attelai au recensement des signes de connerie qui avaient pu être répertoriés par le passé, et qui pourraient ainsi me mettre sur la piste.

Je commençai par la sagesse populaire. Mais, bien qu'ayant toujours en réserve quelque expression imagée, bien sentie, sur le moindre sujet, cela ne m'était pas d'un grand secours. Tout juste pouvais-je relever de brèves sentences, du genre tautologique, « quand on est con, on est con », ou métaphysique, « si tous les cons volaient, il y aurait du monde en orbite » ou, variante, « tu serais chef d'escadrille ». Bien peu de choses en somme.

Remarque : Pourtant le sens de nombreux proverbes témoigne manifestement de la connerie de nos ancêtres. Pour n'en prendre que deux exemples : « Bien mal acquis ne profite jamais » et « Qui paie ses dettes s'enrichit », dont on peut mesurer le degré de connerie chaque matin en écoutant le cours de la Bourse.

Je me tournai alors du côté de la philosophie. Mais là encore, ce fut une déception. Toutes les grandes interrogations de l'homme, la mort, l'existence et l'essence, la vie, l'être et le non-être, ont trouvé leur place dans de vastes systèmes interprétatifs ; la connerie en revanche attend toujours son philosophe.

Pourtant, à y regarder de plus près, plusieurs d'entre eux ont tourné autour de la question, parfois même l'ont effleurée. Ainsi, Platon. Qu'est-ce que sa célèbre allégorie de la caverne, dans la *République*, si ce n'est l'histoire d'une bande de cons qui prennent des vessies pour des lanternes ? Et Descartes ? Qu'est-ce que son fameux « Je pense donc je suis », si ce n'est une formidable machine de guerre contre la connerie ? Car enfin, un con a-t-il jamais pensé ? Tout au contraire, ne l'entend-on pas régulièrement s'écrier « J'y avais pas pensé » ?... Et le doute, dont il fait le point central de sa démonstration, n'est-il pas fondamentalement l'exact inverse de la démarche du con ? Car tout le monde sait que le con, lui, ne doute pas.

J'allais devoir tout élaborer par moi-même. Je fus à deux doigts de renoncer. Pour autant, je poursuivais mon action, tout en la limitant aux cas évidents, qui, quelle que soit mon éventuelle théorie future, entreraient forcément dans l'une ou l'autre des catégories que je définirais.

68.   Constamment, depuis des années, Christine me tannait pour que nous déménagions à Paris. Mais le montant des loyers nous avait toujours empêchés de le faire, jusqu'au jour où, par une collègue de travail, elle réussit à obtenir un appartement dans nos prix.

Au moment de déménager, je voulus rendre un dernier service à mon ancien quartier. Dans la tour voisine, la disparition du cafetier aux chiens menaçants n'avait pas ramené la paix ; son fils s'était soudain senti investi d'une véritable mission, il avait lui aussi pris un énorme molosse et, rassemblant quelques jeunes dans son genre, faisait régner l'ordre à sa manière. Vu la fin tragique de son géniteur, personne n'osait trop rien lui dire. Les seuls moments de tranquillité du voisinage étaient les soirs de match. Car le fils et sa bande étaient des supporters inconditionnels de l'équipe de football locale et la suivaient y compris dans ses déplacements. Du coup, toute la tour s'intéressait non seulement au calendrier de l'équipe, pour savoir quand les jeunes seraient de sortie, mais aussi à ses résultats, redoutant les soirs de défaite et l'humeur exécrable de la bande.

Avant d'agir, je pris soin de m'assurer qu'il était fils unique. J'étais manifestement en présence d'un nid de cons et il me fallait l'éradiquer totalement. Mais il était dit qu'à chacune de mes interventions, la difficulté irait croissant. Alors que pour le père, il m'avait fallu anticiper la réaction de son rottweiler, pour le fils, je devais prévoir celle de sa bande, soit trois jeunes, dans les dix-huit, vingt ans, plutôt costauds et agressifs et, pour deux d'entre eux au moins, armés d'un cran d'arrêt. Une véritable gageure. Pendant plusieurs jours, je les observai. Ils se tenaient dans le hall. Il fallait passer près d'eux tête basse, si l'on voulait éviter les ennuis. Leur vocabulaire tenait en quatre phrases qu'ils utilisaient selon leur interlocuteur ou la situation. « Vas-y » pour les gens qui leur jetaient un regard, « Bouffon » pour ceux qui leur adressaient la parole, « Bâtard » pour qui essayait de leur tenir tête, et « Enculé » dans tous les autres cas. Vers vingt heures, ils sortaient pour errer dans le quartier. Sauf les soirs de match, où, laissant leurs chiens à la maison, ils prenaient le train sur le coup de dix-neuf heures pour se rendre au stade et rentraient vers minuit, le plus souvent éméchés. Cela me parut le meilleur moment pour intervenir. Je les attendis en haut des marches menant aux quais. La chance, une fois de plus, fut de mon côté. Ils avaient particulièrement fêté la victoire de leur équipe. Sur les quatre, deux tenaient à peine debout et un troisième manifestait des signes évidents d'ébriété. « Vas-y », me lança l'un d'eux. « Bouffon », surenchérit un autre. Pour toute réponse, je déchargeai mon revolver. « Oh le bâtard », s'exclama le fils du cafetier, en s'écroulant. Quant au dernier, « enc... » fut son dernier juron.

La nouvelle fit grand bruit. D'après les journaux, la piste d'un règlement de comptes entre supporters fut vite écartée. Les balles retrouvées provenaient, et pour cause, de l'arme qui avait déjà servi pour le cafetier et ses chiens. L'enquête s'orienta donc vers une vengeance visant la famille. Mais les policiers se perdaient en conjectures. Pourquoi s'en être pris aussi aux trois autres jeunes, alors qu'il aurait été beaucoup plus simple au meurtrier d'attendre le fils sur son palier ? Je n'y avais tout simplement pas pensé. Cela me vexa un peu.

69.   Conquis par notre nouveau quartier, je m'y sentis très vite à mon aise. Tous les matins, je descendais acheter le journal au kiosque du coin. J'ai toujours aimé avoir de petits rituels qui rythment ma journée. J'échangeais quelques mots avec le kiosquier lorsqu'il me rendait la monnaie. Il avait un cousin qui travaillait dans un ministère et l'informait de ce qu'on pensait en haut lieu. « Ça, vous ne le lirez pas dans les journaux », me confiait-il, en me lançant un clin d'œil complice.

Christine, elle, trouvait que mes expériences de travail temporaire avaient assez duré et me poussait à trouver un emploi fixe. Mais je faisais la sourde oreille. Je tenais à avoir l'esprit libre pour me consacrer complètement à ma réflexion sur les cons.

70.   Consécutivement à mes réflexions précédentes, j'en arrivai à la conclusion suivante :

Qu'est-ce que la connerie ? Tout !

Qu'a-t-elle été jusqu'à présent dans la théorie philosophique ? Rien !

Il y avait là un paradoxe dont je ne m'expliquais pas bien la cause. En effet, il suffisait de s'intéresser un peu à l'Histoire pour voir fleurir les exemples, tel Louis XVI, notant dans son journal, à la date du 14 juillet 1789 : « Aujourd'hui rien... » Il faut dire qu'en matière de roi, nous avons été gâtés. Rien de pire en politique que les « fils de », qui succèdent à papa. Déjà on peut voir les dégâts que cela fait dans les entreprises quand junior hérite de l'empire, sans en avoir les compétences. Mais alors en histoire, c'est une vraie catastrophe...

Remarque : Et Vercingétorix. Quel bel exemple de con ! Car enfin, comment appeler autrement quelqu'un qui s'enferme de lui-même dans une ville pour se laisser assiéger par les Romains ? Il lui aurait suffi de courir le pays, de harceler César, bref de mener une guerre de partisans ! Mais non, il va s'offrir dans un lieu clos en sachant que les légions sont passées maîtresses dans l'art des sièges, entraînant toute la Gaule dans sa défaite !

Ce qu'il y a de particulièrement frappant dans l'Histoire, c'est que non seulement les cons ont tout loisir de sévir, mais qu'en plus ils prennent la pose et, sans doute portés par le souffle du cataclysme qu'ils sont en train de déclencher, se croient obligés de délivrer quelques mots historiques. Je dirais même que l'on reconnaît à coup sûr un con en histoire à la fortune de son trait. Prenez l'obscur officier, qui déclare, lors de la bataille de Fontenoy : « Messieurs les Anglais, tirez les premiers. » Ses soldats en première ligne ont dû, juste avant de mourir, maudire amèrement les parents de ce militaire qui avaient si bien éduqué leur fils...

Remarque : Évidemment, il y a Napoléon et de Gaulle... Le petit caporal ! Un type originaire de Corse, où tous les habitants, depuis des siècles, se marient entre eux et qui a voulu faire payer au monde entier le complexe de sa petite taille... Quant au Général ! Il n'a cessé de nous faire croire que nous étions un grand pays. Tu parles d'une connerie ! La grandeur de la France ! Le pays des droits de l'homme ! Le modèle social ! La République ! Notre histoire est truffée de ce genre de pièges à cons.

71. — Les cons ?... Intéressant. Très intéressant même.

— Ah bon, vous trouvez ?

— Bien sûr. Vous n'ignorez pas l'origine de ce mot...

— Euh... ça vient du latin ou du grec ?

— Non, je veux dire, son sens premier. À l'origine, ce mot désigne le sexe de la femme.

— Et vous croyez qu'il y a un rapport ?

— Évidemment. Le mot « con », je veux dire au sens d'imbécile, dérive du sens originel, par allusion dévalorisante à la femme.

— Non, je veux dire : vous croyez qu'il y a un rapport avec moi ?

— C'est à vous de me le dire. Mais votre expression « tuer tous les cons » suggère très probablement une remarque à caractère sexuel.

Outre le fait que j'étais impressionné par les compétences étymologiques de mon propre inconscient, cette discussion avec mon psy m'incita à me pencher sur mes relations avec Christine. Il faut dire que la vie à la maison devenait pesante.

— À ton âge, il est temps de te fixer dans un emploi, me répétait-elle maintenant presque chaque soir.

À nos débuts, c'était mon côté bohème qui lui plaisait, ou du moins l'idée de vivre avec un apprenti artiste. Lorsqu'elle parlait de moi à ses amies, elle disait : « Mon mec est dans la chanson. » Puis au fil des années, à mesure qu'elle se rendait compte que je n'arrivais pas à grand-chose (à rien serait plus juste), elle avait trouvé cela moins romantique. « Il galère dans la musique. » Jusqu'au jour où elle en eut marre. « Il est au chômage. »

Je ne lui en veux pas, je la comprends. Mais mon

action, je m'en rendais compte à présent, avait pris toute la place dans ma vie. Pour la première fois, j'avais trouvé un but véritable auquel je me tenais, pas une de ces passions aussi envahissantes que passagères, dont j'étais coutumier et qui exaspéraient tant Christine. J'avais en quelque sorte trouvé ma voie. Il me semblait que j'étais fait pour ça, la chasse aux cons. Je sens bien qu'exprimé ainsi, cela peut paraître un peu surprenant, mais outre le fait que nombre de chercheurs consacrent leur vie à des sujets d'étude bien plus bizarres, mon combat m'apportait un tel apaisement que pour rien au monde je n'y aurais renoncé. Surtout pas pour un quelconque boulot salarié.

La vie de bureau de Christine remplissait déjà suffisamment notre existence. Je ne parle pas seulement sur le plan financier. Elle avait une bonne situation, dans une entreprise d'informatique, là n'était pas le problème. Non, le problème, c'était plutôt les innombrables conversations que nous avions au sujet de ses collègues. Comme chacun sait, on choisit son conjoint, pas ses collègues. Et souvent ils sont bien pires que sa famille.

Remarque : On n'est jamais assez vigilant sur ce sujet. Avec le recul, je pense même que lorsque l'on rencontre quelqu'un, la seule question importante, bien plus que de savoir si l'autre a encore ses parents et s'ils habitent dans les environs, c'est de se renseigner sur les gens avec qui il travaille. Si la réponse tient en deux ou trois phrases, vous pouvez être rassuré. Mais si l'autre commence à s'épancher sans que vous puissiez l'arrêter, alors fuyez ! Cela peut se révéler à terme pis encore que la présence d'un animal domestique.

Elle travaillait depuis quatre ans dans un service de trois personnes : Charles Fournier, son patron, Fabrice Pinault et Gisèle Martin, ses deux collègues. Même si je n'avais dû les voir ou leur parler qu'à trois ou quatre occasions, guère plus, rien de ce qui les concernait, tant sur le plan professionnel que sur le plan personnel, ne m'était inconnu. Charles possédait une maison de campagne en Normandie, il ne soutenait jamais son équipe auprès de la direction et demandait à Christine des idées de cadeau pour son épouse. Fabrice, lui, avait une collection de cravates impressionnante, des auréoles de sueur sous les bras dès que les beaux jours revenaient, une femme jalouse qui appelait tous les jours pour savoir où il était, et un enfant dont je connaissais le dernier bon mot, dès le lendemain. Quant à Gisèle, par qui nous avions eu notre appartement parisien, elle n'arrivait jamais avant dix heures, dépensait des fortunes pour soigner son chat et se faisait des soucis pour l'avenir scolaire de son aîné.

Avec le temps, je m'étais habitué à leur présence dans mon existence, mais ce à quoi je n'arrivais décidément pas à me faire, c'était leurs petits travers, leurs coups tordus, leur mauvaise foi, qui mettaient Christine dans des rages folles. Rares étaient les soirs de la semaine où l'un de ces trois-là n'avait pas pourri sa journée et accessoirement notre soirée. « Tu ne sais pas ce que m'a fait Gisèle aujourd'hui ? » commençait-elle. Ou bien : « Tu ne devineras jamais ce que Charles a été dire à la direction ! », ou bien encore : « C'est vraiment un sale type, Fabrice. » À cet instant, je savais que j'en avais au moins pour une heure de récriminations. Parfois, il m'arrivait de me consoler en pensant aux conjoints de ses collègues qui devaient au même moment vivre la même scène.

J'avais à peu près essayé toutes les techniques et

savais que, quoi que je dise ou fasse, rien ne l'arrête-rait. Si je me taisais, « tu t'en fous de mes histoires », si je cherchais à détourner son attention par une plai-santerie ou un geste tendre, « on voit bien que c'est pas toi qui le vis », si je minimisais, « tu comprends rien », si j'acquiesçais, « tu ne m'aides pas beau-coup », si je la soutenais, « puisque toi aussi tu le dis, c'est que c'est plus grave que je ne le pensais »... Bref, j'étais impuissant à la calmer. Généralement la crise s'achevait lorsque nous allumions la télévision. « J'es-père au moins qu'il y a un bon film ce soir, ça me changera les idées. »

Le pire dans tout cela, c'était que la plupart du temps, j'ignorais la fin de l'histoire. Une fois apaisée d'avoir exhalé sa bile, elle repartait le lendemain au travail et, tandis que je m'inquiétais pour son moral, le plus souvent, les choses s'arrangeaient d'elles-mêmes, sans qu'elle m'en avertisse. Parfois même, quelques jours après l'incident, je croyais bien faire en m'em-portant contre celui de ses collègues qui en était le responsable, elle me regardait alors l'air étonné et lâchait, agacée : « Décidément tu ne comprends rien. »

L'esprit de plus en plus occupé par mon propre combat, je dois avouer que, ces derniers temps, je ne l'écoutais plus que d'une oreille distraite, ce qui eut le don de l'exaspérer un peu plus encore. « Tu m'écoutes ? Ça t'intéresse, ce que je raconte ? — Oui, oui, bien sûr. Tu disais ? » Mais presque aussitôt, je repartais dans mes pensées. « Tu le fais exprès ? »

C'est sans doute pour cela aussi qu'elle insistait tant pour que je trouve un vrai boulot. Du moins j'avais l'impression qu'au-delà des bonnes raisons affichées (« Cela nous permettra de mettre de l'argent de côté, de voyager plus souvent... »), il y en avait une autre, moins avouable, qui était de m'obliger à subir à mon tour ces relations de travail quotidiennes, voire de me punir de mon détachement par rapport à cette pesante réalité.

Elle fit tant et si bien que je finis par accepter d'aller à l'ANPE, « pour voir, uniquement pour voir », précisai-je. Elle eut un sourire de manager triomphant car elle savait très bien qu'en acceptant de faire le premier pas, j'aurais tôt fait d'entrer dans la danse.

72.   Conciliant, je fus reçu par une jeune femme, d'une trentaine d'années, les cheveux courts, qui s'efforçait, par sa mise et ses gestes, de soutenir la comparaison avec un cadre dynamique du secteur privé.

— Il est très important que vous puissiez faire le deuil de votre emploi précédent, me dit-elle en commençant l'entretien. Après un licenciement, il y a toujours un travail de deuil à faire. Deuil de l'employé que vous avez été, mais aussi deuil de l'entreprise dans laquelle vous aviez investi vos espoirs de carrière...

— Excusez-moi, mais j'ai fait de l'intérim. Alors question deuil de mes emplois, cela ressemble plus à la grande peste de Marseille...

Son regard se figea. L'ironie de ma remarque m'avait en un quart de seconde classé dans les salariés rétifs à la modernité du monde de l'entreprise, aux dernières méthodes d'accompagnement. Je vis dans ses yeux une nuance d'étonnement. Sans doute ma relative jeunesse lui laissait espérer une plus grande réceptivité à son discours.

— Commençons par le CV, reprit-elle d'un ton sec. Pour un patron, un intérimaire dans votre genre est quelqu'un qui refuse de s'engager dans une relation durable au service d'une entreprise. Il faut que vous lui prouviez que vous avez fait le deuil, eh oui on y

revient, de cet employé volage que vous avez été...
Nous allons donc revoir votre CV en mettant en avant
les échecs les plus importants de votre carrière pour
bien lui faire comprendre que vous avez tiré les leçons
de ces expériences malheureuses et, par contrecoup, la
force de votre motivation à changer. Deuil, travail sur
soi, motivation. C'est clair ?

Je fis oui de la tête.

— Bien, et pour démontrer votre détermination, il
faut vous orienter vers des métiers que vous n'avez
jamais encore exercés. Ainsi le message sera clair :
vous avez définitivement tourné la page, celui qui
papillonnait est mort. Je vous inscris à deux stages :
l'un dans le bâtiment et l'autre dans la restauration. Il
faudra aussi regarder du côté des offres concernant le
service à la personne. On manque de monde dans ces
secteurs.

Si nous avions été seuls tous les deux, j'aurais instantanément sorti mon revolver. Mais je pris sur moi
et remplis les papiers d'inscription sans mot dire.

Elle ne perdait rien pour attendre.

Dès le lendemain, je lui permis de faire le deuil
de son emploi à l'ANPE, et plus encore celui de son
existence. Elle habitait du côté de la gare du Nord. En
rentrant d'une soirée, elle tomba malencontreusement
dans une tranchée en travaux juste devant chez elle et,
par la plus noire des malchances, se brisa net le cou
sur une planche en contrebas. Un accident rarissime,
selon les journaux. D'ailleurs les enquêteurs de la
police n'arrivaient pas à s'expliquer pour quelle raison
elle avait franchi la barrière indiquant le chantier... On
parla même pendant un temps d'un crime de rôdeur
mais rien ne vint étayer cette piste, et l'affaire fut sans
doute classée. Chômeurs et collègues firent si rapide-

ment leur deuil que je pense qu'elle aurait été contente de constater, a posteriori, le succès de sa méthode.

73.   Concernant ma recherche d'emploi, à laquelle tenait tant Christine, cet événement eut le mérite de m'offrir un certain répit. J'avais en fait bien d'autres choses en tête. Ma théorie des cons. J'en étais arrivé au stade de la formulation d'hypothèses.

Remarque : Sans que j'y prenne garde tout de suite, l'élaboration d'une théorie et d'hypothèses allait changer la nature de mon combat. Désormais, ma sélection ne s'effectuerait plus tant en fonction du préjudice que j'avais subi, que selon des critères préalablement définis, parfois même sans que j'aie rien, à titre personnel, à reprocher au trépassé. De la prise de conscience individuelle, je passais à un stade supérieur de la lutte des cons.

XIV

74.   Je me souviens de la première fois où je m'y essayai.

J'étais assis sur un banc dans un jardin public. J'étais perdu dans mes pensées, un rayon de soleil me réchauffant le visage. Deux enfants devant moi jouaient avec un ballon. Soudain, un coup de sifflet les arrêta dans leur course. Le gardien du square apparut.

— C'est interdit, lâcha-t-il.

— Mais, m'sieur...

— Qu'est-ce qu'y a ? Tu veux que je confisque ton ballon ?

— C'est une balle en mousse, protesta le plus grand.

— Et alors ? fit le gardien d'un air rogue.

— Ben vous avez dit qu'on pouvait jouer au foot si c'était avec une balle en mousse...

— Confisqué ! Le règlement dit que la balle en mousse peut être autorisée. PEUT être autorisée. Mais ce n'est pas un droit. Juste une possibilité. La semaine dernière, je t'ai dit que tu pouvais, pas que je t'autoriserais. Et là je dis : c'est interdit. Et je confisque. Tu aurais dû me demander avant. Je te la rendrai ce soir à la fermeture. Allez, ouste.

Remarque : Je déteste les gardiens de square, avec leur côté personnage de roman, inoffensif, leur démarche traînante, leur air de sortir du bistrot d'en face, leur tenue de garçon de piste, leur pelouse interdite, leur sifflet strident, et leur règlement. Aussi mystérieux, aussi fluctuants que les arcanes de leur pensée. Quel gamin n'en a jamais subi les foudres ? Un jour oui, un jour non, en fonction de l'heure, de l'affluence, de la saison. Tu peux marcher mais pas courir, chanter mais pas crier, grimper mais pas te balancer...

Il regagna tranquillement sa casemate. Au moment où il entrait, je le poussai dedans.

— Mais qu'est-ce que... ?

— Le ballon !

— Quoi ?

— Le ballon ! (Je sortis mon revolver.)

J'avais toujours rêvé de faire ça. D'être un Robin des Bois des bacs à sable. En fait ce n'était pas tant l'idée d'être un redresseur de torts qui me plaisait que l'envie de changer le cours des choses. Enfant, combien de fois j'avais espéré que, dans un épisode au moins, le coyote arriverait à attraper Bip-Bip, ou que Gros Minet riverait son clou à cet insupportable Titi...

— Rends-leur le ballon. Appelle les mômes et dis-leur que tu les autorises à jouer. Tiens, tu vas faire mieux. Dis-leur qu'ils peuvent aller sur la pelouse.

Il s'exécuta sans broncher.

Une fois les enfants partis, je mis un terme à sa carrière de tyranneau de square, d'un coup de revolver. « Qui interdit les balles, à la fin en prend une », pensai-je.

Un silence intense se fit durant quelques secondes. Mais il y avait peu de monde à cette heure-là dans le square, et au bout de quelques instants, je sortis de la casemate d'un air dégagé, passai devant les enfants qui s'égayaient dans l'herbe, et quittai le jardin.

75.   Installé à la terrasse d'un café, j'essayai d'analyser ce qui venait d'arriver. Je me repassais toute la scène quand quelque chose me sauta aux yeux : l'uniforme. Si je ne parvenais pas encore à déterminer en quoi consistait un con, j'avais peut-être trouvé comment le reconnaître. Je notai dans mon carnet :

Hypothèse : Dans certaines conditions, et sous réserve de plus amples confirmations (à venir), le port de l'uniforme peut permettre de repérer (presque à coup sûr ?) le con.

Corrélat : C'est précisément pour cette raison qu'il porte un uniforme. Pour qu'on le reconnaisse et se prépare à lui faire face.

Formulée de cette façon, l'hypothèse peut paraître incongrue. Mais si vous y réfléchissez, ne vous est-il jamais arrivé, quand vous êtes face à un de ces petits porteurs d'uniforme, de pressentir par une sorte de réflexe inconscient que votre interlocuteur appartient à une espèce un peu particulière qui, même si vous faites preuve de toute la diplomatie et de l'attention dont vous êtes capable, possède cette aptitude à vous dérouter tout en mettant votre intelligence et votre patience à rude épreuve ? Ce ne sera jamais là où vous l'attendez qu'il interviendra, jamais sur la question à laquelle vous vous étiez préparé, l'infraction que vous pensiez avoir commise, la raison que vous escomptiez. Il me semble qu'il s'agit là d'une règle de la vie sociale, non dite, mais présente à notre esprit. Devant eux, nous adoptons presque sans le décider une attitude embarrassée, un brin ironique, acceptant par avance la pilule douce-amère de leur remontrance. Et qu'est-ce qui nous avertit qu'il en sera ainsi ? Qu'est-ce qui nous permet d'anticiper et de nous y préparer si ce n'est la vue de l'uniforme ?

Un petit point méthodologique. Très vite, il m'apparut que mon champ d'investigation était trop immense et qu'il me fallait tenter de le délimiter plus précisément. C'est ainsi que j'exclus d'emblée certaines institutions telles que l'armée. En effet, de par son but même, son fonctionnement, sa hiérarchie, l'armée présente un tel archétype en la matière que, malgré l'étendue du terrain de chasse qu'elle m'offrait, cela ne m'aurait pas apporté grand-chose dans l'élaboration de ma théorie. Aussi n'ai-je jamais réglé son sort à aucun militaire. De même je n'ai pas pris en compte la police, dont la renommée en la matière n'est plus à faire. Quand je dis police, on voudra bien me pardonner cette approximation, mais j'entends aussi par là les gendarmes ainsi que bien évidemment les CRS.

Remarque : Je ne souhaite pas ici entrer dans le débat sur l'utilité d'une telle institution. J'entends déjà les récriminations de certains : « Vous êtes bien content qu'ils soient là quand vous avez besoin d'eux », « Heureusement qu'ils sont là pour nous protéger », etc. Il ne faut pas y voir une quelconque animosité particulière envers l'armée ou la police. En l'occurrence, leur réputation dans le domaine qui m'occupe est si fortement établie aux yeux de l'opinion publique que cela aurait été une perte de temps et une trop grande prise de risque d'aller le constater par moi-même.

Je prêtais désormais attention à tous ceux qui, sous une forme ou une autre, portaient un uniforme. C'est fou ce qu'il y a de professions qui en possèdent, encore aujourd'hui. À force de les voir, on ne les remarque même plus.

J'expérimentai ainsi mon hypothèse sur une pervenche qui verbalisait selon ses humeurs ou la réaction des propriétaires des voitures, grands et forts non, tout le reste oui, puis un type de l'Armée du Salut qui, installé devant la bouche du métro, harcelait les gens, en criant : « Jésus t'aime ! Viens à lui ! » Il y eut aussi un gérant de supermarché qui, dans son tablier vert et sa chemise orange aux couleurs de l'enseigne, terrorisait les petits vieux en leur reprochant de ne pas venir aux heures creuses, demandait à chaque jeune d'ouvrir son sac et aboyait lorsque les vendeuses ne portaient pas la coiffe réglementaire. Exprès, je me fis pincer avec un baril de lessive sous mon imper, au moment de la fermeture. Il m'emmena dans son bureau, pendant que les caissières fermaient le magasin. Nous nous retrouvâmes seuls, bientôt rejoints par le vigile dans son bel uniforme bleu foncé. Tous les deux me menacèrent des pires poursuites. Je sortis mon revolver, ce qui fit aussitôt retomber leur colère. Un portier de grand hôtel avec sa belle livrée rouge fit aussi les frais de mon expérimentation. J'ai toujours détesté la danse pitoyable que le loufiat exécute à chaque client comme un pantin sans âme, un sourire, la casquette contre le cœur, une courbette, avant de retomber dans un état léthargique – abattu entre deux portes battantes. Peu après, un steward connut une fin aussi brutale qu'une explosion en vol. Bronzé, sanglé dans son uniforme de pilote au rabais, les lunettes de soleil négligemment posées sur le haut du crâne comme pour dire « prête à décoller ? », il paradait dans un bar un peu chic où j'allais parfois avec Christine. Le bellâtre crut malin de lui adresser un sourire tout en m'ignorant comme si j'étais un cousin de province.

Remarque : C'est quand même incroyable comment, en plein cœur de la capitale, on peut encore mourir assassiné sans que le coupable soit découvert. Je m'en étonnais moi-même, tellement habitué à regarder les séries télévisées, où le tueur est toujours démasqué. Je ne pouvais pas croire que je n'avais pas laissé de traces. Mais il est vrai que même si la police disposait de quelques indices, cela ne la mènerait pas à grand-chose. En réalité, pour faire carrière dans ce genre d'activité, plus on est anodin, c'est-à-dire sans caractéristiques physiques particulières, sans goût ni personnalité qui détonne, bref, plus on ressemble à monsieur Tout-le-monde, plus on peut aller loin. C'est un des seuls métiers à ma connaissance qui offrent autant de chances de succès à des gens comme moi, sans don ni aptitude au-dessus de la moyenne... ou plutôt dont l'aspect banal renforce les possibilités de réussite.

76. Concentré sur les uniformes, mon regard fut attiré, peu après, par celui des contrôleurs de la RATP. Pour m'assurer toutes les garanties du point de vue méthodologique, je décidai d'en choisir un ou deux au hasard et de me lier avec eux. Je me munis d'un bon livre et multipliai les voyages d'un terminus à l'autre d'une ligne. Après plusieurs jours infructueux, la chance finit par me sourire. Une équipe de cinq contrôleurs monta dans la rame. J'en repérai un qui me parut le candidat idéal. L'air peu avenant, la moustache tombante, le regard fatigué. Je m'arrangeai pour

que ce soit lui qui m'aborde. Je sortis de ma poche un nombre impressionnant de tickets que j'avais ramassés ces jours derniers. Il s'apprêtait à renoncer à tout vérifier, quand sa collègue nous rejoignit.

— Un problème ? fit-elle.

— Non, monsieur ne sait plus lequel est le bon, répondit-il en lui montrant la cinquantaine de billets dans ma main.

— C'est pas grave, dit l'autre. Je préviens René et je te file un coup de main.

À la station suivante les trois autres descendirent, tandis que nous restâmes dans la rame.

— On les attend sur le quai quand on a fini.

Elle semblait mettre beaucoup d'ardeur à la tâche, à la différence de son collègue. De temps à autre, elle me jetait un œil amusé qui semblait dire : « T'as voulu jouer au plus fin avec nous, mais tu sais pas sur qui tu es tombé... »

J'essayai de lier conversation avec eux. D'abord méfiant, l'homme peu à peu se mit à me parler, n'accordant plus qu'une attention distraite à la vérification de mes tickets. La femme finit par se mêler aussi à nos propos, mais elle me répondait sans relever la tête, concentrée sur sa vérification. Je finis par apprendre qu'ils étaient tous deux bretons.

— Moi aussi, fis-je. (Il s'agissait bien évidemment d'un mensonge. Je dis cela pour que vous ne partiez pas sur une fausse piste.)

— D'où ça ? me demanda-t-il.

— Hennebont. (C'était le seul endroit que je connaissais un peu...)

Le type s'anima. Il se mit à discuter des beautés de la côte dans le Morbihan. La fille ne se détendit vraiment que lorsqu'elle retrouva le bon ticket. Je descendis avec eux sur le quai.

Nous poursuivîmes la discussion sur la Bretagne jusqu'à ce que les trois autres arrivent à la station. L'essentiel était fait. L'homme me proposa d'assister le samedi suivant à une séance de danse bretonne à laquelle tous les deux participaient. Je leur promis de venir et nous nous quittâmes, enchantés les uns des autres, mais pas forcément pour les mêmes raisons.

Remarque : J'ai en horreur ces manifestations de pseudo-folklore, ces danses pauvrettes, où l'on voit s'agiter des gars et des filles dans des costumes ridicules, au son d'une musique qui vous scie les oreilles. Soit ça couine, comme avec le biniou, soit ça crécelle. Et en plus de cet ersatz de fête de fin d'année d'école primaire, on doit se farcir le repas typique, galette et bolée, boustifade et cramique, la cuisine des pauvres soudain érigée en mémorial... Le terroir, c'est le parc d'attractions du citadin, patoisland, le Disney de la bouse et du purin.

Le spectacle dura plus de deux heures. Sur le coup, j'eus du mal à reconnaître mes deux contrôleurs, elle, avec sa coiffe dont l'attache lui couvrait toute une partie du visage, et lui, avec son chapeau au ruban pendouillant derrière. À chaque personne qu'il croisait, il me présentait comme originaire d'Hennebont et je tremblais que quelqu'un me parle de cette ville, moi qui ne connaissais que le trajet de la gare à la maison de mon ancien censeur. Mais mes craintes étaient infondées. J'eus bien droit à deux ou trois remarques d'un Lorientais qui déclara que tous les gens d'Hennebont étaient des faux-jetons, mais mon nouvel ami vint à mon secours. « Réserve ta rage contre les Nantais. Eux, oui, ce sont de vrais cons. » Ils levèrent tous leur verre contre les gens de Nantes, qui usurpaient la qualité de Bretons. À mesure que la journée avançait, et le chouchen aidant, Hervé, le contrôleur, se faisait plus amical. C'était le type même du bon gars, que tous ses copains appréciaient, gentil, serviable, et jamais en retard pour payer son coup. Comme je devais m'en rendre compte par la suite, il gardait à peu près la même philosophie au travail et tâchait de se montrer compréhensif, surtout envers les femmes.

— Les jeunes et jolies de préférence, mais les vieilles aussi, parce que certaines me rappellent ma mère... Par contre, y en a que je peux pas blairer. J'y peux rien, c'est comme ça. Les jeunes par exemple. Les jeunes des banlieues. Bon, quand ils sont en bande, tu dis rien. Tu t'écrases. Et ils te le font sentir. Mais quand on peut en choper un tout seul. Alors là, pas de pitié. Règlement, règlement. En fait, les plus chiants, ce sont les Arabes...

— Les Arabes ?

— Ouais. Ils ont toujours une bonne raison. Ils te racontent des salades, ils cherchent à t'embrouiller, à marchander. « Oh, que je leur dis, on n'est pas à la Casbah ici... »

— Et les Noirs ?

— Non, non, pas les Noirs. Juste les Arabes. Nolwenn (il désigna sa collègue), elle aime pas que je dise ça parce qu'elle est fiancée à un Algérien. Mais j'm'en fous, j'dis ce que je pense.

Nolwenn n'aimait pas les blagues racistes de ses collègues, comme elle n'aimait pas non plus les voir laisser filer un fraudeur sous prétexte qu'il avait une bonne excuse. Elle ne traquait pas tel ou tel type de voyageur, elle les traitait tous de la même façon. Au fond elle était pire. Elle aimait contrôler. Dès qu'elle montait dans un wagon, on aurait dit un setter sur la piste du gibier. D'un coup d'œil, elle devinait qui dans

179

la rame n'avait pas son ticket. Avec elle, les resquilleurs n'avaient aucune chance. Pas de passe-droit, ni d'excuse. L'amende était sa seule sentence. Juge, elle aurait envoyé en prison tous les prévenus. « La loi est la même pour tous », disait-elle. « La haine m'habite », disaient ses yeux. Véritable Fouquier-Tinville du ticket, il n'était que de voir sa joie mauvaise lorsqu'elle pinçait un fraudeur, pour deviner que contrôler était pour elle beaucoup plus qu'un simple travail. D'ailleurs, à chaque fois que l'on se rencontrait dans le métro, puisque j'étais censé être un usager de cette ligne, elle commençait par me dire bonjour, échanger quelques propos et finissait par me demander mon titre de transport...

Au bout de deux semaines, j'en savais assez pour mettre un terme à l'expérience. Profitant de l'absence de Christine, j'invitai Hervé et je le fis boire au point que je dus le raccompagner. Mais par un fâcheux hasard, il fit une chute mortelle dans les escaliers de son immeuble. Dans la même semaine, l'équipe n° 5 des contrôleurs de la ligne 6 fut frappée par un autre deuil. Nolwenn Legarrec fut renversée par un autobus, comme elle rentrait chez elle.

Dans le souci d'éloigner d'éventuels soupçons, je me présentai le samedi suivant à l'amicale des Bretons, comme si j'ignorais tout de ces terribles nouvelles. J'aurais mieux fait de m'abstenir, car je tombai nez à nez avec un inspecteur, venu prendre des renseignements sur les deux défunts. Il avait remarqué qu'Hervé et Nolwenn non seulement travaillaient ensemble, mais aussi appartenaient à la même association.

— Simple enquête de routine, avant de clore le dossier.

— Il n'y a jamais d'enquête de routine, fis-je en esquissant un vague sourire.

— C'est vrai, me répondit l'autre, mais en l'occurrence, il s'agit juste pour moi de cerner la personnalité des deux victimes. De savoir par exemple si M. Kerouzec était coutumier de ce genre d'excès de boisson.

— Oh vous savez, je ne le connaissais pas assez pour vous être d'une réelle utilité.

— Les autres m'ont dit que c'était par l'intermédiaire de M. Kerouzec et de Mlle Legarrec que vous étiez venu ici.

— C'est vrai. En fait, on s'est rencontrés il y a une quinzaine de jours. Ils m'ont contrôlé sur la ligne 6. Et puis on a sympathisé...

— Ah bon, vous sympathisez souvent avec des contrôleurs, vous ?

La question me prit au dépourvu.

— Euh non, pas vraiment... En fait... cela s'est fait un peu par hasard. Parce qu'on a découvert qu'on était bretons tous les trois...

— Hein. Hein. Et vous, de quel coin de Bretagne êtes-vous ?

— D'Hennebont, fis-je aussi fièrement que si j'y étais né.

— C'est pas possible ! Ma sœur habite là-bas. J'y vais chaque année en vacances.

Mon sang se glaça.

— Ah bon ?

Le ton de ma voix était soudain devenu beaucoup moins assuré.

— Belle région, n'est-ce pas ? risquai-je. Dans ce coin du Morbihan, la côte est vraiment superbe...

— Vous trouvez ? Faut vraiment être un natif du coin comme vous pour dire ça.

Je m'enhardis.

— On croirait entendre un Lorientais. Tous des jaloux...

L'autre me regarda sans comprendre.

— Et vous habitiez dans quel quartier ?

Nouvelles sueurs froides.

— Près de la gare...

— Tiens, c'est marrant, ma sœur aussi. Rue Menez. Vous voyez où c'est ?

Je fis un vague oui de la tête.

— Et vous, dans quelle rue ?

Je dis le premier nom qui me passa par l'esprit.

— Rue Ambroise-Kerguelen.

L'autre chercha dans sa mémoire.

— J'vois pas.

— Oh, c'est une toute petite rue. Une ruelle en fait. Avec de vieilles maisons...

Ce détail que je crus bon d'ajouter faillit m'être fatal.

— Ah bon, fit l'autre. Mais je croyais que tout le quartier avait été détruit pendant la guerre à cause des bombardements ?

— Tout le quartier... Tout le quartier...

L'inspecteur me jeta un regard étonné. Il semblait attendre la suite, comme si je venais de remettre en cause un fait qu'il tenait pour incontestable. C'était bien le genre à avoir dans sa bibliothèque l'*Histoire d'Hennebont* écrite par quelque érudit local. Il était trop tard pour revenir en arrière.

— On a beaucoup exagéré... Vous savez comment sont les gens... Toujours à vouloir se faire plaindre... En tout cas la rue Ambroise-Kerguelen, elle, a été épargnée... D'ailleurs, maintenant que vous le dites, ça me rappelle que mon père disait : « La rue Ambroise-

Kerguelen, on devrait plutôt l'appeler la rue de ceux qu'ont de la veine... »

Il ne parut pas très convaincu.

— Mais nous ne sommes pas là pour discuter de la rue Ambroise-Kerguelen..., tentai-je pour reprendre la situation en main.

— Non, non, bien sûr. Enfin, j'en parlerai à ma sœur...

Il prit mon nom, mon adresse au cas où il en aurait besoin pour la suite de l'enquête. Heureusement pour moi, cet inspecteur ne chercha jamais à me recontacter. Je suppose qu'il avait dû conclure à un décès accidentel pour Nolwenn, comme pour Hervé.

Je me promis à l'avenir de me documenter plus sérieusement. Pour ma sécurité, je ne pouvais me permettre une telle approximation.

77. Malgré mes tentatives couronnées de succès, j'avais eu le temps de repenser à mon hypothèse de départ et j'en étais arrivé à douter de sa validité. En me remémorant toutes mes actions-disparitions, il me paraissait de plus en plus évident que l'uniforme n'était au mieux que la face émergée de l'iceberg.

Mais je peinais à creuser plus avant la question. Pour ce faire, il aurait fallu que j'aie l'esprit libre et toute mon énergie disponible. Or en ce moment, c'était plutôt la vie avec Christine qui retenait mon attention. Dans un couple, l'équilibre est souvent fragile. Les phases amoureuses et les phases d'indifférence, voire de tensions, se succèdent sans que l'on sache très bien pourquoi.

En période de réchauffement, elle se montrait câline et attentive. Dans ces moments-là, elle me téléphonait dans la journée, me laissait des mots doux sur la table de la cuisine, m'appelait « mon loup », et voulait que je l'accompagne le samedi après-midi faire les vitrines, voire le dimanche matin au marché.

Puis, sans que j'aie pu deviner la cause de son changement, elle adoptait une attitude distante. Il y avait certes des signes avant-coureurs. Par exemple, quand nous nous retrouvions tous les deux dans la salle de bains ou lorsqu'elle préparait une machine de linge, elle lâchait soudain, sur un ton de grande lassitude : « La vie de couple, c'est difficile. » Je savais alors que nos relations n'allaient pas tarder à entrer dans un petit âge glaciaire qui pourrait durer entre plusieurs semaines et plusieurs mois. Alors, plus de petits plats, ni de petites attentions, plus question de shopping ou de sortie ensemble, mais un silence souvent hostile, des plaisanteries sur ma tenue négligée à la maison, des reproches sur les affaires qui traînent. Des coups de coude la nuit pour m'empêcher de ronfler...

Je n'ai jamais pu me faire à ces changements, moi qui suis en toute occasion d'une humeur égale. Ou plutôt qui suis régulier dans mes changements d'humeur. Dans la vie quotidienne, je suis quelqu'un de très prévisible. Le matin au réveil, il ne faut pas me parler ; quand on n'a pas fait l'amour depuis une semaine, je fais la tête ; j'ai l'angoisse du dimanche soir ; et, lorsque quelque chose me passionne vraiment, je peux passer des journées entières perdu dans mes pensées ou ne parler que de ça – en même temps, ce ne sont jamais des sujets futiles ou sans intérêt. C'est à peu près tout. Ce n'est pas compliqué. Non, il y a encore autre chose : le journal télévisé suscite invariablement mon énervement.

Christine ne supportait pas ces manifestations vigoureuses d'esprit critique. Elle me reprochait de ne pas pouvoir entendre ce que le journaliste disait et, pis encore, d'avoir toujours un truc à dire quel que soit le sujet.

Remarque : J'avais en fait repris la tradition familiale. Mon père entrait dans des rages noires dès que le journaliste commençait à parler. Tous les sujets, pas seulement les reportages politiques, mais aussi les plus anodins en apparence, suscitaient l'ire paternelle contre le « bourrage de crâne capitaliste ». Le lancement d'une nouvelle voiture ? « Trop chère pour les ouvriers. » Un résultat de football ? « L'aliénation des masses par le sport. » Un nouveau film ? « Le produit de l'impérialisme américain » ou celui « de la culture bourgeoise ». Même la météo était la cible de ses attaques. « Comme par hasard, il fait encore beau sur Monaco. » Nous finissions le repas épuisés, plus encore qu'indignés, par le spectacle de tant d'anticommunisme primaire.

Il lui aurait suffi de tenir compte de ces lois pour que tout se passât toujours bien. Surtout que je ne comptais plus le nombre de fois où je les lui avais expliquées. Tandis qu'avec elle... Je n'arrivais jamais à comprendre pourquoi, tout d'un coup, elle se rembrunissait, ou passait d'un état marqué de tendresse à un autre empreint de froideur.

Or, depuis le début de mon combat, il fallait bien reconnaître que les choses ne cessaient de se dégrader. En partie parce que, pris dans ma réflexion, je lui paraissais absent, et plus encore parce que, pour la première fois, il m'était impossible de lui faire part de mes réflexions sur le sujet qui m'obsédait. Du coup, il est vrai que je ne faisais qu'assurer le service minimum dans nos relations. Mais Christine, au lieu de le sentir (on dit pourtant que les femmes sont plus intuitives), en profitait pour avancer ses pions. « Un couple, c'est comme un champ clos, avais-je lu dans un magazine féminin. Quand l'un recule, l'autre avance. » Cette phrase m'avait beaucoup marqué et il faut croire que Christine l'avait lue aussi. Non seulement elle faisait pression pour que je trouve un vrai boulot, mais encore elle parlait de prendre un crédit pour acheter un appartement, de faire un bébé, bref de s'installer vraiment. C'est drôle comme, au fil du temps, les gens avec qui l'on vit finissent par révéler leur vraie nature. Il n'avait jamais été question de cela entre nous au début, mais je sentais bien qu'elle y aspirait de plus en plus, une sorte de pente qu'elle considérait comme naturelle (alors que moi je la voyais plutôt comme glissante) dans l'évolution de notre couple.

— Regarde, me disait-elle. Regarde tous nos amis. C'est ce qu'ils font. C'est normal.

Pour chaque couple, il y a toujours les amis de référence, qui servent en quelque sorte de modèle. Ceux qui les premiers achètent une maison, ceux qui les premiers font un bébé. Les femmes les envient, les citent en exemple et les hommes, pour avoir l'air responsable, ou bien encore pour jouer aux adultes, se résignent à céder. L'un ouvre le bal, les autres suivent en rafale. Si, par malheur, je citais d'autres amis qui n'étaient pas entrés dans la ronde, elle expédiait leur cas en une phrase :

— C'est normal, ce sont TES amis !

Nous allions justement ce week-end-là rendre visite à des amis qui venaient de quitter Paris pour acquérir une grande maison en province. Ce qu'il y a de bizarre avec Christine, c'est que ce n'étaient pas des amis particulièrement proches. Des connaissances tout au plus. Mais à partir du moment où ils s'étaient collé un crédit de vingt ans sur le dos et avaient décidé de vivre dans la région du Mans, ils étaient ipso facto devenus des amis de référence. Aussi, alors qu'autrefois nous n'y aurions même pas répondu, Christine accepta avec joie leur invitation à une grande fête pour nous réjouir de leur bonheur naissant.

Nous débarquâmes donc dans ce petit village de la Sarthe, un samedi matin.

XV

78.   Je me suis senti immédiatement très mal à l'aise.
Alors que, peu auparavant, nous en étions à discuter
philosophie, littérature, politique, à écouter les trois ou
quatre amis musiciens (parfois même j'apportais ma
guitare et me mêlais au concert improvisé), ce jour-là,
tout avait changé. Les femmes avaient passé l'après-
midi à visiter la maison, commentant chaque pièce,
tandis que les hommes parlaient avec le nouveau propriétaire du montant des mensualités, des problèmes
de chauffage. Heureusement dans ce genre de réunion,
il y a toujours une célibataire dont le mauvais esprit
est un merveilleux antidote au crétinisme ambiant. La
fille en question s'appelait Caroline et vivait dans un
petit studio à Paris, en compagnie de son chat. Lorsque
l'on n'a aucune vue sur elle, la fille à chat peut se
révéler extrêmement précieuse. Nous médîmes ainsi
pendant des heures sur ce bonheur suspect. Il existe
malgré tout lors de tels rassemblements des moments
de communion obligée auxquels nul ne peut échapper.
Les repas en sont un. Nous mangeâmes donc dans le
jardin, autour d'une grande table, au milieu des mou-
cherons, des guêpes et des cris de bambins, sans
oublier un chien qui passa tout le déjeuner collé à moi.
     — Et les enfants, ils se font à leur nouvelle vie ?
     — Oui, ils sont ravis, répondit Laurence, notre

hôtesse. Bon, pour l'instant, c'est un peu difficile parce qu'à l'école, ils sont les petits Parisiens, mais ça ne durera pas...

« Tu parles, pensai-je. Y a pas plus con que les mômes de la campagne. »

— Et c'est pas trop mort l'hiver ?

Ah Caroline, je t'adore !

— De toute façon on n'est qu'à deux heures de Paris. On peut y aller quand on veut. On en profite plus comme ça. Quand on habitait Paris, on se disait toujours qu'on avait le temps et puis on faisait jamais rien. Tandis que nous, en province...

Caroline me lança un clin d'œil complice. « Nous en province... » À peine là depuis trois mois, déjà ils nous la jouaient terroir...

— ... quand on vient à Paris, c'est exprès pour une expo ou une pièce...

Je les imaginais prenant la voiture pour aller à l'hypermarché du coin, la grande sortie du week-end, remplissant le Caddie, puis le coffre, puis le frigo.

— ... Et puis la maison est grande. On peut inviter du monde.

T'as raison. Trois étages, six pièces, mais pour l'instant seulement trois d'habitables. Des années de travaux en perspective !

— Mais tout de même, ça ne vous manque pas la vie de Paris ?

Caro, t'es une reine !

La maîtresse de maison la regarda avec la condescendance de celle qui possède un mari, des mômes et un toit.

— Tu sais, dit-elle d'un ton ironique, on a les mêmes journaux qu'à Paris, les mêmes chaînes de télé et on a Internet. Jean (le mari) continue à lire *Le*

190

Monde, on est toujours abonnés à *Télérama* et on est aussi au courant que toi de ce qui se passe à Paris.

Caroline prit un air angélique, tout en me jetant un regard.

— C'est sûr !

Et pour bien nous montrer qu'ils étaient toujours dans le coup, ils allumèrent un joint qu'ils firent circuler. La journée se passa dans une sorte d'abrutissement paisible où chacun méditait la justesse de ses choix et s'extasiait sur le moindre brin d'herbe.

Laurence n'avait de cesse de nous vanter la beauté des paysages, la tranquillité du coin. À l'écouter, j'avais l'impression que sa seule ambition dans l'existence était de retrouver la placidité des vaches, la léthargie des étables, où elle s'apprêtait à passer la petite cinquantaine d'années, qui, sauf accident, s'annonçait devant elle, d'une seule et longue traite.

J'étais en proie à un véritable dilemme. À mes yeux, ils avaient cent fois mérité d'entrer dans le livre d'or des cons, mais une sorte de faiblesse sentimentale me retenait d'agir. C'était la première fois qu'un tel cas se présentait. Jusqu'alors les cons zigouillés m'étaient des inconnus ou quasi. Devais-je faire une exception juste parce que je les connaissais au risque d'invalider par la suite tout mon combat ? ou être inflexible ? C'est Christine qui sans le savoir me sortit de ce dilemme.

— On est bien ici, tu ne trouves pas ?

— Hun, hun, acquiesçai-je mollement.

— Tu crois pas qu'on devrait songer à faire comme eux ? On pourrait même sans doute trouver un truc dans le coin. Et puis avec le TGV qui s'arrête au Mans, on pourrait revenir facilement sur Paris, se faire des petits week-ends en amoureux. J'en ai parlé à Laurence. Elle m'a dit qu'elle regarderait les annonces immobilières dans la région. On risque de pas être les seuls. Valérie et Philippe et Murielle et Jean-François lui ont demandé la même chose.

Remarque : C'est une des grandes caractéristiques des cons que cette envie de nous faire partager leur bonheur et, plus encore, de nous y convertir. De fait, le con est contagieux. Il nous entraîne sur son propre terrain et nous pousse à agir selon sa propre logique, si bien qu'à la fin, on se trouve dans la peau d'une sorte de double, son alter ego.

À l'idée de devoir un jour me retrouver dans cet état bovin de bobo de province, je décidai d'agir sans plus attendre. Foin des sentiments, le danger était trop grand.

Je m'éclipsai, me glissai dans le petit local à l'arrière de la maison où se trouvait le chauffage, desserrai deux, trois vis, de manière que l'étincelle de l'allumage provoque une explosion. Puis je retournai auprès des autres.

— J'aime vraiment beaucoup leur maison, me glissa Christine en se serrant contre moi.

— C'est vrai. Elle est chouette.

— T'es sérieux ? demanda-t-elle, un grand sourire aux lèvres.

— Oui, bien sûr. Mais j'ai pas chaud moi, tout d'un coup, ajoutai-je innocemment.

— Ah bon, tu trouves... Remarque, c'est vrai, maintenant que tu le dis...

Toute la fin d'après-midi, je poursuivis mon action de lobbying, principalement auprès des femmes. Je m'approchais d'un groupe, discutais de choses et d'autres (Christine nota avec plaisir que je faisais des efforts pour me mêler aux gens), puis au milieu de la conversation, simulais un bref frisson, lâchais « ça se rafraîchit non ? » ou bien « c'est moi, ou il commence à faire froid ? » Je fis tant et si bien qu'au bout d'une heure, elles furent plusieurs à demander à nos hôtes s'il ne serait pas possible d'avoir un peu de chauffage.

Jean proposa un feu de cheminée, ce qu'elles acceptèrent avec enthousiasme. Mais Laurence intervint, rappelant un peu sèchement à son mari qu'il avait oublié, contrairement à sa promesse, de s'occuper du bois.

— Il y a toujours quelque chose à faire dans les grandes maisons...

Elle se dirigea dans le local de la chaudière et, quelques secondes plus tard, nous entendîmes un grand boum.

Cet incident refroidit fortement l'ambiance de la soirée et mit un terme définitif au projet des divers couples de venir s'installer dans la région.

L'enterrement eut lieu deux jours plus tard. Il fut en tout point réussi car, s'il est une chose qu'il faut bien reconnaître à la vie de province, c'est qu'on y enterre beaucoup mieux qu'à Paris. Le petit cimetière aux rangées de tombes un peu envahies par les mauvaises herbes, les odeurs de buis et de pierre mêlées, le paysage de collines verdoyantes qui surplombait le décor donnèrent à la cérémonie juste ce qu'il fallait de mélancolie pour se croire dans un tableau impressionniste. Jusqu'au ciel qui se mit au diapason avec son cortège de nuages élimés.

Les jours qui suivirent furent tristes et pénibles. Christine pleurait non seulement Laurence, mais aussi son beau rêve parti en fumée. Elle recommença à me parler de la nécessité d'avoir un boulot stable, mais je sentais bien qu'il s'agissait plutôt d'un dérivatif à ses idées noires, que d'une véritable injonction.

79.   Je traversais moi aussi une période difficile. Il était clair que, dans ma recherche de la cause première, mon hypothèse de l'uniforme devait être abandonnée. J'en touchai deux mots à mon psy, mais il montrait des signes évidents de fatigue. Lors d'une séance, il m'avoua qu'il avait épuisé tous les arcanes de la théorie psychanalytique. Malgré la consultation des écrits des pères fondateurs, « y compris certains articles inédits », il trouvait que là, vraiment, mon inconscient partait un peu dans tous les sens et que, pour tout dire, il dépassait un peu l'entendement. C'était la première fois que je l'entendais quitter son ton professionnel de basse profonde, pour en adopter un autre, où perçait un certain désarroi. Je m'efforçai de le réconforter, en lui assurant que depuis qu'il me suivait, je me sentais beaucoup mieux. Il me répondit que la guérison n'était pas une fin en soi. Parce que, sans concepts thérapeutiques, « l'inconscient, c'est le bordel ». Je lui suggérai qu'il devait peut-être repenser sa méthode, ou du moins la faire évoluer, tout en lui signalant que j'étais pour l'heure exactement dans la même situation. « Marchons de concert », lui proposai-je.

— Un nouveau cas d'étude psycho-analytique ? s'exclama-t-il, ragaillardi. Vous avez raison ! Je vous passe à trois séances par semaine, mais je ne vous fais pas payer la séance supplémentaire... C'est contre toutes les règles, mais nous sommes déjà hors cadre. C'est incroyable, je viens d'inventer une nouvelle pratique : trois séances pour le prix de deux...

80.   Consolation bien maigre, car pour l'instant, cela n'avançait guère. Je continuais à broyer du noir. Heureusement mon kiosquier se chargea de me changer

les idées. Depuis quelques jours, je sentais qu'il cherchait à me dire quelque chose, mais soit qu'il eût toujours d'autres clients quand je passais, soit qu'il se sentît intimidé, il n'osait se lancer. Un matin cependant, il me révéla que lorsqu'il ne vendait pas ses journaux, il se livrait à sa passion, jouer avec son nez les grands airs de la musique classique. Il me fit entendre la *Lettre à Élise*. Il modulait le son qui sortait de ses narines en bouchant alternativement l'une ou l'autre tout en soufflant plus ou moins fort. Il fallait cependant faire preuve d'un peu d'imagination pour reconnaître l'air en question, mais je le félicitai d'un tel don.

Désormais, chaque fois que l'occasion s'en présentait, il me jouait un petit air, que je devais ensuite deviner. Amusé, je l'encourageai à faire part de son don et à tenter sa chance. Mais cet « artiste du nez », comme il se définissait modestement, m'avoua :

— J'ai déjà écrit plusieurs fois à la télé. Mais on ne m'a jamais répondu. Ça ne marche que par piston et c'est pour tout pareil. Vous savez, les gens, dès qu'ils ont un petit pouvoir...

— Un petit pouvoir ! m'exclamai-je. C'est exactement cela ! Vous avez raison.

Je notai sur mon carnet :

Hypothèse n° 2 : Le con est celui qui abuse de son pouvoir, qu'il soit petit ou grand. À la base, la connerie est toujours une histoire de pouvoir.

Ce que j'avais pris pour un moyen de repérage (l'uniforme) n'était qu'une résultante, une concrétisation d'un état (l'autorité), mais les deux n'étaient pas forcément liés : à preuve, certains métiers en uniforme ne recèlent aucun pouvoir (pompier, voirie). À l'inverse, des gens sans uniforme peuvent en posséder un très grand et l'utiliser à mauvais escient.

Par pouvoir, il faut entendre toute situation de domination, qu'elle soit réelle ou simplement psychologique, qu'elle soit concrète ou juste symbolique, voire métaphorique. (Plus je la relis plus je la trouve bien, ma définition.) Ainsi Jean et Laurence avaient abusé de leur pouvoir de modèle pour nous amener à adopter le même genre de vie qu'eux. J'entrepris aussitôt de vérifier la validité de ma nouvelle hypothèse.

Pour qui sait regarder, je veux dire pour qui porte son attention sur ce type de situation – l'abus de pouvoir –, l'expérience est édifiante, voire effrayante. Tenez, prenons l'exemple d'un serveur de restaurant. Vous riez ? Il a pourtant un pouvoir, un minuscule, je vous l'accorde, mais néanmoins bien réel : celui de prendre votre commande, plus ou moins vite, selon que votre tête lui revient ou pas. Il n'est pas jusqu'à sa façon de vous demander ce que vous boirez qui ne vienne vous le rappeler. Une bouteille et vous serez bien servi, une carafe d'eau et vous devrez lui courir après le reste du repas. Je sais de quoi je parle. Je ne compte plus les fois où, délibérément, il s'occupe des gens de la table d'à côté, alors qu'ils sont arrivés bien après moi. Sans oublier la façon dont il s'arrange pour ne pas croiser mon regard ou faire semblant de ne pas voir mes appels.

Remarque : Vous pensez sans doute qu'en fait, ma toute nouvelle aptitude à les débusquer, mon attention désormais aiguisée, m'amenait à voir des cons partout. La réalité est tout autre. Je fais partie de ces gens qui en raison de leur gentillesse ou de leur timidité, ou bien encore de leur apparente différence, attirent à eux les cons aussi sûrement que l'aimant la limaille. Je suis un véritable attrape-cons. Avec moi, ils trouvent un terrain privilégié pour afficher leur assurance et conforter leur sentiment de supériorité, ils peuvent se laisser aller à de faciles railleries, ou s'autoriser à me donner des conseils, sans que je leur aie rien demandé.

Ma première confrontation consciente avec ce genre d'abus se déroula un samedi matin, au bureau de poste. Je venais chercher un recommandé pour Christine. Quand ce fut mon tour, je me trouvai nez à nez avec un jeune postier qui, avant que je n'arrive à son guichet, avait décroché son téléphone. Derrière le Plexiglas me parvenaient des bribes de sa conversation.

— C'est moi. T'es où ?...

Je lui tendis le papier du recommandé sous la vitre. Le combiné calé sur son épaule, il me jeta un regard étonné et me fit signe d'attendre.

— Tu fais quoi ?... Ah bon. Mais... (mots inaudibles...)

Je tournai la tête pour ne pas avoir l'air d'écouter.

— Et il fait quoi comme temps ?...

Je pris une brochure dans le présentoir devant moi, qui annonçait le lancement d'un nouveau placement financier.

— Vers midi trente, pas avant... Non, je sais, mais le temps de m'occuper des derniers clients... Oui, je sais... Pas payé pour...

Il y avait la photo d'un chien tout blanc avec une tache noire sur l'œil, en premier plan, et un maître en chemise blanche avec des lunettes, qui lui lançait un bâton. En dessous il était écrit : « Le placement machin [j'ai oublié le nom], le seul qui, quand on lui dit rapporte, rapporte vraiment. »

Je croisai le regard du postier. Il fit comme s'il ne voyait pas mon air interrogateur.

— J'avais pensé faire un tour chez Casto (?)... Oui, pour le robinet de la cuisine...

Il me jeta un bref coup d'œil, tout en prenant un air extrêmement sérieux, comme si son interlocuteur(-trice) était en train de lui annoncer quelque chose d'important.

Dans le fond derrière lui, des postiers s'affairaient. Une femme traînait un gros chariot rempli de colis. Une autre revenait vers son guichet avec un paquet. Cela me faisait penser à ces journaux télévisés où, en arrière du présentateur, on voit la salle de rédaction et les journalistes qui s'activent.

— Bon, va falloir que je te laisse, parce que j'ai du monde...

À ces mots, je me redressai et m'apprêtai à lui donner mon avis. Mais la conversation s'éternisait malgré tout. « C'est vraiment débile comme jeu de mots », pensai-je en repensant à la publicité : « Le placement qui, quand on lui dit rapporte, rapporte vraiment. »

— Monsieur ?

Je sursautai. Il était toujours au téléphone, mais posant sa main gauche sur le combiné, il tourna la tête vers moi et me dit :

— C'est pour quoi ?

Je lui tendis mon papier et ma carte d'identité. Il me jeta un bref regard. Il allait devoir raccrocher car l'étagère où l'on entreposait les recommandés se trouvait à l'autre bout de la salle. Il marqua une hésitation, puis il se pencha vers l'hygiaphone, recommença la même gymnastique (main gauche sur le combiné, tête tournée vers moi) :

— C'est votre femme ?

J'acquiesçai.

— Elle n'a pas signé.

Je fis semblant de ne pas comprendre.

— Elle aurait dû signer pour vous donner procuration... (Au téléphone :) Oui je sais, mais on avait dit qu'on irait chez Casto... (À moi :) Je ne peux pas vous le donner.

— Mais vous voyez bien que c'est le même nom. Je suis son mari.

Il me fit non de la main. Et comme je restais devant le guichet :

— (Au téléphone :) Attends une seconde. (À moi :) Je suis désolé mais je ne peux rien faire. Soit elle vient elle-même le chercher, soit elle signe là pour que vous puissiez le prendre à sa place. (Au téléphone :) Oui, excuse-moi, tu disais...

— Mais d'habitude, vos collègues me le donnent...

Il prit un air excédé.

— (Au téléphone :) Ne quitte pas. (À moi :) Mes collègues, ils font ce qu'ils veulent. Mais moi je ne prends pas cette responsabilité. (Au téléphone :) Non, ce n'est pas à toi que...

Je m'éloignai sous les regards lourds des autres usagers qui faisaient la queue derrière moi, et me prêtaient sans doute une sombre tentative de resquillage, déjouée par le préposé.

Pour rapporter, cela allait lui rapporter gros, pensai-je. Il sortit du bureau de poste comme il l'avait annoncé, vers midi trente. Je le suivis et, profitant d'un moment où il n'y avait personne, je l'expédiai chez saint Pierre, à qui je le recommandai pour tenir le guichet des entrées.

Ma première mise en situation contextuelle s'avérait tout à fait positive. J'avais pu constater de visu la certification d'un con, à partir d'une circonstance d'abus de pouvoir. Je n'allais pas tarder à enregistrer une nouvelle confirmation concrète de la justesse de mon postulat.

XVI

81.   Le lendemain, un dimanche, je devais me rendre chez mon psy (c'était le jour de la séance en plus, la gratuite). En franchissant le tourniquet du métro, j'entendis la rame entrer dans la station. Malgré ma promptitude, j'étais encore à mi-escalier quand la sonnerie retentit. Avec la réduction du trafic le dimanche, je craignis d'arriver en retard. Aussi décidai-je d'accélérer. J'arrivai sur le quai comme les portes se fermaient et réussis à monter en forçant le système de fermeture. À ma grande surprise, le métro ne démarra pas et le conducteur fit une annonce : « Nous sommes à l'arrêt parce qu'un individu a cru bon d'empêcher la fermeture automatique des portes. Nous ne partirons que lorsqu'il sera redescendu. » Les voyageurs autour de moi commencèrent à me regarder d'un drôle d'œil. Je pris l'air le plus dégagé que je pus et allai m'installer dans le fond du wagon. Au bout d'un moment qui me parut très long, le conducteur finit par se résigner et nous repartîmes.

Je ne sais pas si vous avez déjà été confronté à ce genre de situation, mais il m'arrivait régulièrement que les portes du métro se referment juste au moment où je m'apprêtais à sauter à l'intérieur, alors que tout me laissait croire que j'allais pouvoir monter. La sonnerie a cessé de retentir, mais, curieusement, les portes restent ouvertes comme une invitation à s'élancer. Pour mon malheur, l'idée se fraie aussitôt un chemin dans mon esprit en proie à une sorte de pilotage automatique. Même si, un quart de seconde auparavant, je longeais la rame à quai, prêt à attendre la suivante, je cède à la fulgurance de la tentation. Je me précipite et là, sans crier gare, avec violence même, survient la fermeture, comme si le conducteur avait voulu jouer au chat et à la souris avec moi.

Je ne pouvais laisser impunie cette dénonciation publique. Pour un abus, c'en était un. Je renonçai à ma séance (mon psy comprendrait) et je restai dans la rame après le terminus. Quelques secondes plus tard, le métro redémarra et je me retrouvai dans le noir. Nous nous arrêtâmes un peu plus loin et j'entendis les pas de quelqu'un au-dehors. C'était mon conducteur. Quand il passa à ma hauteur, je voulus lui sauter dessus mais la porte ne s'ouvrit pas. Il n'y avait plus de courant. Il sursauta.

— Qu'est-ce que vous faites là ?
— Je m'étais endormi.
— Restez là. Le métro repart dans cinq minutes.

Il allait disparaître sans que je puisse l'atteindre.

— Je ne me sens pas bien, fis-je. J'ai la tête qui tourne...

Il souleva le loquet et tira de toutes ses forces. Je sortis mon revolver et, avant qu'il ait eu le temps de revenir de sa surprise, le visai au visage et au cœur.

Remarque : Le métro fut d'ailleurs un de mes terrains d'exploration privilégiés. Tel un pêcheur repérant les bons coins, je devais, l'expérience aidant, apprendre à connaître les lieux propices à l'épanouissement de la connerie. Outre les transports en commun, qui sont le vivier le plus riche, on peut citer aussi les stades, où s'épanouissent de véritables bancs de cons, les supermarchés, où l'on trouve du gros, quoiqu'un peu commun, mais avec un brin de patience, on peut débusquer dans les rayons ou dans les queues aux caisses quelques belles pièces, les salles d'attente, où le con habituellement guère patient se repère aisément, et de manière générale tous les endroits de forte promiscuité.

« Et un con de plus ! » pensai-je.

Du moins c'est ce que je croyais.

Le lendemain, j'appris dans le journal qu'un conducteur de métro parisien avait été victime d'une agression en fin d'après-midi au terminus de la ligne 9. Les enquêteurs n'avaient pour l'heure aucune piste sérieuse. Ils espéraient en apprendre davantage en interrogeant la victime. L'homme était dans un état critique et les médecins étaient très réservés sur son sort.

82. Je passai la journée perdu dans des réflexions contradictoires. J'étais certain qu'il ne pouvait survivre à ses blessures, mais je redoutais qu'il reprenne conscience quelques minutes avant de faire le grand saut, juste le temps nécessaire pour me décrire... Peut-être s'agissait-il d'un piège pour que je vienne m'assurer de l'état du blessé ? J'imaginais un inspecteur ayant pris sa place dans le lit, d'autres cachés dans les placards...

La peur qu'il parle fut la plus forte.

Dans les films, on voit toujours les criminels se munir d'une blouse blanche pour faire comme s'ils travaillaient à l'hôpital. Outre le fait que je n'avais aucune idée de l'endroit où le personnel rangeait son matériel (ni aucun moyen d'ouvrir la porte du placard si elle était fermée), je ne me voyais pas me promener dans un tel accoutrement, sans attirer aussitôt l'attention. Aussi j'optai pour un déguisement plus classique, mais somme toute plus passe-partout : celui de parent d'un malade. Je pris un air accablé, quelques feuilles de Sécu à la main, et me mis à marcher d'un pas lent, les épaules en avant... J'errai dans les différents services. Je compris très vite que si je voulais éviter les questions embarrassantes, il fallait que je fasse comme si je cherchais une infirmière pour me renseigner. Aussitôt qu'elles m'apercevaient, je leur lançais un coup d'œil interrogateur, ce qui avait le don de leur faire détourner le regard. Un moment pourtant, je fus obligé de me réfugier dans une chambre car arrivait devant moi une batterie d'aides-soignantes. Je m'assis près du lit d'une vieille dame qui dormait profondément. Je restai ainsi plusieurs minutes, le temps que le danger s'éloigne. Mais, alors que j'ouvrais la porte pour sortir, une infirmière pénétra dans la pièce et me contraignit à revenir vers le lit.

— Le fils de Mme Moreira est là !

La nouvelle se répandit comme une traînée de poudre dans le service et bientôt toutes les blouses blanches vinrent voir de quoi le fils de Mme Moreira avait l'air.

À chaque fois que j'essayais de m'éclipser, il y en avait toujours une qui me retenait.

— Vous devriez la réveiller. Cela lui fera tellement plaisir.

Non, non, faisais-je de la main. J'étais sur des charbons ardents.

Et ce qui devait arriver arriva, elle finit par ouvrir les yeux. Elle m'aperçut, me jeta un regard étonné, et avant qu'elle prononçât le moindre mot, une infirmière lui dit d'une voix très forte :

— Alors, il est là ! Il est enfin venu, votre fils !

L'autre me fixa un instant et me fit un grand sourire, tout en attrapant ma main.

Soit elle est miro, soit elle est Alzheimer, me dis-je.

L'infirmière ne perdait pas une miette de ces émouvantes retrouvailles. Quand on est cloué sur un lit d'hôpital et plus encore quand on est vieux, l'intimité est un luxe. Un spectacle, dont le personnel se délecte, comme un dû en échange de tout le mal qu'il se donne pour les malades.

La vieille continuait à me sourire sans parler. L'autre finit par s'en aller. Mme Moreira me fit signe d'approcher. Je me penchai vers elle.

— Ne croyez pas que je perde la tête. J'ignore qui vous êtes, mais je sais très bien que vous n'êtes pas mon fils. Ce salopard attend que je sois morte pour venir me voir...

Elle me saisit le bras.

— Je vais vous faire une confidence. Quand vous êtes une vieille femme seule qui ne reçoit jamais de visite, ces imbéciles d'aides-soignantes se croient tout permis. Alors, qui que vous soyez, peu m'importe. Grâce à vous désormais, elles ne se moqueront plus de moi quand je leur parlerai de mon fils. Et peut-être même qu'elles arrêteront de me martyriser.

Touché par son discours et par le fait que ce qu'elle me disait du personnel me paraissait s'inscrire dans le cadre de mon hypothèse, je lui proposai de revenir les jours suivants, en continuant à me faire passer pour son fils. Cela m'assurait une couverture idéale pour fureter dans l'hôpital.

Elle accepta avec joie.

— Vous vous appelez Laurent, me dit-elle. Vous travaillez dans l'immobilier et je suis atteinte d'un cancer du pancréas. Ces andouilles croient que je ne comprends rien à ce qu'elles racontent. Je dirais, vu leur mine et leur façon de faire, trois mois peut-être quatre, pas plus.

Je m'attardai une bonne partie de l'après-midi avec elle. Elle me demanda ce que je faisais là et je lui expliquai qui je cherchais.

— Je vais me renseigner, revenez demain. Avec du chocolat. J'aime bien le chocolat. Mais celui au lait. Pas le noir. D'accord ?

Le lendemain, à treize heures trente, le visage de Mme Moreira s'illumina quand elle me vit.

Elle m'informa que mon conducteur était dans le service du professeur Moreau, bâtiment G, troisième étage. Elle m'apprit aussi que sa chambre était gardée par un policier.

— Mais vous lui voulez quoi au juste ? me demanda-t-elle.

Contre toutes les règles de la logique criminelle, je lui expliquai en quelques mots l'objet de ma visite. Elle me regarda avec un grand étonnement.

— Les cons ?

— C'est cela, fis-je.

Elle parut réfléchir un moment, puis reprit :

— Et si je vous aide, vous accepteriez de vous occuper de mon fils ?

— De m'en occuper... Comment ça ?

— C'est un sale con, vous pouvez me croire. Un vrai de vrai. Vous le connaîtriez, vous en seriez convaincu. Peut-être même le roi des cons. Tout môme déjà, il montrait de grandes dispositions. Mais vous savez comment sont les mères. Je ne voulais pas le voir. Et je ne dis pas ça sous le coup de l'amertume. Ce n'est pas parce qu'il n'est pas venu une seule fois.

206

Non, lui et ma belle-fille forment vraiment un couple hors catégorie.

Les jours suivants, elle chercha à toute force de me convaincre de la véracité de ses dires.

— Ils passent leur temps à chercher la bonne affaire. À négocier une ristourne, un rabais...

— Si je devais zigouiller tous les radins...

— Non mais eux, c'est différent. Ce ne sont pas vraiment des radins. C'est pire, ce sont des consommateurs. Ma belle-fille, quand elle fait ses courses au supermarché, elle achète systématiquement les articles en promotion. Même ceux dont elle n'a pas besoin. Parfois, ils se retrouvent à manger pendant une semaine entière des trucs dégueulasses juste parce que c'est moins cher que d'habitude. Et mon connard de fils, tous ses samedis après-midi, il les passe à écrire pour bénéficier de la remise annoncée sur l'emballage. Ils ont une grande boîte dans laquelle ils mettent tous les points qu'ils récoltent sur les yaourts, les paquets de céréales, etc. Du coup, ils ont accumulé une quantité incroyable de tee-shirts et de sacs à dos publicitaires. Une vraie spécialité de ma belle-fille. Ils sont inscrits sur tous les fichiers. Elle a reçu je ne sais pas combien de mallettes de jeune maman, vous savez, les échantillons que l'on donne aux femmes, juste après l'accouchement... Et dès qu'ils peuvent réclamer quelque chose, ils le font. « On a payé, on y a droit », qu'ils disent. Si vous saviez le nombre de fois où ils ont exigé un dédommagement, auprès des magasins. « Un geste commercial. » C'est leur grande expression. Ils n'ont que ça à la bouche. « Un geste commercial »...

Je convins qu'ils pouvaient entrer dans la catégorie qui me préoccupait. Mais avant de lui donner mon accord définitif, je posai deux conditions : la première, je voulais vérifier par moi-même. « C'est normal, reconnut-elle, c'est votre combat. » La deuxième, en cas de réponse positive, cela devait avoir lieu après mon intervention dans la chambre du conducteur. Comme je le lui expliquai, on prendrait un trop gros risque à commencer par son fils. « La police appellera ici pour vous prévenir, ou pire ils enverront quelqu'un. Tout le service sera au courant et je ne pourrai plus revenir. » Elle l'admit à contrecœur.

Contretemps et contrariété sont les deux mamelles de l'hôpital. Depuis une semaine que je venais voir la vieille dame, j'avais eu le temps de m'en rendre compte. Surtout, le pauvre parent de malade comme moi, sacrifiant à la religion des blouses blanches, ne soupçonne pas que nombre d'entre elles ne sont ni des internes ni même des infirmières, et que leur compétence médicale se limite à apporter les plateaux-repas, nettoyer les chambres et faire la toilette des patients. Il y en avait deux, en particulier, qui s'arrangeaient pour faire leur boulot pendant mes heures de visite.

— Va falloir sortir. C'est l'heure des soins.

Il arrivait que je doive attendre dehors plus d'une heure, car elles s'interrompaient un long moment, avant d'achever ce qu'elles avaient à faire. Mme Moreira les détestait cordialement et je sentais monter en moi une colère froide dont je ne connaissais que trop bien les conséquences. « Moins les gens ont de pouvoir, plus ils en abusent », me disais-je.

Je ne tardai pas à me rendre compte qu'il s'agissait d'un présupposé infondé. Un jour, comme nous discutions des modalités de notre action, une horde de blouses blanches entrèrent dans la chambre. L'un d'eux, leur chef sans doute, s'arrêta devant le lit de la vieille dame. Un arc de cercle d'internes se forma

autour de lui, tandis qu'en retrait se tenaient les infirmières.

Il examina le dossier médical, interrogea un interne
sur ce qu'il en pensait, corrigea un ou deux termes,
sans échanger aucun regard.

— Excusez-moi..., fis-je.

Un bruissement étonné parcourut le groupe de
blouses blanches.

— Excusez-moi, repris-je un peu plus fort.

L'infirmière en chef me fit signe qu'elle passerait
me voir après.

Mais loin de me troubler, je poursuivis :

— Excusez-moi. Vous pourriez nous dire ce qui se
passe ?

La vieille dame me serra le bras en signe d'assen-
timent.

Le bruissement se transforma en émoi. Les internes
me jetèrent un regard consterné, comme si je venais
de blasphémer.

Le grand professeur se tourna vers moi.

— Vous êtes qui ?

— Bonjour, fis-je. Je suis le fils de cette dame. Et
j'aimerais savoir quel traitement vous envisagez...

Il fit un signe en direction d'un interne. Ce dernier
commença :

— On va la passer à trois comprimés de...

Je le coupai aussi sec :

— Ce n'est pas à vous que je m'adresse. Vous, je
peux vous voir à tout moment de la journée.

Le grand professeur me fusilla du regard. Il me noya
sous un flot de termes médicaux abscons, avant de
sortir, suivi par tous les autres.

— Bravo, mon fils ! me dit la vieille dame, puis
elle ajouta tout bas en me faisant un clin d'œil : Je
crois que tu as un nouveau client.

Sans m'en douter, je venais de découvrir un formidable gisement. J'essayai de mettre un peu d'ordre dans mes plans. Le plus urgent était de m'occuper de mon conducteur de métro.

Ce fut chose faite l'après-midi même. La vieille dame m'accompagna. Elle s'approcha du policier, lui raconta qu'elle s'était perdue et lui demanda de la raccompagner jusqu'au service de gastro-entérologie. Il eut beau lui expliquer qu'il ne pouvait quitter son poste, elle insista tant qu'il finit par la reconduire. Cela ne me prit que quelques minutes pour me glisser dans la chambre, débrancher les appareils, attendre que le conducteur rejoigne l'autre monde, rebrancher, comme si rien ne s'était passé, puis m'enfuir par l'escalier de service.

Je n'en avais pas pour autant terminé avec l'hôpital. Requinquée par toutes ces aventures, Mme Moreira m'encourageait à m'occuper du professeur et des deux aides-soignantes. Lui à cause de sa façon de la réduire à un cas pratique pour internes en deuxième année, elles parce qu'elles la traitaient comme si elle n'était plus qu'une vieille poterie encombrante ou, pis encore, comme s'il n'y avait déjà plus personne à l'intérieur du corps qu'elles nettoyaient.

Elle n'eut pas beaucoup à insister pour me convaincre. Je voulais profiter de l'occasion pour que la vieille dame non seulement n'ait plus à souffrir toutes ces avanies, mais qu'à l'avenir son séjour à l'hôpital soit le plus agréable possible. Je lui exposai mon plan, elle s'enthousiasma du bon tour que nous allions leur jouer.

Selon mes indications, dans les jours qui précédèrent la première disparition, elle commença par dire qu'elle avait rêvé que le professeur Rajot était mort. Le personnel hospitalier se mit à l'appeler « la vieille

210

folle ». Mais elle répéta à qui voulait l'entendre sa prémonition, donnant même des détails. « Il court un grand danger. Quelqu'un veut l'assassiner, je le sais, je l'ai vu. Il était étendu par terre, tué de deux balles. Il faut le prévenir. » Quand tout le service fut au courant, je passai à l'action.

Les choses cependant s'annonçaient moins simples que prévu. Le grand professeur était toujours entouré de quelques internes ou infirmières.

Un soir que je commençais à désespérer, il passa en coup de vent dans le service. Il était seul. Je le suivis dans l'ascenseur. Il ne me prêta aucune attention, uniquement occupé à regarder l'heure à sa montre et à tapoter le cadran en signe d'impatience. Je me tenais derrière lui avec la ferme intention de saisir ma chance. Ma première idée fut de l'assommer puis de le traîner jusqu'à ma voiture. Je verrais bien ensuite comment m'en débarrasser.

Je ne sais pas pourquoi une idée aussi romanesque me traversa l'esprit. Dans les polars l'assassin sonne sa proie d'un coup de crosse pour l'achever ensuite dans un lieu plus tranquille. Mais je n'avais pas la moindre idée d'où il fallait frapper. Sur le sommet du crâne, à la base de la nuque ? Et s'il n'était pas estourbi ? Qu'il ait seulement une bosse et me saute dessus ou se mette à rameuter le personnel ?

Remarque : Depuis le début de mon combat, je m'étais mis à lire énormément de romans policiers, afin de trouver des idées. Rares étaient celles qui s'avéraient réalisables. Il fallait toujours des accessoires impossibles à se procurer pour des gens simples. De plus, dans la plupart de ces ouvrages, la victime faisait preuve d'une bonne volonté évidente concernant sa disparition, contente en quelque sorte de jouer un rôle central dans l'histoire et n'existant que pour disparaître.

Encore une fois, je fus contraint de recourir à mon arme magique. Deux balles, puis le corps hissé non sans mal jusqu'à un brancard qui traînait dans un couloir ; je le recouvris d'un drap, comme s'il s'agissait d'un patient attendant d'être ramené dans sa chambre.

Les deux aides-soignantes subirent peu après le même sort. Un quartier de banlieue, un coup de couteau pour l'une au rayon frais d'un supermarché, un samedi après-midi en pleine cohue, et une queue de poisson judicieuse qui envoya le scooter de l'autre dans le décor, en pleine descente de Châtillon... Rien de bien folichon, ni de très imaginatif, de l'efficace et du sérieux.

Mais le plus important, c'était que dans les deux cas, quelques jours avant leur disparition, Mme Moreira avait annoncé qu'un danger les menaçait.

Déjà au lendemain du trépas du professeur, plusieurs infirmières s'étaient souvenues de la prédiction de la « vieille folle ». « Coïncidence », répondit un interne. Le malaise n'était encore que naissant, quand elle annonça la fin prochaine de la première aide-soignante. À chaque fois que celle-ci entrait dans la chambre, elle la mettait en garde, lui disait d'éviter les lieux publics, et les heures de pointe, « dangereuses pour vous comme un poignard ». L'autre s'énervait, la rembarrait, se montrait encore plus odieuse que d'habitude.

Lorsque sa mort survint, le personnel fut troublé. Et si la « vieille folle » avait réellement des dons de voyante ?

Le doute s'installa plus fortement encore quand elle annonça qu'une nouvelle aide-soignante courait un grave danger. L'autre se regarda comme perdue tandis que ses collègues commencèrent à craindre pour leur propre vie. J'expliquai que ma mère avait toujours eu ce don de double vue, mais qu'elle avait aussi le pouvoir de chasser les esprits malfaisants. Il suffisait d'un peu de sollicitude pour se prémunir de toute mauvaise surprise. La troisième disparition acheva de convaincre le personnel. Redoutant le mauvais œil, ils se montrèrent désormais d'une gentillesse et d'un dévouement extraordinaires envers Mme Moreira qui m'avoua ne s'être jamais autant amusée. Il suffit parfois de peu de chose pour ramener la joie dans le cœur d'une personne âgée.

83.   Cependant, son bonheur n'était pas encore complet. Une fois les deux aides-soignantes disparues, elle se chargea de me rappeler la promesse que je lui avais faite. Je me rendis donc chez son fils et sa belle-fille, qui habitaient un petit pavillon à Asnières. « Dites que je vous ai mandaté pour régler mes affaires avant mon décès... »

Ils me reçurent avec méfiance.

— L'héritage, ça va chercher dans les combien ?... Une fois ce que nous aura pris l'État...

J'avançai un chiffre. Ils se détendirent. La belle-fille me servit une boisson aux saveurs étranges.

— Ce n'est pas encore dans le commerce, me dit-elle. Un nouvel apéritif qu'un institut de sondage nous a demandé de tester.

Puis ils m'interrogèrent sur le montant de mes honoraires. Ils tiquèrent sur la somme.

— On pourrait peut-être s'arranger ?

La belle-fille laissa sous-entendre qu'elle connaissait quelqu'un qui prenait moins cher.

Je leur répondis de voir cela avec Mme Moreira.

— Vous pourriez faire un petit effort, un geste commercial... ? suggéra le fils.

J'acceptai de leur faire un rabais de dix pour cent.

— Vous reprendrez bien un verre ? me proposa la belle-fille.

— Euh, non merci, répondis-je.

— Excusez-moi de vous demander cela, mais vous le trouvez comment ? Un peu amer ? très amer ? ou trop amer ? Non parce que c'est pour mon questionnaire...

Le lendemain, je fis mon rapport à la vieille dame, et lui signifiai mon accord sur sa proposition. Elle se réjouit.

Pendant plusieurs jours, je la questionnai sur toutes les manies et habitudes de son fils et de sa belle-fille. Elle m'apprit ainsi au détour d'une phrase que son fils réparait lui-même sa voiture quand elle tombait en panne. Je notai donc la marque du véhicule et me rendis à la casse, achetai un modèle de freins correspondant. J'ouvris le paquet, trafiquai le mécanisme, avant de le rapporter au marchand en lui disant que je m'étais trompé de modèle.

— Je veux bien vous le reprendre, mais à moins trente pour cent, parce que maintenant que vous avez ouvert le paquet, je vais avoir du mal à le revendre.

Le même jour, je sabotai les freins de la voiture du fils. Elle était facile à repérer parce qu'il avait recouvert, moyennant finance, les portes, les ailes et le coffre de bandes autocollantes vantant les mérites d'une marque de lunettes. Je m'arrangeai pour qu'il s'en rende compte facilement : j'avais forcé le capot et arraché de nombreux fils du moteur. Moreira venait de découvrir l'effraction quand je me garai devant chez lui.

— Je venais pour vous faire signer différents papiers.

Il me demanda de l'emmener à la casse.

— Je vous attends dans la voiture, fis-je.

Je ne tenais pas à ce que le type de la casse me reconnaisse. De loin, je vis Moreira discuter avec lui. Quand il revint, il avait dans les mains le modèle de freins trafiqué par mes soins.

— Je l'ai eu à moins dix pour cent, me dit-il fièrement. À cause de l'emballage qui est déchiré sur le côté. Il m'a fait une ristourne.

Dans l'après-midi, je les appelai d'une cabine téléphonique (on ne sait jamais) pour les prévenir que leur mère était au plus mal et les réclamait à son chevet. Aussitôt, ils prirent leur voiture et un aller simple sans réduction pour le paradis.

XVII

84.   Il était temps que cela se termine, car Christine se montrait de plus en plus désagréable, elle ne comprenait pas que je passe mes journées à l'hôpital. Je lui avais expliqué que je m'étais lancé dans une association de bénévoles. N'osant trop rien dire au début, elle n'attendait qu'une occasion pour exploser.

Le soir où je téléphonais la nouvelle de la disparition de son fils et de sa belle-fille à la vieille dame, au comble de la joie (elle me proposa même de faire de moi son unique héritier, ce que je refusai), Christine s'emporta :

— Tu ferais mieux de venir d'abord en aide à notre couple !

Elle m'accusa de chercher n'importe quelle excuse pour ne pas travailler.

Il devenait évident que nos deux visions de l'avenir divergeaient et que la seule issue possible était une capitulation complète et sans conditions de ma part.

J'ai toujours été d'un naturel très conciliant dans la vie quotidienne. Chacune des femmes avec qui j'avais vécu (en fait deux) avait ses manies, sa façon de faire, et je m'y pliais de bonne grâce. Il suffisait de me le dire une fois pour que cela soit enregistré. Mon ancienne compagne n'aimait pas que les serviettes s'entassent sur le porte-serviettes. Tous les matins, je les repliais consciencieusement. Christine détestait voir l'évier sale après la vaisselle. Je prenais bien soin de le nettoyer, une fois les assiettes et les casseroles lavées.

Je le lui avais expliqué une bonne centaine de fois, j'étais tout prêt à l'aider, mais elle, elle ne voyait pas en quoi faire la vaisselle ou ranger le linge serait « l'aider ». Elle me reprochait ma passivité, là où il n'y avait de ma part qu'attente de directives.

Remarque : J'ai grandi dans une famille communiste, consciente de l'importance de la libération de la femme, ce qui n'empêchait pas ma mère de faire le ménage, la cuisine et plein d'autres choses en plus de son travail. Mon père lui donnait à lire les résolutions du Parti sur la question du rôle de la femme, dont elle tirait certes un grand profit intellectuel mais pas véritablement d'aide sur le plan pratique. J'ai été sensibilisé au problème, sans avoir néanmoins idée des solutions concrètes.

Les choses en étaient là quand Christine décida d'ajouter régulièrement de nouvelles règles ou de modifier les anciennes, au prétexte que, puisque je ne participais pas activement à la bonne marche de la maison, elle prenait les affaires en main. Ce qui me perturbait beaucoup, car je n'aspirais à rien tant que d'avoir la paix.

Elle se mit ainsi sans prévenir à attendre que je me décide à préparer le repas car elle en avait soudain assez de faire la cuisine. Et quand je lui proposais d'aller au restaurant, elle explosait, me reprochant ma paresse. J'avais un peu de mal à suivre, d'autant que dans les phases amoureuses, elle refusait absolument que je prenne la moindre initiative, briquait l'appartement ou changeait la décoration pour me faire un nid douillet. D'ailleurs, quand elle me reprochait mon absence d'intérêt pour tout ça, ou se plaignait sur un ton mi-amusé mi-aigre que je ne m'étais même pas rendu compte du nouvel abat-jour du salon ou de l'entrée lessivée, c'étaient les prémices d'une nouvelle période de glaciation.

Un soir, survint un incident qui acheva de me faire prendre conscience de l'inanité de tout effort. Ayant pratiquement cessé l'intérim, je me décidai à faire un grand ménage afin qu'à son retour, Christine soit contente de trouver sa maison propre. À la réflexion, je dois avouer que mon geste était aussi motivé par une raison moins avouable : je souhaitais la mettre de bonne humeur pour éviter que ne revienne sur le tapis la question de mon boulot. J'astiquai, lavai, frottai, allant même jusqu'à cirer le parquet et faire le tri dans ma pile de journaux qui traînait au pied du lit. Elle sonna, ôta son manteau. Je me tenais un peu en retrait près de la porte du salon. Elle me sourit vaguement, alla à l'évier de la cuisine pour se laver les mains.

— Je t'avais demandé de ranger tes CD, me dit-elle d'un ton glacial.

Que cela soit bien clair, je ne suis nullement misogyne. Je pense seulement que Christine et moi n'accordions pas la priorité aux mêmes choses, ou bien ne les faisions pas au même moment. Pas la même logique. Et dans ce choc de logiques différentes, il ne pouvait y avoir qu'un seul vainqueur : elle.

Un exemple tout bête. Elle râlait souvent, en fait autant que moi. Je m'emportais sur des problèmes de fond, tels que la politique, l'économie, la culture... Christine, elle, râlait pour un oui ou pour un non, sur des petits événements sans importance : une poubelle que j'avais oublié de descendre, une remarque qu'elle me faisait et qui n'appelait à mes yeux pas de réponse, ou bien encore quand je pissais à côté dans les toilettes... Je râlais avec ma tête quand elle râlait avec ses organes. Ma râlerie était prise de conscience ; la sienne n'était que poussée d'hormones.

Remarque : Certes ses accès de râlerie n'avaient pour elle qu'une importance relative. Elle pouvait passer sans transition d'une humeur à l'autre et, une fois son râle poussé, redevenir charmante. Alors que chez moi, c'était une sorte de symphonie qui commençait doucement pour s'exhaler au bout d'un long moment, en un rugissement incantatoire ; chez elle au contraire, cela ressemblait à de petites ondées, aussi éphémères que régulières...

Enfin, je ne cherche pas à vous prendre à témoin des difficultés de mon couple, mais je me dois de vous en faire part un minimum. Parce que au lendemain de cette nouvelle scène, alors que je passais l'éponge dans l'évier, après avoir fait la vaisselle – c'est souvent dans ces moments-là que les idées les plus importantes me viennent, mon esprit flotte, se perd en conjectures, jusqu'à ce que l'une d'entre elles soudain, on ne sait trop par quel miracle, surgisse et m'illumine –, bref l'eau finissait de s'écouler du bac, quand une petite voix dans ma tête me murmura :

« Et si Christine était un peu conne ? »

Sur le coup, je repoussai l'idée énergiquement, me refusant même à en débattre. Mais le ver était dans le fruit, et petit à petit, Christine se montrant de plus en plus pressante pour que je trouve un boulot, l'interrogation revint, lancinante, obsédante, torturante.

« Ta vie de couple ressemble à une mauvaise série

télévisée... Toutes ces disputes sans raison... Toutes ces engueulades... Une vraie vie de con, non ? »

J'essayai d'argumenter, de relativiser.

« Pour s'engueuler ainsi sur des conneries, comme l'autre jour au sujet de la tasse que tu avais laissée traîner sur la table, soit c'est elle, soit c'est toi le con, non ? »

Je ne trouvai rien à rétorquer.

« Rappelle-toi ce que tu disais sur les cons, qu'ils sont contagieux... »

85.   Forcé de battre en retraite pour échapper à cette petite voix, je passais beaucoup de temps dehors, à me promener – en vain. J'entrepris de renouer le fil de ma réflexion théorique – impossible de me concentrer. Pourtant, je sentais bien que mon hypothèse sur l'abus de pouvoir était un peu trop réductrice. Certes l'immense majorité des cons entrait dans ma définition, mais ce qui me souciait, c'étaient les exceptions. Trop de grands systèmes philosophiques ou politiques ayant buté sur ces petits riens qui finissent, comme un minuscule caillou dans la chaussure, par enrayer la marche en avant, je ne pouvais me satisfaire d'une théorie valable à quatre-vingt-dix, ni même à quatre-vingt-quinze pour cent. Pour essayer de me remonter le moral, je décidai de reprendre le combat, en faisant une fois de plus confiance à mon instinct. Je zigouillai ainsi une jeune femme qui, durant tout le temps de son trajet en bus, reçut cinq ou six coups de fil sur son portable, et nous plongea dans son intimité, sans que nous ayons rien demandé, un peu comme celles qui, le matin, achèvent de se maquiller dans le métro. Nous eûmes ainsi droit à plusieurs reprises aux premières notes de *Carmen* (« C'est quoi la sonnerie du portable

221

de Christine ? » me demanda la petite voix) : « Tu sais pas ce qu'il m'a dit ? J'suis pas son genre !... En fait j'crois qu'y kiffe pour Sandrine. » Elle raccrochait, rangeait son téléphone dans son sac. Lalalala, lalalala-lalalalala... Elle avait à chaque fois beaucoup de mal à mettre la main dessus. « Un vent ! Ouais. Je me suis pris un de ces vents ! Pas son genre... J'suis dans le bus... Ça va couper. » Un coup de lame bien placé mit fin à son forfait.

Une petite vieille distribuant du pain aux pigeons subit aussi mes foudres. En train de lire sur un banc, je fus soudain assailli par une volée de volatiles se jetant sur les miettes lancées à mes pieds par la dame d'à côté. Sous l'œil indifférent de ces oiseaux ingrats, elle disparut sans un cri derrière une rangée de buis.

Puis ce fut le tour d'un frimeur en sweat à capuche. Il était assis sur une dalle entourant un massif de fleurs, écoutant à fond sa musique. Je n'ai jamais pu supporter les mix des DJ (le chouinement des disques me fait grincer les dents). Le bruit de sa musique couvrit celui de mon coup de feu.

En fait cette méthode ne m'apportait qu'une satisfaction relative. J'avais peur qu'elle dégénère en une sorte de passe-temps. Je sentais bien qu'il fallait pour sortir de cette impasse que je m'y consacre totalement, exclusivement et non comme un vulgaire chasseur de papillons. Mais pour cela, il était nécessaire d'avoir l'esprit libre. Aussi je plaçais désormais tous mes espoirs dans mes séances avec le psy.

86.   Son comportement avait profondément changé, depuis qu'il avait admis qu'il se trouvait avec moi face à un cas théorique tout à fait inédit. Mes zigouillages

ne l'intéressaient plus guère. Tout juste les notait-il dans un souci de rigueur scientifique.

— Je les mettrai en annexe de ma communication. Nous disons donc aujourd'hui : un « frimeur à capuche ». D'accord. Rien d'autre en perspective ?

— Je voudrais vous parler de ma femme...

— Elle est sur la liste aussi ?

— Je n'en sais rien encore...

— Vous voulez me faire participer à votre processus de décision, m'impliquer, faire de moi, comment vous diriez, un com-parse ? Intéressant. Intéressant... Mais...

Tout en me parlant, il couvrait des pages entières de notes.

— ... Pour que nous (il appuya sur le mot) puissions trancher, puisque désormais « nous » il y a, il nous (à nouveau il le martela) faut répondre à la question, qui si je la pose brutalement, selon votre vision des choses, se résume à ceci : votre femme est-elle une conne ?... une sale conne ?... une sinistre conne même ?...

— Docteur, je vous en prie...

— Vous avez raison. Veuillez m'excuser mais avec vous je perds mes repères... Si vous saviez combien de fois dans une journée j'ai envie de dire ma façon de penser à mes patients... Toutes ces histoires sans intérêt, toujours les mêmes, que je suis obligé d'écouter patiemment... Et j'aimais beaucoup maman, et j'aimais beaucoup papa... Non, croyez-moi : pour un vrai bon cas d'inceste, vous avez droit à mille, que dis-je, dix mille souvenirs fantasmés, sur fond de lectures psychanalytiques mal digérées. Des hypocondriaques de la névrose ! Voilà ce qu'ils sont. Et les femmes ! Ce sont les pires, je veux dire mes patientes. Effrayante, leur capacité à faire d'un petit rien une montagne. Ça peut durer des séances entières... Et je vous passe les détails sur les angoisses au sujet des rides qui apparaissent, des seins qui s'affaissent, des règles trop abondantes...

— Docteur, voyons, on ne pourrait pas être sérieux deux minutes ?

— C'est vrai, vous avez raison. Reprenons. Votre femme...

À cet instant, on frappa à la porte.

— Qu'est-ce qu'il y a encore ?

Un homme passa la tête dans l'embrasure et risqua d'une voix timide :

— Excusez-moi, docteur, mais j'attends depuis près de trois quarts d'heure. Normalement ma séance aurait dû commencer à cinq... Je me demandais si...

— Ta gueule ! hurla le psy dont, sous le coup de la colère, l'intonation partit dans les aigus les plus stridents.

La petite voix ne me lâchait plus. Elle s'attaquait à tous les aspects de ma vie de couple. Profitant des incitations du psy à parler de ma sexualité, elle en vint à me rappeler en détail tous les travers de mon intimité.

Christine me disait toujours : « Chez toi, l'amour cela passe par les mots, chez moi c'est par les gestes. » Par gestes, il fallait comprendre la tendresse. La tendresse pouvait déboucher sur le câlin, qui lui-même nous aiguillait vers d'éventuels préliminaires, qui eux-mêmes aboutissaient au sexe. La tendresse ! Je n'avais rien contre, mais c'est comme dans la vie, je n'ai jamais compris qu'on privilégie le sentiment le plus modique sur celui qui procure les sensations les plus fortes. La tendresse des femmes, à mes yeux, c'est comme préférer le guignolet kirsch au whisky. Cela me fait penser au jogging du dimanche. Pas tant une perte de temps, car après tout peu importe, mais un fourvoiement, une habituation aux petites choses, un rétrécissement des émotions.

Je me souviens qu'au début, avec Christine, tout était simple. On avait envie, on se jetait l'un sur l'autre, sans se poser de questions. Mais avec le temps, tout était devenu plus compliqué. Chacun s'était mis à réclamer son plaisir en attendant que l'autre le lui donne. Du désir, on en était venus à la revendication. Enfin surtout moi, il faut bien le reconnaître. Car les femmes, tout du moins celles que j'ai connues, ont toutes la même façon de fonctionner. Elles ont de l'imagination avant. Elles voudraient que vous les séduisiez, que vous leur fassiez croire qu'elles sont uniques, que vous ameniez doucement le truc – des petits bisous, des roucoulades... Elles ont parfois de l'imagination après, blotties dans vos bras, elles vous soûlent d'amour, enfin de leur amour – « je suis bien avec toi, et l'on fera ceci, et l'on fera cela »... Mais jamais pendant ! Là, pendant ! Rien qui puisse les faire dévier de l'action... Alors que moi, j'aime dire les mots qui me passent par la tête à ce moment-là, échafauder quelque mise en scène comme dans les films, debout contre un mur ou que sais-je encore, remonter ma main le long de ses cuisses, sentir de la dentelle, un bas...

« Arrête, j'suis pas en forme... ! Pas ce soir... »

La petite voix avait raison. Pratiquement tous les soirs, parce que c'était surtout le soir, au moment de se coucher, la douleur surgissait. Christine se plaignait d'avoir mal quelque part. Jamais rien de bien méchant. Une ampoule au pied, un bouton sur la lèvre, une écorchure au doigt, une douleur au poignet, des impatiences dans les jambes... Il faut dire qu'en la matière, elle faisait preuve d'une imagination débordante. Ne serait-ce que pour le mal de dos, elle avait au moins quatre ou cinq causes différentes d'élancements : les règles à venir, une mauvaise position au bureau, un escalier gravi trop rapidement, un geste brusque, l'étendage du linge... C'était le plus souvent des maux aussi surprenants qu'improbables, auxquels elle donnait des noms scientifiques pêchés lors de visites aux médecins. Ceux-là, ils trouvent toujours les termes appropriés pour vous faire croire que vos petites douleurs sont de vraies maladies. Aussi à la moindre de mes tentatives d'approche, c'étaient des petits cris ou des avertissements qui me donnaient l'impression de partir à l'assaut de la Dame aux camélias.

« Bref vous ne faites quasiment plus rien, pas vrai ? »

Oui, enfin non...

« Du genre une fois par semaine, le samedi soir, sans surprise... »

Nous faisions l'amour gentiment, comme disait Christine. Gentiment ! Le genre de mot qui m'horripilait, comme « fixette » – « Arrête ta fixette », me lâchait-elle quand je m'emportais contre les nouvelles au JT –, ou bien encore « gros ballot », lorsque je la faisais rire par ma maladresse. Mais de tous, « gentiment » était de loin le pire. J'avais l'impression d'une sorte de couronne mortuaire posée sur la tête. Autant dire tout de suite : « *De profundis.* » Elle en revanche ne supportait pas les mots en « -ard » à cause de leur sonorité qu'elle trouvait vulgaire. Il me suffisait de dire « costard » ou « plumard » pour la voir aussitôt se rembrunir. Depuis le temps que nous vivions ensemble, Christine et moi savions exactement comment utiliser tous ces mots et expressions pour provoquer à dessein l'exaspération de l'autre. Ainsi quand elle voulait m'énerver, elle me demandait, au moment d'éteindre la lumière pour se coucher : « Tu m'aimes ? » Poser une telle question comme on dit « fais de beaux rêves » avait le don de me mettre en rogne. Mais je me vengeais, je l'appelais « Mireille » ou bien je lui murmurais à l'oreille en entamant les travaux d'approche : « Apprête-toi à subir ton juste sort... »

87.   Dans cette période un peu répétitive de petites disputes domestiques, survint un événement, dont je ne me rappelle plus précisément le moment, mais que je vécus, ça je m'en souviens, comme un dérivatif à ce qui se passait à la maison : la disparition de mon kiosquier. Je le zigouillai non pas à cause de ses petites phrases à la con qui, si j'en avais été au début de mon combat, lui auraient sans doute valu un décès rapide ; c'est comme tout, on finit par se blinder. Je m'en débarrassai pour un motif à la fois plus banal et plus personnel. Je ne suis pas quelqu'un qui recherche le contact, mais je ne le fuis pas non plus. Au commencement, je trouvais agréable qu'il me salue. Je peux même dire que j'étais franchement content qu'il me mette de côté mon journal et me le tende sans que j'aie besoin de le demander. J'avais l'impression d'être une sorte de vieil habitué que l'on soigne. Mais à force, cela finit par me peser. J'aurais aimé certains jours pouvoir acheter mon quotidien sans être obligé de discuter avec lui. « Bonjour, merci, au revoir », cela m'aurait suffi. En plus le malheureux ressassait d'une semaine sur l'autre les mêmes astuces, les mêmes révélations de son cousin du ministère, me rejouait les mêmes airs. Si, un jour ou deux, je l'évitais et prenais mon journal ailleurs, lorsque je retournais le voir, il me demandait de mes nouvelles et me sortait de dessous le comptoir les numéros de la veille et de l'avant-

veille – « Je vous les ai gardés. » J'ai horreur de me sentir contraint de la sorte. J'aurais pu cesser de venir chez lui, mais au bout d'une semaine, il aurait arpenté les rues du quartier à ma recherche pour savoir ce qui m'était arrivé. Me fâcher était au-dessus de mes forces, car je ne voulais pas lui faire de peine en lui disant ses quatre vérités. Et il m'était impossible de mentir. Je finis donc par le suivre, après sa journée, et le dépêchai comme il allait entrer chez lui, dans un petit pavillon près d'Antony, non sans éprouver quelques remords à son égard.

88.   Je n'eus guère le temps de m'apitoyer. Christine, je le sentais, était dans une de ses pires périodes de refroidissement. Une ère glaciaire, devrais-je dire. C'étaient des scènes presque tous les soirs.

Alors que sa journée avait été particulièrement éprouvante, et que, semblait-il, je ne marquais pas assez d'attention à sa énième prise de bec avec Fabrice son collègue, elle finit par me lancer, excédée :

— Une semaine ! Tu as une semaine pour trouver un boulot... Sinon...

« Sinon ? » me souffla la petite voix.

Elle eut un petit sourire mystérieux.

Je pris donc un nouveau rendez-vous à l'ANPE. Un type d'un certain âge me reçut avec près de vingt minutes de retard.

— Excusez-moi, me dit-il tout sourires. On fête le départ d'un collègue. Vous savez ce que c'est la vie de bureau, ses petits rituels bien sympathiques. Ah ben non, je suis bête, vous ne pouvez pas savoir...

Il partit d'un grand éclat de rire.

— Bon, ça m'arrangerait si on pouvait faire vite, parce que les collègues m'attendent. Normalement j'aurais pas dû vous prendre, mais bon, sinon ça reportait à dans quinze jours... Remarquez, la vie de bureau, c'est pas tout le temps comme ça... J'pourrais même dire qu'il y a certains collègues, il faut se les farcir !... Dans un certain sens, quand on est au chômage, on échappe à ça... Et au stress aussi. Et au chef qui vous gueule dessus ! Pardonnez-moi l'expression, mais y a pas d'autre mot. Ça non plus vous ne connaissez pas ! Revenons à nos moutons. Donc je disais, dans quels domaines plus précisément ?...

Un grand éclat de rire se fit entendre dans la salle juste derrière.

— Si y avait pas de temps en temps ces petits moments de détente, eh ben je me demande si je préférerais pas être comme vous à rechercher un emploi plutôt que d'en avoir un... Bon alors vous cherchez dans quels domaines ?...

— Métiers culturels, fis-je.

— Et la restauration ? Vous y avez pensé ? Remarquez, ne pas avoir de boulot, c'est pas le pire. Hein ? Ça reste entre nous, mais si j'avais les moyens, je serais chômeur ! En plus avec mon boulot à l'ANPE, je connais toutes les combines... Faut vraiment que j'y retourne. Je vous inscris à un stage dans le bâtiment alors ? Non plus ? Service à la personne ?

— C'est quoi ? J'avoue que je ne sais pas trop ce que c'est...

— Moi non plus. Ça doit être encore une nouvelle dénomination pour désigner les petits boulots chez les vieux, faire leurs courses, leur monter leur journal... Des trucs dans le genre... Mais à l'ANPE, on n'arrête pas de changer les noms des métiers. Surtout ceux dont personne ne veut ! Avant ça s'appelait nouveaux emplois, nouveaux services, les NENS. J'arrive même pas à les mémoriser tellement ça change. En un sens, vous avez de la chance. En un sens bien sûr. J'avais un copain, il travaillait dans une boîte d'import-export. Il disait toujours : « Aujourd'hui que j'ai un boulot, je stresse de le perdre. Mais si je me retrouvais sans emploi, c'est plus dans la peur que je vivrais. Mais dans l'espoir d'en retrouver un ! » Ben j'crois qu'c'était pas complètement con, ce qu'il disait ! Tenez ! Est-ce que vous dormez bien ?

— Oui, fis-je.

— Eh ben voilà ! Alors que moi, pas du tout. J'ai de ces insomnies ! Des fois, je reste debout jusqu'à trois heures du matin sans pouvoir fermer l'œil ! Et tout ça à cause de quoi... ?

— Du boulot... ? risquai-je.

Il m'inscrivit pour un stage de communication, me serra la main avec un air attendri et fila rejoindre ses collègues dans la salle de derrière.

Jamais Christine ne voudrait me croire.

J'aurais pu le supprimer. J'aurais dû, même, mais pour l'heure, je ne savais plus vraiment où j'en étais. En fait la situation avec Christine m'obsédait. Au point d'interférer dans ma démarche, de la perturber, de la bousculer : j'avais zigouillé le kiosquier pour une raison douteuse, laissé en vie le type de l'ANPE qui, selon mes critères appliqués jusqu'ici sans faiblesse, devait y passer... Je sentais que j'étais en train de perdre tous mes repères.

89. Au point où nous en étions, j'aurais pu faire comme tant d'autres avant moi et lui dire sobrement :

— Je te quitte.

Bien sûr. Mais cela n'aurait été ni satisfaisant ni même honnête. Je n'aurais pas pu continuer à me regarder dans une glace. Mon combat m'imposait sa

230

loi. Les règles étaient dures, inflexibles même, ce n'était qu'à ce prix que ma lutte avait un sens.

« Si tu la quittes, me disait la petite voix, c'est parce que tu refuses de répondre à la question que tu te poses depuis des semaines. Ou plutôt, c'est que tu connais la réponse et que tu ne veux pas en tirer les conséquences... »

Je savais qu'elle avait raison, que je ne pouvais ni esquiver ni rester sans réagir.

Jusqu'alors, j'avais pu concilier vie conjugale et lutte contre les cons. Il était clair que cette situation n'était plus tenable.

« Tous les grands hommes au début, quand ils sont entrés de manière décisive dans l'action, ont dû sacrifier femme et enfants, me disait la petite voix. Pas d'attache, pas de confort. La cause est une maîtresse exclusive. »

Dans mon cas, il n'y avait pas d'enfant à sacrifier.

« Quoi qu'il t'en coûte, c'est seulement à ce prix que tu pourras aller jusqu'au bout de ta lutte. Et tu le sais. »

Ma décision mûrissait lentement. Mais c'est Christine qui acheva de sceller son destin.

Quand je lui racontai ma dernière entrevue à l'ANPE, elle m'interrompit :

— Ce genre de choses, ça n'arrive qu'à toi... Vous êtes plus de trois millions de demandeurs d'emploi et il faut que tu tombes sur le seul conseiller de l'ANPE qui te recommande de ne pas trouver de boulot... C'est comme ton roman, me dit-elle. Je suis sûre que tu l'as laissé en plan... Tu n'as même pas été fichu d'aller jusqu'au bout...

« Pense à Jean Moulin, me souffla la petite voix, est-ce qu'il vivait avec une femme dans la Résistance ? »

Elle s'emporta, fondit en larmes et me glissa entre deux sanglots qu'elle voulait désormais une vie normale...

— Une vie normale ?

— Oui. Ne fais pas celui qui ne comprend pas. Une vie normale avec des gosses, un appart...

« Et Robespierre, repoussant les avances de sa logeuse, et Saint-Just, se consacrant entièrement à la Révolution... »

— ... des vacances au bord de la mer l'été et à la montagne l'hiver... Et pourquoi non ? Hein, pourquoi je n'y aurais pas droit moi aussi ?

« Et tous les grands penseurs, Spinoza, Descartes, Kant ? Ils étaient mariés peut-être ? »

— Tous mes collègues, ils ont une vie normale. Ils bossent comme des cons, mais au moins, ils ont une famille...

« Et Kennedy ? »

— Non, pas Kennedy, fis-je.

— Qu'est-ce que tu racontes ? Tu ne m'écoutes même pas... Tu t'en fous. Mais moi aussi je bosse comme une conne, et je n'ai rien en échange...

« D'accord, mais Christophe Colomb ? Elle était où sa femme quand il a découvert l'Amérique... ? »

90.   Conséquemment, ma décision était prise.

XVIII

91.   Comment l'avais-je rencontré ? Un jour il avait
frappé à ma porte. Comment s'appelait-il ? François
Marie. D'où venait-il ? Du commissariat de mon quartier. Que disait-il ? Il posait des questions, avec le ton
traînant de celui qui ne les formule que par routine.
Qui était-il ? Le commissaire chargé de l'enquête sur
la disparition de ma femme.

Tous les amateurs de polars vous le diront, dans le
crime, il y a une erreur à ne surtout pas faire : tuer un
proche. Car dès lors, vous entrez dans le cercle plus
ou moins large des suspects. Et cette erreur, je venais
précisément de la commettre.

Trois hommes m'avaient montré une vague carte
tricolore. J'avais toujours pensé que les enquêteurs
marchaient par deux.

— Commissaire François Marie. Et voici mes
adjoints, les inspecteurs Frédéric Carré et Alain
Ridouard.

Sur un ton embarrassé, il m'avait annoncé la mort
de Christine. Je m'étais écroulé. J'avais beau le savoir,
cela faisait tout de même un choc.

Les deux autres parcouraient l'appartement, soulevaient un objet, en prenaient un autre, déplaçaient un
papier.

— Quand l'avez-vous vue pour la dernière fois ?

— Comment vous a-t-elle paru ?

— Différente de ce qu'elle était d'habitude ? Nerveuse ?

Je commençais à avoir une certaine pratique des interrogatoires policiers et ne craignais pas de me troubler sous le feu de leurs questions.

— Ce matin, répondis-je d'un ton très calme. Christine est partie au bureau comme tous les jours vers huit heures et quart. Elle avait, je crois, une réunion importante à neuf heures avec son chef. Elle était un peu en retard. Je l'ai suivie dans l'entrée pour lui apporter son sac et son manteau. Puis elle est sortie. Elle a dévalé l'escalier en me criant : « À ce soir. »

— Quel genre, la réunion ?

— Je ne sais pas. Elle ne m'a pas dit. Christine et moi, on parlait peu de son travail. Il faudrait demander à son patron, Charles Fournier.

— C'est déjà fait, intervint le commissaire.

— Et alors ? fis-je.

— Vous ne vous souvenez d'aucun autre détail ?

Je fis semblant de réfléchir un moment.

— Non... Pendant le petit déjeuner, elle m'a fait la liste de ce que je devais acheter pour le dîner. Nous avions invité un couple d'amis. Elle m'a demandé de lui lire une recette pour connaître les ingrédients...

— Quelle recette ?

« Ils essaient de m'endormir, pensai-je. Comme dans une partie de colin-maillard, où les joueurs font tourner sur lui-même celui qui a le bandeau pour qu'il ne sache plus où il est. L'attaque est pour bientôt. »

— Celle du porc au nuoc-mâm.

— Vous n'avez pas l'air particulièrement bouleversé par la disparition de votre femme ? lâcha l'inspecteur Ridouard.

— Vous vous entendiez bien avec elle ? demanda Carré.

— J'essaie de me souvenir de tout ce qui s'est passé pour vous aider à retrouver le coupable. C'est la seule chose qui compte. Le reste me regarde.

— Vous n'avez pas répondu : vous vous entendiez bien avec votre femme ?

— Oui.

— C'est-à-dire ?

— On s'aimait.

Les deux inspecteurs échangèrent un regard, tandis que le commissaire me fixait. Je parus hésiter un moment puis j'ajoutai :

— Qu'est-ce que je pourrais vous dire de plus ? Ça ne s'explique pas, surtout à des enquêteurs. Vous voulez des faits, des preuves ? Je n'en sais rien, moi. On passait nos vacances ensemble. Christine et moi voulions un enfant. Nous attendions que j'aie trouvé un boulot stable. Cela faisait huit ans qu'on était mariés...

— C'était elle qui faisait bouillir la marmite ?

— On peut le voir comme ça.

Le commissaire me sourit.

— Vous lui connaissiez des ennemis ?

Je pris un air étonné.

— Des ennemis ? Pourquoi voulez-vous qu'elle en ait eu ?

— Nous ne devons négliger aucune piste, me dit-il. Même si cela peut vous paraître au premier abord un peu déroutant.

Ils continuèrent à me questionner pendant près d'une demi-heure, les deux inspecteurs se montrant soupçonneux à mon égard, voire par moments agressifs, concentrant leur interrogatoire sur ma vie de couple avec Christine. J'avais l'impression qu'ils considéraient cette intrusion dans mon intimité comme un des petits avantages que leur procurait leur boulot. Leur voyeurisme me mettait mal à l'aise. Marie, lui, se contentait de me poser des questions générales. Le plus souvent, il ne paraissait même pas écouter mes réponses. Pour le reste, il laissait faire ses adjoints, et donnait à l'occasion des signes évidents de désintérêt, promenant son regard sur la pièce, caressant de la main le dos de certains livres dans la bibliothèque. Il me souriait aussi de temps à autre comme pour me dire : « Tâchons que cela soit le moins pénible possible et ne dure pas trop longtemps. » Comme Ridouard commençait à me donner des détails macabres, le commissaire lui fit signe de s'arrêter d'un geste de la main.

— Nous vous tiendrons au courant de l'enquête, me dit Marie.

92.   Les semaines qui suivirent furent pour moi un de ces moments à part dans l'existence, où l'on a l'impression que tout est possible, le pire comme le meilleur, que l'on avance à tâtons sur un chemin qui n'est pas encore tracé. Pour ma part, je le découvrais en marchant, avec la sensation que celui emprunté la veille ne serait pas forcément celui que je suivrais le lendemain. Les sentiments les plus contradictoires se mêlaient. Certains matins, le poids du sacrifice que je venais de faire m'écrasait. Je me mettais à douter, à regretter, comme si le destin que j'avais choisi était un costume trop large. D'autres fois, il m'apparaissait au contraire que ce prix payé, si lourd qu'il fût, ne pouvait que déboucher sur de grandes choses. Je passais

ainsi d'un profond abattement à une exaltation non moins intense. Pourtant je n'eus pas trop le temps de m'apitoyer sur mon sort.

Après l'enterrement, au cours duquel il me fallut embrasser une longue succession de joues humides, serrer des théories de mains amollies par le chagrin et recevoir des accolades d'inconnus aux visages tristes – même le commissaire Marie et ses adjoints présents à la cérémonie me présentèrent leurs condoléances –, je dus remplir des tas de formalités, régler les affaires de Christine, faire le tri dans les papiers et les photos, et enfin déménager, le loyer étant trop élevé pour moi. Je m'installai dans un studio. Je me séparai de nombreux meubles parce que je n'avais pas de place, ou qu'ils me rappelaient trop de souvenirs.

Au bout d'un mois, les choses s'apaisèrent. J'étais dans la position inconfortable du crève-la-faim solitaire pour qui chaque lendemain est incertain, mais je ne m'étais jamais senti aussi près de mon but. Libéré de toutes les contingences matérielles, comme de toute attache, j'étais prêt à me livrer désormais sans retenue à mon combat et comptais bien faire payer aux cons tous les sacrifices que m'avait coûtés leur présence obsédante.

Ma vie était comme un dé que je lançais. Je n'avais nulle envie de savoir sur quelle face il s'arrêterait, ni même que le dé achève de rouler. Ce fut une période de rencontres essentielles et de coups du sort formidables.

93.   Certains de mes anciens amis que mon mariage m'avait fait perdre, Christine s'étant chargée de faire le vide parmi ceux trop bohèmes à son goût, profitèrent de l'occasion pour renouer avec moi. C'est ainsi

qu'Antoine, pseudo-intermittent du spectacle, mais vrai permanent des ASSEDIC, fit son grand retour dans mon existence et vint s'installer chez moi. C'était un passionné de théâtre qui, depuis une dizaine d'années, avait vu à peu près tout ce qui s'était joué sur les scènes parisiennes, et pouvait citer la distribution de chaque pièce. Il connaissait toutes les combines pour prolonger son chômage, depuis les fausses fiches de paie pour lesquelles il versait de la main à la main une petite somme à son soi-disant employeur, jusqu'aux emplois bidons d'ouvreur, de caissier, voire d'assistant d'assistant. Au demeurant pas mauvais comédien, mais incapable de supporter la vie d'une troupe, ayant toujours une opinion sur son personnage qui l'amenait à entrer en conflit avec le metteur en scène, un peu malchanceux aussi et doté d'un physique qui ne lui permettait de jouer ni les jeunes premiers, ni les vieillards chenus, ni même les hommes dans la force de l'âge. « Je suis victime du manque d'imagination des directeurs d'acteurs, expliquait-il. Ils te voient une fois dans un rôle et ça y est, tu es catalogué. » Pourtant ils n'étaient pas très nombreux à Paris à pouvoir dire qu'ils l'avaient vu jouer.

Avec ça, extrêmement bon garçon, toujours prêt à rendre service, drôle bien qu'ayant le vin mauvais, et prêt pour la moindre aventure, un peu farfelue de préférence. Avec le temps, il avait été contraint d'en rabattre sur ses prétentions artistiques et s'était mis à tourner dans quelques publicités. Il fallait l'entendre expliquer les intentions dramatiques qu'il avait cherché à mettre dans son rôle de scientifique en blouse blanche vantant les avantages d'un dentifrice. « Je voulais que mon personnage soit le type même du chercheur qui a consacré sa vie à trouver la bonne formule. Mais le réalisateur, lui, pensait qu'il devait surtout avoir une dimension humaine, pour inciter les mères de famille à acheter. Alors j'ai essayé un mélange de savant bienfaiteur de l'humanité et de vieux médecin de campagne. Pas évident de faire passer tout cela dans cette simple phrase : "Avec Stimuldent, vos dents resteront blanches plus longtemps." »

Antoine me permit de m'habituer lentement à ma solitude. Il me tenait compagnie, faisait la cuisine et me jouait ses journées à courir les castings et les rendez-vous.

Un soir il rentra tout dépité :

— C'est dommage que je ne sache pas écrire. J'ai rencontré aujourd'hui un producteur qui cherche un scénario... Mais moi je n'ai pas d'imagination. Enfin je veux dire pas assez pour rédiger une histoire...

— Quel genre de scénario il voudrait, ton producteur ?

— Oh n'importe. Il est ouvert à toute proposition.

— Je vais l'écrire, moi, ton scénario, si tu veux...

— Avec un rôle pour moi ?

— Pas de problème.

Tout excité par l'idée, je me mis au travail aussitôt. Pendant une semaine, je ne levai pas le nez de l'ordinateur. Antoine, aux petits soins pour moi, s'occupait des courses, me préparait les repas, faisait la vaisselle et le ménage, il descendait même mon linge au pressing.

Comme j'ai toujours été fasciné par les grands penseurs, l'idée m'était venue de raconter la vie de Socrate. Je voulais faire une sorte de péplum philosophique. On voyait sa femme, Xanthippe, épouse acariâtre, le poursuivre jusque dans les banquets que ses disciples donnaient en son honneur, le poussant à trouver un véritable emploi et à avoir des enfants ; les

Athéniens, tels des gros rustres méfiants qui s'acharnaient à l'empêcher d'enseigner à la jeunesse ; la naissance de son amitié avec Platon ; et pour finir, le clou du film, le procès de Socrate. La dernière scène me plaisait particulièrement ; en train de boire la ciguë, il lançait à ses juges : « Ma mort ne restera pas impunie. Un jour viendra où les cons aussi périront. »

Cette fin, un peu trop moderne à son goût, chagrinait Antoine, mais quand je lui eus expliqué que je m'inspirais d'Heiner Müller et d'Edward Bond, et que l'important n'était pas l'exactitude mais le sens, il se rallia à ma position. Dès le début, il avait décrété que personne d'autre que lui ne pouvait interpréter Socrate. À force de persuasion, il avait fini par m'en convaincre.

Tout aurait été à peu près pour le mieux – cette histoire de scénario était un bon dérivatif, et j'avançais à un bon rythme, un très bon rythme même –, si le commissaire Marie n'était pas venu à plusieurs reprises m'interroger. Enfin quand je dis m'interroger... Il débarquait sans prévenir, toujours flanqué de Ridouard et Carré, et restait une heure ou deux à discuter avec Antoine de l'avenir du théâtre contemporain, prenait de mes nouvelles, évoquait brièvement les quelques pistes sur lesquelles il travaillait puis généralement, un peu avant de repartir, me posait deux ou trois questions sur mes rapports avec Christine. « Avait-elle un compte en banque séparé ? » me demanda-t-il une fois. Un autre jour il s'enquit de savoir si je n'avais aucun soupçon d'aucune sorte, même le plus léger, sur la possibilité qu'elle ait eu un amant.

Il le faisait toujours sur un ton très anodin, comme si sa fonction lui imposait de m'interroger. Mais autant, lors de la première visite, je m'étais senti à l'abri de toute mauvaise surprise, autant les fois sui-

240

vantes, je trouvai cette insistance à se déplacer jusque chez moi, pour me questionner d'une façon aussi ostensiblement nonchalante, déroutante et un peu inquiétante. Feu ma concierge Suzanne aurait certainement décelé du Columbo dans cette façon de faire.

L'attitude de Ridouard aussi avait changé depuis qu'il avait reconnu en Antoine le dentiste de la pub pour Stimuldent. L'inspecteur se forçait à un peu plus d'amabilité, allant jusqu'à sourire quand, au moment de partir, Antoine leur lançait invariablement, d'une voix tonitruante :

— Je ne vous propose pas de partager nos pâtes, commissaire.

Avant d'ajouter, avec un clin d'œil de cabot pour appuyer son effet :

— Vous avez les mêmes à la maison !

Mais je trouvais la grimace de Ridouard, un léger pli à la commissure des lèvres, la bouche se contractant, presque plus inquiétante que son habituel air revêche.

94. Nous avançâmes tant et si bien qu'en trois semaines à peine je finis le scénario, Antoine prit rendez-vous avec le producteur. C'était quelqu'un d'assez maigre avec de petites lunettes qui nous reçut dans un bureau au confort sommaire – il faisait plus penser à un détective privé qu'à un type travaillant dans le cinéma.

Antoine vanta mes mérites et ceux de mon manuscrit. L'autre, qui n'avait pas bougé un muscle de son visage depuis que nous nous étions assis, daigna me jeter un regard.

Un peu refroidi par cette entrée en matière, je lui exposai en détail mon histoire. Il m'écouta sans un mot. Quand j'eus fini, il resta un moment silencieux, puis il écrasa sa cigarette dans le cendrier et, me fixant droit dans les yeux, lâcha, laconique :

— Trop cher !

— On peut supprimer certains passages, risqua Antoine. La scène sur le champ de bataille, quand ses disciples se lancent à l'assaut des Spartiates...

— Je ne fais pas dans le genre historique, reprit l'autre. Trop compliqué.

Nous étions atterrés.

— À moins que..., reprit-il. J'ai peut-être une idée. C'est quoi déjà cette scène où Socrate se rend chez une pute ?

Nous nous regardâmes sans comprendre.

— Mais si, là, le passage où il discute avec la fille, là, la pute...

— Ah ! fis-je. Vous voulez dire Aspasie ? La concubine de Périclès ? Mais ce n'était pas vraiment une prostituée. Une courtisane plutôt. Une hétaïre, comme cela s'appelait à l'époque...

— Oui, oui d'accord. Une courtisane, une pute, c'est pareil. Bon. Voilà ce que je vous propose. Vous reprenez le scénario et vous m'écrivez quelque chose sur cette... comment vous l'appelez déjà ?

— Aspasie.

— Oui voilà, Aspasie... Ses confidences intimes. Le public aime bien ce genre de sujet. Une pute au temps des Grecs qui raconte sa vie. Bon, vous forcez pas trop sur la philosophie. Je préfère du vécu. Quelque chose d'un peu plus direct aussi. N'hésitez pas à montrer la réalité.

— Mais, et Socrate ? risqua Antoine.

— Quoi Socrate ? Vous êtes sourd ou quoi ? J'ai dit pas trop de philosophie. Alors Socrate, un peu si vous voulez, mais une scène, pas plus. Mettez plutôt ses disciples, là, des hommes jeunes, beaux, en pleine forme physique.

Antoine me jeta un regard désespéré.

— Mais vous n'avez pas peur que cela appauvrisse le film ? demandai-je.

— Écoutez, jeune homme, chacun son métier. En trente ans de carrière, je n'ai connu aucun échec. Pas un bide, vous m'entendez ? Alors faites-moi confiance. Revenez dans quinze jours avec le script et je vous fais votre contrat. 10 000 euros. À prendre ou à laisser. 5 000 à la signature, 5 000 à la fin du tournage. Parce que j'aurai sans doute besoin de vous sur le plateau pour modifier quelques scènes ou des répliques en fonction des acteurs ou du réalisateur.

Il nous signifia que l'entrevue était terminée.

Antoine était effondré.

— Une scène, pas plus. Pfui ! Le barbare..., explosa-t-il dans l'ascenseur. Aspasie l'héroïne, cette pute de bas étage...

J'acquiesçai à ses paroles, mais la perspective de toucher 10 000 euros contribuait à atténuer ma déception. Il me laissa au coin de la rue.

95.   Je décidai d'aller boire un coup dans un café. Je sortais quasiment pour la première fois depuis trois semaines et j'avais l'intention d'en profiter pour me détendre un peu.

Je m'installai à une table, commandai une bière. Deux jeunes femmes s'assirent à côté. J'ai toujours aimé regarder les femmes. C'était non seulement un petit plaisir que m'offrait le quotidien mais aussi une espèce de curiosité inconsciente, fasciné que j'étais par leur façon d'être dont je n'épuisais pas le charme. Je les observais en me demandant comment ce serait avec elles, qu'est-ce que j'aimerais chez elles, parfois même comment je les prendrais dans mes bras, les enlacerais, les embrasserais. J'aimais tout particulièrement sentir leur parfum. Pour qui sait humer, c'est comme un coin de voile qu'elles soulèvent par inadvertance.

Autrefois je me livrais sans retenue à ce petit jeu, n'ayant aucune intention de tromper ma femme. Au pis un mot ou deux échangés, mais plus sûrement un petit moment de rêverie bien agréable. Avec la disparition de Christine, les choses étaient soudain différentes. En regardant mes deux voisines, je pris conscience que rien n'empêchait désormais que ce jeu ne devienne réalité et l'émotion de cette découverte me glaça. Je n'ai jamais été ce qu'on appelle un dragueur. L'idée que, si je voulais qu'il se passe quelque chose, j'allais devoir quitter le stade de la contemplation et me jeter à l'eau me terrifia.

— Vous auriez du feu ? me dit l'une d'elles, me tirant brutalement de mes pensées.

Je fus tellement intimidé que je cherchai partout mon briquet.

— Là, fit-elle, sur la table.

— Ah oui, bredouillai-je.

En voulant le lui donner, je le fis tomber dans mon verre.

Elle éclata d'un rire que je trouvai attirant. Je ris aussi.

— Un peu maladroit, non ? me dit-elle.

— Un peu, admis-je.

— Distrait ?

— Perdu dans mes pensées.

— Laissez-moi deviner... Écrivain ?

— Musicien.

— Musicien ? J'adore.

244

La glace était rompue. Elle vint s'asseoir en face de moi, abandonnant sa copine qui se consola avec un groupe de touristes américains. Nous passâmes un long moment à nous raconter nos vies. Mon deuil récent la toucha. Une sorte de gêne délicieuse s'installa. Chaque sujet de conversation flottait mollement entre nous, comme un feu de cheminée paresseux qu'on entretient pour qu'il ne s'éteigne pas. Tandis que j'écoutais d'une oreille distraite les mots qui sortaient de ma bouche, toutes mes réflexions étaient tournées vers la première approche et je me demandais si c'était le bon moment. Mais le temps que j'y réfléchisse, l'occasion était passée. Je me souviens, quand j'étais au lycée, de nuits entières durant lesquelles la jeune fille, objet de toutes mes attentions, et moi n'en finissions pas de nous raccompagner, attendant tous les deux que je me décide. Souvent, je ne me lançais qu'une fois parvenu au terme d'un profond épuisement, quand nous ne sentions plus nos jambes. « On pourra dire que tu m'as fait marcher », avait soupiré une de mes conquêtes, juste après notre premier baiser.

Cela faisait déjà deux heures que nous discutions, j'effleurai sa main. Elle ne la retira pas. Je m'enhardis, me serrai contre elle. Pas de réaction. Je m'approchai. Nous nous embrassâmes. À partir de là, les choses prirent une tournure radicalement différente. Autant la soirée avait été jusque-là un peu fleur bleue et empreinte d'une timidité de collégien, autant une fois le premier pas effectué, ce fut *basic instinct* et hardi petit. Fabienne, puisque Fabienne il y a, m'invita chez elle.

96.   Depuis la mort de Christine, je n'avais guère eu le temps de songer à ma théorie sur les cons. Je ne me sentais pas prêt. D'abord parce que je n'avais pas encore digéré sa disparition. Ensuite parce que le commissaire continuait ses visites régulières.

J'avais mal jugé ce policier. Son air indolent m'avait fait croire qu'il n'avait nulle intention de s'investir dans son enquête. Je pensais que l'on se dirigerait tranquillement, après un minimum d'investigation, vers un classement de l'affaire. Mais en l'observant mieux, je dus réviser ma première impression. En fait, la nature ne l'avait pas doté d'un physique en correspondance avec son véritable caractère. Il devait avoir à peu près mon âge, et comme moi présentait une physionomie anodine, quelque peu paresseuse, le visage légèrement empâté, encadré par des cheveux d'un blond fade, filasse même. Il me fallut un certain temps pour m'apercevoir que quand une idée l'arrêtait ou bien quand une de mes réponses le surprenait, son regard s'allumait, prenant une expression pleine de force. Dans ces moments fugitifs, une énergie intense s'emparait de ses traits, faisait saillir son menton et son nez anguleux, ses pommettes hautes. Ce n'était plus le même. D'ordinaire si peu remarquable, sa figure ressemblait alors à celle d'un héros de cinéma. Presque aussitôt, elle retombait dans la placidité.

Il se pointait le plus souvent seul, à n'importe quelle heure de la journée, arpentait le studio, me posait des questions, m'informait de l'avancée de ses déductions. Je lui proposais un café. C'était devenu une sorte de rituel. Il accrochait sa veste au portemanteau, s'installait à la même place, en face de moi, dos à la cuisine, et entamait la conversation.

Sa présence me troublait de plus en plus. Je craignais de trop en dire ou de me couper, certain qu'il saurait saisir la moindre erreur. L'incertitude sur la raison de ses visites répétées m'inquiétait plus encore. Me considérait-il comme le principal suspect ou était-ce sa façon habituelle de conduire l'enquête ? Une fois, il m'avait expliqué qu'il avait besoin pour résoudre une affaire de se familiariser avec la victime, de se glisser dans sa peau. Cela passait par une étude de sa personnalité auprès de ses proches. Mais à peine me sentais-je rassuré, il enchaînait avec une question laissant entendre que je n'étais pas étranger à ce qui était arrivé à Christine. Cette succession de douches froides me mettait les nerfs à rude épreuve.

— J'ai toujours plus de mal avec les femmes, me dit-il un jour. Leur psychologie est tellement différente de la nôtre. Vous ne trouvez pas ?

— Oui..., répondis-je, me demandant où il voulait en venir.

— Et cette manie de vouloir diriger nos vies. Tenez, ma femme par exemple. Faut toujours qu'elle me trouve une occupation quand je suis à la maison, ou qu'elle me pousse à faire quelque chose... C'est à cause d'elle que j'ai grimpé les échelons. Elle voulait absolument que je devienne commissaire. Elle m'a tanné jusqu'à ce que je passe le concours...

— Christine était un peu comme ça aussi. Elle insistait pour que je fasse tout un tas de trucs...

— Comme de trouver un boulot stable ? interrogea-t-il.

— Comment vous savez ça ? répliquai-je interloqué.

— Vous savez, Christine avait des amies, des collègues de bureau, une mère. C'est fou ce que nos femmes peuvent raconter sur nous sans même que nous nous en doutions.

Un grand froid me saisit. Qu'est-ce que Christine avait bien pu dire à tous ces gens ? Dans ma tête, j'essayai de deviner tout ce qui aurait pu risquer de le mettre sur la piste. Les visages de certaines de mes victimes défilaient, des phrases que j'avais pu prononcer... Peu à peu, je me tranquillisai. Elle ne savait rien de bien compromettant. Ou des bouts sans suite. Impossible de faire des rapprochements, même si elle avait tenu un journal ou raconté par le détail notre vie ces derniers mois à une copine...

— Alors, vous ne m'avez pas répondu ?

— Oui, comme de trouver un boulot stable. Elle voulait que je gagne plus d'argent pour qu'on puisse avoir un enfant, un appart... Ce qu'elle appelait une vie normale...

— Et vous ?

— Je n'étais pas trop pour. Enfin, je suppose que j'aurais cédé. Christine y tenait tellement.

— Eh oui, s'il n'y avait pas eu ce drame affreux, vous seriez peut-être salarié, en passe de devenir père et avec un emprunt sur le dos...

Je faillis lui répondre que cela ne faisait pas de moi pour autant un suspect. Mais il m'a toujours semblé que celui qui prononce cette phrase signe son arrêt de mort. Dans les séries télé, c'est cette première étape qui met le policier sur la piste, une sorte d'aveu déguisé.

— Faut dire que vous n'avez pas eu de chance...

— Comment ça ?

— Ben oui, votre conseillère à l'ANPE, victime d'un accident... Forcément, ça ralentit les démarches... Le temps que votre dossier soit repris par quelqu'un d'autre...

Il savait cela aussi, pensai-je. Christine en aura parlé à quelqu'un..., tentai-je de me rassurer. Ou bien il s'est renseigné sur moi... Je sentis que j'allais perdre pied.

— Excusez-moi, je reviens.

XIX

97. Je reconnais que le coup des toilettes, cela n'était pas bien malin. Mais je n'avais guère le choix. Assis sur la cuvette, je m'attachai à reprendre une respiration posée. Dans ma tête, les idées se bousculaient. Il avait des soupçons ? des indices ? Quoi qu'il arrive je devais garder mon sang-froid. Mais s'il remontait tous mes faits et gestes depuis sept ou huit mois... Il trouverait forcément quelque chose... Non, il n'y avait rien. Rien ! Aucun lien. Quoi qu'il me dise : 1/ Ne pas me laisser démonter. 2/ Réagir juste ce qu'il faut – naturel. Au fond de moi, toujours avoir la conscience tranquille. La conscience tranquille.

C'est alors que le souvenir de mon projet de roman me revint à l'esprit. Si Christine l'avait raconté ? Avec ça il serait facile au commissaire de faire des rapprochements...

Il me fallut bien retourner dans la pièce.

Son air indifférent me réconforta.

« Il ne sait rien », me dis-je pour me donner du courage. J'eus alors l'intuition que sa méthode consistait à avancer des pions, un peu au hasard, pour voir comment l'autre réagissait.

— Désolé, dis-je en me rasseyant.

Il me sourit.

— Ce n'est pas très facile pour moi en ce moment...

Ce n'est qu'avec le temps qu'on se rend compte vraiment de ce que c'est qu'une disparition...

— Je comprends.

— J'avais complètement oublié cette histoire... La pauvre fille ! Elle était toute jeune en plus. Je ne l'ai vue qu'une fois. Elle était très dynamique et j'étais ressorti de mon rendez-vous plein d'espoir... Bien sûr, sur un plan personnel, sa disparition n'avait pas arrangé les choses. Mais bon, de toute façon j'aurais fini par trouver un boulot. D'ailleurs en ce moment je suis sur un projet.

— Oui, de scénario, je sais...

Je le regardai, un peu surpris.

— C'est votre ami Antoine qui me l'a dit la dernière fois.

— Décidément, vous n'êtes pas flic pour rien. Pardon, je voulais dire policier.

— Ce n'est rien, j'ai l'habitude, sourit-il. Bon, il faut que j'y aille. Merci pour le café.

La semaine suivante, ou parfois seulement trois, quatre jours après, il était de nouveau assis en face de moi, une tasse posée devant lui, à me poser ses questions. J'éprouvais d'autant plus le sentiment que l'étau se resserrait autour de moi qu'Antoine venait de quitter le studio. On était au début de juillet et comme chaque année à la même époque, tel un oiseau migrateur, il se rendait au festival d'Avignon.

98.   Heureusement, il y avait Fabienne. Enfin quand je dis heureusement, c'est façon de parler. Au début, tout allait très bien. Vendeuse dans un magasin de vêtements, « un travail temporaire », disait-elle, elle passait ses journées entre son boulot et ses soirées entre copines. On se voyait tous les deux ou trois soirs

en fonction de ses disponibilités. « Je veux pas qu'on aille trop vite. » Parfois le week-end, on sortait au restaurant ou au cinéma, puis on rentrait chez elle faire l'amour. Elle n'avait ni chat ni chien, ne me parlait jamais de son travail ni de ses collègues et ne me présentait pas à ses amies. « Tu es mon petit jardin secret. » Mais très vite, je me rendis compte qu'elle avait une passion au moins aussi dévorante que celles que je redoutais chez une femme : la psychologie. Elle ne pouvait pas dire trois phrases sans m'expliquer le pourquoi de ce que nous vivions, ni remonter aux traumatismes de l'enfance et à nos rapports avec nos parents. « J'ai jamais eu de chance. Ma mère était très dure avec moi. J'étais l'aînée, on est toujours plus dur avec l'aînée, mais j'étais la seule fille aussi. J'ai deux frères. Elle devait voir en moi une rivale. Faut dire que petite, j'étais très jolie. Je te montrerai des photos. J'avais de longs cheveux blonds, avec un bandeau pour les tenir. Et plein de taches de rousseur. Ça m'allait bien. Mais ma mère, elle ratait jamais une occasion de me rabaisser, et comme mon père avait un faible pour moi, j'étais sa grande fille, ça rendait encore plus jaloux ma mère et mes frères qui disaient tout le temps que j'étais la petite chérie à son papa... » Et cela pouvait durer des heures. Tout ce qu'elle faisait, tout ce qu'elle ressentait, tout ce qu'elle aimait ou détestait, depuis son penchant pour le sucré, « pour compenser l'affection dont j'ai manqué », jusqu'à son attirance pour les hommes fragiles, « comme toi », en passant par son goût pour les couleurs vives, son refus de s'engager dans une relation durable ou d'avoir un enfant, « pour ne pas risquer de reproduire ce que j'ai subi », son aversion des betteraves, « le plat préféré de ma mère », tout, absolument tout, était passé au crible de son histoire familiale – même quand on faisait l'amour, elle m'assommait encore avec ses raisonnements.

Elle refusait la psychanalyse, elle n'en avait pas besoin, vu qu'elle était capable de s'analyser elle-même, elle allait depuis peu, sur les conseils d'une copine, consulter une voyante.

— Une femme formidable qui me comprend. Mais attention, elle me prédit pas l'avenir. Non, elle me dit que tel type de choses pourrait m'arriver en fonction de mon thème astral, de mon profil psychologique... Parce que les étoiles, ça fait pas tout. Y a aussi ton vécu personnel...

— Ta famille..., risquai-je.

Elle ne perçut pas l'ironie de ma remarque.

— Exactement. Je suis sûre qu'elle te plairait. J'ai un bon feeling sur vous deux. Elle t'apprendrait plein de trucs sur toi. Tiens d'ailleurs, elle m'avait prédit que je rencontrerais quelqu'un ce mois-ci, que c'était la bonne période pour moi...

Sans être voyant, j'aurais pu prédire la suite. Une fois formulée l'idée de m'emmener chez sa pythonisse de quartier, Fabienne n'eut de cesse que cela ne se réalise. Je résistai un certain temps, mais elle en fit une condition pour continuer à se voir. « Je pourrai pas avoir confiance en toi si tu refuses de le faire. » Je finis par accepter. En fait, depuis le début de notre relation, une seule chose me plaisait chez elle : les moments passés au lit. Elle y mettait une telle énergie, une telle envie que c'était devenu pour moi une sorte de drogue. Et je n'avais nul désir que cela s'arrête. « Tu t'intéresses qu'à mon cul », me reprochait-elle parfois. Je m'en défendais mollement, mais au fond, elle avait raison.

L'extralucide habitait un bel appartement dans le 9ᵉ arrondissement. Son assistante vint m'ouvrir et me conduisit dans une vaste salle d'attente. Des revues d'astrologie et de psychologie trônaient sur une table basse. Un haut plafond aux moulures en feuilles d'acanthe, des statues de chérubins et d'anges, en plâtre, sur la tablette de la cheminée, et un imposant miroir à l'encadrement en bois doré composaient un tableau à l'ambiance feutrée et cossue. Pour un peu, je me serais cru chez un grand spécialiste en médecine.

Elle me fit asseoir en face d'elle. Elle portait une tenue noire, sans bijou, ni parure d'aucune sorte. Le visage très pâle où toute trace de maquillage était bannie, les cheveux bruns ramenés en arrière en un chignon. On aurait dit une conseillère conjugale.

— Asseyez-vous, me dit-elle, sur un ton lointain, presque absent. Vous venez de la part de qui ?

— Je pensais que vous l'auriez deviné...

— Pas d'ironie, jeune homme, répondit-elle en écarquillant les yeux comme si elle allait abattre sur moi la colère des esprits.

— C'est Fabienne..., risquai-je.

Elle me fit un long cours sur l'astrologie, illustrant ses propos en me désignant derrière elle une immense carte du ciel, recouverte d'annotations en grec et en latin, de lignes tracées en tous sens et de formules mathématiques. Elle ne pratiquait pas les lignes de la main ni la boule de cristal. Tout juste utilisait-elle les cartes, et encore dans certains cas bien précis.

Elle me posa de nombreuses questions sur mon enfance, sur mes parents, mon travail, ma situation familiale. « Mon bagage terrestre », comme elle l'appelait.

— L'erreur que font beaucoup de gens, c'est de croire que ce que nous disons nous, les voyants, comme ils nous appellent – personnellement je préfère le terme de médium, ou celui plus poétique de messager des astres –, l'erreur donc est de croire que nos prédictions quoi qu'il arrive se réalisent. Or, Dieu merci, ce n'est pas aussi simple que cela. Vous avez ce que j'appellerais un destin prévisible. Prévisible en fonction d'énergies cosmiques qui vous traversent au moment de votre naissance. Ces énergies cosmiques conditionnent votre futur. En bien comme en mal. Ainsi, les gens qui ont Saturne très présent dans leur bagage céleste sont plus que les autres susceptibles de faire de graves dépressions. Mais d'autres choses entrent en ligne de compte. Votre milieu, votre propre histoire, le hasard ou bien encore la volonté personnelle peuvent faire que tel ou tel événement advienne plutôt que tel autre. Ce que je vais vous livrer, c'est un faisceau de possibilités. Et c'est dans ce faisceau de possibilités que se construira votre destinée. Tout d'abord, vous avez une personnalité très forte, très complexe. Je sens en vous une double influence, le carré Soleil-Neptune en signes cardinaux. Vous êtes du signe du Bélier.

— En effet, fis-je.

Elle m'adressa un petit sourire condescendant comme si toute confirmation était superflue.

— Le Bélier, c'est à la fois l'émergence de la vie et la présence de la mort. Le premier signe du zodiaque, qui marque la renaissance de l'année et la disparition de l'ancienne. Pulsion de vie et pulsion de mort se combattent en vous. Nietzsche disait : « Il faut avoir du chaos en soi pour enfanter une étoile qui danse. » Les gens natifs du Bélier sont souvent des gens épris d'idéal. Des gens soucieux du bonheur du genre humain. Dans une vie antérieure, vous avez dû être un grand religieux, un réformateur, une sorte de Luther ou de Calvin, ou bien un grand révolutionnaire, genre Robespierre ou Saint-Just...

— Dans une vie antérieure... ?

— Oui. Sachez que notre esprit ne cesse de se réincarner tant qu'il n'a pas accompli la destinée prévue par les astres. Lamartine disait : « La vie est ton navire, pas ta demeure. » Votre amie Fabienne, son caractère et son conflit avec sa mère indiquent clairement qu'elle a été Iphigénie, la fille d'Agamemnon, à l'époque de la guerre de Troie... Mais revenons à votre expérience corporelle présente. La vie et la mort donc. Ainsi l'idéal qui vous anime est à la fois l'amour et l'esprit de vengeance. Vous êtes hanté par ce miroir à deux faces. Mais il vous faudra vous débarrasser de cet esprit de vengeance qui vous vient sans doute de votre enfance. Grandir, c'est comprendre et pardonner. C'est très étrange, vous êtes profondément bon, humain, altruiste. Vous voulez venir en aide à votre prochain. Et en même temps, des ondes négatives émanent de vous. Vous semblez souvent souhaiter le pire aux autres. Ce qui signale une résurgence des problématiques familiales anciennes, un déficit d'estime de soi... Il vous faut apprendre à vous réjouir du bonheur des autres. Générez du bonheur, et surtout acceptez-vous tel que vous êtes. « Vivre est ce qu'il y a de plus rare au monde. La plupart des gens existent, c'est tout », disait Oscar Wilde. Je sais, cela n'est pas facile. Il faut ne laisser entrer en soi que les ondes positives. « Marche avec des sandales, jusqu'à ce que la sagesse te procure des souliers », disait...

— ... André, le type des chaussures, lâchai-je, ironique.

— Non, fit-elle en me jetant un regard plein de pitié. Avicenne, un grand savant arabe, qui vécut vers l'an mille. J'ai été son assistant quand nous avons guéri le jeune prince de Boukhara. Et ce dernier pour nous remercier nous ouvrit l'accès à sa vaste bibliothèque. Mais cela est une autre histoire... Vous êtes en proie à des choses contradictoires et je sens bien que votre esprit lutte contre ce que je lui dis. Vous êtes comme un moine défroqué. Vous ne croyez plus et pourtant la foi vous habite. Mais vous trouverez l'apaisement. Le chemin sera long. Je vois que vous essaierez toutes sortes de choses, irez à la rencontre de grands maîtres, des penseurs, des politiques, des artistes, des cyniques même... Mais vous ne trouverez pas la paix auprès d'eux. Rien n'étanchera votre soif d'idéal. Vous serez près de renoncer... Confucius disait : « L'expérience est une lanterne attachée dans votre dos, qui n'éclaire que le chemin parcouru. » Pourtant... je vois aussi une assemblée. Une réunion, quelque chose comme ça. À votre initiative. Oui c'est ça. C'est vous qui l'avez organisée. Il y a beaucoup d'hommes d'Église. Des religieux. Je vois un moine bouddhiste avec sa tunique orange. Un rabbin aussi. Vous les avez réunis... Il y a aussi un prêtre. Un homme en noir, un prédicateur, un pasteur plutôt. Oui c'est ça, toutes les grandes religions seront là et ce sera votre œuvre. Votre grand œuvre. Trouver la vraie voie en réconciliant les religions. Un imam aussi. Et...

— Et... ? Un brahmane... ? Un mormon... ?

Elle ne m'écoutait plus, en proie à une agitation croissante.

— C'est incroyable ! Je serai là aussi ! À vos côtés. Et tous ensemble nous connaîtrons une grande émotion spirituelle. Un souffle divin. Eux, les hommes de Dieu, et moi et vous aussi...

— Et après ?

— Je ne vois plus rien. C'est confus. Une immense explosion cosmique nous envahira... C'est tout ce que je puis vous dire. « Chaque vague sait qu'elle est la mer. Ce qui la défait ne la dérange pas car ce qui la brise la recrée », disait Lao-tseu.

258

Et moi je pensais : « L'aphorisme est l'étoile du berger des cons. » Et aussi : « Pas de pitié pour la Pythie. »

99.   — Mettez-y un peu du vôtre aussi...

— Avec tout ce qui se passe, l'enquête, le commissaire, ce n'est pas facile. Il est sans cesse sur mon dos. Je ne sais pas s'il se doute de quelque chose ou si c'est seulement une façon qu'il a de faire avec les gens, mais ça me paralyse.

— Je vois, fit mon psy. Mais on ne peut pas s'interrompre maintenant. Il faut continuer.

Depuis un mois il ne me faisait plus payer les séances. Il avait dû s'y résoudre quand je lui avais annoncé mon intention d'arrêter, faute de moyens. Il avait hésité un moment puis m'avait proposé le concept de « cure sans frais ».

— Parlez-moi de ce commissaire. Vous avez peur qu'il découvre votre vraie nature ? Comme un enfant qui prête à ses parents le pouvoir de deviner ses pensées les plus secrètes ?

— Mais non. Ça n'a rien à voir. C'est juste que partout où je vais, j'ai l'impression d'être suivi.

— Une sorte de Surmoi ?

— Peut-être qu'il me fait filer ? En tout cas impossible de me concentrer sur ma théorie...

Il s'emporta. Les séances désormais gratuites devaient être le plus productives possible.

— Il faut vous ressaisir. Reprendre votre combat... Con-bat... Intéressant...

— Oui, oui, fis-je, évasif.

100.   Je ne pouvais lui être d'une quelconque aide, j'avais trop de choses en tête. Et quand je ne pensais pas au commissaire, j'avais l'esprit occupé par la réécriture de mon scénario sur Socrate. Bien que la nouvelle orientation donnée à ce projet me déboussolât un peu, cela prenait une tournure plutôt intéressante. Je trouvais même l'idée stimulante : j'essayai de montrer la nouveauté radicale de la pensée socratique, non pas du côté de son élaboration, mais du côté de sa réception, Aspasie étant le témoin de cette révolution. Elle faisait part à Socrate des réactions des notables athéniens, de ses propres interrogations, notamment au sujet de la théorie sur l'amour du vieux philosophe, avant de devenir sa disciple. Pour rendre l'histoire plus accessible, j'introduisais certaines scènes plus lestes dans lesquelles Aspasie faisait le commerce de ses charmes. En moins de quinze jours, je bouclai la nouvelle mouture.

— Vous avez la tête dure, tempêta le producteur, en biffant des passages à mesure qu'il lisait le manuscrit. J'avais pourtant été clair : pas de baratin.

Il retirait des pages entières, qu'il jetait dans la corbeille avec irritation, et sans même me demander mon avis, notait des idées de scènes nouvelles.

— Une pute, c'est une pute, nom de Dieu ! Et qu'est-ce que ça fait une pute ? Hein ?

Je le regardais, un sourire gêné au coin des lèvres.

— Ça baise ! s'emporta-t-il. Vous croyez qu'on va la voir pour parler philosophie ou pour une petite turlutte, hein ? Ça manque de *fuck*, comme disent les Américains. On va y remédier. Des pénétrations ici et là, une double même, ce sera le clou du film, quelques partouzes, deux ou trois trucs entre filles, Aspasie et sa copine... de cheval...

Il éclata de rire et comme je restais silencieux :

— Co... pine de cheval ! Vous avez pigé ? Bon c'est pas grave. Avec le metteur en scène, on va remanier tout ça. J'ai besoin de vous surtout pour les dialogues. Un zeste de philo, juste ce qu'il faut pour qu'on croie qu'il y a un second degré et ça sera parfait...

— Mais, intervins-je d'une voix timide, on dirait un film porno...

Il faillit s'étrangler de rire, puis imitant mon ton :

— « On dirait un film porno »... Vous pensiez faire quoi ? Un téléfilm érotique ?!... Mais c'est un film porno !

Devant mon air atterré, il me sortit d'un tiroir de son bureau un catalogue sur lequel il était écrit : « Klito Productions présente la plus grande collection de films X en langue française. »

Il tourna les pages.

— Regardez ! *Blanches fesses et les sept mains*, *De la croupe aux lèvres*, beau succès celui-là. On a fait près de 50 000 entrées et il tourne encore dans les sex-shops, deux Hot d'or à Cannes. *Les Sucettes à l'Annie*, avec Tamara Khoush et Roberto Zucci, mon préféré. Parce qu'on dit toujours que ce sont les Américains qui ont lancé Tamara, mais la vérité, c'est que c'est moi qui l'ai découverte – eh oui –, et qui ai eu l'idée de la faire tourner avec Roberto. Un triomphe...

J'étais comme un boxeur sonné. L'autre, sentant mon désarroi, me demanda :

— Vous êtes pas homo au moins ? Parce que je me suis posé la question, quand j'ai vu le sujet : une histoire de Grecs, on connaît leur réputation, pas de femmes dans le scénario... à part la pute... Non parce que autant vous le dire tout de suite, Klito Productions ne fait pas dans le gay. Chacun son métier.

— Non, non, fis-je d'un air absent.

— Je vois ce que c'est. Voilà de quoi vous remonter...

Il signa un chèque de 5 000 euros, qu'il me tendit.

— La moitié à la remise du scénario, comme convenu.

Tel un automate, je pris son chèque et le mis dans ma poche.

— Le porno intello, c'est l'avenir, reprit-il. Enfin simple. Du genre « je bande donc je suis ». La gonzesse en train de lire un classique de la littérature avant de se faire enfiler. Avec les intellos, il suffit juste qu'on leur fasse un petit clin d'œil. Et hop, ils perdent tout sens critique. Parce que, entre nous, il n'y a que deux choses qui fonctionnent chez eux : le cerveau et la queue. La tête froide et la bite chaude ! Bon, il faut trouver un titre. Un bon titre. Moi j'adore ça, trouver des titres. On croit que c'est facile, mais pas du tout. Faut s'adapter au goût du jour. Deviner les nouvelles tendances, les devancer même. Tiens, dans les années soixante-dix, on l'aurait appelé *Va te faire voir chez les Grecs*. On aimait le trivial, le simple, le direct. Le genre troisième mi-temps de rugby. Dans les années quatre-vingt ou quatre-vingt-dix, on faisait dans l'humour. *Le Dîner des cons* aurait été parfait. Aujourd'hui, il faut une petite touche d'intello, sans ça Canal prend pas. Comment tu dis qu'elle s'appelle déjà, ta pute ?

— Aspasie.

— Aspasie. Oui, c'est ça... Pas facile. *Les Folies d'Aspasie* ? Trop plat. *La Philo de Sophie* ? Non, non. Tiens qu'est-ce que tu penses du *Seigneur des anus* ? Bon d'accord, c'est trop loin de l'histoire. Mais c'est un bon titre. Je le note. Je vois déjà ce qu'on pourrait faire. Le genre porno féerique avec Bellebite le Hobbo ou Bilbo la Hotbite. Enfin bref, revenons à nos moutons... *Le Fabuleux Destin d'Aspasie* ? Ouais... Quand je pense à tout le chemin parcouru. Il y a trente ans, on était des marchands de sexe, pire que des macs. Maintenant on organise des festivals, on nous invite à la télé... Tout le monde rêve de baiser comme dans nos films. Mais cette réussite, on ne la doit qu'à nous-mêmes. Et pas question de se reposer sur nos lauriers. Si on veut rester en haut de l'affiche, faut toujours qu'on trouve du neuf, qu'on innove. Tiens, moi qui te parle, j'ai déjà investi dans deux clubs échangistes, dans un site sur Internet où tu peux niquer en virtuel et on prépare un grand jeu de rôle « Donjons et Drag-queens », où chacun pourra choisir sa sexualité et la vivre par procuration... Qu'est-ce que tu penses des *Malheurs d'Aspasie* ?

XX

101.   Le commissaire Marie éclata de rire.

— Un film porno ?

— Eh oui..., fis-je.

— La philosophie dans le boudoir en quelque sorte...

J'ai beau essayer de me souvenir de la façon dont s'est opéré le changement dans notre relation, j'ai un trou. Un jour, nous avions abordé quelque sujet sans aucun rapport avec la disparition. De fil en aiguille, l'heure avait passé et nous étions si bien lancés que, tout naturellement, je lui avais proposé de rester dîner et il avait accepté. La fois suivante, il était venu sans raison particulière et c'est ainsi que nous prîmes l'habitude de converser de longues heures durant. Une certaine méfiance m'habitait cependant. L'homme qui était assis en face de moi à deviser de manière si agréable pouvait à tout moment m'envoyer finir le restant de mes jours derrière les barreaux. Parfois le doute m'étreignait. Ne s'agissait-il pas d'une ruse pour me faire baisser la garde et me confondre au moment où je m'y attendrais le moins ?

Pourtant nos échanges prenaient une tournure de plus en plus intéressante. Il me racontait souvent les cas étranges auxquels il avait été confronté dans ses enquêtes, s'arrêtait sur les motivations des criminels et je l'écoutais comme un enfant boit les paroles de l'oncle voyageur. Il parlait d'une voix traînante, lorsqu'il lâchait un mot, il était en train de réfléchir au suivant. Cela donnait à sa conversation le ton apaisant du promeneur, pour qui marcher est plus important que la destination.

Nous nous tenions assis, chacun d'un côté de la table, lui le corps en avant, comme recroquevillé sur son verre qu'il fixait du regard, moi au contraire le buste en arrière, les épaules affaissées, tous deux fatigués, mais non pas tristes. Gagnés par la mélancolie, plutôt. Je commençais à éprouver pour lui une sympathie grandissante.

Plusieurs fois, j'eus la tentation de reprendre mon combat et seul un reste de prudence m'avait jusqu'ici retenu. Pourtant ce n'était pas faute de croiser des cons.

Un dimanche après-midi que je lisais sur une pelouse du bois de Vincennes pour profiter du soleil, s'installèrent à quelques mètres de moi un couple et son enfant. Le gamin, qui devait avoir dans les dix ans, jouait bien sagement, lorsque soudain, il prit son ballon et se mit à courir après en entonnant :

— Ah poum poum chi ! Ah poum poum chi. Ah poum poum poum, ah poum poum chi...

Il semblait ne jamais devoir se lasser. Au contraire même, il criait de plus en plus fort. « Ah poum poum chi, ah poum poum... » Je lançai un regard en direction des parents. Devinant mon agacement, « poum poum chi, ah poum poum... », le père intervint mollement :

— Nathan...

— Ah poum poum chi, ah poum poum...

— Nathan, écoute-moi...

— Poum, poum, poum,...

— Fais un peu moins de bruit.

— Ah poum poum chi, ah poum poum...

Je n'arrivais plus du tout à, « poum, poum chi », me concentrer. Je poussai un soupir assez puissant pour être entendu des parents, mais ces derniers, « ah poum poum chi, ah poum poum... », semblaient désormais ne plus rien remarquer, lorsque je reçus le ballon en plein sur mon livre.

— Nathan, mon chéri, dit la mère, sur un ton presque absent, va jouer un peu plus loin.

— Ah poum poum... Pourquoi ? Ah poum poum...

— Tu gênes les gens, mon chéri.

Le gamin n'en fit bien sûr rien et continua sa sérénade. Son ballon atterrit de nouveau sur moi, « ah poum, poum chi », le père m'adressa un sourire en guise d'excuse.

— Nathan !

— Ne lui parle pas si fort ! intervint la mère. Ce n'est qu'un enfant. Il ne voit pas où est le mal.

Elle croisa mon regard.

— Nous sommes désolés, me dit-elle. Ils ont besoin de se dépenser à cet âge-là...

— Ah poum poum chi, ah poum poum chi. Ah poum...

Le ballon m'atteignit au visage. Je le ramassai calmement et le lançai dans l'arbre au-dessus de moi, où il resta accroché à une branche.

— Je suis désolé, fis-je. Je suis extrêmement maladroit.

Le gamin fit retentir la sirène des pleurs.

La mère se précipita, le prit dans ses bras et, me jetant un regard mauvais, lui dit, assez fort pour que je puisse l'entendre :

— T'en fais pas, mon chéri, papa va aller te le chercher. Ne pleure pas. Oui, le monsieur n'est pas gentil... Pourquoi ? Parce qu'il y a des gens qui n'aiment pas les enfants. Qui ne se souviennent pas qu'ils ont été des enfants. Bon, Laurent, tu vas le chercher ce ballon... ?

Je les aurais volontiers tués sur place, elle, son andouille de mari qui se tenait impuissant sous l'arbre, et plus encore son rejeton, mais cela m'était rigoureusement impossible. Les cris du chiard avaient ameuté les badauds. Je m'approchai alors du père, m'excusai platement de ma maladresse, j'avais conscience d'avoir causé un gros chagrin au petit Nathan, et me proposai de lui racheter un ballon tout neuf. J'insistai tant que je finis par calmer la colère de la mère et que le gnome hurlant s'arrêta de pleurer. Ils me donnèrent leur adresse et je promis de m'en occuper dès la semaine suivante.

— Surtout ne le décevez pas, me glissa la mère en partant. Cela ne serait pas bon pour son équilibre, qu'un adulte manque à sa parole.

« T'inquiète pas, vous ne serez pas déçus », pensai-je en notant leur adresse dans mon carnet.

102. La suivante sur ma liste serait sûrement Fabienne dont je commençais franchement à me lasser. Elle avait entrepris de réformer ma façon de vivre, pas assez saine selon elle. Elle avait arrêté de fumer et voulait que j'en fasse autant. Elle me menait une guerre sans relâche. Je dus également me farcir toutes sortes d'aliments exotiques censés m'aider à rééquilibrer mon énergie intérieure et mes humeurs, l'écouter parler pendant des heures de tous les membres de sa famille, lire des livres de préceptes et de conseils psychologiques, tels *Mieux vivre ma mère*, *Tout se joue après trente ans*, ou bien encore *S'accepter pour mieux accepter les autres*... Un soir elle

m'annonça que sa voyante lui avait suggéré une période de chasteté d'un mois minimum. « Elle m'a expliqué que c'était le seul moyen pour moi de savoir si notre relation était sérieuse. » Elle n'eut pas besoin d'attendre un mois. Dans les dix minutes qui suivirent, elle fut fixée.

— Salaud ! me cria-t-elle, alors que j'étais dans l'escalier.

Le corps penché au-dessus de la rampe, elle me poursuivit de sa vindicte, m'agonit d'injures. J'étais presque arrivé dans le hall quand elle se mit à geindre :

— Pourquoi je tombe que sur des lâches ? des obsédés... ?

Je relevai la tête dans sa direction et, le plus calmement du monde, lui lançai :

— Comme ton père ?

Elle faillit tomber à la renverse.

Une fois dehors, j'ajoutai le nom de sa voyante dans mon carnet. Ma liste s'allongeait. Il y avait aussi une petite vieille, au supermarché du coin, qui profitait de son grand âge pour resquiller, le motard de l'immeuble en face, qui tous les matins faisait pétarader sa moto pleins gaz avant de démarrer, et un type rencontré dans une soirée branchée où m'avait traîné Fabienne. Je ne sais plus comment c'était arrivé dans la conversation, mais il m'avait demandé sur quoi je travaillais. « Les cons. » Il avait penché son oreille contre mon visage.

— Pardon ?

— Les cons.

— Les cons ?

Il trouva le concept très actuel. « D'un nihilisme radical avec une petite touche de sarcasme gouailleur. Célinien ! Génial ! » Puis il se lança dans un long monologue où il m'expliqua que, contrairement à ce qu'on pensait, « la relativité de la connerie n'était qu'apparente, mais pouvait se ramener à cette forme populaire de croyance en une espérance collective de salut et ce, contre toutes les leçons de l'Histoire. Le con croit au progrès, à l'exemplarité des vedettes et aux discours des hommes politiques ». « Donc vous étudiez les beaufs ? ajouta-t-il. — Pas seulement », fis-je en le regardant fixement. J'écrivis son nom sur mon carnet, il crut que je notais ses idées. « L'immoralité est le seul vaccin efficace contre la connerie, me dit-il, en m'invitant du doigt à consigner cette phrase. — La balle de revolver aussi », répliquai-je. Il éclata de rire, trouvant ma remarque délicieusement rock' n'roll.

103.   C'était pour moi un dur apprentissage que d'accepter de surseoir, mais je n'avais pas le choix. Par chance, le tournage des *Malheurs d'Aspasie* débuta. Ce fut un puissant dérivatif. Cela se passait dans un studio de la région parisienne. On se serait cru dans une usine à sperme. Les queues s'activaient comme des bielles, en un rythme sans à-coups. Il s'agissait de produire en un minimum de temps le maximum de fellations, pénétrations, masturbations, manualisations, fornications, enculations, dans une débauche de sueur, de salive et de lubrifiant.

Le premier jour, le producteur me présenta brièvement à l'équipe.

— Voici notre star Samantha Rox. Dis bonjour à notre nouveau scénariste, Samantha.

— Bonjour, monsieur, me dit une belle fille complètement nue.

— Samantha est la meilleure pour les scènes de double pénétration.

— C'est ma spécialité, la double, répéta Samantha.

— Bon, va te préparer maintenant.

Le producteur régnait en tyran sur le plateau, imposant au metteur en scène plus de gros plans, aux actrices plus de conviction et de cris, et à moi de rajouter quelques mots par-ci par-là qui feraient un peu péplum. Comme je n'avais pas grand-chose à faire, je décidai au début de suivre le tournage. Mais tous ces accouplements me lassèrent très vite, je m'assis dans un coin et relus le *Banquet* de Platon, c'était un bon antidote à la monotonie des copulations.

— Qu'est-ce que tu lis ? me demanda Mario le machino.

Je lui expliquai que c'était le livre dont je m'étais servi pour écrire le scénario.

— C'est bien ?

— C'est sur l'amour, lui répondis-je.

— Tu me le prêtes ?

104.   Je rentrais tard chez moi. Le commissaire Marie m'attendait en bas de l'immeuble. Souvent, il apportait une pizza. Je lui racontais le tournage, il me posait de nombreuses questions, cela l'amusait énormément. Nous discutions ainsi comme deux amis et il ne semblait pas pressé de retrouver sa femme.

— Ça ne la dérange pas ?

— Elle a l'habitude.

— Les nécessités de l'enquête ?

Il me souriait.

J'étais encore tiraillé entre une certaine retenue et mon envie de lui faire partager mes colères. Mais un soir, l'air de franchise de Marie et son apparente décontraction contribuèrent à dissiper mes doutes, et l'intérêt croissant que je prenais à nos échanges acheva de me tranquilliser. À la fin, n'y tenant plus, je lui parlai des cons. Non pas de mon combat, mais de leur rôle, de leur importance.

C'était venu comme cela, au détour d'une conversation. Il me parlait d'un de ses collègues, un jeunot qui sortait à peine de l'école de police et qui, à chaque fois qu'il s'apprêtait à donner son avis sur un sujet, commençait ses phrases par : « Pour ceux de ma génération ».

— Une drôle de manie en vérité, dit Marie. Je ne sais pas vous, mais moi je ne me suis jamais senti d'aucune génération.

— C'est peut-être le propre de votre génération ? fis-je. Une génération sans histoires coincée entre ceux de Mai 68 et ceux de la crise...

— Non. Ça n'a rien à voir avec ça. « Pour ceux de ma génération », ça me fait penser à ceux qui disent « de mon temps », « à mon époque ». C'est la version jeune des vieux cons.

Je sursautai.

Sans même réfléchir une seconde, je lui exposai mes idées sur les cons.

Il parut un peu surpris, amusé en fait. Il crut que je plaisantais.

— Non, non. Je suis très sérieux. Les cons nous pourrissent la vie. Tous les cons. Ça fait maintenant plus d'un an que j'y réfléchis. Je suis même en train d'essayer d'élaborer une théorie là-dessus.

— Une théorie ?

— Oui. Qu'est-ce qu'un con ?... À quoi le reconnaît-on... ?

— Vous avez trouvé ?

— Je cherche. Au début, je croyais que je trouverais une définition générale. Mais maintenant j'en suis moins sûr. Je pencherais plus pour une série de critères que je m'efforce de cerner par tout un ensemble d'hypothèses. Puis je les confronte avec les cons que je rencontre, je les corrige, les modifie si nécessaire. Ma dernière en date postule que le con peut dans de très nombreux cas se définir par l'abus de pouvoir. Donnez du pouvoir à quelqu'un, si c'est un con, il en abusera.

Il s'esclaffa.

— Pourquoi vous riez ?

— J'espère que vous n'y avez pas réfléchi trop longtemps.

— Comment ça ? fis-je, un peu contrarié.

— Je ne veux surtout pas vous vexer, s'excusa Marie. Mais dit comme ça, ça fait un peu cliché. Le pouvoir rend con. On dirait un slogan anarchiste des années soixante.

— Ce n'est pas ce que j'ai voulu dire. Je ne parle pas du pouvoir en lui-même. Je dis juste que...

— Oui, oui, j'ai compris. Les cons sont ceux qui en abusent. Mais bon, j'ai un peu l'impression que vous enfoncez une porte ouverte.

Je me rembrunis. Marie ne prenait jamais de gants. Pendant près d'un an que durèrent nos conversations, j'eus souvent l'occasion de m'en rendre compte à mes dépens. Mais chez lui, ce genre de réflexions ne sonnait pas comme une condamnation ou un jugement de valeurs. Marie était uniquement soucieux de faire avancer le raisonnement. Aucun amour-propre là-dedans. Il y avait, maintenant que j'y repense, quelque chose dans sa démarche qui ressemblait à celle de Socrate.

Sans paraître remarquer le moins du monde mon mouvement d'humeur, il poursuivit :

— Dans mon métier, je suis souvent confronté à ce que vous appelez des cons.

— Ah bon ?

— Oui. Les criminels, surtout les petits, sont dans

273

la plupart des cas de vrais cons. En particulier ceux que nous réussissons à attraper facilement grâce à l'évidence du mobile, ou parce qu'ils ont laissé derrière eux trop de traces de leur forfait. Bien sûr, vous en avez qui abusent de leur pouvoir, les petits chefs, les tyrans domestiques, les caïds de quartier, les maris trompés, les pères la morale, etc. Mais dans beaucoup d'autres cas, c'est tout le contraire. Ils vous expliquent que ce n'est pas de leur faute, qu'ils sont eux-mêmes les victimes...

— Vous avez raison, fis-je soudain, oubliant totalement ma mauvaise humeur.

Je songeais à Fabienne pour qui tout ce qui lui arrivait, toutes les conneries qu'elle faisait ou disait, c'était à cause de son histoire familiale. Elle pouvait tout se permettre à cause de, ou plutôt grâce à cela.

— J'ai même l'impression qu'il s'agit d'un phénomène en pleine expansion, reprit Marie. En fait, si on y réfléchit, aujourd'hui, ce qui se multiplie, ce n'est pas l'irresponsabilité, qui existe depuis la nuit des temps. Le con victime a toujours existé. Vous savez, le fameux « je ne savais pas » ou bien encore le « je ne l'ai pas fait exprès ». Mais actuellement, le « c'est pas de ma faute » est devenu plus qu'une excuse, une justification. C'est la société, la famille, l'entourage, les collègues qui sont désormais responsables des conneries du con moderne. Sa victimisation, il la met en avant, la revendique même.

Je notai dans mon carnet cette nouvelle hypothèse et dès le lendemain, sur le tournage, je cherchai à en déceler les indices parmi l'équipe du film.

105. La plupart de ceux qui travaillaient sur *Les Malheurs d'Aspasie* pratiquaient le mode de fonctionnement typique des cons victimes. L'un des acteurs m'avait pris en amitié et cherchait à me convaincre de son talent de comédien. Dans le plus simple appareil, entretenant d'une main sa bandaison, il me récitait des passages entiers des *Visiteurs*, prenait différentes intonations pour jouer tous les rôles.

— J'aurais pu tourner dedans, me dit-il. J'ai même failli, mais comme figurant. Pourtant, avec ma prestance et mon organe... je parle de ma voix, précisait-il en souriant. Mais sans relations... impossible.

— Rony, c'est à toi.

Il rejoignit le plateau en criant « okay », sur le ton du héros des *Visiteurs*.

Quelqu'un me tapa sur l'épaule. Occupé à noter le nom de Rony dans mon carnet, je ne l'avais pas entendue venir : c'était Samantha, elle portait un jean, un pull à col roulé et avait rassemblé ses cheveux en chignon.

— Mario m'a dit que vous lui aviez prêté ce livre.

Elle me montra le *Banquet*.

— Je l'ai lu, fit-elle en rougissant. Et je voulais vous demander...

Je l'encourageai d'un regard.

— Voilà, dit-elle. Mario – c'est mon mec –, il est jaloux. Jaloux comme un tigre. Il refuse de me croire quand je lui dis que je l'aime. Il dit que si je l'aimais vraiment, alors j'arrêterais ce métier. Mais moi, je lui dis que ça n'a rien à voir.

Je souris.

— Dans le livre, y en a un qui dit que l'amour, c'est du désir. Et que la satisfaction du désir, ça le supprime pas, mais qu'au contraire ça l'entretient... C'est bien ça ?

— Oui, fis-je, impressionné.

— Eh ben, tu vois, Mario, dit-elle en se tournant vers lui. C'est exactement ce que je ressens pour toi. Du désir. Et quand je satisfais mon désir de toi, ça le fait pas disparaître.

Puis s'adressant à nouveau à moi :

— C'est bien la preuve que je l'aime, non ? Mais Mario, il veut pas comprendre.

L'autre voulut intervenir, mais le plan suivant nécessitait la présence des deux amants. Intrigué par cette conversation, je les observai le reste de l'après-midi. Entre chaque prise, ils se retrouvaient près des loges et reprenaient leur discussion. Plus cela allait, plus leurs échanges s'animaient. À un moment, Samantha prit à témoin le régisseur qui passait près d'eux. Le chef opérateur intervint à son tour. Petit à petit, les autres membres de l'équipe s'en mêlèrent et, vers la fin de la journée, le producteur dut se mettre en colère pour les faire retourner sur le plateau. Mais sitôt leurs ébats terminés, ils retournaient à leurs débats.

Le lendemain, alors qu'on tournait la scène où Aspasie s'envoyait quatre jeunes disciples de Socrate et que Samantha se débattait au milieu d'un enchevêtrement de corps virils, le metteur en scène s'emporta :

— Coupez ! Coupez ! Samantha, qu'est-ce qui t'arrive ? Tu y es pas du tout. On dirait que tu penses à autre chose.

— Désolé, mais c'est à cause de ce que m'a dit Mario hier, expliqua-t-elle en éloignant le sexe de son partenaire de sa bouche. Il prétend que c'est l'amour qui nous fait voir les choses belles. Mais moi je suis pas d'accord. C'est la beauté qui fait naître l'amour.

— Qu'est-ce que c'est que ces conneries ? hurla le producteur.

— Mais la beauté, comme tu dis, répliqua Mario, c'est une affaire de goût, tandis que l'amour tout le monde connaît...

— Oui mais dans l'amour, c'est la beauté que l'on désire, non ? fit remarquer un autre machino. J'ai raison ou j'ai pas raison ? dit-il en se tournant vers moi.

— Tout à fait, fis-je.

Je me rendais compte que le *Banquet* avait circulé parmi l'équipe.

— Alors si tout le monde connaît ce désir de la beauté, c'est bien que la beauté existe, en elle-même.

— Oui mais à ce compte-là, les moches n'auraient aucune chance d'être aimés ! s'exclama Rony.

Le producteur n'en croyait pas ses oreilles. Le metteur en scène le regardait, impuissant.

Celui qui était juste en dessous de Samantha, la tête dans ses seins, se dégagea et s'écria :

— C'est parce que tu penses trop avec ta bite, Rony. L'amour dont tu parles ne s'adresse pas à n'importe quelle bimbo qui te fera bander. La beauté, c'est le désir...

— Ben justement, le coupa celui qui était juste au-dessus de Samantha. Le désir, c'est d'abord une histoire de cul.

— Pas du tout. Le désir, c'est pas une question de sexe, ce dont tu parles c'est le plaisir, intervint le cameraman.

— Vous allez arrêter vos conneries ! hurla le producteur.

— Exactement, poursuivit Samantha, sans prêter attention à ses vociférations. Grâce à l'amour, on va au-delà de nous-mêmes.

— Grâce à l'être aimé, tu veux dire ?

Klito Productions dut interrompre le tournage. Le

réalisateur diffusa sur Internet quelques copies des plans tournés. Sa réputation fut faite. Les critiques de *Libé* firent des *Malheurs d'Aspasie* un film culte. Mais je n'assistai pas aux dernières aventures.

106.   Le triomphe de l'amour platonique entraîna mon renvoi sans que je touche l'autre moitié des 10 000 euros prévus. Cela n'arrangeait pas mes finances. D'ici peu, si rien ne venait modifier ma situation, je risquais de me retrouver à la rue. Je fis part de mes inquiétudes à mon psy, lequel se montra très désagréable.

— Si vous croyez que je vous donne toutes ces séances gratuites pour vous entendre me raconter vos soucis financiers... Parlez-moi plutôt de vos cons.

Je lui expliquai qu'il m'était très difficile de me consacrer à « mes cons », comme il disait, en ayant l'esprit préoccupé par des questions matérielles.

— Ne mélangez pas tout. Ce qui nous intéresse ici, c'est le caractère multiforme de votre névrose. Il vous faut continuer à associer, à définir d'autres cons, c'est notre seule chance d'arriver à comprendre comment fonctionne votre libido et d'en tirer une théorie...

Excédé, je me levai, sortis mon revolver de ma poche et lui lançai :

— Vous croyez que c'est aussi simple que ça ? Bonjour monsieur et poum poum !

— Mais qu'est-ce que... ?

Il fixait mon arme, les yeux exorbités.

— Qu'est-ce que c'est que ça... ?

Il porta la main à son cœur et s'écroula dans son fauteuil, le regard soudain fixe. Infarctus.

La confrontation avec la réalité avait été trop brutale, pensai-je. Mais bientôt ce fut à mon tour de trembler. La disparition de mon psy risquait de relancer les soupçons de Marie.

Je tournais en rond dans la pièce, sans parvenir à me décider sur ce que je devais faire. Par chance, il s'agissait de la séance du dimanche et il n'y avait aucun autre patient prévu. Mais le téléphone avait déjà sonné deux fois. J'essayai de rassembler mes esprits et de ne rien oublier. Dans son agenda, à l'heure de ma séance, je vis qu'il avait simplement mis une croix. Je tournai les pages, regardai à la date des rendez-vous précédents. Idem. Une petite croix et rien d'autre. Sans doute redoutait-il que l'entorse aux règles psychanalytiques qu'il avait pratiquée à mon égard ne finisse par arriver aux oreilles de ses confrères. Sa tendance paranoïaque m'était une bénédiction. Rassuré de ce côté-là, il me fallait maintenant faire disparaître ses notes. J'arrachai les pages du carnet qu'il tenait encore à la main. Puis je cherchai sur son bureau. Rien. Parano comme il était, il les avait sûrement cachées quelque part. Je fouillai les endroits évidents, les tiroirs de son secrétaire, entre les livres de sa bibliothèque... Pas de trace de quoi que ce soit. C'est alors que me vint une idée. Il avait dû, en bon professionnel, jouer au jeu des associations, pour trouver la cache idéale. Il me fallait faire vite. Le téléphone désormais n'arrêtait plus de sonner. Je peux vous garantir que ce n'est pas évident d'associer dans l'urgence. Soudain, j'eus comme une illumination. Ses notes, il les avait cachées dans un endroit qui commence par « con » ! Oui mais lequel ? Je cherchai d'abord dans le vocabulaire psychanalytique. Con-scient ? In-con-scient ? Con-cept ? Cept ? Sept peut-être mais sept quoi ? Je tournais en rond et cette maudite sonnerie qui m'empêchait de me concentrer... J'avais beau faire, rien ne venait. La peste soit des psychanalystes et de leur inconscient ! Le téléphone s'était tu. Soit la personne avait renoncé, soit elle arrivait... Ce silence me paraissait encore plus menaçant, l'angoisse me brouillait l'esprit. Je jetai un regard à mon psy et il me sembla qu'un petit sourire se dessinait sur ses lèvres. Je m'approchai de lui. La peur me rendait hargneux. Je l'insultai. « Connard ! Lacanien ! » J'étais hors de moi et lui jetai à la figure tout ce qui me passait par la tête. « Ah tu veux jouer au con ! Mais t'en es pas la moitié d'un ! Toi, t'es même le roi ! Le roi des cons ! Comme dirait Samantha, la reine du porno, t'es con comme une bite ! Con comme la lune ! Non, avec ton air coincé et ta neutralité bienveillante, tu serais plutôt con comme un balai ! » Ce fut comme une révélation. « Le placard à balais ! m'écriai-je. Tu les as planquées dans le placard à balais ! C'est ça hein ? » Je crus voir le sourire sur son visage se figer. Je me précipitai dans l'appartement et, en moins de cinq minutes, je découvris le cagibi. Il me fallut encore un petit moment pour découvrir ses notes, cachées derrière les chiffons à poussière. « L'homme aux cons. Par Simon Béranger », était-il écrit sur la couverture du dossier. Mais je n'eus guère le temps de me réjouir. Je reconnus le bruit d'une clef dans la serrure de la porte d'entrée. La personne qui avait appelé sans discontinuer toute la matinée s'était décidée à venir. Je me cachai dans le cagibi. Des pas firent craquer le parquet. Une voix demanda : « Simon ? » Puis un grand cri se fit entendre. J'en profitai pour me glisser jusqu'à la sortie à pas de loup.

XXI

107.   Ces émotions m'avaient brisé. Je n'eus cependant guère le temps de souffler. À peine venais-je de jeter mon manteau sur mon lit que la sonnerie de mon téléphone retentit. C'était Marie qui me proposait de passer.

Il afficha une bonne humeur communicative. Il avait apporté des gâteaux et une bouteille de vin, ce qui contribua également à détendre l'atmosphère. Il me parla de choses et d'autres, sans importance. À plusieurs reprises dans l'après-midi, son portable sonna et je tremblai que ce soit un de ses adjoints qui lui annonçait la nouvelle de la disparition de mon psy. Mais à chaque fois, ce fut une fausse alerte. En le regardant se resservir verre sur verre, je me demandai s'il était déjà au courant. En tout cas il n'en laissa rien paraître, ni dans les jours qui suivirent.

J'en fus un peu étonné, pensant que selon sa méthode, il allait m'en toucher deux mots, au moment où je m'y attendrais le moins. Je me tenais sur mes gardes, il semblait ne pas le remarquer. Tout au contraire, il me relança sur mon sujet de prédilection, les cons, et me dit combien, plus il y réfléchissait, plus mon idée d'une théorie globale lui semblait non seulement séduisante mais aussi utile.

— Au début, j'ai cru à une sorte de lubie de votre

part, m'avoua-t-il. Vous savez, une de ces pensées un peu farfelues qui nous traversent l'esprit et dont on est le seul à comprendre l'importance. Mais à bien y songer, je trouve que vous avez tout à fait raison. On pourrait faire un grand tableau avec tous les cas de figure, « les cons de figure ».

— Vous voulez que je travaille pour la police ?

— Vous me parleriez de vos expériences et moi des cas de criminels...

J'acceptai son offre, un peu par défi, un peu par amusement, mais surtout parce que, avec la mort de mon psy, je n'avais plus personne à qui parler de mes cons.

— Bon, fit-il. Nous avons déjà le con tyran, celui qui abuse de son pouvoir, le con victime, dont nous avons parlé la dernière fois...

Bientôt, nous en vînmes à consacrer l'essentiel de nos conversations à ce projet. J'avais collé au mur, près de la table où nous prenions le café, un grand panneau. À gauche les différents cons mis au jour, et à droite une colonne pour les caractéristiques correspondantes, une autre pour leurs expressions favorites et une encore pour leurs motivations.

À chacune de nos rencontres, notre liste conative s'allongeait. « Combien de cons trouvés aujourd'hui ? » me lançait Marie à la fin de nos séances.

Nous commençâmes par ceux qui nous paraissaient évidents, enfin sur lesquels il n'y avait pas de débat entre nous : le con joint, qui partage la vie de l'autre et finit par la lui pourrir (en moi-même, je pensai à Christine) ; le con sanguin, qui s'énerve pour un oui ou pour un non, surtout quand son interlocuteur est une femme ou fait trois têtes de moins que lui, car le con sanguin est rarement un con fort (là, je plaçai le beauf de la tour) ; le con fraternel, celui qui vous prend

282

en affection et ne vous lâche plus, gentil mais très vite pesant, toujours prêt à se mettre à pleurer et à vous reprocher votre dureté ; le con disciple, celui qui a trouvé un maître, ne jure que par lui, et n'a de cesse de vous convertir à sa vision (« Fabienne », me dis-je) ; assez proche de ce dernier, le con vecteur, qui propage la rumeur et les on-dit (entraient dans cette catégorie Suzanne et les concierges, mais aussi les cafetiers et parfois les journalistes) ; le con citoyen, qui trie ses ordures avec méticulosité, allant jusqu'à laver ses pots de yaourt avant de les jeter ; le con tracté, très répandu celui-là, qui s'énerve au volant (mon chauffard sur l'autoroute en était l'archétype) ; le con casseur, qui sévit surtout dans les banlieues (le fils du beauf au chien et sa bande)... Nous décidâmes aussi, pour plus de justesse et par souci de précision, d'instaurer des degrés dans leur niveau de connerie, entre celui dont c'est héréditaire (le con génital), celui qui reste égal à lui-même quelle que soit la situation (le con stable), celui qui bat tous les records (le con sidérant ou le con primé), et enfin celui qui est guéri (le con vaincu), ce dont moi-même je doutais forte-ment, pensant qu'il s'agissait d'un trait de caractère tandis que Marie, lui, penchait pour un état pouvant se révéler passager.

Puis il y avait ceux sur lesquels nous n'étions pas d'accord, en fait surtout lui car, dans mon envie de saisir la plus large palette possible, je me montrais beaucoup plus conciliant. Il me contesta ainsi les cons courant le dimanche ou les cons tondant leur pelouse.

Cet exercice semblait amuser particulièrement Marie, surtout lorsqu'il s'agissait de trouver le nom d'une nouvelle catégorie et lui donner un visage. Ancien inspecteur de la Mondaine, il prétendait avoir une connaissance exhaustive de tous les cons en ce domaine. Il me détailla ainsi les caractéristiques du con voyeur, du con sensuel, qui, « comme dirait votre amie Samantha, a une bite à la place du cerveau », le con peloteur...

Je consignais le tout.

108. La disparition de mon psy étant passée inaperçue, ce fut pour moi un véritable encouragement à renouer avec mon combat. La vieille du supermarché fut retrouvée ensevelie sous les tonnes de provisions qu'elle avait achetées en prévision d'une crise, le motard de l'immeuble d'en face ne résista pas à l'explosion de sa moto (il eut, semble-t-il, une fuite d'huile qui lui fut fatale) et le type branché, rencontré dans une soirée, expérimenta concrètement les effets du cynisme d'une balle de revolver. Mais je ne m'arrêtai pas en si bon chemin. Je m'occupai aussi de Nathan et de ses parents. Comme je l'avais promis, je lui apportai moi-même un nouveau ballon. Pendant tout le temps que dura l'apéritif, Nathan jeta le portable de son père dans l'évier et me donna trois coups de pied dans les tibias. « Il ne faut pas refréner son désir d'explorer le monde, me dit la mère. Comme l'explique Dolto, une violence manifestée est toujours préférable à une violence non manifestée. Laurent, tu ne veux pas aller voir ce qu'il fait ? » Une fois qu'il fut parti, elle se pencha vers moi :

— Je vous avoue que certains jours, je préférerais qu'il somatise pour de bon. La semaine dernière, il a failli mettre le feu à la bibliothèque. Il y a des fois je lui donnerais bien une paire de claques. Mais heureusement son père est plus patient.

Au moment de prendre congé, je suggérai une idée à l'oreille de Nathan en lui faisant promettre que cela resterait un secret entre nous. Le lendemain dans le journal, j'appris qu'une villa avait été soufflée par une explosion de gaz, faisant trois morts, un couple et son enfant. Selon les premiers éléments de l'enquête, il semblait que le petit garçon de neuf ans aurait pour une raison inconnue ouvert le gaz de la cuisinière en pleine nuit...

Je passai ensuite au cas du directeur de Klito Productions. Par chance ce jour-là, le beau Rony se trouvait aussi dans les locaux, ce qui me permit de faire d'une paire deux coups (de couteau) et je maquillai cela en séance de SM ayant mal tourné...

Restait Fabienne, mon ancienne petite amie. Il me fut assez facile de renouer avec elle. « Ma voyante me l'avait prédit, dit-elle : "Vous retournerez à vos anciennes amours !" » Nous passâmes une soirée délicieuse (c'est typiquement le genre d'erreur à ne pas faire avec les cons, il ne faut jamais baisser la garde, ne jamais céder à un moment d'attendrissement, sinon vous êtes fichu. Le con joue là-dessus, il n'attend que cela. PAS D'ÉMOTION, PAS DE PITIÉ). Heureusement, elle se chargea de me rappeler pourquoi j'étais venu. Elle voulut à toute force m'initier à une nouvelle méthode de relaxation qu'elle avait apprise dans son cours de gym.

— Tu vas voir, c'est facile. Tu fermes les yeux et tu penses à un paysage agréable. Une fois que tu as choisi, tu me le dis et je te guide de la voix pour que tu puisses te déplacer dans la pièce sans te cogner. Ça fait un bien fou. Tu as l'impression d'être en apesanteur.

Je m'exécutai, puis ce fut à son tour et je l'exécutai : alors qu'elle se croyait sur une plage du Pacifique, j'ouvris délicatement la fenêtre, et lorsqu'elle passa devant, m'expliquant qu'elle nageait dans une eau

bleue et transparente, je lui criai « Requins droit
devant ! » et la poussai par-dessus la rambarde...

J'avais encore un nom sur ma liste, sa voyante.
Mais par deux fois, soit destin contraire, soit que les
astres ne l'avaient pas prévu, elle m'échappa : la première fois, alors que je l'attendais à la sortie de chez
elle, elle débula dans la rue au bras d'un homme, et
la deuxième, comme je sonnais chez elle, c'est son
assistante, dont j'avais oublié l'existence, qui vint
m'ouvrir.

Je renonçai pour le moment, me promettant de lui
faire son affaire dès que l'occasion m'en serait
donnée. Dans la foulée, je me sentais en grande forme
et ce n'était pas le silence de Marie sur toutes ces
disparitions qui me refrénait, bien au contraire. Je
zigouillai aussi un livreur de pizzas qui faillit me renverser en grillant le feu, idem pour un type en rollers
qui s'accrochait de piéton en piéton comme à des
bornes, et enfin, une nourrice qui conduisait sa pous-
sette comme s'il s'agissait d'un véhicule prioritaire,
m'obligeant à descendre du trottoir pour la laisser
passer. Je les classai dans la rubrique « accidents de la
circulation ».

109. Ma soif d'action quelque peu étanchée, je
retrouvai un certain apaisement, même si ma situation
financière était critique. La nuit, une fois Marie parti,
allongé sur mon lit, regardant fixement le plafond, je
tournais et retournais dans ma tête le problème sous
tous les angles. J'avais déjà un mois de loyer en retard,
une ardoise chez presque tous les commerçants et je
ne voyais plus trop ce que je pouvais encore vendre
parmi les meubles que j'avais conservés du temps de
Christine. J'avais bien essayé de refaire de l'intérim,

mais je ne parvenais pas à retrouver un minimum d'assiduité. Je faisais défiler la liste de mes relations qui auraient pu éventuellement me venir en aide. Mais entre ceux que j'avais zigouillés, ceux qui étaient dans une situation voisine de la mienne et ceux que j'avais perdus de vue, il ne restait pas grand monde. C'est alors qu'Antoine refit surface. Il me téléphona un soir pour savoir où j'en étais de mon scénario. Le récit de mes mésaventures le fit rire et lui mit un peu de baume au cœur. Je lui demandai où il en était de sa carrière, il m'informa qu'il tournait une nouvelle campagne pour Stimuldent, mais cette fois-ci, il comptait donner une dimension beaucoup plus distanciée à son personnage pour que « l'on sente mieux les années de recherche, les tâtonnements qui avaient été nécessaires à l'élaboration de cette pâte dentifrice, et l'importance de la découverte », m'expliqua-t-il.

— Et toi, tu vas faire quoi ?

Je lui avouai l'état de mon compte en banque et mes faibles espérances.

— Écoute, me dit-il. Je pense à un truc. Tu devrais appeler de ma part Laurent Amaury. Il dirige les éditions La Rebelle (il va sans dire que j'ai changé le nom de cette maison). On a fait le cours Simon ensemble. Je sais qu'il cherche toujours des petites mains pour relire les manuscrits et parfois même les réécrire. Écrire, ça, tu sais, je l'ai vu pendant notre Socrate, je suis sûr qu'il aura du boulot pour toi...

Je le remerciai chaleureusement et me promis dès le lendemain de contacter ce Laurent Amaury. Cette conversation m'avait ragaillardi, je fis les cent pas dans mon studio, en songeant à tout le chemin parcouru depuis plus d'un an, à mon combat, à Christine aussi un peu. L'excitation me gagnait. Je repensai à ce que m'avait dit Marie : « Votre idée de théorie globale est non seulement séduisante mais aussi utile... » Utile, certes, mais pour qui ? J'étais condamné à pouvoir au mieux n'en dévoiler qu'une partie. Depuis quelque temps, cette pensée me trottait dans la tête et j'avoue qu'elle me chagrinait de plus en plus. La disparition du psy n'avait pas tout à fait été compensée par mes conversations avec Marie. À lui bien sûr, je devais taire ce qui faisait à mes yeux le prix de ma trouvaille : sa mise en application.

Je ne sais pas si cette nuit-là les choses m'apparaissaient avec une évidence qu'elles n'avaient jamais eue jusqu'alors ou si, comme aurait dit la voyante, j'avais le carré Soleil-Neptune bien disposé, ou bien encore si la perspective de travailler dans l'édition me donnait des ailes, mais j'imaginai une solution qui me permettrait à la fois de révéler au monde l'étendue de mon combat et de demeurer libre, à l'abri des recherches policières. J'allais écrire aux journaux !

Je décidai aussitôt de m'atteler à la tâche. Je pris mon grand cahier rouge, celui dans lequel Christine croyait que je rédigeais mon roman, et notai en gros : « Projet de lettre au rédacteur en chef ».

Il fallait quelque chose de fracassant, qui retienne l'attention.

Conscient du peu de temps que vous avez à m'accorder, j'irai droit au but :

ARRÊTEZ TOUT !

STOPPEZ les rotatives (bien que je ne sache pas si c'est encore ainsi que l'on imprime les journaux), BLOQUEZ la prochaine édition !

Voici la plus sensationnelle histoire dont puisse rêver un grand patron de presse !

Il était essentiel que l'autre me prenne au sérieux. Je devais lui apparaître comme celui qui a pensé à tout, qui a tout prévu.

Avant de vous la détailler, il faut que je vous dise que j'ai envoyé le même courrier à vos principaux concurrents. Il va sans dire que celui qui tirera le premier l'emportera, comme on dit.

L'important était désormais de bien lui faire prendre conscience de la valeur de ce que je lui apportais.

I/ LA NATURE DE L'OFFRE

Je numérotai et soulignai les points clefs, afin qu'il s'y retrouvât plus facilement, surtout si, comme je le pensais, ses collaborateurs le dérangeaient fréquemment, ce qui se serait sans doute déjà produit depuis qu'il avait commencé à lire cette lettre. Tout anticiper, y compris ce à quoi il s'attendait le moins, pour lui donner l'impression que j'avais toujours une longueur d'avance.

Si je me mets trente secondes à votre place, j'imagine que la première réaction qui me viendrait à l'esprit, en lisant ces premières lignes, serait : « Qu'est-ce que c'est que cette histoire ? » ou bien « Qu'est-ce que c'est que ce con ? »

Rassurez-vous, cela ne me vexe nullement. Je me doute que vous devez faire l'objet de très nombreuses sollicitations, les unes farfelues, voire complètement folles, les autres plus sérieuses, et que vous avez acquis l'expérience pour deviner rapidement dans quelle catégorie classer telle ou telle proposition.

Cependant, il doit vous arriver d'avoir des cas où votre jugement peut mettre un certain temps avant de se décanter, comme si une sorte de flair vous poussait à ne pas jeter, tout de suite, la lettre au panier.

Je pense même qu'en ce moment, vous en êtes précisément là. Vous vous dites : « C'est sans doute un hurluberlu, c'est forcément un hurluberlu... » Et pourtant quelque chose vous retient : « Et si... »

Essayons de faire pencher la balance du bon côté.

Qu'avons-nous ?

Un manifeste.

« Un de plus, me direz-vous. De toute façon mon journal ne publie pas ce genre de littérature. »

Mais celui-ci est différent.

« En quoi ? » me demanderez-vous.

(Je vous sens agacé. Croyez-le bien, j'aurais préféré tout vous expliquer de vive voix. Mais pour des raisons de sécurité que vous ne tarderez pas à comprendre, je ne peux pas me présenter à votre journal. Aussi, afin de répondre à la plupart de vos éventuelles questions, je me suis permis de les anticiper, du mieux que j'ai pu, en essayant de me mettre à votre place.)

Il s'agit d'un manifeste, intitulé Mort aux cons.

« Vaste programme. »

Vaste programme, je vous l'accorde, mais nullement utopique si l'on se penche sérieusement sur la question. Dans les lignes qui suivent, je vais vous exposer le plus clairement possible ce à quoi j'ai abouti. Pour faire court, tout ce que j'ai entrepris depuis ma prise de conscience jusqu'aux conséquences actuelles de mon action, y compris ce manifeste, est tout entier sous-tendu par une VISION et plus encore un COMBAT POLITIQUES.

290

En effet je mène seul et sans aide, depuis plus d'un an, une lutte globale, sur tous les plans et à tous les niveaux, une lutte totale (j'y consacre toute mon énergie, ma vigilance et mon sens critique, toutes mes ressources aussi, je ne mesure ni mon temps, ni mon argent), une lutte méthodique, j'oserais dire scientifique, en vue de parvenir à terme à une théorie générale, une lutte donc sans aucun répit, sans faille et sans merci, contre la connerie, ou plus justement, *CONTRE LES CONS* (nous verrons que la nuance est importante).

Dit comme cela, j'ai bien conscience que mon combat peut prêter à sourire. Je parierais même que, si vous acceptiez quelques instants d'en débattre avec moi, vous vous exclameriez :

« Mais la connerie, ce n'est qu'un mot. Une commodité de langage qu'on utilise sans y penser. Rien de plus. »

Et certainement que si vous poussiez encore un peu plus loin votre réflexion, vous ajouteriez :

« De toute façon, on est toujours le con de quelqu'un. »

Dans un certain sens, vous n'avez pas tort. Aucun autre mot de la langue française ne présente une telle diversité d'utilisation, dont la conséquence principale est de rendre sa signification insaisissable. Peut-être même vous est-il déjà arrivé, lorsque quelqu'un vous fait rire, de lui assener en guise de réponse « Ah t'es con ! » et votre interlocuteur, loin de s'en offusquer, en sourit comme si vous lui adressiez un compliment.

Ainsi le mot peut se révéler péjoratif et insultant (« Sale con ! ») ou mélioratif, voire amical (« Qu'il est con... »), la distinction s'opérant le plus souvent par l'adjonction d'un qualificatif (outre sale, déjà cité, on trouve aussi pauvre, gros, petit, jeune, vieux...), et sur-

tout par la modulation de l'intonation qui permet à l'entourage de saisir l'intention de l'émetteur.

Il était plus de trois heures du matin. L'horizon ne m'avait jamais paru aussi clair et dégagé. Épuisé mais heureux, je refermai mon cahier et allai me coucher.

XXII

110.   — On a eu beaucoup de chance, m'expliqua
Laurent Amaury. Notre premier titre a été un succès.
Les mémoires d'un travesti albanais qui décrivait les
nuits de Tirana. *Le Figaro littéraire* lui a consacré une
pleine page, dans laquelle il louait cette « vision sans
fard de l'humanité ». 45 000 exemplaires. Puis on a
publié le journal d'un zoophile. Un journaliste de *Télérama* nous a descendus en flammes. Il avait titré son
papier « Ne touchez pas aux animaux ». C'est ce qui
a lancé le livre. 30 000 exemplaires. Bon, ensuite il y
a eu l'autobiographie d'un transsexuel unijambiste, qui
n'a pas très bien marché, si je puis dire. Mais on s'est
bien rattrapés avec le témoignage d'un prêtre du
Chiapas, amoureux du sous-commandant Marcos. Un
carton.

— Des bouquins de cul, quoi ? s'amusa le commissaire Marie.

— Oui, fis-je en rougissant, surpris autant de la
brutalité de la formulation que de sa justesse.

— Décidément, ces derniers temps, vous donnez
dans le hard... Et là, le manuscrit qu'il vous a confié,
il porte sur quoi ?

— C'est un pamphlet. L'auteur y prône la prostitution équitable. Il part d'un constat simple : parmi les
prostituées, il y a de plus en plus de filles de l'Est

293

incapables de maîtriser le français. La meilleure façon de les aider à s'en sortir, selon lui, serait qu'en échange d'une partie de jambes en l'air, le client, au lieu de la payer et d'enrichir la mafia albanaise ou russe, apprenne à la fille à lire et à écrire. Ça s'appelle pour l'instant *L'Abaisédaire, opération « Ceci n'est pas une pipe »*. Si ça marche, Amaury a déjà envisagé une suite sur la pédophilie équitable à l'usage des adeptes du tourisme sexuel en Asie...

— Les cons, ça ose tout..., commenta Marie.

Il disait aussi : « Quand on ne croit plus en rien, c'est là que la connerie triomphe... » Il s'emportait très souvent sur le moindre sujet, et sa façon de voir les choses agissait comme un charme puissant – j'avais l'impression de retrouver les colères de mon père.

— À la moindre contrariété, on a droit au psychologue. Un voisin tue sa femme et tout l'immeuble est convié à une cellule de soutien psychologique. Bientôt, on offrira à chaque anniversaire une séance pour se remettre du choc de l'année précédente...

J'avoue que, par moments, j'avais un peu de mal à le suivre – parfois aussi, il parlait comme un oracle. « Autrefois, on contestait la consommation, aujourd'hui on consomme de la contestation... », me dit-il un jour.

J'attendais désormais avec impatience ses visites. Souvent, dans la journée, quand mon esprit vagabondait, ou bien le soir dans mon lit, je repensais à nos discussions. Je notais des idées dont j'avais hâte de lui faire part, dans mon petit carnet noir. J'avais pris l'habitude d'y consigner mes réflexions et la liste de mes futures victimes.

Notre entente reposait sur quelque chose de très profond, une affinité élective. Le commissaire Marie était une sorte de frère d'âme. Nous râlions des mêmes choses, les mêmes choses nous heurtaient.

Il avait toujours une colère d'avance. Parfois même, j'avais l'impression qu'il tirait à ma place les leçons de mes actions.

— Aujourd'hui, on a un respect absolu des enfants, presque aussi fort qu'avec les animaux. Pourtant, les germes de la plus profonde connerie sont déjà solidement ancrés chez certains. Je suis sûr qu'on pourrait les débusquer dès la maternelle tant leurs prédispositions sont précoces... Le regard torve ou éteint, il n'est pas très difficile de deviner quel magnifique chef de service, flic ou commerçant ils feront plus tard. Observez-les pendant les goûters d'anniversaire. Il y en a toujours un qui fait ses coups en douce, dérobe un bonbon, casse un jouet, sème la discorde et, pire encore, dénonce aux parents ceux qui font des bêtises...

J'avais le sentiment que je n'étais plus seul dans ma lutte. Quand, avant de me coucher, je poursuivais, dans mon grand cahier rouge, l'écriture de ma lettre au rédacteur en chef, cette dernière m'apparaissait désormais comme le fruit de nos réflexions.

— Depuis des semaines, nous couvrons le panneau des divers types de cons auxquels nous pensons, me dit-il une fois. Nous pourrions continuer ainsi des années que nous n'en ferions pas le tour. Peut-être que la spécificité de la connerie, c'est cette impossibilité à la saisir ?

Essayons de poser le problème autrement, écrivais-je le soir même. *La vraie question la voilà : Depuis que vous êtes en âge de raisonner, s'est-il passé une semaine, je dirais même une journée, sans que vous ayez été amené à vous dire à propos de quelqu'un : « Mais quel con ! » ? Et cette exclamation était-elle ou non justifiée ? La cause en était-elle réelle ? Bien évidemment. Vous savez pourquoi ?*

Parce que ce n'est pas le flou de la définition qui rend la connerie insaisissable, mais bien plutôt l'omniprésence des cons qui en fait une notion difficile à cerner. Ce qui nous amène à ce premier postulat :

<u>*Premièrement : les cons sont partout.*</u>

111.   Que l'on me pardonne cette notation personnelle, mais ce fut une période de ma vie vraiment heureuse. J'avais l'impression d'avancer dans ma lutte. Je pouvais même espérer, si tout allait bien avec Amaury, avoir enfin trouvé un travail stable. Sur le plan sentimental, les choses prenaient une tournure agréable. J'avais fait une rencontre, comme on dit. Enfin, ce n'était pas vraiment une rencontre. Un changement de nature de relations plutôt.

Après la disparition de Laurence, j'avais perdu de vue Caroline. Mais ayant appris mon veuvage, elle renoua le contact avec moi et assez vite, d'amis, nous devînmes amants.

Je n'ai jamais su résister aux avances d'une femme, à moins bien sûr qu'elle ne soit très moche ou très bête, ce qui n'était pas le cas de Caroline. De longs cheveux noirs qui lui donnaient des airs de madone italienne, des seins aux pointes très hautes (j'ai toujours été très sensible au langage des seins des femmes), un sourire mutin et un esprit sarcastique dont j'avais déjà pu faire l'expérience achevèrent de me conquérir.

Caroline était l'exemple même de la jeune femme à chat (cf. paragraphe 22). J'ai toujours eu un faible pour ce genre de fille. D'ailleurs Caroline me permit de corriger certaines choses concernant le modèle en question. Si j'en juge par ma relation avec elle, la jeune fille à chat se livre certes avec passion, mais tient tout autant à conserver son indépendance. Elle me consacrait ainsi le lundi, le jeudi, le samedi et une partie du dimanche. C'était une règle fixée une fois pour toutes : pas question d'y déroger. J'en souffrais bien un peu, mon côté fleur bleue, car cela avait un aspect bien raisonnable, quelque chose comme un amour à mi-temps, un amour à vivre gentiment, comme aurait dit Christine.

Par contre, pour tout le reste, j'avais vu juste. J'étais même en deçà de la réalité. Les soirées s'avéraient des épreuves avec son chat toujours prêt à me sauter dessus. Elle l'avait baptisé Monsieur Dame, à cause du personnage interprété par Michel Piccoli dans *Les Demoiselles de Rochefort*, son film préféré. Monsieur Dame régnait sur son appartement comme un sultan sur son harem. Je pouvais venir en visite mais pas rester pour la nuit.

La dimension intellectuelle et culturelle de la jeune fille à chat était également très présente. Pas un soir où nous ne parlions poésie et littérature, pas une semaine sans que nous allions au cinéma, de préférence voir des œuvres de réalisateurs asiatiques ou de vieux films américains en noir et blanc. Pas un mois non plus sans sortie théâtrale. Moi j'en étais resté aux retransmissions d'*Au théâtre ce soir* que je regardais chez ma grand-mère. À la maison mon père nous l'avait interdit parce que c'était l'exemple même des turpitudes de la morale bourgeoise. Comme il nous le répétait, « il n'y a plus de cocus en Union soviétique ». Caroline se passionnait pour les expériences dramatiques des jeunes auteurs contemporains. Dramatique, c'était le mot. Enfin pour moi, parce que Caroline, elle, trouvait cela intéressant, parfois même enthousiasmant, surtout si l'auteur abordait certains sujets, les histoires d'amour glauques, le cancer, le sida, la toxicomanie ou bien encore la Shoah. Elle passait le reste de la nuit à me faire part de son ressenti. Dans les cas les plus paroxystiques, elle pouvait me soûler sous un déluge de paroles jusqu'à trois ou quatre heures du matin. « Je ne comprends pas comment tu peux avoir envie de dormir après un tel spectacle... »

Le récit de mes aventures amusait le commissaire Marie. Nous évitions soigneusement de nous poser la question de l'éventuelle connerie de Caroline. Marie par savoir-vivre, moi par crainte des conséquences. Nous préférions nous en tenir aux aspects théoriques.

— Depuis le début, nous butons sur la difficulté de cerner la question, m'expliqua Marie. Si j'en cherche une définition, je vais trouver dans les dictionnaires des synonymes. Imbécile. Idiot. Le con serait celui qui ne comprend rien à rien. Mais je suis convaincu que la connerie n'a rien à voir avec la bêtise... L'imbécile ou l'idiot, c'est le simple d'esprit, celui qui ne sait pas...

— Tandis que le con, lui, il sait ?

— Oui, au fond de lui, il sait ce qu'il faudrait faire, mais, pour des raisons qui restent à définir, il choisit de faire autrement. Parce qu'il croit que c'est dans son intérêt, ou que cela vaut mieux pour lui. C'est pour ça que le con est souvent hargneux. À cause de cette mauvaise conscience... Nous devrions partir de notre recensement, pour tenter de dégager quelques grandes lignes...

J'approuvai.

— Commençons par nous débarrasser du plus évident...

— ... L'abus de pouvoir ?

— Non, je pensais à l'intérêt. « L'argent mène le

298

monde. » Toute cette philosophie de comptoir – la nature humaine, on n'y peut rien... Tout ce discours des cons pour justifier leurs méfaits...

Jusqu'alors, de tels cons n'avaient pas retenu mon attention. Mais il m'était facile, à partir du moment où je m'y intéressai, de les repérer. Au fond de moi, j'avais l'impression diffuse que Marie m'avait non seulement aiguillé sur eux, mais en plus donné sa bénédiction pour agir.

Tous les mercredis et les dimanches se tenait dans mon quartier un grand marché, où j'allais faire mes courses. Je déteste le marché. Pour les gens timides comme moi, c'est un véritable calvaire que d'arriver à faire la queue devant les étals sans se faire passer vingt fois devant. Mais le pire réside dans la faculté qu'ont les commerçants à vous vendre n'importe quoi. Une poissonnière était passée maîtresse dans cet art de me refiler du poisson douteux, au prix fort. Elle se trompait même dans la monnaie avec une constance qui aurait impressionné les pires cancres, car c'était toujours en sa faveur. Je décidai d'y mettre fin. Plusieurs fois dans la matinée, elle montait dans son camion réfrigéré pour chercher la marchandise en réserve. J'attendis le bon moment. Un coup sur la tête et la porte du camion refermée pour la laisser au frais suffirent à mettre un point final à sa vie d'épicière.

Un vendeur en téléphonie connut peu après le même sort. L'entrée dans la vie professionnelle impose un certain équipement. Autrefois, il s'agissait d'un petit cartable dans lequel on glissait son magazine et son sandwich. Aujourd'hui, c'est un téléphone portable qui fait partie de l'attirail indispensable du salarié. Comme je l'interrogeais sur les différents modèles, l'homme me récita ses fiches.

— Celui-là, il fait tri-band, quatre millions de

pixels. Grâce à son écran extra-large, vous pouvez recevoir la télé. Il fait aussi des vidéos, lecteur MP3, et Internet...

Il bonimenta tant et si bien que j'achetai celui qu'il me recommandait.

Dès le lendemain, la merveille montra des signes de dysfonctionnement, mes communications se coupant sans raison en plein milieu. Rien n'y fit. Durant près d'un mois, mes appels continuèrent à s'arrêter inopinément, l'opérateur à nier que cela pouvait se produire, le fabricant du téléphone également, et le vendeur à mettre en doute la véracité de ma version.

Faute de pouvoir arrêter mon abonnement, je mis un terme à l'existence de mon vendeur.

112.   Avec Marie, nous étions déjà passés à une autre famille de cons.

— Il me semble que notre postulat nous conduit à un paradoxe : le con sait mais se trompe...

— Alors disons qu'il ne sait pas véritablement...

— Ou plutôt que ce n'est pas chez lui défaut de connaissance, mais d'appréciation. Ce qui expliquerait certaines de ses réactions. Prenons, par exemple, une attitude que nous définirions vous et moi comme un signe de la connerie : l'assurance, avec son corollaire, l'immodestie. Nous pourrions dire que...

— ... l'assurance du con découle de sa mauvaise interprétation de la réalité, fis-je. Ce n'est pas imbécillité mais sous-estimation ou surestimation d'une situation.

— C'est pourquoi ce qui frappe dans ce cas-là, ce n'est pas tant que le con dit à proprement parler des bêtises, mais qu'il assène, qu'il pontifie...

— Le con est philosophe.

113. — J'me demande ce qu'elles font de leur argent. Parce que le sexe, faut pas croire, mais ça rapporte...

Comme je gardais le silence, le chauffeur de taxi s'enhardit.

— Le sexe, ça rapporte ! Croyez-moi ! Ça rapporte ! (« Non seulement le con assène, mais il martèle », disait Marie.) Comme on dit, entre guillemets, c'est le plus vieux métier du monde. Depuis que Lucy s'est mise debout... J'ai lu dans le journal qu'on veut punir les clients pour empêcher la prostitution. Mais il y a plein de filles qui sont incapables de faire autre chose.

Je n'ai guère l'occasion de rencontrer de chauffeurs de taxi, je me déplace toujours en transports en commun. Mais Amaury m'avait pris en sympathie et entreprenait de faire mon éducation, comme il disait. Je l'accompagnais ainsi souvent dans des fêtes. Il me suffisait de rire à tous ses bons mots, d'acquiescer à ses remarques fines et de chanter ses louanges.

— C'est comme le sport. On dit toujours que les Noirs, ils sont plus doués que nous. Ils seraient, entre guillemets, plus rapides... N'importe quoi. C'est juste qu'ils savent pas faire autre chose. C'est un moyen pour eux de s'en sortir. Les putes, c'est pareil.

Cette fois-là, j'avais quitté la soirée trop tard pour prendre le métro. Durant tout le temps du trajet, le chauffeur chercha à me convaincre.

— Remarquez, moi je dis toujours, quand on y réfléchit bien, les femmes qui restent à la maison, quand c'est le mari qui ramène la paie, ça revient un peu au même. Sauf qu'eux, ils ont pris une carte d'abonnement...

Il rit. Je gardai le silence.

— Vous n'êtes pas marié ?

— Non, fis-je.

— De toute façon, c'est comme ça. C'est la nature. Depuis que Lucy s'est mise debout. Moi j'adore l'histoire. C'est ma passion. Quand on étudie l'histoire, on comprend tout. L'homme est un guerrier, un conquérant, un chasseur. On voit ça dans toutes les civilisations...

Lorsqu'il m'eut déposé, je relevai son numéro. Deux jours plus tard, j'appelai sa compagnie et, maquillant ma voix, commandai son taxi pour le soir même. Je donnai une adresse près de Pigalle. Lorsqu'il arriva, la rue était déserte.

— De la part de Lucy, notre mère à tous, entre guillemets, lui assenai-je, ainsi qu'une balle dans le cœur.

114. Après un tel succès, qui me valut la une des journaux et une journée de grève des chauffeurs de taxi parisiens, j'envisageais déjà de poursuivre ma série sur le même thème quand un événement imprévu perturba mes plans.

Un soir, alors que j'étais en pleine discussion avec le commissaire Marie, le téléphone retentit.

— Bonsoir, me dit une voix chaude et masculine. Je suis le frère de Fabienne.

Le rouge me monta aux joues. J'espérais que Marie n'avait pas entendu. Encore une disparition qui risquait de le mettre sur la voie.

— Je suis en bas de chez vous. Je peux monter ?

— Non, non. Je ne suis pas seul ! fis-je d'un ton énergique.

L'autre n'insista pas et nous convînmes que je le recontacterais le lendemain.

— Un problème ?

— Non, un importun.

— Un con ? sourit Marie.

— Cela se pourrait...

Nous nous rencontrâmes dans un café. Il me parla, des sanglots dans la voix, de la mort de sa sœur et m'expliqua que Fabienne lui avait beaucoup parlé de moi les mois précédents. Il était persuadé que notre rupture avait contribué à la pousser au suicide.

— Ah bon ? Vous savez, notre aventure n'a pas duré longtemps et elle ne m'a jamais donné l'impression que c'était sérieux entre nous. Au contraire, elle n'arrêtait pas de dire qu'elle ne voulait pas s'engager...

— C'est tout ma sœur, ça. Toujours en pleine contradiction...

Il ne ressemblait pas beaucoup à Fabienne. Ni physiquement ni moralement. C'était le prototype du beau gosse. Il s'efforçait de conserver un léger sourire sur les lèvres, même si la discussion ne s'y prêtait pas, et laissait traîner un regard de chasseur sur toutes les présences féminines autour de nous.

— Je suis désolé, je dois vous quitter, fis-je. Je vais au cinéma avec une amie.

— Je peux venir avec vous ?

Surpris par sa demande, je ne trouvai pas d'excuse et acceptai.

Je lui présentai Caroline, qui lui parla longuement du renouveau du cinéma allemand. Il prétexta un rendez-vous qu'il avait oublié et s'éclipsa. Je remerciai Caroline d'un long baiser.

115.   Amaury m'avait à la bonne. Mon travail de rewriting avait dû lui convenir car peu de temps après le lui avoir remis, il m'embaucha aux éditions La Rebelle. Leur siège se trouvait dans un vieil immeuble du centre de Paris. C'était en fait un appartement

reconverti en petits bureaux avec des cloisons transparentes qui s'arrêtaient à mi-hauteur.

Chaque après-midi, il convoquait l'un d'entre nous pour tester ses dernières réflexions. En tant que nouvel entrant dans la boîte, j'étais aussi le moins familiarisé de ses six salariés avec sa tournure d'esprit. Aussi me conviait-il souvent à l'écouter.

— Je ne peux plus voir les peintres flamands parce que ce sont toujours eux qu'on expose dans les premières salles des musées.

Cela pouvait durer ainsi une heure ou deux, avant que, satisfait de ses effets, il ne me signifie la fin de l'entretien.

— Il n'y a rien qui vieillit plus vite que le cinéma. Vous avez déjà essayé de revoir un vieux Bergman ? Une horreur !

— Alors c'était sur quoi aujourd'hui ? me demandait Daniel, un des deux autres rewriters, dont le bureau faisait face au mien.

Je prenais le ton de voix d'Amaury, son air détaché, et m'efforçais de garder mon sérieux en lui livrant les dernières formules du patron.

— Le has been, à force d'être has been, passe de la ringarditude à la modernitude.

L'autre s'esclaffait bruyamment.

— On n'est pas payés cher, mais qu'est-ce qu'on se marre.

Depuis que je travaillais chez La Rebelle, je commençais à mieux comprendre le calvaire de Christine avec ses collègues. Daniel radotait au point de me ressortir tous les jours les mêmes bons mots que lui avait dispensés Amaury, comme autant de rosettes à sa boutonnière. Toujours de bonne humeur, il riait si fort de ses blagues que l'on ne pouvait faire autrement que d'en rire aussi. Mais plus je le fréquentais, lui et son humour rase-moquette, « cet auteur est si petit qu'il demande des droits d'hauteur », plus je percevais, derrière tout cela, un esprit étriqué, une jalousie profonde. Chacun avait droit à son lot de mauvaises plaisanteries, sous couvert de franche camaraderie. Et avec cela, d'une lâcheté telle que si d'aventure il faisait une erreur, il prenait soin d'en faire retomber la responsabilité sur un autre. Il poussait le raffinement jusqu'à prendre la défense de sa victime auprès de la direction, excusant d'un ton paternel la bévue du malheureux. À l'affût de la moindre rumeur, il analysait les bribes de conversations entendues, épiait l'assistante, avec qui il mangeait tous les midis, « ce sont toujours elles les premières informées », décortiquait la moindre parole du patron, pour aussitôt échafauder une hypothèse, le plus souvent pessimiste et ridicule, qu'il se chargeait ensuite de colporter auprès de nous. Bref, il avait peur, terriblement peur. Il crevait de peur au point d'instiller dans l'esprit des autres le poison de la crainte et du soupçon.

Cela faisait à peine trois semaines que j'étais là et, déjà, je ne le supportais plus.

— Sa peur repose donc sur une erreur d'interprétation ?

J'approuvai.

— Ne pourrait-on pas avancer que c'est sa peur qui lui fait mal interpréter ? Autrement dit, le con ne serait-il pas en proie à une lubie qui l'empêche de saisir correctement la réalité ?

— Il me semble plutôt que c'est son esprit étriqué qui lui fait voir le monde par le petit bout de la lorgnette. On pourrait très bien imaginer qu'il ne soit pas con, mais connaisse malgré tout la peur. Dès lors, son interprétation de la situation serait différente...

— Ainsi la connerie proviendrait du décalage entre

305

le désir d'exprimer une vision du monde cohérente et la petitesse de la pensée qui la sous-tend ? Ce qui expliquerait cette propension des cons à s'intéresser à des sujets profonds, existentiels même. Mais, faute de capacité à se hisser jusqu'à la hauteur nécessaire, ils se limiteraient à ânonner des conneries... Ils mêleraient ainsi défaut de vue et présomption...

— La connerie est dans l'aplomb.

À force d'avoir tant crié au loup, Daniel finit par tomber juste. Un après-midi, à peine un mois après mon arrivée, Amaury nous réunit tous :

— Je viens de vendre les éditions La Rebelle au groupe Vici. Nous avons été en quelque sorte victimes de notre succès. Notre petite structure ne nous permettait plus de nous développer. Vici m'a fait une proposition intéressante. Désormais, nous allons pouvoir pérenniser notre maison, et voir plus grand.

Pendant deux jours, Daniel nous regarda comme perdus. Nous vîmes défiler de nouvelles têtes qui s'enfermaient avec Amaury puis ressortaient comme elles étaient entrées, sans même un regard pour nous. L'atmosphère au bureau devint lourde. L'assistante quittait précipitamment son poste pour s'enfermer dans les toilettes. « Elle sait quelque chose, mais impossible de lui tirer les vers du nez », commentait Daniel. Peu après, Amaury nous annonça son départ et nous présenta son successeur. Ce dernier, un homme de petite taille et rondouillard, qui ressemblait à un directeur d'hôtel avec son costume gris, sa cravate tirée au cordeau et son ton monotone, nous assura qu'il ne fallait pas avoir d'inquiétude sur l'avenir, que nous allions sortir de la crise par le haut, et conclut en disant :

— Désormais, nous allons faire des livres qui se vendent.

Les changements ne s'arrêtèrent pas là. Quinze

jours plus tard, nous déménageâmes dans une tour de l'Est parisien, sur un vaste plateau en open space, un peu perdus parmi les trois cents employés de Vici. On nous dota d'ordinateurs flambant neufs, de badges, de cartes de cantine et d'une brochure volumineuse récapitulant toutes les procédures à respecter. On instaura des départements et des services, chacun de nous dépendant d'un chef, baptisé n + 1, qui lui-même reportait à un n + 1, et ainsi de suite en pyramide jusqu'au P-DG.

Nous fîmes également connaissance avec deux nouveaux personnages : le DRH et le directeur opérationnel.

Le DRH nous rencontra tous pour faire le point sur notre carrière. L'homme était, comme il me l'expliqua en caressant son épaisse moustache, de la vieille école.

— Pas comme tous ces jeunes qui veulent révolutionner les relations sociales. Moi j'ai commencé comme chef du personnel. C'était bien avant que l'on change notre nom en direction des ressources humaines. Ce qui veut dire que je m'occupe de chacun. Je tiens à préserver ces rapports personnels avec l'ensemble des salariés. C'est pourquoi aussi je ne fais jamais aucun écrit. Je n'ai qu'une parole. Quand je la donne, vous pouvez considérer que c'est officiel. Enfin dernier point, je suis là pour que les choses marchent. Pas pour être aimé, ni populaire. Si vous avez un problème ma porte est toujours ouverte. Bien, cela étant dit, est-ce que vous vous entendez bien avec votre chef, pardon, votre responsable ?

Avec le directeur opérationnel, les transformations furent tout aussi fortes. Des lettres, nous passâmes aux chiffres. Il entreprit de rationaliser nos méthodes. Il fit passer des mémos qui nous enjoignaient d'éteindre notre ordinateur en quittant le bureau, sous peine de retenue sur notre salaire, établit une charte des notes de frais, bref il déborda d'activité et d'économie. À chaque demande, il répondait invariablement « pas prévu au budget ».

Il arrivait à neuf heures précises, portait des chemisettes roses, orange ou vichy (pour quand il avait réunion avec la direction générale), une cravate bleu marine et des chaussettes de tennis blanches.

Il y a des gens qui, par défaut d'imagination, s'habillent et se comportent comme des clichés, des gens dont toute l'énergie est tendue vers ce qu'ils croient être l'adéquation à leur fonction, qui sont comme des enseignes lumineuses sur lesquelles clignotent ces mots : « je suis con... je suis con... »

Je l'éteignis un soir avant de sortir, en dénudant les fils de sa prise d'ordinateur. Ce fut un beau court-circuit.

C'est fou comme très rapidement le statut de salarié entraîne de profondes transformations. L'entreprise est ce curieux mélange de l'armée et de la bureaucratie soviétique. Obéir est la première règle, mais cela ne suffit pas. Il faut aussi prier pour rester dans la ligne, car elle change sans même que l'on puisse s'en apercevoir. Le grand groupe n'a ni mémoire : personne n'est jamais au courant des dossiers et ceux qui les ont suivis ont disparu depuis longtemps ; ni avenir : il s'agit de produire du chiffre, encore plus de chiffre, et chaque semestre amène son nouveau cortège d'indicateurs ; ni présent : on est toujours en train de faire le bilan de l'exercice écoulé et de tirer des budgets sur la comète. Pire, une mauvaise année plonge dans la désolation : des têtes vont tomber ; une bonne année, dans la crainte : on ne pourra pas faire aussi bien.

Même mon projet de lettre au rédacteur en chef se voyait contaminé par ma nouvelle vie de bureau.

Daniel venait une fois de plus de faire porter la responsabilité d'une de ses erreurs sur un de nos collègues.
Tout en l'observant réconforter sa victime, alors qu'il
venait d'insinuer à son n + 1 qu'une telle erreur mettait
en péril notre maison, je notai sur mon grand cahier
rouge :

Deuxièmement : Le complot

*Nous savons tous combien, au quotidien, les cons
de proximité nous font perdre notre temps et parfois
notre patience. Cependant vous auriez tort de sous-
estimer leur pouvoir de nuisance. Non contents de
nous pourrir la vie, les cons, en raison de leur nombre
et de la multiplicité de situations où nous devons les
supporter, régissent de fait nos existences.*

*Prenons un exemple simple. Un dossier a été perdu.
Alors qu'il en avait la charge, votre collègue jure que
ce n'est pas lui et laisse perfidement entendre que
vous n'êtes pas étranger à cette disparition... Dès qu'il
vous aura choisi comme bouc émissaire, il ne vous
lâchera plus. Il commencera par vous envoyer un
e-mail pour se justifier. Si vous lui répondez, vous
entrez dans un engrenage qui vous prendra la
matinée. Mais si vous l'ignorez, il pensera vous avoir
cloué le bec. Il arpentera alors les couloirs, en racontant qu'il est victime d'une injustice, que vous le
chargez pour vous couvrir. Bientôt vous verrez défiler
dans votre bureau une foule de gens. Il vous faudra
vous expliquer, vous défendre. À midi, à la cantine,
d'autres, qui n'appartiennent pas à votre service ou
qui ne connaissent rien à l'affaire, s'arrêteront à votre
table, le plateau à la main, pour vous en parler.
L'après-midi, votre patron, à qui le con aura glissé
deux mots à l'oreille, se fera un plaisir de vous
demander une explication en public. Une réunion de*

crise sera sans doute organisée vers dix-neuf heures.
Une heure voire deux à discuter sans que pour autant
toute suspicion à votre égard soit levée.

    Bref, si l'on cumule tout ce temps passé chaque jour
à lutter contre les cons, au boulot ou ailleurs, vous
arrivez, à raison de deux heures par jour en moyenne,
et en admettant que vous vivrez à peu près soixante-
dix ans, au total faramineux de 50 960 heures, soit
grosso modo un quart de votre vie active. Un quart !
Qui part ainsi en fumée !

    — Quand on ne croit plus en rien, c'est là que la
connerie triomphe... L'ère des groupes et de l'actionnariat offre des possibilités sans limites aux cons, qui
sans cela seraient restés de petits employés, de petits
bureaucrates. La roulette de la Bourse s'étend aux
entreprises. Chaque con a son billet, chaque con a sa
chance. C'est ce qui les pousse à sortir du bois.

XXIII

116.   Avec toute cette agitation au bureau, j'en aurais presque oublié le frère de Fabienne.

Il n'avait pas tardé à me rappeler et insista tant pour que l'on se revoie que, dans les semaines suivantes, nous nous retrouvâmes plusieurs fois pour boire un verre ou dîner au restaurant. Le plus souvent, il s'arrangeait pour que Caroline soit là aussi. Je compris assez vite son manège. Quand il ne la dévorait pas des yeux, l'air passionné par tout ce qu'elle disait sur le cinéma japonais ou le théâtre d'avant-garde, il s'essayait à la séduire par des discours pleins de sous-entendus et de promesses.

— Les hommes ne sont plus des hommes. On doit s'excuser d'être ce qu'on est. C'est pour ça que les femmes sont déboussolées. C'est comme la galanterie. C'est réac, paraît-il... Je vais vous dire, moi, ce qu'elles aiment les femmes. Elles aiment les vrais hommes.

— Les machos ?

— Ah voilà ! Le grand mot est lâché. Quand un homme est un homme, on dit que c'est un macho. Mais ça n'a rien à voir. Les femmes, elles aiment qu'on prenne les choses en main et qu'on fasse ce qu'il faut, pas vrai, Caroline ?

Il lui lança une œillade appuyée. Elle sourit.

— C'est pas macho ça. C'est comme quand on danse, il y en a un qui conduit et l'autre qui suit.

Nouvelle œillade, nouveau sourire.

— Mais aujourd'hui les hommes n'osent plus. Faut parler, se raconter, ne pas hésiter à montrer ses faiblesses... Mais je m'en fous de ma soi-disant part féminine !

À mon grand étonnement, Caroline, pourtant si sensible au cinéma aux portraits d'hommes fragiles et compliqués, semblait trouver ces tirades pas si ringardes que ça et même plutôt rigolotes. Plus je m'énervais contre lui, plus elle prenait sa défense, me reprochant d'être injuste. Je changeai de tactique et essayai quelques remarques ou attitudes machos. Elle me rembarra aussi sec en me disant que j'étais ridicule. Décidément j'avais un peu de mal à suivre.

J'eus ensuite la désagréable surprise, quand j'arrivai chez elle, de le trouver confortablement installé dans le canapé. Bientôt, une alliance objective se dessina entre Monsieur Dame, le chat, et moi. Je m'arrangeai pour exciter la bestiole, l'attirer vers le play-boy et m'esquiver au dernier moment. L'autre subissait alors l'assaut sans pouvoir le parer. Une fois, le chat lui griffa le visage. « Je ne comprends pas, disait Caroline, il n'a jamais été comme ça. »

Mes relations avec Caroline connaissaient un refroidissement certain. Ce n'était pas seulement dû à la présence du frère de Fabienne. Les nombreuses soirées d'art dramatique y étaient pour beaucoup aussi.

Au cours de l'une d'elles, un comédien, seul sur la scène pendant trois heures, récita d'une voix monotone la longue litanie de ses tickets de caisse de supermarché, « douze litres de lait UHT, sept euros dix, crèmes de yaourt par quatre, un euro quatre-vingt-treize, liquide vaisselle... » Derrière lui, sur un écran divisé en trois, défilaient au centre des images de guerres, de massacres et de camps de réfugiés, à gauche, des scènes filmées de figurants mimant des enfants jouant aux petits soldats, et à droite, des textes du jeune Marx sur le concept d'aliénation, le tout sur fond de chant grégorien. Quand le comédien eut fini d'égrener ses courses, un coup de feu retentit et il s'écroula sur le plateau (je sais ce que vous vous dites, mais ce n'est pas moi qui ai tiré), sous un déluge de confettis. Le metteur en scène vint saluer. Des spectateurs enthousiastes se levèrent et applaudirent, tandis que d'autres en colère se mirent à huer. L'homme paraissait aussi enchanté des vivats que des broncas. Je jetai un regard à Caroline. Elle avait l'œil brillant et l'air ému qui présageaient de longues heures de discussions... C'en fut trop. Je prétextai une envie pressante, me glissai dans les loges, et sous couvert de discuter du jeune Marx, je pris à part le metteur en scène qui appela son auteur. Deux balles « pour de vrai » me permirent de leur faire clairement comprendre à quel point ils s'étaient aliéné les spectateurs. Je redescendis aussitôt, réconforté, prêt à supporter une nuit d'enthousiasme carolinien.

— Les cons, ça ose tout..., me rappela Marie en souriant quand je lui racontai le spectacle. D'ailleurs vous ne devez pas être le seul à avoir détesté. On a retrouvé l'auteur et son complice, morts dans une loge. Quel soir y êtes-vous allé ?

— Euh... mercredi, dis-je, en essayant de masquer mon trouble.

— C'est justement le soir où le crime a été commis. Vous n'avez rien remarqué ?

— Non, vous savez, j'avais déjà assez à faire avec Caroline.

— Bien sûr. Le plus étrange, c'est que le revolver

dont on s'est servi est un modèle très ancien, qui date des années trente. Le même probablement que celui qui a servi pour tuer un chauffeur de taxi, il y a quelques semaines...

— Ah bon ?

— Bizarre tout de même... Quel lien peut-il bien y avoir entre les deux ?

Je me sentis blêmir.

Il garda le silence un moment puis, me regardant droit dans les yeux, il ajouta :

— Vous savez ce que je pense ?

— Non, fis-je, tétanisé.

— Je mettrais ma main à couper que la critique a adoré !

— Quoi ?

— Votre spectacle. Je suis sûr que la critique a adoré. Et les quelques-uns qui ne l'ont pas encensé l'auront fait pour de mauvaises raisons, trouvant plus tendance de défendre le théâtre de boulevard, pour se démarquer... En vous écoutant, il me semble que nous sommes en train de passer à côté d'une grande partie de notre sujet en ne nous intéressant qu'aux cons *stricto sensu*.

— Comment ça ?

— Il y a pire que les cons !

Il marqua un temps pour observer ma réaction.

— Je ne vous suis pas, finis-je par dire.

— Voilà, la connerie n'est évidemment pas un gène héréditaire. Tel fils de con peut, avec un peu de chance, s'il fait d'heureuses rencontres, s'en sortir. L'inverse est tout aussi vrai. Rien ne nous garantit que notre progéniture ne risque pas de virer à la connerie, malgré tous les soins que nous pourrions mettre à l'éviter. Tout porte à croire que cela est le résultat de divers facteurs, ou plutôt de diverses influences. Autrement dit, on ne naît pas con. On le devient.

Je l'écoutais sans parvenir à deviner où il voulait en venir.

— Si nous pouvions déceler les facteurs à risque, nous aurions fait un grand pas vers l'isolement du germe.

— On le devient au contact d'autres cons. Le con est contagieux.

— Certes. Mais poussons le raisonnement plus loin. N'y aurait-il pas des... comment dire ? des faiseurs de cons, qui tels des virus propagent la connerie ? Pour l'instant nous ne parlons que des cons que nous croisons ou pouvons croiser, que nous subissons le plus souvent, mais ce ne sont pas eux les plus dangereux. Par exemple, je ne sais pas si vous avez remarqué, mais aujourd'hui, quand un con pontifie, il parle comme à la télé. Le moindre type qu'on interroge pour un micro-trottoir a toujours l'air de réciter une leçon apprise dans les médias. Le problème des banlieues ? « Je pense – remarquez bien le "je pense", car moins cela vient d'eux, plus ils se l'approprient –, je pense que l'État ne doit pas démissionner. » La laïcité ? « Je pense que la France a une tradition républicaine... Il faut avoir une démarche citoyenne... » On dirait un karaoké des meilleurs discours d'experts. Jusqu'aux commentaires des matches de foot, où l'on retrouve dans les analyses des gens au bistrot du coin des bribes du sabir prétentieux des journalistes sportifs. « Ils auraient dû tuer le match... » Voilà pourquoi je dis : pires que les cons, il y a les faiseurs de cons...

117.   Cela me laissa sans voix. Je trouvais son argumentation plus que convaincante, mais devant l'immensité de la révélation, je restai plusieurs jours complètement abattu. Je zigouillai presque sans conviction notre directeur des ressources humaines. Ce dernier, non content de faire sa ronde dès neuf heures, pour surveiller les retards, avait convoqué Daniel, qui venait de perdre son père, afin de le réconforter d'un bref et lapidaire « heureusement, il vous reste votre travail ». Je maquillai sa disparition en accident, on le retrouva noyé dans sa piscine.

Une femme pleine d'énergie prit sa succession. Elle se mit en tête de réformer les relations humaines au sein de l'entreprise. « Le paternalisme, c'est fini ! » Elle afficha les dessins de ses trois enfants aux murs de son bureau, appela chaque collaborateur par son prénom et instaura des fiches d'évaluation que le n + 1 devait remplir avec le salarié, jugeant l'année écoulée, et fixant les objectifs de l'année à venir. Il faut dire que ce fut une période où, à peine étions-nous familiarisés avec notre n + 1, on nous annonçait qu'il était appelé à « donner une nouvelle orientation à sa carrière ». Daniel, qui n'avait même plus le temps de faire sa cour à son supérieur, était tout déboussolé.

Le nouveau patron, qui se piquait de culture et avait une passion pour les haïkus du XVIIe siècle, décida que notre politique éditoriale devait se développer. Des salariés d'autres maisons du groupe furent transférés aux éditions La Rebelle et de six, nous passâmes à quinze.

— Aujourd'hui, la vraie rebellitude, nous expliqua le P-DG, est la rebellitude du cœur. Il faut donner la parole à ceux qui sont les héros du quotidien, ceux qui se battent au jour le jour pour que les choses changent.

Cette nouvelle collection, baptisée « Rebelle d'un

316

jour », fut confiée à mon n + 1, et donc, dans l'attente de son départ, on me demanda de la prendre en charge.

118. Le premier titre devait être consacré aux mémoires d'un grand professeur, spécialisé dans les questions de santé publique, et plus particulièrement dans la lutte contre le tabagisme. Il s'était rendu célèbre quelques mois plus tôt en réussissant une action d'éclat.

Cette année-là, la Comédie-Française ouvrait sa saison par le *Dom Juan* de Molière, dans une nouvelle mise en scène. Avec sa femme et ses amis, le grand professeur assista à la première. Le rideau se leva et le comédien jouant Sganarelle entama sa tirade :

« Quoi que puissent dire Aristote et toute la philosophie, il n'est rien d'égal au tabac... »

Le grand professeur sursauta.

« ... c'est la passion des honnêtes gens... »

Il s'agita sur son siège.

« ... et qui vit sans tabac n'est pas digne de vivre... »

À cet instant, comme il s'agissait d'une mise en scène moderne et réaliste, Sganarelle, habillé en jeune des banlieues avec son jean qui lui descendait sur les hanches et la capuche de son sweat sur la tête, alluma une cigarette.

Le grand professeur n'y tint plus, se leva de son siège et s'emporta. Il fit un scandale de tous les diables, dénonçant l'irresponsabilité du metteur en scène, déplorant le manque de civisme de la vénérable institution, incapable d'appliquer les nouvelles directives du ministère de la Santé contre le tabac dans les lieux publics. Le directeur monta sur scène, présenta ses excuses au nom de la Comédie-Française. Mais la colère du grand professeur ne s'arrêta pas pour autant. Il réclama la suppression de cette scène ou tout du moins le remplacement du mot « tabac » par le mot « sport » ou bien encore « lecture »...

Il battit le rappel des associations anti-fumeurs qui tous les soirs campèrent devant l'entrée du Palais-Royal, alerta un député qui posa la question au gouvernement, bref fit tant de foin qu'à la fin, il fut convoqué par son ministère de tutelle pour trouver une solution. Il refusa celle proposée par la Société des gens de lettres, la diffusion d'un message avant le début de la pièce, « certaines scènes que vous allez entendre peuvent choquer les jeunes spectateurs et propager des idées fausses en matière de santé... », et obtint l'interdiction momentanée de la première scène du *Dom Juan*, jusqu'à ce qu'une commission d'académiciens se réunisse et élabore une tirade de remplacement.

— Les nouveaux dévots..., ironisa Marie.

Dès notre première rencontre, le grand professeur avait deviné que j'étais un fumeur. Il me fit de longs sermons sur les méfaits du tabac, m'encouragea à arrêter, me décrivit ma vie future de fumeur repenti comme un tel paradis, « vous retrouverez le souffle, l'odorat, le goût, le plaisir », que je n'aspirai plus qu'à une chose : lui prouver les méfaits encore plus grands de la balle de revolver. Je laissai donc passer quelque temps, afin que Marie ne puisse pas faire le lien avec moi. Le livre fut un succès. Quelques semaines plus tard, j'attendis le tabacologue en bas de chez lui. J'avais préparé un beau discours, qui se terminait par « je ne vous propose pas la cigarette du condamné, ce serait vous faire injure... », mais je dus y renoncer. Il sortit en effet en survêtement et se mit à faire son jogging. J'avais un mal fou à le suivre (« manque de souffle », pensai-je). Je le rejoignis comme il s'engageait dans le bois de Boulogne.

— Je ne vous..., commençai-je, complètement essoufflé.

— Pardon ?

— Je ne vous propose pas...

Renonçant à ma tirade, je le bigornai, sans plus de cérémonie. « Qui vit sans tabac... »

119. Marie ne fit pas le rapprochement, en tout cas il n'en dit rien. C'était comme si l'enquête qui nous avait réunis avait cessé d'exister. Je n'allais pas m'en plaindre. Mais je craignais toujours qu'un événement imprévu ne vienne à tout moment la rouvrir. Comme la rencontre avec le frère de Fabienne. Depuis qu'il avait des vues sur Caroline, il ne me lâchait plus et, malgré mon interdiction formelle, il passa chez moi un soir.

— Tu m'offres un verre ?

Il s'assit et se mit à discuter de Caroline.

— Tu y tiens beaucoup ?

Je fis semblant de ne pas comprendre où il voulait en venir.

— Non, je dis ça parce que j'ai l'impression qu'elle n'est pas tout à fait insensible à mon charme...

Il m'expliqua qu'ils se voyaient régulièrement en dehors de moi, qu'il la faisait beaucoup rire et qu'il sentait bien que...

— Que quoi ?...

— Il pourrait se passer un truc entre elle et moi... T'y verrais un inconvénient ?

— Oh non, fis-je en lui tirant une balle dans la tête.

Ma part féminine approuva le macho qui sommeillait en moi.

Je traînai le corps dans l'armoire et entrepris de nettoyer toutes les traces de son passage. Mais je n'eus pas le temps de me demander si, dans mon action, il n'y avait pas un fond de jalousie. Je venais à peine de faire disparaître ses affaires, quand la sonnette retentit.

XXIV

120.   Je m'approchai sans un bruit de l'œilleton et reconnus la silhouette du commissaire Marie.

Il sonna de nouveau. Je tressaillis et, en me reculant, renversai une pile de livres. Plus question de faire comme si je n'étais pas là.

— J'arrive. Une seconde, criai-je.

Je jetai un œil à la pièce. Il y avait des taches de sang sur la table et tout autour de la chaise où le frère de Fabienne avait trépassé. Pas le temps de les nettoyer.

— J'arrive ! J'arrive !

« Pas le moment de flancher », me dis-je.

Je me serais cru dans la dernière scène d'un film policier, celle où le coupable est démasqué. Je pris un grand couteau, me précipitai dans l'entrée et, prêt à lui ouvrir, je m'entaillai la main.

— Excusez-moi, dis-je. Je viens de me couper. Bêtement, je rangeais la vaisselle... Je ne sais pas comment ça s'est fait... Encore perdu dans mes pensées... Je me suis bien amoché...

Marie se montra d'une grande gentillesse. Il m'appliqua un pansement et se proposa de m'aider à tout nettoyer.

— Non, laissez...

— C'est quand même plus rapide à deux, me

répondit-il, en effaçant consciencieusement les indices de mon forfait sur la table et le carrelage.

Je l'en remerciai d'un grand sourire.

Une fois le studio remis en ordre, je lui offris un verre.

— Vous avez l'air tout pâle, me dit-il. Tout bizarre. Vous savez à qui vous me faites penser ?

— Non...

— À un de ces personnages de vaudeville qui est dérangé en pleine action par l'arrivée du mari. Vous avez caché ma femme dans votre armoire ?

Nous rîmes.

À l'avenir, je me jurai bien de ne plus ramener de cons à la maison. Trop dangereux. J'en fus quitte pour une bonne coupure et un mal de dos que j'attrapai en descendant le corps dans la cave, où je passai la nuit à l'enterrer.

Sa fin précipitée entraîna celle de ma liaison avec Caroline. Nous nous étonnâmes tous les deux de sa soudaine disparition et convînmes peu après que nous étions meilleurs amis qu'amants. Cette séparation fut compensée par ma promotion au sein des éditions La Rebelle.

Vici venait de nous revendre au groupe Ramono. Nous déménageâmes dans une autre tour, près du périphérique, changeâmes de direction générale, de contrôle de gestion et de DRH (dans un moment de mauvaise humeur, je m'étais chargé de l'aider à donner un nouveau cours à sa carrière, en fait un terme définitif – une chute de cheval à son club hippique).

Le nouveau patron nous assura que nous allions sortir de la crise par le haut, que désormais nous ferions des livres qui se vendraient. Pas d'inquiétude à avoir, dorénavant, nous étions dans un grand groupe, tout irait bien.

Sa première décision fut d'arrêter « Rebelle d'un jour », de virer mon n + 1 et, faute de candidat, de me nommer à sa place à la tête d'une nouvelle collection. « L'heure n'est plus aux bons sentiments, me dit-il. Il faut du contenu, de la réflexion. Le monde est devenu complexe, changeant. Il faut que quelqu'un le leur explique. Nous allons lancer une série sur l'actualité. Avec les meilleurs spécialistes dans leur domaine. Vous vous chargerez de réécrire leurs textes pour les rendre accessibles au grand public. Nous l'appellerons "Les Clefs de la rébellion". »

L'expert par qui devait débuter la collection s'occupait d'économie. C'était toujours lui que les journalistes sollicitaient. Il avait acquis une notoriété certaine en se faisant le champion des paradoxes. Ainsi, alors que l'impôt sur les grandes fortunes agitait les débats, il clamait haut et fort : « Il faut faire payer les pauvres pour ne pas les exclure de la nation. » Et grâce à ce système, accompagné de quelques chiffres frappant l'imagination, deux ou trois mots fétiches – déficit, gouvernance, poids de la dette... –, il avait fini par acquérir une réputation d'esprit original, de franc-tireur.

— Les gens ont plein d'idées reçues sur l'économie. Prenez les fonds de pension. Ici tout le monde en a peur. Mais en réalité, les fonds de pension, c'est le triomphe de la démocratie ! C'est vrai. Ce sont de braves retraités américains qui placent leurs économies dans des entreprises. Si ces dernières ne rapportent pas assez, ils retirent leurs billes. C'est tout. C'est la sanction populaire. La gouvernance démocratique. L'actionnariat, c'est l'avenir du salarié. Près de trois millions de personnes touchent le chômage aujourd'hui. Si, au lieu de leur verser des allocations, on leur donnait des actions : 1/ Cela réduirait le déficit public, un déficit qui s'aggrave de 1 000 euros par seconde, je vous laisse faire le calcul sur une année... 2/ Cela leur permettrait de tenter leur chance et de se débrouiller par eux-mêmes. Et 3/ Cela obligerait les entreprises à changer de stratégie pour séduire ces nouveaux actionnaires. Plutôt que de distribuer du travail avec toutes les charges sociales, distribuons des dividendes, de l'espoir de s'enrichir. Le gâteau important, ce n'est pas celui que l'on sert, mais celui qui est en train de cuire. C'est une image... Je ne prends jamais de dessert. (Il rit.) À cause de ma ligne...

— Ces messieurs ont choisi ? demanda le serveur.

— Dans la soupe de poissons, il y a des crustacés ? s'enquit l'expert. Parce que je fais une allergie sévère aux crustacés. Une seule bouchée et je tombe raide... La dernière fois, j'ai juste goûté un petit morceau de homard dans l'assiette de ma femme. Une heure plus tard, j'étais à l'hôpital. C'était moins une. Comme j'ai dit à ma femme : « Homard m'a tué... »

Il rit.

L'écouter parler me faisait l'effet d'assister à un spectacle de magie. Ou, plutôt, d'être en présence d'un de ces habitants des antipodes dont les enfants croient qu'ils marchent la tête en bas. Il partait toujours d'un exemple précis, une délocalisation qui choquait l'opinion, la révélation d'un gros salaire de dirigeant, les profits des grandes entreprises, puis une fois le problème posé, il inversait peu à peu les termes de la proposition et l'on finissait par se convaincre que la délocalisation sauvait notre économie, que les hauts salaires relançaient la consommation et qu'il fallait remercier les grandes entreprises qui restaient en France, acceptant de payer autant d'impôts.

Il avait deux grands thèmes de prédilection. Le

poids de la dette publique était le premier. Il venait justement de sortir un livre à succès sur le sujet, dans lequel il tapait à bras raccourcis sur la fonction publique, dont il était membre... Généralement, à ce moment-là, il se lançait dans une vaste fresque à la gloire du capitalisme, « source de toutes les inventions, de tous les progrès », au terme de laquelle j'avais l'impression que l'histoire de l'humanité depuis que « Lucy s'était mise debout » n'avait eu qu'un seul but : assurer le triomphe de l'actionnaire, forme ultime de l'évolution humaine...

L'autre sujet dont il me rebattait les oreilles était la réforme. Il était intarissable. « Il faut réformer. »

— Voilà bien le maître mot ! C'est la raison d'être de l'expert, s'emporta Marie. Son sésame. Sans réforme, pas d'expert... Tous les cons n'ont plus que ce mot-là à la bouche, la réforme ! Ils vous disent ça avec un air pénétré, comme s'ils venaient de découvrir le baume du tigre ou le papier d'Arménie !... Tous ces économistes me font penser aux médecins de Molière. « *Clysterium donare, reformarum purgare.* » Purge et saignée, voilà en gros à quoi se ramène tout leur savoir. Et la santé de notre économie a à peu près autant de chances de survivre à leurs remèdes que celle des patients de Diafoirus... Mais, au vrai, dans notre société de carton-pâte, de châteaux de cartes, la réforme est devenue le refuge de tous les con-serva-tismes...

Un jour, l'expert me dit sous le sceau de la confidence :

— Le gouvernement est trop préoccupé de plaire à ses électeurs pour avoir le courage de s'attaquer aux déficits ou bien à la dette. Il nous faudrait un homme fort, un chef, dans le genre de Napoléon III, un chef ayant la fibre démocratique, mais hors Parti. Directement en contact avec le peuple. Une sorte de gouvernance avec des référendums réguliers...

Je crois que c'est à cet instant que je décidai d'arrêter les frais.

Un jour que nous en étions à choisir le menu, je lui conseillai de prendre du carpaccio d'espadon :

— Une chair délicieuse... Ma grand-mère m'en faisait souvent.

Il hésita.

— Et c'est excellent pour votre régime, ajoutai-je.

Il se laissa tenter.

— Vous savez, on dit beaucoup de choses sur la réforme, reprit-il. Au fond qu'est-ce que c'est ?

Il avala une bouchée.

— Très bon, vous aviez raison... La réforme, c'est le triomphe de l'équité sur l'égalité. L'égalité, c'est tout le monde pareil. On a vu ce que ça avait donné. Mais surtout quand on y réfléchit, c'est injuste. Il fait chaud, non ? On bride les talents pour les mettre au niveau des médiocres. L'égalité, c'est la médiocratie. Tandis que l'équité, c'est la liberté de chacun de réussir ou non. Plus de privilèges. Plus d'aides, plus d'assistance. Excusez-moi, je tombe la veste.

Il suait à grosses gouttes. Des plaques rouges apparurent sur son visage.

— Vraiment très bon. Donc... Voilà la vraie justice. Dis-moi ce que tu as entrepris, je te dirai ce que tu vaux... Si on veut vraiment faire quelque chose pour la France d'en bas, il faut... qu'ils retrouvent... le... le sens de l'initiative... de l'éco...

Il s'écroula, la tête dans son assiette.

— Crise foudroyante d'allergie, diagnostiqua le médecin, en l'examinant. Il n'a même pas eu le temps de se rendre compte de ce qui lui arrivait.

Je m'étais renseigné sur les différentes causes de

son allergie et avais découvert que certains poissons qui se nourrissaient de crustacés pouvaient causer les mêmes effets.

121. L'expert suivant tenait la rubrique politique sur une grande radio nationale, interviewait régulièrement les responsables de partis ou les ministres lors d'émissions télévisées, et surtout intervenait les soirs d'élection pour tirer les enseignements du scrutin.

Marie ne fit aucun commentaire sur la disparition du partisan de la réforme. Au contraire, tout entier concentré sur la question des faiseurs de cons, il n'y prêta pas même attention et me confia le fruit de ses dernières réflexions.

— Quand vous voyez les experts à la télé, ils possèdent tous un titre, une fonction, quelque chose qui signale leur compétence. Ils sont professeur, directeur d'un centre de recherche, président honoraire, auteur de ceci ou de cela... Cette qualification n'a rien d'anecdotique. Au contraire, elle est essentielle. Sur elle repose tout entière l'action de l'expert : la pédagogie. Car l'expert est pédagogue...

— Je ne vois pas bien où vous voulez en venir, fis-je en riant.

— C'est simple. Imaginez : vous avez une voiture. Qui marche très bien jusqu'au jour où elle tombe en panne... Qu'est-ce que vous faites ?

— Je l'amène chez le garagiste ?

— Bon. Ce dernier soulève le capot, regarde le moteur, fait deux, trois essais... Pendant ce temps-là vous observez avec attention tous ses gestes, et vous sentez monter en vous une inquiétude de plus en plus forte. Puis tout en s'essuyant les mains, il vous raconte que c'est grave, qu'il faut changer telle ou telle pièce et pour finir vous assène un montant des réparations pire encore que vos plus sombres prévisions.

— On s'y croirait !

— Eh bien l'expert est comme le garagiste, mais avec un diplôme en plus. Il vous explique pourquoi la société ou l'économie est en panne. Pourquoi le moteur de la croissance ne marche plus. Et vous éprouvez le même sentiment d'impuissance, de suspicion aussi, quand il vous présente la facture. C'est exactement ce que vous redoutiez, d'y laisser votre chemise... Mais l'expert vous le dit. Il n'y a pas à contester. Si vous contestez, c'est parce qu'il n'a pas assez bien expliqué. L'expert est patient. Il recommencera autant de fois que c'est nécessaire. Tout est affaire de pédagogie. On est en train de faire des générations de bons élèves à qui on apprend les phrases utiles, les pensées adéquates, les espoirs possibles...

Mon politologue délivrait son analyse sur un ton qui ressemblait à un sermon matinal et l'on avait l'impression, à l'écouter, que quelque chose d'important se disait, sans que l'on sache pourtant dire quoi, ni plus encore dans quelle mesure cela nous concernait. Il commençait toujours très bas, articulait comme s'il dirigeait un cours de diction, détachant chaque mot, pour faire croire à la justesse et l'importance de son choix, puis élevait lentement la voix, accélérait légèrement pour finir soit sur une interrogation riche de sous-entendus, soit sur une assertion dont l'auditeur sentait qu'il avait intérêt à la méditer.

— La crise qui secoue aujourd'hui l'exécutif (ton de la confidence), crise que rien ne laissait prévoir et qui pourtant couvait (respiration), cette crise qui risque d'ébranler le fragile équilibre trouvé par la majorité (respiration identique), cette crise donc aura des conséquences non négligeables, des conséquences que l'on peut d'ores et déjà mesurer et recenser. (Pause, puis reprise allegro.) La première, c'est que, au-delà des conflits personnels, par-delà les divergences d'intérêts (respiration puis dramatico ma non tropo), c'est l'avenir même de la coalition qui est en jeu, un avenir qui s'assombrit au fur et à mesure des révélations, au fur et à mesure que chacun y va de sa petite phrase...

Il pouvait continuer ainsi pendant des heures, les deux mois que durèrent nos rencontres furent un calvaire. J'avais l'impression d'être broyé par sa logorrhée. Non seulement je l'avais tous les matins dans ma salle de bains, mais je le lisais dans la journée et parfois le retrouvais en face de moi le midi. Même quand il commandait un plat au restaurant, il fallait qu'il explique les raisons de son choix et en donne le sens.

— Un dessert ?

— Cela risquerait de provoquer une crise majeure de régime, qui, à terme, pourrait entraîner un bouleversement de la ligne...

— Imaginons un homme, dit Marie, qui aurait pour fonction de traduire les paroles d'un étranger, non seulement de rendre compréhensibles les mots mais aussi les pensées, c'est-à-dire la translation de cette langue incompréhensible, ainsi que le sens, les références, tout ce qui n'est pas dit dans les mots, mais explique ces mots prononcés, au-delà du simple mot-à-mot. Ce traducteur, qui nous rendrait la lettre, l'esprit et plus encore le non-dit, le sous-entendu, ne vous semble-t-il pas qu'il ressemble à votre analyste politique – qui entend, par son commentaire, restituer le mot et la vision de ceux qu'il analyse ?

— Si, tout à fait.

— Bien. Maintenant que diriez-vous si cet homme qui affiche sa volonté de détruire la langue de bois de celui qu'il traduit, afin de faire prendre conscience à ses concitoyens des vrais enjeux des paroles prononcées, que diriez-vous donc si cet homme traduisait toujours de la même façon, quels que soient le caractère et la pensée de celui qu'il traduit, ou quel que soit le sujet traduit ? S'il abordait à chaque fois de la même façon, avec la même vision, le texte à traduire, au point de ne plus faire sentir à ses auditeurs les nuances de sens, ni même celles de la pensée, d'en faire un texte différent de celui d'origine, mais toujours le même par rapport aux précédentes traductions ?

— Qu'il est un mauvais traducteur...

— Exactement. D'une langue de bois, il en crée une autre, plus compliquée à saisir puisqu'elle se présente comme une anti-langue de bois. Mais alors ne diriez-vous pas que ce n'est pas un défaut de traduction, mais plutôt un défaut de conception ? Que traduire tout de la même manière n'est pas simplement une faiblesse de traduction, de savoir-faire, mais une mauvaise vision, une vision de bois ?

— Si, bien sûr.

— Et maintenant, que vous en semble ? Qui est plus dans l'illusion ? Celui qui utilise la langue de bois en sachant que ses concitoyens la perçoivent comme telle ou bien celui qui affirme décrypter la langue de bois, tout en en instaurant une autre, plus subtile, fondée sur la dénonciation de la première ?

— Ce dernier sans aucun doute.

— Que diriez-vous alors de celui qui, dans l'illusion, la propage au nom de la vérité ?

— Qu'il est un danger pour la démocratie...

Je fis preuve de patience à l'égard du politologue. J'attendis la sortie du livre, qui fut accueilli par des hommages appuyés de la classe politique, puis un mois encore, le temps qu'il se lance dans la rédaction d'entretiens avec l'un des candidats à la présidentielle, et que moi-même, je sois sur un autre projet, avant de provoquer un tournant dans sa carrière au moyen d'une chute sur la voie ferrée lors de l'un de ses déplacements à un meeting, un véritable séisme dont je pouvais d'ores et déjà mesurer les deux principales conséquences : la fin brutale de sa chronique et, partant, de son existence.

XXV

122. Je n'eus pas la même longanimité avec la nouvelle DRH du groupe. Elle avait affiché, en grand dans
son bureau, la reproduction d'un artiste contemporain
où était écrit en lettres de toutes les couleurs : « Uto-
pistes, debout ! » Son premier souci fut de moderniser
notre statut. Sous prétexte que le métier d'éditeur était
un métier formidable, qu'arrêter notre réflexion à une
heure précise n'aurait pas de sens, parce que les idées,
ça vient sans se soucier du moment, elle supprima les
heures sup. Elle se déplaçait toujours à bicyclette car
c'était plus « moderne » que la voiture. Par une
embardée, je mis fin à ses jours supplémentaires.

Son successeur ne dura guère plus. Le malheureux
sursautait à la moindre porte qui claquait et passait son
temps à regarder tout autour de lui, comme si un
danger le menaçait. Il parlait toujours d'un ton très
calme, presque à voix basse et quand nous allions le
voir pour un problème quelconque, il promettait hum-
blement de trouver au plus vite une solution qui nous
satisferait. Quand vint la période des augmentations,
tiraillé entre la pression de la direction et la demande
des salariés, il disparut sans qu'on le revît.

Son remplaçant ne croyait pas à la loi des séries. Il
fit l'esprit fort toute une semaine. À peine arrivé, il
nous annonça que, puisque désormais nous étions dans

le même groupe que notre concurrent direct Le Révolté, la direction générale avait décidé de fusionner les deux maisons et donc les deux équipes.

Afin que les choses se passent le mieux possible et de la façon la plus humaine qui soit, nous expliqua-t-il, ceux qui seraient amenés à quitter l'entreprise se verraient convoquer le lendemain entre neuf heures et midi. Il nous était demandé d'être là à l'heure, d'éviter de passer le moindre coup de fil pour que notre ligne reste libre.

La première sonnerie retentit à neuf heures quinze. « Oui, c'est moi, répondit un jeune rewriter, j'arrive. » Il se leva, droit comme un I, et se dirigea d'un pas mécanique vers le bureau du DRH. Nous lui adressâmes un ultime sourire. Toutes les demi-heures environ, quelqu'un d'autre était appelé. Vers dix heures trente, l'un d'entre nous s'effondra, en larmes, « j'en peux plus », et sans même avoir été appelé, se précipita à la DRH. À onze heures trente, le téléphone de Daniel sonna. Sur le coup, comme il était juste en face de moi, nous nous observâmes pour savoir qui de nous deux était convoqué. Quand il comprit que c'était lui, il décrocha d'une voix blanche. « Allô. » Quelqu'un à l'autre bout du fil lui parla. Daniel s'emporta. « Maman, je t'avais dit de ne pas m'appeler ce matin. Tu vas me faire avoir une crise cardiaque... » Il rac-crocha et, dans un grand sourire, me glissa « fausse alerte ». À la fin de la matinée six d'entre nous avaient disparu. Le DRH n'allait pas tarder à les suivre. Exas-péré par ces heures d'angoisse, j'avais décidé d'agir. Deux jours plus tard, j'allai le trouver, avec une bou-teille de champagne pour le remercier de ne pas m'avoir choisi. Flatté par ma servilité, il trinqua de bon cœur. Une forte dose de barbituriques suffit pour le rayer des cadres. J'effaçai les traces de ma présence, plaçai bien en évidence sur le bureau une plaquette du médicament en question. On frappa à la porte et, sans attendre la réponse, un de mes collègues entra dans la pièce. Il jeta un coup d'œil sur la scène, vit le corps de l'autre dans le fauteuil. Il me sourit. D'un geste, il me désigna le second verre que j'avais laissé traîner, et, sans un mot, ressortit.

Dès le lendemain, la police était dans nos locaux. Cela faisait le quatrième DRH qui disparaissait en l'espace de quelques mois. Les inspecteurs enquêtèrent sur les trois autres cas, ils ne découvrirent aucun élément suspect. Ils interrogèrent ensuite ceux qui venaient d'être licenciés. Une assistante de direction avoua avoir une liaison avec le défunt. Un informaticien révéla qu'il avait monté un trafic d'imprimantes, un comptable s'accusa de vol de fournitures... Je pensais que le remords d'avoir viré six personnes en une matinée pouvait servir de mobile tout à fait honorable à un suicide. Mais nous apprîmes que notre directeur des ressources humaines avait fait l'objet d'une mesure de licenciement, le groupe ayant décidé de se séparer de lui après qu'il eut rempli sa mission de nettoyage au sein de La Rebelle.

Mon patron décida que nous ne devions plus faire que des best-sellers, et donc de laisser tomber les experts. J'avais cependant encore un contrat à honorer avant de clore l'ancienne collection : un sociologue spécialisé dans l'étude des jeunes des banlieues.

Il vint me chercher à la gare près de la cité qu'il étudiait.

— L'important est de redonner du sens à un monde qui n'en a plus, me dit-il en m'emmenant vers son bureau. Ou plutôt que les gens ne perçoivent plus. Ici, à la maison des sciences du Jeune, que nous venons de créer, nous travaillons avec les associations et le

mouvement social. L'année dernière, l'unité de sociologie appliquée où je travaille, à Paris, a fait une pétition pour demander à se délocaliser en banlieue. Nous
pensions qu'il s'agissait d'une action citoyenne, au
sens politique du terme, d'un geste fort. La sociologie
a son rôle à jouer dans la reconstruction du lien social.
Et... Mais eh ! Oh ! Les gars, qu'est-ce que vous
faites... ?

Il se mit à courir en direction d'un groupe assis sur
une voiture.

— C'est ma bagnole...

— Ça va, on fait rien de mal...

— Je suis un copain à Djamel, votre éducateur.

— C'est bon. T'énerve pas. On l'abîme pas ta
caisse.

Ils s'éloignèrent.

— Ils sont difficiles à saisir. Pourtant je les
comprends. Le chômage pour seul avenir, l'exclusion
totale. La violence est leur seule réaction... Vous
savez, on a fait des études aux États-Unis sur les
enfants noirs et latinos qui ont grandi dans les ghettos.
Les résultats sont accablants. À cinq ans les gosses ont
subi autant de traumatismes dus à la violence que les
soldats américains pendant la guerre du Viêt Nam.

Nous poursuivîmes notre chemin. De temps à autre,
il se retournait pour surveiller sa voiture.

— Dès qu'ils voient une plaque immatriculée 75,
ils pensent qu'il s'agit d'un journaliste... (Il reprit :)
Finalement, nous avons obtenu la création d'une
antenne ici.

— Et c'est donc ici que vous travaillez ?

— Oui... Enfin non. Disons que mes collègues sont
là. Moi je passe une fois par mois pour faire le point.
Vous comprenez, il fallait bien que l'un d'entre nous
reste à Paris pour assurer le suivi administratif... Et

puis j'ai une femme et trois enfants... Voilà, c'est là, me dit-il en désignant une petite maison entourée de grillage.

Devant l'entrée, un vigile en costume-cravate, le talkie-walkie à la main, nous arrêta.

Le sociologue montra sa carte et me fit passer avec lui.

— Nous avons été obligés de faire appel à une société de gardiennage, m'avoua-t-il. La semaine dernière, on a attaqué notre local. Pour voler les ordinateurs et le matériel de bureau. Des jeunes du quartier probablement. Ils ont tout saccagé et recouvert les murs de tags et de graffitis. Nous avons tous été très choqués...

Il me faisait songer à ces missionnaires que les Indiens parfois clouaient nus au poteau de torture.

— Vous savez, des études dans les quartiers déshérités de Liverpool et de Leeds démontrent que, quand l'aliénation atteint un stade trop élevé, les gens ne sont plus en mesure d'appréhender leur environnement social et qu'ils s'attaquent même entre eux...

Nous longeâmes une grande pièce dévastée où plusieurs personnes relevaient les graffitis sur les murs.

— Les inspecteurs sont encore là ? demandai-je.

— Eux ? (Il rit.) Non, ce sont mes collègues. Après ce qui nous est arrivé, nous avons décidé de créer une commission pour rendre de l'intelligibilité à cet événement traumatique. Cette commission, la « commission tag », comme nous l'avons baptisée, a pour but d'analyser les traces laissées par nos agresseurs, afin d'essayer de mieux cerner leur vision du monde. Et ce sont mes collègues que vous avez vus, qui sont chargés de la recension des graffitis.

Je décidai à mon tour de faire quelque chose pour les jeunes de la cité, une action citoyenne.

Une fois le manuscrit achevé, je crevai les pneus et taguai la voiture du sociologue, histoire d'en faire un objet d'étude. Ce qu'il prit très mal. Il se précipita dans la cité pour savoir qui avait commis cette exaction. On le retrouva trois jours plus tard au fond d'une cave. Je découvris dans les journaux que des dealers les surveillaient, lui et son équipe, depuis un certain temps et les avaient pris pour des flics en civil.

Sa disparition tragique assura un vrai succès à l'ouvrage *Cité interdite. Un sociologue chez les casseurs*. C'était le service de marketing, fraîchement arrivé dans les bagages de la nouvelle direction, qui avait trouvé le titre après avoir longuement hésité avec *NTS, nique ton sociologue*, jugé pas assez dramatique.

— La mort des idéologies, c'est le triomphe de la connerie...

— Vous voilà bien désabusé, fis-je.

Marie sourit.

123.   Maintenant que nous étions les deux derniers survivants de l'époque Amaury, aux éditions La Rebelle, Daniel se montrait beaucoup plus liant avec moi. « Comment ça va ? » C'était comme si j'étais une sorte de point fixe auquel il pouvait se rattacher. « Comme un lundi... », s'esclaffait-il bruyamment. Ou bien encore « Comme un vendredi », avec un petit clin d'œil. Quand il découvrit que comme lui j'étais gaucher, il me prit carrément en amitié.

— C'est un signe, me dit-il l'air entendu.

Sur le moment, je souris, comme s'il s'agissait d'une de ses habituelles boutades, mais les jours suivants, il m'en reparla et je compris qu'il y attachait une grande importance.

Un soir que nous n'étions plus que tous les deux, il me demanda :

— Tu n'as jamais souffert d'être gaucher dans ton enfance ?

Je le regardai, un peu surpris. Il me raconta tout ce qu'il avait subi alors, les moqueries des autres, les regards de sa grand-mère qui craignait qu'il puisse être un peu attardé. Il me parla aussi des porte-plumes de droitier que son instituteur lui imposait des heures durant pour le corriger, jusqu'au moment où, vers ses quinze ans, il prit conscience de sa gauchitude. Aujourd'hui, ça allait beaucoup mieux, surtout depuis qu'il avait rejoint l'association « Mal à droite ».

— Tu devrais venir. On a justement une réunion ce soir. Tu verras, ça fait vraiment du bien de se retrouver entre nous.

Piqué par la curiosité, j'acceptai son offre. La réunion avait lieu dans l'arrière-salle d'une quincaillerie, le propriétaire étant un sympathisant. Au mur, ils avaient accroché de grandes banderoles avec des slogans « À gauche toute » ou bien encore « Gauche pride ». La séance était consacrée au projet de rédaction d'une lettre au *Petit Larousse* pour demander qu'on signale que Christophe Colomb était gaucher. La première action d'éclat qui ferait connaître leur association. « Il ne s'agit pas d'une lubie, expliqua le président, ni même d'une revendication communautariste. Mais ignorer ce fait conduit à ne pas comprendre pourquoi il a ainsi dérivé à l'ouest (à gauche sur la carte) pour découvrir l'Amérique. »

Quand ils parlaient entre eux, ils avaient décidé de bannir les expressions négatives dont les gauchers étaient victimes depuis des siècles pour les remplacer par leur contraire. Ainsi, quand quelqu'un était de mauvaise humeur, ils ne disaient pas « il s'est levé du pied gauche » mais « il s'est levé du pied droit », et quand une personne mourait, elle passait l'arme à droite.

Quiconque mettait en doute leur vision du monde se voyait aussitôt traité de droitier, et ils avaient en horreur toute cette droite caviar qui avait mis de l'argent à droite, en exploitant pendant des siècles l'intelligence et les compétences des gauchers. Mais leurs ennemis jurés, c'étaient les renégats, les gauchers qui ne comprenaient pas l'aliénation qu'ils avaient subie à travers l'Histoire et s'y soumettaient sans broncher. « Des faux gauchers », me disait Daniel, ce qui dans sa bouche voulait dire des droitiers contrariés.

Il commençait à m'emmerder jusqu'à la droite. Il me fallait agir dans les plus brefs délais. Un soir de réunion, je prétextai un rendez-vous pour m'éclipser avant la fin et, en repassant par la quincaillerie, je subtilisai plusieurs bouteilles de gaz que je plaçai à l'entrée du local. Après avoir ouvert les valves, je pris soin de barricader la porte donnant sur le magasin. Un quart d'heure plus tard, une grande explosion retentit.

La presse s'interrogea sur le mobile qui avait poussé ces douze personnes, le nombre total de victimes, à se réunir ainsi dans un tel lieu, d'autant que les inspecteurs avaient retrouvé des bribes d'affiches qui parlaient de « gauche radicale » et d'« ultra-gauche ». Certains journalistes évoquèrent une résurgence d'Action directe.

— Je n'y crois pas beaucoup, à cette piste, me dit Marie. Ça ne cadre pas avec le profil des victimes. J'ai vu d'ailleurs que dans la liste, il y avait votre collègue Daniel...

— Oui, reconnus-je, un peu troublé. Je suis d'accord avec vous, Daniel n'avait pas du tout le profil d'un terroriste...

— Vous le connaissiez bien ?

— Pas plus que ça. Pourquoi ? C'est vous qui menez l'enquête ?

— Non, c'est un copain, qui m'a demandé mon avis sur cette affaire.

— Désolé de ne pouvoir vous aider. Daniel passait son temps à faire des blagues, mais il restait très discret sur sa vie. La seule fois où je l'ai vu s'animer un peu, c'est quand il a découvert que j'étais gaucher comme lui. À part ça, on était vraiment très différents...

— Gaucher, vous dites ?

Je vis l'œil du commissaire Marie s'allumer.

— Oui, gaucher. Ça avait l'air de compter énormément pour lui. Pourquoi ? C'est important ?

Dans les jours qui suivirent, les journaux révélèrent qu'il s'agissait en fait d'une inoffensive association de gauchers, baptisée « Mal à droite ». La police conclut à un accident domestique malheureux dû à la négligence du quincaillier.

— Et tout ça grâce à vous, me dit Marie en me remerciant d'une bonne bouteille de whisky.

124. Au bureau, nous eûmes droit à une minute de silence à la mémoire de Daniel, organisée par la nouvelle DRH, une jeune femme tout juste sortie de l'école.

— Ils nous les envoient de plus en plus jeunes, commenta un collègue.

Dans le groupe, la réputation de dangerosité du poste s'était rapidement établie. Bientôt il fut impossible à la direction générale de trouver un nouveau candidat. Dès que le postulant apprenait que le poste à pourvoir concernait La Rebelle, il se désistait prudemment. Cela devint une sorte de placard mortel dont on menaçait les cadres récalcitrants ou pas assez performants. Tels les soldats allemands craignant pendant la Seconde Guerre mondiale d'être envoyés sur le front de l'Est, les DRH priaient pour ne pas se voir nommés à La Rebelle.

La jeune femme essaya de mettre en pratique ce qu'elle venait d'apprendre et se présenta sous la forme d'un portrait chinois, « pour créer plus de convivialité et moins de formalisme entre nous ». Nous dûmes donc lui poser des questions du genre « si vous étiez un arbre ? un animal ? un objet ?... »

— Un chêne sous lequel on rend la justice. Je suis là pour arranger tous les petits conflits de la vie au bureau.

— Une petite souris, qui sait aussi apporter les bonnes nouvelles comme quand les enfants perdent une dent.

Puis nous jouâmes à un jeu de ma composition, « si j'étais un accident... », juste après qu'elle s'était mis en tête de contrôler notre rendement sous prétexte de compétition stimulante.

Le collègue qui m'avait surpris dans le bureau du précédent DRH, le soir de son suicide, m'adressa un large sourire en arrivant le lendemain au bureau.

La police débarqua à nouveau dans nos locaux. Même si la mort paraissait accidentelle, la loi des séries avait ses limites et je regrettais déjà mon geste, quand j'aperçus Marie en personne. Il traversa la grande salle où nous travaillions pour venir me serrer la main. Il me glissa qu'il était chargé de l'enquête.

— Comme dirait votre voyante, « la mort est très présente autour de vous », lâcha-t-il, laconique.

— Comment ça ?

— Votre femme, l'agent de l'ANPE, le metteur en

scène et l'auteur du spectacle que vous avez si fort apprécié, tous ces DRH... Moi-même, je ne me sens pas très bien, sourit-il.

— La plupart sont des accidents, risquai-je.

— Imaginons..., dit-il, un tueur... qui parfois maquillerait ses meurtres en accidents et parfois non...

— À voir la liste des victimes, votre tueur serait plutôt un déséquilibré...

Il me semblait que la meilleure manière de détourner ses soupçons était encore de discuter avec lui comme si nous débattions pour résoudre la question.

— ... ou bien quelqu'un qui suivrait un plan bien précis, ajouta Marie.

J'hésitai à lui demander ce qu'il entendait par là mais il passa à autre chose, sans plus de commentaires.

Il interrogea longuement mon « complice » et je vis Marie sortir du bureau avec un petit sourire. Curieusement je n'entendis plus parler de rien. Je questionnai mon collègue, qui ne m'éclaira guère. Tout juste put-il me raconter qu'ils avaient discuté de choses et d'autres, notamment de théâtre, ce qui m'inquiéta beaucoup, et qu'il s'était permis de lui dire que nous avions passé la soirée ensemble, me fournissant ainsi un alibi, ce dont je le remerciai chaleureusement.

125. Pendant plusieurs mois, le poste demeura vacant. Pour autant, le groupe Ramono ne nous laissait guère tranquilles. À peine remis de la fusion avec Le Révolté, on nous convia à une grand-messe censée donner aux deux mille et quelques salariés le sentiment d'appartenir à un grand groupe solide et plein d'avenir.

Nous fûmes rassemblés dans une immense salle,

chacun portant un badge avec son nom et celui de l'entreprise. Sur l'estrade apparut un homme, la quarantaine fringante, encadré par d'autres plus âgés, la plupart bedonnants.

— Tous ensemble, vous avez un grand pouvoir. Aussi important que le mien. Peut-être même plus. Sur vos épaules repose Ramono ! Vous êtes la vraie richesse de ce groupe !

La sono joua à fond *We Are The Champions*.

Pendant une heure, il nous harangua, tour à tour humble, « je me remets quotidiennement en question, il faut se remettre en question », offensif, « il ne faut pas avoir peur de la concurrence, car nous sommes les meilleurs », et plein d'humour aussi, « comme dit un proverbe chinois que je viens d'inventer, la prudence est la mère de toutes les audaces ».

Il se lança ensuite dans un panégyrique de son équipe dirigeante, présentant chacun, « bravo à toi Jean-René », l'autre, ému, « non, bravo à toi Jean-Marie », « on aime bien se complimenter entre nous, c'est toujours très agréable... »

Puis il se mit à discuter avec la salle.

Un Espagnol s'inquiéta de la stratégie du groupe dans son pays.

— Ah, j'adore entendre parler nos amis espagnols. Ça a un petit côté vacances, soleil... Vous savez, je connais très bien votre roi, un ami de ma famille...

Puis un Italien.

— Ah, la faconde de nos amis italiens. On dirait du Benigni. Formidable ! Avec tous ces gestes, cette expressivité...

Un Français, délégué syndical, l'interpella.

— Ah, je vois qu'on est rentré en France. Il fait tout de suite plus gris...

La salle marchait à tous les coups, de ce rire qui sent si bon le crédit aveugle qu'on accorde aux dirigeants.

Sur l'écran, derrière lui, s'affichaient des chiffres, des camemberts aux couleurs criardes, des progressions programmées, des planisphères bariolés...

— Nous sommes numéro 7 mondial. D'ici trois ans, nous serons numéro 3.

Il nous parlait comme si nous étions des enfants, pis encore, des débiles légers, et tous autour de moi, aux anges, riaient, battaient des mains.

En rang d'oignons, assis derrière une longue table recouverte d'une étoffe rouge, les lieutenants du grand patron nous observaient d'un œil inquisiteur. Les corps penchés au-dessus des micros et des bouteilles d'eau minérale, bien calés en face de leur nom écrit sur un petit carton, tous avec le même costume bleu marine, la même chemise blanche, la même cravate sombre, ils ressemblaient à des porte-flingues d'une multinationale du crime. Ils étaient d'autant plus inquiétants que leur violence policée se révélait cent fois plus efficace que les anciennes méthodes expéditives. Mon grand-père m'emmenait souvent à la fête foraine, et nous nous amusions à tirer sur les ballons, nous imaginant qu'il s'agissait des bourgeois croisés durant la promenade. Une envie irrépressible de carabine à air comprimé me saisit.

La journée était divisée en deux. Le matin, allocution du président, l'après-midi, présentation de chaque branche du groupe par les différents directeurs. La coupure du déjeuner durait près de deux heures, je courus jusque chez moi, rassemblai les ingrédients nécessaires à la fabrication d'une bombe artisanale dont j'avais lu la recette dans les almanachs anarchistes de mon grand-père, revins au séminaire, installai mon engin sous l'estrade et trafiquai les fils du micro central. Sans connaissance particulière dans ce genre de chose, j'ignorais tout de sa puissance et de son rayon d'action. Aussi trouvai-je préférable de m'éclipser. Par manque de chance, alors que tout le monde déjà regagnait sa place, je tombai dans l'escalier sur mon patron qui était sorti pour passer un coup de fil. Il me prit par le bras et me poussa dans la grande salle où, arrivant dans les derniers, nous fûmes contraints de nous asseoir tout devant. Je sentais la panique commencer à me gagner.

Le président revint pour ouvrir la séance. Nous nous levâmes pour l'applaudir. J'étais parmi les plus zélés, essayant de faire durer l'ovation, tout en réfléchissant au moyen de m'éclipser. Le grand patron me jeta un regard reconnaissant. Je le vis se pencher à l'oreille d'un de ses adjoints et lui faire un signe de tête dans ma direction. Bien que mon ardeur à le saluer fût grande, il fallut quand même faire silence. Comme nous nous rasseyions, l'adjoint se glissa jusqu'à notre rang et me fit appeler.

— Le président voudrait que vous montiez à ses côtés.

— Moi ? Mais pourquoi moi ?

— Il a remarqué votre enthousiasme et souhaite le récompenser.

— Je ne saurais accepter, fis-je.

— Ne discutez pas. Il ne faut pas faire attendre le président.

Je dus m'exécuter. Blanc comme un linge (on mit ma pâleur sur le compte de l'émotion) je montai sur l'estrade.

Le grand patron me fit asseoir à côté de lui.

— Détendez-vous. Tout va bien se passer.

Puis il me murmura à l'oreille :

— Ce n'est pas la mort tout de même...

346

Il s'approcha du micro, appuya sur le bouton. Je fermai les yeux, maudissant en moi-même les anarchistes, mon grand-père et ma haine des cons.

— Mes amis, je vous présente...

Il regarda mon nom sur le badge.

— Il travaille dans une de nos dernières acquisitions, la petite mais dynamique maison La Rebelle-Le Révolté. Je tenais à le féliciter pour son esprit de groupe déjà si prononcé et la confiance qu'il a manifestée envers nous. Je l'ai vu applaudir à tout rompre comme s'il assistait à une représentation à l'Opéra ou à un match de l'équipe de France.

Il se tourna vers moi.

— Dites-nous un mot.

— Je..., fis-je comme en m'éveillant d'un mauvais rêve.

— Plus fort, crièrent des gens dans la salle.

— Parlez dans le micro, me dit le président.

— Je...

— Il faut appuyer sur le bouton. Excusez-le, il n'a pas l'habitude.

Je posai en tremblant mon doigt sur l'interrupteur et, m'attendant à voler en éclats d'une seconde à l'autre, bredouillai quelques phrases. Je parlais mécaniquement, sans même prêter la moindre attention à ce que je disais. Je m'entendis remercier Ramono pour nous avoir si bien accueillis, proclamer ma confiance dans l'avenir qui s'annonçait si radieux. Je me revoyais enfant, récitant un petit poème lors de la venue de Georges Marchais dans notre section. On ne pouvait plus m'arrêter. Je ne sais plus qui du président ou de son adjoint me retira la parole, mais je me souviens d'être redescendu sous un tonnerre d'applaudissements. Quand je regagnai ma place, partagé entre le soulagement et la crainte, le P-DG s'énervait sur le

347

micro – mon intervention avait, semble-t-il, entraîné des perturbations dans son fonctionnement : il se mettait à grésiller, ou se coupait par instants –, et j'entendis mon n + 1 me glisser : « Votre carrière est toute tracée... »

XXVI

126.   *Étant donné que les cons sont partout, d'une part, et qu'ils régissent le monde, d'autre part, il n'y a aucune raison de supposer qu'il n'en a pas toujours été ainsi depuis que l'homme vit en groupe. On pourrait même, sans grand risque d'erreur, formuler l'hypothèse que la connerie augmente à mesure que la population croît. Autrement dit, l'histoire de toute société jusqu'à nos jours n'a été que l'histoire de la lutte contre les cons.*

127.   Par un curieux concours de circonstances, nous passions notre temps au bureau à organiser des minutes de silence.

Le président avait fait acheter par le groupe un jet privé afin d'organiser plus rapidement les déplacements de son staff à travers le monde. Passionné d'aviation, il prenait lui-même les commandes. Il ne me fut pas difficile de me glisser jusqu'aux plateaux-repas, servis à bord par une société de restauration rapide, et d'y injecter une bonne dose de somnifère. La nouvelle fit grand bruit. Toute la direction, soit en tout six personnes, s'était écrasée au large des Açores. Pas de survivants. Un crash incompréhensible...

Pendant une semaine, chaque jour à midi, nous arrêtions le travail, et rassemblés dans le hall, nous nous recueillions en mémoire du président et de ses adjoints.

Mais à peine avions-nous fini cette série, que notre nouveau P-DG disparut. Il avait décidé de faire le tour de toutes les entreprises que possédait Ramono dans le monde, notamment une imprimerie en Indonésie. Profitant de sa visite là-bas, il s'était octroyé quelques jours de repos sur les plages de l'île de Java où il fut victime d'un raz-de-marée. Résultat : une seconde semaine de minutes de silence, auxquelles s'ajoutèrent des minutes spéciales pour nos collègues d'Asie. Ramono était très impliqué dans l'aide humanitaire en direction des populations touchées.

Cela rendait fou le nouveau DRH, qui, passé le premier moment d'élan caritatif, finit par trouver que tant de minutes chômées commençaient à faire beaucoup. Un matin, il diffusa une note de service dans laquelle il nous informait que, désormais, chaque minute de silence serait récupérée. Le lendemain, nous en rajoutions une en hâte, pour lui : la veille au soir, un stupide accident de la circulation nous l'avait prématurément ravi.

Ravi, je l'étais moi aussi, et pas seulement de cette nouvelle disparition, qui d'ailleurs, dans le **climat** ambiant de catastrophe et de décès, passa **presque inaperçue.**

128.   Pour la troisième fois en moins d'un an, nous changeâmes de propriétaire. La disparition de sa direction et la destruction de son imprimerie en Indonésie furent fatales au groupe Ramono qui nous revendit aux Éditeurs Réunis. Cela entraîna l'arrivée d'une toute nouvelle équipe dirigeante – « des livres qui se

vendent », « pas d'inquiétude sur l'avenir » : « Nous allons sortir de la crise par le haut. »

Mon nouveau patron était un homme élégant d'une quarantaine d'années, le regard bleu, les cheveux impeccables, la cravate toujours parfaite. Il était arrivé à ce poste un peu par relations, un peu aussi en raison des différentes écoles de commerce qu'il avait faites. Je l'avais surnommé Alcibiade. Comme le héros grec qui refusait de jouer de la flûte pour ne pas déformer les traits de son visage, mon patron fuyait toutes les émotions trop marquées, tous les sentiments trop puissants. Il ne riait jamais, souriait tout au plus, n'élevait pas la voix, évitait les conflits, les discussions qui auraient pu l'amener à des réflexions trop osées, les prises de position définitives, et douchait tous les enthousiasmes, redoutant d'être à son tour contaminé. Surtout, il n'émettait aucune idée. Conscient de leur dangerosité, il se gardait bien d'en avoir. Aux jeunes auteurs qui venaient lui proposer « un livre qui n'avait jamais été fait », il répondait sans se démonter que, « s'il n'avait jamais été fait, c'est qu'il y avait une raison... »

Étale en tout, Alcibiade gardait en tout mesure, par crainte de froisser son âme qu'il avait propre et lisse. Et comme tous les cons, il se rendait à l'évidence.

Il demanda donc au service marketing d'analyser ce que faisaient les autres éditeurs, afin de « voir où était le marché ». L'étude aboutit au lancement d'une collection consacrée aux « personnalités qui faisaient l'actualité », dont Alcibiade me chargea. Après un bref brain-storming, il fut arrêté que le premier serait un journaliste de télévision qui venait de se rendre célèbre par ses reportages sur le raz-de-marée. Il avait notamment filmé, depuis sa voiture, un pauvre type qui faisait du stop, le corps de son enfant dans les bras, pour qu'on l'emmène jusqu'au cimetière. Le journaliste et l'homme étaient restés ainsi toute une journée, chacun d'un côté de la route à attendre, pendant que le chauffeur du journaliste laissait tourner le moteur. Le soir venu, le pauvre père avait décidé d'enterrer l'enfant sur place. Le journaliste avait sobrement commenté la fin de l'histoire en soulignant la désorganisation des secours.

Si Victor Hugo possédait, dit-on, plus de cent mille mots, le vocabulaire de mon journaliste se limitait lui à une dizaine d'expressions qui lui permettaient, en toutes circonstances, de couvrir l'actualité : « Et qu'est-ce que vous répondez à vos détracteurs ? » (dans toute interview, quelle que soit la personnalité interrogée), « Serez-vous candidat ? » (pour les hommes politiques), « Sans langue de bois ? » (si l'interviewé n'avait pas répondu à la question précédente), « Il faut pourtant bien réformer le système ? » (pour ceux de gauche), « Est-ce que cela veut dire que notre pays ne peut être réformé ? » (pour ceux de droite), « Stupeur et incompréhension parmi les habitants » (pour les faits divers et sujets de société), « Un siècle en arrière » (pour les traditions régionales et aussi l'interview des leaders d'extrême gauche), « Un voyage intime parmi les mots et les images » (pour la culture), « Qui pourrait bien révolutionner l'avenir de la planète » (pour tout sujet scientifique et autres experts), « Un reportage tourné par nos envoyés spéciaux, une exclusivité » (pour tout le reste).

Il venait d'avoir l'accord de sa direction pour une nouvelle série d'émissions, en début de soirée, au concept révolutionnaire mêlant information et télé-réalité.

Lors de la première, huit candidats, tous célèbres, présentaient le traumatisme ou la crise qu'ils avaient vécus, ce qui donnait l'occasion de passer un reportage d'investigation sur le sujet, et les téléspectateurs votaient pour décider qui restait ou partait.

— Je suis le fruit d'un viol au lendemain de la guerre, raconta la larme à l'œil un acteur connu pour ses rôles dans des films d'action. J'ai gardé ce secret depuis près de quarante ans mais j'ai senti grâce à cette émission qu'il fallait que je me délivre de ce fardeau.

Le public poussa un grand cri de compassion.

— Stupeur et incompréhension parmi les habitants. Un reportage exclusif tourné par nos envoyés spéciaux.

Applaudissements.

On suivait la reconstitution du théâtre du drame, dans un petit village de Normandie. Le journaliste interrogeait les anciens, les vieux, qui expliquaient la situation en 1944. Des figurants rejouaient la scène sans qu'on puisse voir leur visage.

— Et qu'est-ce que vous répondez à vos détracteurs ?

— Je les emmerde ! répondit l'autre.

Des tonnerres d'applaudissements se firent entendre.

— Sans langue de bois !

— Je n'ai pas calculé. J'avais besoin de le dire... J'espère que ma mère comprendra pourquoi je fais ça. D'ailleurs, je ne suis pas le seul dans mon cas. Des dizaines de milliers de personnes souffrent comme moi en silence. Parce qu'on n'ose pas le dire, parce que l'État refuse de reconnaître nos souffrances...

Clameurs de soutien et de désapprobation envers les pouvoirs publics.

— Est-ce que cela veut dire que notre pays ne peut être réformé ?

353

— J'en sais rien. Mais l'important c'est de ne pas garder cela pour soi.

Applaudissements retenus, pleins de pudeur.

— Il faut pourtant bien réformer le système... Serez-vous candidat ?

— J'espère que les gens voteront pour moi, car mon histoire mérite qu'on s'y intéresse...

Vivats et bravos.

Défilèrent ensuite une ex-star de la chanson qui vint avouer que son père était en fait son grand-père, « un siècle en arrière ! », un sportif qui raconta que sa mère était en fait devenue son père, après une opération « qui pourrait bien révolutionner l'avenir de la planète », et un homme politique qui avoua vivre en couple avec un écrivain qui d'ailleurs en ferait le thème de son prochain roman, « un voyage intime parmi les mots et les images »...

Au bout de plusieurs émissions, posté dans les coulisses, à suivre tous ces faits et gestes, j'étais complètement à cran. Il régnait sur le plateau un tel climat d'émotions et de confessions que mon journaliste se sentit poussé à faire des révélations concernant son enfance, une sombre histoire de frère jumeau disparu lors d'un voyage pour aller rejoindre leur demi-sœur, fruit d'un viol au sein d'un ashram. Moi-même, je me sentais gagné par l'envie d'avouer en direct que mes parents étaient communistes... C'en était trop.

En le raccompagnant un soir chez lui, je l'informai de mon intention de mettre fin à ses jours, tout en sortant mon revolver.

Il me supplia de le laisser filmer sa disparition, « un reportage exclusif », mais je refusai d'accéder à sa demande.

L'un des candidats de l'émission s'accusa, espérant ainsi remporter la partie, mais les inspecteurs n'eurent aucun mal à le disculper. On attribua ce crime à quelque groupuscule intégriste, notre homme ayant invité son chef à venir à l'émission révéler son enfance de milliardaire. Sa chaîne lui dédia ses programmes pendant une semaine, avant de sortir une compilation de ses meilleurs reportages, dont un euro était reversé à une association de défense de la liberté de la presse. Je réussis de mon côté à boucler le livre, ce qui valut à La Rebelle-Le Révolté un grand succès et pour moi les félicitations du patron.

129.   Mais j'avais alors d'autres préoccupations. Ou plutôt, j'étais confronté à un nouveau cas de figure. Jusqu'alors, en accord avec Marie, j'avais considéré que l'intérêt personnel était un des fondements de la connerie. Il ne pouvait à mes yeux exister que des cons égoïstes. Je découvrais cependant au bureau un nouveau type, le con altruiste. Les différentes restructurations et fusions que nous avions subies avaient fini par entraîner chez certains salariés une réaction et une section syndicale s'était créée, avec un délégué. Ce dernier passait nous voir dans les bureaux, prenait des nouvelles de chacun et replaçait chaque histoire dans le contexte plus large de notre exploitation. Je l'avais au début pris en sympathie parce qu'il me rappelait mon enfance et les envolées de mon père contre le grand capital. Mais sa fréquentation plus assidue finit par me taper sur le système. À chaque fois qu'une assistante râlait après son chef, ou qu'un ordinateur tombait en panne, ou bien encore qu'un stagiaire arrivait, aussitôt il y voyait la preuve d'une volonté de la direction d'aggraver les conditions de travail pour augmenter la « profitabilité ». Conscient des résistances suscitées par son discours, il truffait ses phrases

de mots « à la mode », « adaptés aux nouvelles formes d'exploitation ». Les compétences du salarié se transformaient en « employabilité », la lutte pour les salaires devenait « un combat pour la démocratie en entreprise » et les tracts à distribuer, des « expressions de salariés ». Bref il me posait un véritable cas de conscience.

130. Heureusement qu'il y avait la nouvelle collection dont j'étais en charge. Encouragé par le succès des mémoires du journaliste, Alcibiade me lança sur d'autres personnalités. Notre choix se porta sur un homme politique, « au discours sans langue de bois », devenu ministre de l'Environnement, et dont l'activité débordante occupait les premières pages des journaux.

Dès notre première rencontre, celui-ci avait insisté pour que je le tutoie.

— Pas de distance entre nous. Moi j'ai besoin d'avoir confiance. Il faut qu'une certaine intimité s'installe.

Nous décidâmes que je le suivrais partout pendant un mois afin de recueillir ses propos, mais aussi de m'imprégner de l'atmosphère dans laquelle il vivait.

Dès le lendemain je partis avec lui dans l'est de la France où l'on avait retrouvé, près d'un lac, le corps de plusieurs oiseaux migrateurs. On craignait une épidémie de grippe aviaire.

— Un ministre se doit d'être sur le terrain, me dit-il dans le train nous conduisant dans le petit village où l'on avait trouvé les oiseaux morts. Il faut que nous soyons proches des gens.

Durant tout le reste de son voyage, il m'entretint en off de ses ambitions politiques.

— Bien sûr que je pense à la présidence de la

République. Je mentirais si je disais le contraire. C'est normal de vouloir réussir dans sa partie. Un joueur de foot rêve de remporter la Coupe du monde, non ?

Je fis un vague oui.

— Eh bien moi, dans mon domaine, c'est l'Élysée. Je ne vois pas ce qu'il y a de scandaleux à cela. Oui, je rêve d'être président. Oui, je fais tout ça pour ça. Je ne vais pas me cacher derrière mon petit doigt. Et tous les hommes politiques qui te disent le contraire sont des menteurs.

Nous arrivâmes en fin de matinée dans le bourg. Nous fûmes reçus par le maire, intimidé et surpris d'un tel aréopage. Nous vîmes, allongés sur la grande table de la mairie, les cadavres des trois oies sauvages. Un expert scientifique, dépêché de Lyon, nous expliqua que l'on allait les envoyer à son laboratoire pour analyses.

Sur le perron, en présence de tous les villageois, le ministre serra longuement la main du maire. Les micros et les caméras se pressèrent autour de lui.

— Vous en avez marre de toute cette volaille ? lança-t-il en direction de la foule. Eh bien on va vous en débarrasser ! J'ai déjà pris la décision de faire nettoyer entièrement le village au Kärcher pour éviter tout risque potentiel.

Les habitants, impressionnés, applaudirent. Le maire répondit à des dizaines d'interviews pendant que le ministre, suivi par le préfet et les journalistes, déambulait dans les rues en saluant les gens.

— La République ne tolérera aucun cas de grippe aviaire dans votre département. J'y veillerai personnellement. Il n'y aura pas d'épidémie. Je vous le garantis.

Nous nous rendîmes sur les bords du lac où les volatiles avaient été trouvés. D'un air profondément grave et pénétré, le ministre écouta le pêcheur expliquer comment il les avait découverts, lui montrant l'endroit même. L'autre posa deux ou trois questions : « Là, près des roseaux ? », « Les trois côte à côte ? », « On pêche quoi dans le lac ? Des brochets ? » La cohorte des officiels repartit, laissant le pauvre pêcheur en proie aux journalistes.

— Je vous ai organisé une visite chez un éleveur de poulets. C'est un peu loin d'ici, mais il est important de rassurer les paysans du coin.

Nous visitâmes donc l'élevage, guidés par le propriétaire qui se tenait les mains derrière le dos comme un écolier. Deux, trois questions à nouveau : « Ça mange beaucoup ? », « Vous les vendez combien pièce ? », « Vous arrivez encore à manger du poulet avec tout cet élevage ? » Nous pataugeâmes dans une boue gluante, redoutant de toucher les murs du hangar par peur de nous salir, au milieu d'une odeur insoutenable d'excréments, de nourriture pour animaux et d'eau croupie. Le ministre, qui feignait de ne rien voir de tout cela, insista pour serrer la main de l'éleveur malgré les réticences de l'autre qui, dérangé en plein travail, n'avait pas eu le temps de se les laver.

— La campagne, je sais ce que c'est, dit bien fort le ministre. Mes grands-parents tenaient une ferme dans le Poitou.

Il tapa ostensiblement sur l'épaule de l'éleveur. Les flashes crépitèrent.

— Putain ce que ça pue ! me glissa-t-il, une fois remonté dans la voiture. J'avais l'impression de visiter des chiottes. Jamais plus je ne mangerai de poulet...

Une dizaine de jours plus tard, nous apprîmes que les premiers cas de grippe aviaire s'étaient déclarés dans l'est de la France, précisément dans l'élevage où nous nous étions rendus. Les experts s'interrogeaient pour savoir comment une telle apparition de la maladie était possible, étant donné qu'aucun volatile mort n'avait été repéré dans un rayon de cent kilomètres à la ronde et que les poulets étaient élevés sans aucun contact avec l'extérieur...

Le ministre multiplia les déclarations rassurantes. Il était de toutes les émissions. Je m'épuisais à le suivre. Dans la foulée, il décida d'en profiter pour mener une série de visites en France afin de se rapprocher de ses possibles électeurs. À chaque étape, il faisait des propositions fracassantes.

« Il faut en finir avec le clivage gauche-droite. C'est dépassé. Tenez, prenez les feux de forêt. Cela ne concerne pas plus les gens de gauche que les gens de droite. C'est tous unis autour d'un grand projet de réforme contre les dangers des incendies que nous réussirons. »

« Il faut en finir avec les visions passéistes. Le pays dont je m'occupe, ce n'est pas le pays de nos pères, mais le pays de nos enfants. Le passé, c'est bon pour le musée et les historiens. Moi, c'est l'avenir qui m'intéresse. »

« Mon programme est simple, il tient en deux mots : l'humanitaire sécuritaire. Parce que l'humanitaire sans sécuritaire est la porte ouverte au laxisme. Et que le sécuritaire sans humanitaire n'est pas une réponse à une société comme la nôtre, ouverte sur le monde. »

Tous les sujets furent abordés, signe qu'il avait un destin de présidentiable. On l'interrogea sur les immigrés clandestins. « Il faut fermer les centres d'hébergement. Plus de centres, plus d'accueil. Plus d'immigrés. Nous ne serions pas des hommes politiques responsables, si nous ne prenions pas une telle mesure. » On lui demanda son avis sur les squats. « Il faut les fermer. Les gens s'entassent dans des conditions précaires et dangereuses. Nous ne serions pas des hommes politiques responsables, si... » On lui parla du chômage. « Il faut fermer les agences de l'ANPE. Libérons le travail. Trop d'entraves. Nous ne serions pas... »

« Quand on ne croit plus en rien, c'est là que la connerie triomphe... Autrefois les hommes politiques s'escrimaient à essayer de passer pour des sortes de surhommes aux nerfs d'acier, à l'intelligence brillante, comme si leur fonction, ouverte à tous, n'était accessible qu'à une élite. Aujourd'hui, c'est le contraire. Il faut faire croire que l'on est comme tout le monde, avec ses faiblesses. Je pense la même chose que vous. Comme vous j'ai des emmerdes... J'aime les mêmes choses. La politique, c'est un métier comme un autre, un métier de chien... »

Je n'arrivais plus à suivre, entre les voyages, les confidences et la réécriture de l'ouvrage, j'étais à bout. Je parvins cependant à terminer le livre. Tout le monde a encore en mémoire la disparition prématurée de ce ministre à l'avenir si prometteur qui fut retrouvé inanimé, au bord du lac même où il était venu quelques mois plus tôt inspecter les trois volatiles migrateurs. Eh oui, c'était moi ! L'inciter à retourner là-bas ne fut pas une mince affaire. Mais je réussis à le convaincre qu'un laboratoire avait réussi à retrouver le patient zéro, qui avait propagé la grippe aviaire dans la région... Dans l'espoir d'être celui qui annoncerait la nouvelle au JT, à moins que ce ne soit pour étouffer les éventuelles preuves de sa responsabilité dans la contamination, il se rendit aussitôt sur place, dans la plus grande discrétion... « Les accidents de noyade ne sont ni de gauche ni de droite », proclama son successeur.

131.   La collection s'avéra un grand succès. Non seulement sur le plan commercial – les ventes atteignaient des records et mon patron eut droit aux félicitations de la haute direction –, mais aussi sur le plan de notre réflexion à Marie et à moi. Sous son influence, mon combat changeait peu à peu de nature. J'avais toujours eu un penchant pour la théorie, bien sûr, mais avec Marie, j'atteignais au niveau d'une conception globale et politique. Et je ne dis pas seulement cela pour le ministre. Non, « politique » au sens général du terme. Il ne s'agissait plus seulement de dézinguer les cons, ni même les faiseurs de cons, mais d'avoir une véritable vision idéologique de ma lutte.

— Nous vivons une grande époque de rhétorique. Que vous en semble ? Imaginons un temps où le mot aurait pris toute la place, m'expliquait-il souvent. Un mot dirait le tout. Par exemple, vous diriez « réforme » et chacun saurait que vous êtes un partisan de la libéralisation des échanges, de la fin du modèle social, etc. Ou bien encore vous prononceriez « pédagogie » et tout le monde comprendrait que vous êtes un partisan de la réforme. À l'inverse, vous diriez « profit », « exploitation », « exception » et on devinerait aussitôt que vous êtes un opposant. Imaginons donc un monde reposant sur des mots-ballons, des mots-images, comment pourriez-vous exprimer votre pensée ?

— En associant des images entre elles. Par exemple « réforme » et « pédagogie »... ou « exploitation » et « sens »...

— Et qu'en serait-il du résultat ?

— Un jeu d'assemblage. Des sortes d'albums d'images que les gens reconnaîtraient juste en les ouvrant.

— Et dès lors, celui qui associerait des mots sans rapport apparent, des mots qu'on n'a pas l'habitude d'associer, susciterait la surprise, l'étonnement, parfois même le scandale ?

— Tout à fait. Par exemple « exploitation » et « pédagogie ». Ou « réforme » et « profit ».

— Peut-être même qu'il obtiendrait un certain succès, si sa façon de procéder devenait elle-même une image.

— Elle deviendrait à son tour une tournure admise et attendue...

— Bien, et maintenant si quelqu'un prenait un mot-image presque vidé de son sens, ou tellement usé qu'il n'en a plus guère, une image passe-partout, un cliché, et l'utilisait d'une façon nouvelle et déroutante ? Par exemple quelqu'un comme vous qui ferait du mot « con », du cliché « con », la source de toute sa pensée, et en affublerait tous les autres mots-images...

— Je ne sais pas, fis-je. Il amuserait ?

— Peut-être aussi crèverait-il tous les autres ballons...

Je souris.

132.   La nouvelle DRH trouva plus prudent de se consacrer à l'élaboration d'une charte éthique au sein de l'entreprise. Un genre de programme pour une Miss Univers ayant décidé de se lancer dans les affaires (je respecte l'environnement, les différences entre les gens, à travail égal, salaire égal, je suis pour la paix dans le monde...) – à sa place j'aurais commencé par écrire : « Ta DRH, tu ne tueras point. »

— Ah les cons, ça ose tout ! Quelle valeur accorde le salarié à cette charte ?

— Aucune. Cela l'amuserait plutôt.

— Bien. On peut penser que la direction n'y croit pas non plus.

— Tout à fait.

— Et les actionnaires ?

— Pas plus.

Il partit d'un grand éclat de rire.

— À quoi ça sert, si tout le monde fait semblant ? À mon avis, pour qu'une telle société puisse tenir tout en détruisant ses valeurs, ou plutôt en les utilisant au même titre que tout le reste, il lui faut absolument en réinstaurer d'autres, de « vraies » valeurs sacrées, un peu comme la mafia et son fameux « code d'honneur »...

— Du genre ?

— Il faut un pôle répulsif, un mal absolu, avec lequel on ne plaisante pas. Ça, c'est relativement facile. Nous avons le terrorisme. Islamiste de préférence. Bien. Ensuite, il faut un pôle positif où les bons sentiments peuvent s'exprimer en toute tranquillité, sans qu'ils gênent les affaires, ou sans qu'ils puissent être détournés comme les autres valeurs. Je n'en vois qu'un : la générosité. Elle ne se discute pas, elle est évidente et c'est chacun qui, en son âme et conscience, décide ou non d'aider son prochain. Peu importe si le reste de l'année on l'exploite. Ça ne compte plus. On participe à une grande œuvre commune : tous ensemble, on va sauver Willy, Flipper, ou les Bisounours... Les grands élans de générosité sont un bon thermomètre du degré de connerie atteint par une société. Plus les dons sont importants, plus nombreux sont les cons. Et ne croyez pas que les sommes monstrueuses qui peuvent être engagées par les États ou les entreprises pour sauver une baleine échouée, un ours blessé ou un écureuil boiteux soient de l'argent foutu en l'air. On essaie juste de nous convaincre que les États ont une âme, les grands groupes un cœur. On ne cherche pas à toucher notre cerveau. Avec tout le cynisme ambiant et la remise en cause systématique des valeurs, ce serait prendre le risque de se voir ridiculisé. Non, on nous touche au cœur, là où on ne peut pas se défendre. En nous, on vise le petit garçon qui pleurait quand le pêcheur attrapait le poisson, l'hameçon dans la gueule, en train de se débattre dans le seau.

Parfois Marie m'effrayait bien un peu. J'avais peur de ne pas être à la hauteur. Mes colères étaient des réactions, les siennes des réflexions. Je pris peu à peu l'habitude de lui soumettre chaque cas rencontré. J'avais décidé désormais de marcher par catégories, en fonction des personnalités dont j'étais le nègre.

133.   Le seul qui faisait exception était le délégué syndical de l'entreprise. Il me harcelait de luttes à mener, de signatures à donner pour telle ou telle usine menacée de fermeture, le tout sur un ton extrêmement monotone, à la fois triste et traînant. Tous ces drames, toute cette suite sans fin égrenée en un lamento térébrant me procuraient un sentiment non seulement d'impuissance mais de découragement. On aurait dit un cancérologue racontant sa journée. Si cela nourrissait chez lui une forme de rage morbide, comme s'il constatait l'urgence de la lutte, rendue plus nécessaire encore face aux progrès de la maladie, cela entraînait chez moi une irrépressible envie de boire. En écoutant son recensement journalier des salariés licenciés abusivement, condamnés au RMI ou victimes des délocalisations, mon taux d'alcoolémie augmentait aussi inexorablement que la courbe du chômage. Encore quelques semaines de cette litanie et j'aurais sombré dans l'alcoolisme. Il me fallait faire quelque chose.

Priant en moi-même mon père de me pardonner, je mis fin à son exploitation.

134.   J'essayai d'oublier au plus vite cette disparition en me concentrant sur ma collection.

Le titre suivant concernait un philosophe qui menait à la fois une pensée brillante et une vie mondaine éclatante. Son physique de jeune premier faisait beaucoup pour la qualité de sa réflexion. Il avait la naïveté de croire qu'il était le seul à comprendre certaines choses et se faisait un devoir de les expliquer aux autres. Quelquefois il y réussissait, ou plutôt, il mettait des mots sur des évidences et donnait à chacun le sentiment d'être intelligent. Il avait ainsi gagné à peu de frais une réputation d'intellectuel.

Il s'était fait une spécialité de défendre les causes justes et inattaquables. Il rappelait avec insistance l'importance des droits de l'homme, fustigeait avec passion tous ceux qui portaient sur cette notion un regard blasé, condamnait avec vigueur le terrorisme, les attaques contre la liberté de la presse et toutes les atteintes à la dignité de l'homme. Il avait un ennemi juré, un ancien coreligionnaire à Normale Sup, qui, ayant les mêmes arguments, le même physique et les mêmes stratégies, lui était d'autant plus insupportable. Au moindre problème pouvant nécessiter son intervention, il se précipitait auprès des journalistes, dans l'espoir de précéder l'autre, qui, sur-le-champ, adoptait le point de vue contraire. Lorsque l'un se prononçait, l'autre récusait. Quand mon philosophe devint le président du comité d'éthique d'une grande multinationale, l'autre se fit aussitôt nommer à la tête d'un comité équivalent dans un groupe concurrent. Lorsque l'autre fit part de sa passion pour le football, mon philosophe annonça préférer le rugby, plus moral et moins fascisant. Et ainsi de suite, sans que jamais l'un prenne le pas sur l'autre ou obtienne le dernier mot. Cette lutte sans fin était à la longue devenue dans l'esprit des journalistes la preuve même de l'intensité et de la vigueur du débat intellectuel français.

Quelques jours après notre première rencontre, il m'invita à une petite fête célébrant la fondation du club Marie-Antoinette. Son adversaire ayant rappelé les vertus démocratiques de la Révolution française, mon philosophe, en compagnie de quelques écrivains et penseurs, entendait faire de la pauvre reine guillotinée la victime emblématique de la violence révolutionnaire annonçant tous les fascismes modernes. « C'est surtout les attaques sordides contre la mère du Dauphin qui sont significatives. Le totalitarisme de 1793, c'est la destruction de la sphère privée, des relations naturelles », m'expliqua-t-il.

Marie se régalait du récit de mes entrevues avec mon philosophe. Il estimait que dans le domaine des faiseurs de cons, nous atteignions au sublime. Un soir, il arriva avec une bouteille de champagne.

— Je crois que nous avons trouvé ce qu'intuitivement chaque individu engagé dans une discussion de notre type cherche au bout du compte.

— Ah bon, quoi ? demandai-je, intrigué.

— Un peu de patience, me dit-il. La question est d'importance. L'an dernier nous avons eu un grand débat entre nos frères ennemis sur la nécessité d'interdire ou non les opposants à la démocratie.

— Doit-on tolérer l'intolérance ?

— C'est cela. C'était votre philosophe qui l'avait lancé. Puis une grande polémique sur le rôle des médias. Faut-il ou non faire de la publicité aux attentats terroristes ? Votre auteur y a répondu voilà peu avec sa grande question : peut-on contester la démocratie ? Et enfin, en représailles, l'autre s'est interrogé : faut-il ou non demander son avis au peuple quand celui-ci se trompe ? Que vous en semble ? Lequel est le pire ?

— Difficile à dire.

— Il le faut bien pourtant. Nous ne pouvons accepter l'égalité. Moi je pencherais en faveur de votre philosophe pour la fougue de sa défense de la démocratie alors que personne ne l'attaque.

— Bon va pour lui.

— Parfait. Alors à l'unanimité, je le proclame officiellement roi des cons !

Je ne pus résister bien longtemps au plaisir de l'annoncer à mon philosophe. J'avais décidé de le zigouiller dans sa maison de campagne près de Deauville. Un jour que nous avions rendez-vous pour une séance de travail, je troquai mon stylo pour un revolver et lui annonçai, l'arme pointée vers lui, le titre honorifique dont nous l'avions gratifié.

Il prit une pose très digne.

— C'est toujours la même vieille histoire, dit-il. Les attaques contre les hommes politiques conduisent à l'antiparlementarisme, la critique du sionisme mène à l'antisémitisme, la lutte contre la démocratie aboutit au fascisme et l'offensive contre les intellectuels finit, au-delà de l'anti-intellectualisme, en une apologie du totalitarisme.

— Il ne s'agit pas des intellectuels en général, mais de vous en particulier, me surpris-je à répondre.

— C'est la même chose. Un intellectuel se définit par sa capacité à produire des idées. Or personne ne me conteste cette capacité. Pas même mes adversaires...

Il s'arrêta une seconde et s'exclama :

— C'est lui qui vous envoie ?

— Non.

— Sûr ?

— Oui.

— Donc, reprit-il, hésitant, en me menaçant comme vous le faites, vous vous attaquez, à travers moi, à la notion même d'intellectuel, d'être pensant, producteur d'idées.

— Non, je vous tue pour absence de pensée véritable...

— De fait, vous validez mes théories, mon assassinat est la preuve absolue, voire ontologique de l'importance de mes théories. Même l'autre, qui soi-disant n'est pas votre commanditaire, n'obtiendra jamais une telle consécration...

— Oh ta gueule ! fis-je en lui assenant un grand coup de couteau. (Au dernier moment, j'avais jugé plus prudent de ne pas utiliser mon revolver.)

Sa mort fit grand bruit. Les journaux et la police se perdirent en conjectures. Deux inspecteurs vinrent m'interroger un soir où Marie était là.

— Vous étiez où au moment de sa mort ?

— Chez moi. Je mettais au propre les chapitres qu'il venait de relire et d'annoter.

Marie gardait le silence pendant que les deux autres me noyaient sous un flot de questions.

La disparition du philosophe jeta une gêne certaine entre nous. Elle me rappela brutalement la véritable fonction de Marie. Ce dernier paraissait d'ailleurs aussi mal à l'aise que moi, sans que je puisse véritablement démêler la nature exacte de son trouble.

Pendant quelques semaines, ses visites furent moins

fréquentes, comme s'il cherchait à prendre ses distances. Cela me peina plus que je ne l'aurais imaginé, non seulement je m'étais habitué à ses visites, mais je croyais également que nous partagions la même vision des choses et de l'action à mener.

XXVII

135. Je m'étais trompé. En amour comme en amitié, à la fin, on reste toujours tout seul. Il n'y a pas de communion possible, même avec les gens que l'on pense les plus proches. J'avais le sentiment d'avoir été trahi, je me retrouvais soudain extrêmement solitaire. La déception puis la rage m'envahirent et je décidai de continuer mon combat, quoi qu'il m'en coûtât. Habité par une détermination que je voulais la plus froide possible, je repris ma lettre au rédacteur. Je passai des heures à noter mes idées, dans mon grand cahier rouge, à essayer de les mettre en ordre, tant j'avais la conviction que s'y dévoilaient, a posteriori, le sens et plus encore la continuité de mon combat.

Quatrièmement : Contribution à la résolution de la question con
Jusqu'ici les philosophes n'ont fait qu'ignorer la connerie, il s'agit désormais de s'y attaquer.
Aussi, loin de m'enfermer dans une tour d'ivoire théorique, j'ai joint, on peut le dire, le geste à la parole et visé rien moins qu'à l'éradication des cons. Je veux dire l'éradication physique des cons.
C'est pourquoi, au vu de l'immensité de mon champ d'action et de l'intensité de ma pratique, je crois pouvoir affirmer sans risque d'être contredit, du moins en

ce qui concerne les cas recensés aujourd'hui dans les annales de la police, que :

(Et là je vais à la ligne pour que vous distinguiez bien ce que je vais écrire. J'avais même pensé écrire toute la phrase en majuscules, mais j'y ai renoncé car cela avait un côté nouveau riche, parvenu du crime.)

Je suis, et de loin, le plus grand tueur en série de toute l'Histoire.

(En termes quantitatifs bien évidemment, il ne s'agit nullement d'un jugement de valeur.)

Ayant tenu très régulièrement mes comptes depuis le début, j'en suis précisément à 132 victimes au jour d'aujourd'hui (série en cours, comme l'on dit dans vos pages sportives).

Je mesure le choc que cela doit être pour vous de lire ces lignes. Vous vous demandez même sans doute si vous n'avez pas affaire à un mythomane, peut-être même à un farceur. Je vous rassure tout de suite. Tout ce que je décris dans mon manifeste relativement à ces crimes est rigoureusement exact. J'ai pris soin de vous indiquer toutes les informations nécessaires concernant les cons défunts : identité, lieu, date, etc. Vos journalistes ou la police n'auront aucun mal à vérifier. Cependant, j'ai bien sûr veillé à ce qu'aucun de ces renseignements ne vous permette de remonter jusqu'à moi.

Cela étant dit, je dois vous avouer que, malgré leur nombre impressionnant, je ne perçois pas aujourd'hui mes crimes comme constituant une série. De fait, si je l'appelle ainsi, c'est plus dans l'intention de frapper votre imagination que par une véritable adhésion de ma part à ce concept. Pour faciliter la publication de mon manifeste, je suis même prêt à accepter que l'on m'affuble du terme de serial killer, qui est, je pense, commercialement plus vendeur. Toutefois il ne fau-

drait pas que son usage en vienne à me desservir, c'est-à-dire à me rabaisser au rang d'un vulgaire assassin dont le seul mérite serait le nombre de ses victimes. Aujourd'hui, n'importe quel meurtrier, dès qu'il récidive, est taxé de serial killer. Je ne voudrais pas que l'on me réduise au titre de plus grand tueur en série de tous les temps, avec le risque de voir un jour un petit assassin ambitieux s'atteler à dépasser mon record.

Si j'accepte d'endosser un tel habit, j'entends que l'on me rende justice et que l'on reconnaisse que je suis un serial killer tout à fait unique. Aucun de mes crimes ne ressortit aux motivations classiques des tueurs en série, telles qu'on nous les présente habituellement. Je ne manifeste à l'égard de mes victimes aucun dérèglement sexuel. Je n'ai pas non plus de rituel dans l'accomplissement de mes crimes (il n'y a donc pas d'énigme à déchiffrer) et ces derniers ne sont pas des appels au secours en direction d'un superflic qui, en me capturant, réussirait à me protéger de moi-même. Je n'ai pas d'instincts anthropophagiques ou morbides, aucun goût pour le sang ou le dépeçage, aucun malin plaisir à faire souffrir. Pas non plus de délire religieux ou de propension à me prendre pour le justicier d'une morale bafouée. Ce n'est donc pas la peine de se plonger dans la lecture attentive des Évangiles. Je ne suis ni affublé d'une quelconque difformité, ni handicapé, ni rejeté par les autres. En fait, j'ai une vie tout à fait normale et mes assassinats ne sont ni planifiés ni systématiques. D'ailleurs je peux m'arrêter quand je veux.

Comme je vous l'ai expliqué, ma démarche est avant tout politique, de sorte que l'on peut dire que je suis le premier tueur en série politique, sauf bien sûr si vous incluez le terroriste dans cette catégorie. Mais *la différence entre lui et moi ne peut manquer de vous sauter aux yeux. Le terroriste tue en aveugle. Il choisit une cible symbolique. Ses victimes ont la malchance de se trouver au mauvais endroit au mauvais moment. Seule leur appartenance à un ensemble générique, une communauté, un État, une religion, les rend susceptibles d'être tuées. Tandis que, dans mon cas, chaque victime est dûment choisie, condamnée en raison d'une connerie certifiée, en quelque sorte.*

La lettre m'occupait l'esprit presque entièrement. Mon patron, qui s'était félicité pour le formidable succès commercial de l'autobiographie du philosophe, avait beau m'avoir collé sur une nouvelle personnalité, je n'arrivais pas à m'y intéresser. Seule comptait ma lettre.

La nature de mon action étant éclaircie, je suppose que vous vous demandez désormais pourquoi je souhaite publier un tel manifeste, au risque de me faire prendre.

Après toutes ces années de lutte, pas même clandestine mais anonyme, il m'a paru nécessaire de passer à une nouvelle étape : <u>faire connaître mon combat auprès de l'opinion publique</u>. Passé le premier moment de stupeur, les gens ne manqueront pas de s'interroger sur la nature et le sens de mon action. J'espère ainsi que mon manifeste provoquera un choc salutaire et aidera à une véritable prise de conscience. N'étant pas violent par nature, je ne souhaite pas que d'autres prennent le relais de la lutte armée, mais plutôt que se crée un mouvement dans l'opinion, un mouvement politique de masse, anti-cons.

Il y a aussi une autre raison, plus pragmatique, à la publication de ce manifeste. Ma longue expérience en la matière me fait dire que, contrairement à une idée répandue, les cons ne sont pas réformables. Les campagnes de prévention ou les actions pédagogiques n'ont pas de prise sur eux. Une seule chose peut les amener non pas à changer, mais du moins à se tenir tranquilles : la peur. Je veux qu'ils sachent que je les surveille et que le temps de l'impunité est révolu. J'ai bien conscience qu'en agissant ainsi je prends un risque : il ne faudrait pas qu'un con averti en vaille deux, ce qui rendrait ma tâche encore plus difficile.

136.   Au bout de quinze jours, Marie réapparut. Il sonna un soir à ma porte, l'air gêné, une bouteille de whisky sous le bras.

— Il fallait que je règle certaines choses, m'expliqua-t-il. À propos, dans l'affaire de la mort de votre philosophe, mes collègues, que j'ai un peu aidés sur l'enquête, m'ont dit que vous aviez été mis hors de cause. Ils s'orientent plutôt vers un règlement de comptes politique, ou quelque chose du genre, ils soupçonnent les membres d'un club, Présence robespierriste...

L'atmosphère se détendit après plusieurs verres. Je lui fis part de mon désappointement. Pour toute réponse, il me sourit.

— Vous travaillez sur quoi en ce moment ?

— L'autobiographie d'un comédien.

Je lui parlai longuement du personnage. Petit-fils de comédien, fils de comédien et de comédienne, il ne devait sa réussite qu'à son seul talent.

— Les cons, ça ose tout ! s'exclama Marie. À part les veuves, il n'y a rien de pire que les héritiers... L'hérédité du talent ne se discute pas sans doute, mais ne trouvez-vous pas cela un peu suspect à la longue, cette sorte de perpétuation générale de la race artistique ?

J'avoue que d'entendre de nouveau les diatribes de Marie me fit venir les larmes aux yeux.

— C'est quel genre votre fils de ?

— Le genre grande gueule, comique corrosif, qui ne mâche pas ses mots. Il parraine une association de jeunes des banlieues et donne son avis sur tous les sujets de société. Il a toujours une remarque caustique à faire, sur la vénalité des politiques, la bêtise des dirigeants... Le racisme aussi. Il s'en prend aux beaufs et aux supporters du PSG...

Marie sourit. Quand il avait ce sourire, j'y voyais une invitation à agir...

Le livre fut vite terminé. Le comédien m'envoyait par SMS ses bons mots, que je devais intégrer dans une sorte de récit édifiant sur sa vie (mais pas prise de tête), ses choix de carrière, son exigence. L'ouvrage devait être prêt pour le Salon du livre. Un grand lancement en présence du ministre de la Culture était prévu le soir de l'inauguration.

— Une verve particulièrement féroce, mais jamais méchante, ânonna le ministre. Depuis Bergson, nous savons que le rire est du mécanique plaqué sur du vivant. Vos personnages comme votre humour en sont l'illustration parfaite, que cela soit le supporter raciste regardant, affalé sur son canapé, un match de football, un de vos grands classiques, ou bien le jeune Maghrébin demandant son chemin, un autre de vos succès. Je n'aurai qu'un souhait, en vous remettant ces insignes de chevalier des Arts et Lettres, continuez à porter bien haut la tradition de l'esprit français à travers le monde.

L'autre, une veste de costume jetée sur un vieux tee-shirt portant l'inscription « l'amour est sexuellement transmissible », posa son verre, parut chercher ses mots puis, le regard mi-amusé, mi-blasé, lâcha d'un ton fatigué :

— Je voulais juste vous demander, monsieur le ministre – c'est bien comme ça qu'on dit ? « monsieur le ministre » ?...

Le ministre eut un petit rire gêné.

— ... pas Son Excellence ? ou Monseigneur... ?

— Non, non, monsieur le ministre, lui répondit l'autre, faussement amusé.

— Bon d'accord. Alors, monsieur le ministre, je voulais juste vous demander : le Bergson dont vous parliez, c'est bien celui qui joue avant-centre à Auxerre ?... C'est ça, c'est lui ?...

Tout le monde rit aux éclats.

— Non, je déconne. Bien sûr que je le connais. C'est le mec qui a écrit *L'Avare* !

Nouveaux éclats de rire.

— Non, sérieux, dans mon dernier film, *Les Lueurs de l'aube*, un très bon film, si vous ne l'avez pas vu, précipitez-vous... (rires), n'attendez pas le DVD, qui sort dans un mois... (rires), je jouais un soldat de 14 et je voudrais rendre hommage à tous ces hommes qui ont fait la guerre malgré eux, qui n'avaient rien contre les Allemands, qui voulaient juste rentrer chez eux... C'est inhumain ce qu'ils ont vécu. J'espère que l'Histoire leur rendra justice. En tout cas le film tente de le faire (applaudissements)...

— Vous avez des projets ? lui demanda le ministre. Un nouveau film ?

— Pas tout de suite. Je fais d'abord une stand-up comédie. Beaucoup n'avaient pas vu la précédente. Alors à la demande générale, je remonte sur scène, avec de nouveaux sketches. À Bercy, du 14 mai au 12 juillet... La location est ouverte (rires). Avec encore plus de personnages, sans oublier les classiques, le caissier du supermarché, le beauf, le supporter du PSG... Y en aura pour tout le monde (rires), et même un homme politique (rires, surtout du ministre). Non, je plaisante... Et puis je prépare un film sur trois chômeurs qui essaient de monter leur petite boîte... C'est un hommage aux chômeurs, à tous ceux qui sont dans la mouise et tentent de s'en sortir, et auxquels le film s'efforce de rendre justice... Une histoire sur les petits boulots, la précarité... La précarité, vous connaissez, monsieur le ministre, non ? (Rires.) Ça valse beaucoup dans votre partie, hein ? (Rires.)

L'autre acquiesça avec un air un peu crispé.

Le reste de la soirée se passa en poignées de main, en bons mots distribués comme des autographes. Tout le monde s'agglutinait autour du comédien et je désespérais de pouvoir me retrouver un instant seul avec lui. Je le voyais, sirotant coupe sur coupe, lâchant une petite phrase, l'air de quelqu'un qui vous fait l'aumône de se laisser distraire quelques secondes par votre présence. Son portable n'arrêtait pas de sonner. Je me tenais derrière lui, la bouteille de champagne à la main, tel un serveur. Ce qui devait arriver arriva. Il finit par se diriger vers les toilettes. Quiconque a déjà participé à une soirée d'inauguration sait qu'il est quasiment impossible d'y accéder, célébrité ou pas. Comme aurait dit mon comique, « faut commencer à prendre la file d'attente avant même d'avoir l'envie de pisser ». N'y tenant plus, il obliqua discrètement vers le parking, où je l'attendais. Un type comme lui ne fait pas la queue, il se soulage au plus vite... Il s'approcha d'un muret, le parking en hauteur était ajouré, et ouvrit sa braguette. Je me glissai entre deux voitures et m'approchai... Son portable sonna. « Merde... » Je me cachai derrière un capot. « Non ! Non ! Pas à moins de dix pour cent. Je te l'ai dit... C'est moi qui décide. Pas lui... Tu piges... ? C'est ça, qu'il m'appelle. » Recroquevillé derrière un 4 × 4, je m'élançai. « Tatatatata... » Nouvel appel. Je battis en retraite. « Non, non, non. Écoutez... Écoutez-moi... Ça n'est pas négociable. Vous voulez tout arrêter ? Pas de problème. Des scénarios j'en reçois dix par jour. Salut. » Il se mit à arpenter le macadam. Plus il s'énervait, plus il marchait vite. Nous avions déjà grimpé deux étages. « Connard ! » brailla-t-il en donnant un coup de pied contre un pilier. Nous étions maintenant au quatrième étage. Il s'approcha du muret. « Tatatatata... » Nouveau repli. « Quoi encore ?... Vous avez réfléchi ? Bien sûr ce serait dommage... dix pour cent, c'est tout. Ça marche. Parfait... Oui... Moi aussi, j'en suis ravi... Je tiens à ce film... Ça... ça aurait été dommage de... Bien sûr les chômeurs... ça vaut la peine de... Moi aussi, je veux défendre la cause des chômeurs... » Il raccrocha, posa son téléphone sur le rebord du muret. Nous étions maintenant au cinquième étage. Il contemplait les toits, les rues pleines de lumières. « Putain ! s'exclama-t-il. C'est qui le boss ? » Il n'eut pas l'occasion de se réjouir plus longtemps. Dans ma précipitation, je faillis passer par-dessus bord avec lui. Le regardant, tout en bas, le corps désarticulé, je m'exclamai : « C'est de loin ta meilleure chute... » « Tatatata... » D'un geste nonchalant de la main, je poussai son portable dans le vide.

Je retournai sur le stand de La Rebelle-Le Révolté et fis mine de chercher ma vedette partout. J'interrompais chaque conversation. « Vous ne l'auriez pas vu... ? » Mais personne ne me répondait.

— Encore un drame de l'alcoolisme, me dit Marie. Il avait près de trois grammes dans le sang.

Nous eûmes droit à de nombreuses rétrospectives, on diffusa son dernier spectacle, peu après sortit un best of en DVD.

Entre la mort du journaliste, celle du ministre et celle du comédien, la collection avait acquis une telle réputation que plus aucune personnalité ne voulut y participer. Mais nous changeâmes son nom, la baptisâmes « Hommage » et la ressortîmes dans un autre format, sous une autre couverture. Les ventes grimpèrent en flèche. Mon patron se frottait les mains.

137.   Pendant plusieurs semaines, Alcibiade chercha désespérément une nouvelle idée. Il traînait dans tous les cocktails, écoutait les conversations, notait les bribes de réflexions, mais demeurait sans inspiration. Alors il fit ce que chaque éditeur en panne d'inspiration fait : une collection consacrée à la spiritualité et à la religion. Ces ouvrages étaient destinés à connaître un sort plein de discrétion, mais l'actualité changea complètement le cours des choses. À la suite d'une série de caricatures contre les différents prophètes, les représentants des principales religions se réunirent pour exprimer en commun leur indignation. Les voyant ainsi rassemblés sur le perron de Matignon, Alcibiade se dit qu'il tenait là enfin son idée, un livre œcuménique sur les religions et la tolérance.

Pour une fois, il fit les choses en grand. Il réserva la salle où nous avions eu droit à la grand-messe du P-DG de notre ancien groupe, convia les auteurs, cinq hommes d'Église, à tenir une conférence de presse. Il y avait un monde fou. Sur l'estrade, chaque religieux témoignait de son esprit d'ouverture envers les autres. Ils se disaient tous victimes de l'intolérance athéiste qui, comme la montée de l'incivilité et de la violence, gagnait du terrain dans la société française. Alcibiade se réjouissait. Tout le gratin des journalistes était là, ainsi que la télévision. Le lancement du livre était assuré. Il me faisait des gestes de la main pour me signifier son contentement et s'étonnait de mon mutisme. J'avais reconnu l'estrade et plus encore le micro, et dans le doute, je me tenais le plus près possible de la porte du fond.

— ... qui vise à nous blesser dans notre foi, dans nos croyances. La controverse ne nous gêne pas, bien au contraire, mais pas l'insulte, ni la caricature. En se moquant de nos prophètes, les auteurs se moquent de Dieu, et donc des hommes qui sont les créatures de Dieu.

Alcibiade se fit plus pressant. Il m'appelait à ses côtés. Je lui fis non de la main.

— Nous avons déjà reçu le soutien de nombreux philosophes, d'associations contre le racisme, car, si je puis dire, les droits de Dieu, ce sont aussi les droits de l'homme. La religion est amour, amour de son prochain, amour des autres.

— Qu'est-ce que vous répondez à ceux qui invoquent la liberté de la presse ? demanda un journaliste.

— Nous n'avons rien contre la liberté de la presse. Nous sommes des hommes de foi. Nous ne souhaitons pas interdire quoi que ce soit. Mais pourquoi blesser des millions de croyants ?

Alcibiade me lança un regard réprobateur, enfin autant qu'il en était capable, et insista pour que je vienne à lui. Ce à quoi je dus me résoudre.

— J'ai une idée pour le prochain livre de la collection ! me glissa-t-il à l'oreille.

Décidément, Alcibiade était en grande forme.

— Il faut que je vous présente notre nouvel auteur.

381

— Nous nous sommes déjà rencontrés, dit-elle à Alcibiade.

— L'ère du Verseau ! me lâcha ce dernier. Vous connaissez ?

J'eus une moue dubitative.

— Une nouvelle ère qui verra se fondre toutes les grandes religions, pour le plus grand bonheur de l'humanité... Nous venons d'y entrer...

La voyante me prit à part :

— Ils sont tous là. Regardez, un curé, un rabbin, un imam, un moine bouddhiste avec sa tunique orange et... et même un pasteur... Exactement comme dans mon flash ! Et moi aussi, je suis là... J'avais tout prévu !... Vous doutez encore ?

Je lui souris. Elle commençait sérieusement à me taper sur les nerfs et je l'aurais bien emmenée dans un petit coin isolé pour lui en parler plus tranquillement.

Mais sur l'estrade, le prêtre s'était lancé dans une longue tirade expliquant que le siècle nouveau verrait le retour à la spiritualité.

— C'est l'ère du Verseau, intervint la voyante.

Tout le monde se retourna vers elle, le prêtre s'arrêta.

— Nous sommes entrés dans l'ère du Verseau.

Alcibiade (un air de béatitude inondait ses traits) esquissa un sourire en ma direction.

— Elle lance déjà le prochain titre, me murmura-t-il.

— Il s'agit de spiritualité, madame, intervint le pasteur. Comme l'a très bien dit le père Claouet. Ce dont vous parlez n'a rien à voir. En tant que représentant de l'Église réformée de France, je condamne fermement ces pratiques qui éloignent les gens des véritables voies spirituelles.

— Au contraire, répondit la voyante, en se rapprochant de l'estrade. Nous sommes au cœur du sujet. L'œcuménisme dont vous parlez est le signe que nous sommes dans l'ère du Verseau.

Elle monta aux côtés des hommes de religion.

— Madame, ne mélangeons pas la foi et les superstitions, intervint l'imam. L'islam non plus ne reconnaît pas ces pratiques...

— Ni l'Église catholique, dit d'un ton solennel le prêtre.

— Encore moins la religion judaïque, marmonna le rabbin.

— Vous n'y êtes pas du tout, s'énerva la voyante. Ouvrez donc vos esprits...

Le moine bouddhiste souriait à la salle.

— Nous n'avons pas de leçons à recevoir de vous, s'écria le pasteur.

Elle frôla l'imam et le rabbin qui s'écartèrent vivement, et s'arrêta juste derrière le prêtre. Elle se pencha et parla dans le micro :

— L'ère du Verseau, c'est précisément le triomphe... (Un fort larsen se fit entendre.) de la spiritualité dont vous parlez... (Striiiiiii...) Mon collier..., lâcha-t-elle en souriant.

Elle le retira. Le prêtre essaya de lui reprendre le micro. Elle eut un geste de recul.

— L'ère du Verseau, c'est la fin des religions... (Striiiiiii...)

« 1... 2..., 1... 2... 3... » furent ses dernières paroles. Elle appuya si fort sur le bouton du micro que, dans la seconde qui suivit, une énorme explosion se fit entendre. Toute l'estrade partit en fumée, provoquant la disparition prématurée de la voyante et des cinq docteurs en théologie, tandis que les premiers rangs étaient recouverts de poussière et de gravats.

Protégé par Alcibiade qui se trouvait entre moi et la

scène (le pauvre mourut comme il avait vécu, sans s'en rendre compte), je me relevai et frottai la poussière de mon costume.

« Sa prédiction s'est réalisée », pensai-je, en un hommage posthume à ses dons de voyance.

XXVIII

COMMENT ACCEPTER MON OFFRE ?

Si l'on se place sous un angle strictement commercial, mon histoire a toutes les chances de captiver vos lecteurs. Nos contemporains ont en effet la détestable propension à se passionner pour le moindre fait divers et ce n'est rien à côté de l'hystérie que peut déclencher un serial killer (surtout s'il s'agit du plus important de tous les temps...).

Cependant une fois la véracité de mes dires établie, vous serez sans aucun doute devant un épineux dilemme. Devez-vous imprimer un tel manifeste, qui entraînera à coup sûr une augmentation substantielle de vos ventes, au risque de faire de la publicité à un dangereux criminel, ou bien décider de ne pas publier, fidèle en cela à l'éthique de votre journal, mais avec la crainte de voir un de vos concurrents, moins à cheval sur les principes, rafler la mise ?

Présenté ainsi, nous risquons de nous fourvoyer dans des questions déontologiques, opposant droit à l'information et responsabilité du journaliste, casuistique digne de l'Église.

Posons le problème autrement. Au fond ce dilemme peut être ramené à cette simple question :

Comment donner dans ce qu'il faut appeler le sen-

sationnalisme sans pour autant altérer votre image de grand quotidien d'information sérieux et respectable ?

Autrement dit, comment faire paraître ce scoop, sans que vos lecteurs, vos confrères et l'opinion publique puissent vous le reprocher ?

Étant donné votre temps précieux et mon désir ardent de faire la une de votre journal, je me permets de vous proposer une solution afin que vous sortiez de cette impasse. Comme vous pouvez le voir, je suis un serial killer de bonne volonté.

Si nous réfléchissons quelques instants à votre situation, à savoir que vous êtes devant un beau fruit dont la cueillette présente un risque, un peu comme Adam devant la pomme, si vous me pardonnez cette image, alors, il n'y a pas trente-six solutions pour parvenir sans dommages à vos fins. Il faut que vous puissiez justifier votre geste, pour pouvoir échapper à ses éventuelles conséquences négatives.

La seule possibilité, qui contenterait tout le monde et vous mettrait complètement à l'abri des critiques, serait la contrainte. Oui, la contrainte. Vous n'avez pas eu le choix. Vous avez été obligé de le faire. Cette contrainte ne peut bien évidemment venir que de l'assassin, donc de moi. C'est pourquoi je vous propose une lettre présentant un véritable ultimatum, accompagné de menaces. Il ne vous restera plus qu'à rédiger un éditorial dans lequel vous raconterez comment vous l'avez reçue un matin par La Poste, comment vous avez alors vécu les pires heures de votre carrière, ne sachant pas ce que vous deviez faire. Vous expliquerez comment, après une longue réunion de toute la rédaction, vous avez considéré, au vu de la situation, qu'il était de votre responsabilité de journaliste, et plus encore de citoyen, de satisfaire mes revendications. Vous pouvez même, car je ne suis pas suscep-

tible, condamner de la manière la plus énergique la lâcheté du procédé, et proclamer le dégoût que vous inspirent mes crimes. Je vous laisse juge. Chacun son métier. Dès lors plus rien ne s'opposera à la publication de mon manifeste.

En souhaitant que vos ventes, dans les semaines qui viennent, seront à la hauteur de vos espérances et des miennes, je reste, monsieur le rédacteur en chef, votre fidèle lecteur.

P.-S. : Une dernière remarque : ne vous avisez pas de couper le moindre mot, ni de retrancher des passages, ou même de changer l'ordre des chapitres, toutes choses qui risqueraient de dénaturer le sens de mon combat. Publiez tel quel, vous vous exposeriez sinon, bien inutilement, à des représailles de ma part.

XXIX

138. Cet attentat fit tellement de bruit qu'il resta
à la une des journaux près d'une semaine. Différents
groupuscules extrémistes le revendiquèrent. On parla
même d'Al-Qaida. Les journalistes glosèrent sur le
but, sur les méthodes, cherchèrent à qui profitait le
crime.

Ce fut une telle débauche d'analyses, d'éditoriaux
sur le terrorisme, d'interviews de spécialistes, que,
malgré mon inaction forcée, j'avais une furieuse envie
de reprendre du service... Mais les Éditeurs Réunis
avaient fait savoir à la presse qu'ils accordaient trois
semaines de congé à tous les salariés du groupe présents au moment de l'attentat. Je passai donc de
longues heures chez moi, à attendre la visite journa-
lière de Marie.

C'est drôle, en y repensant, nous n'avons jamais été
aussi proches l'un de l'autre qu'à cet instant.

Contraint à l'inaction, j'en profitai pour mettre la
dernière main à ma lettre au rédacteur en chef ainsi
qu'à mon manifeste.

Pour la première fois depuis longtemps, je tentai
également de faire une sorte de bilan de mon action
entreprise depuis près de deux ans maintenant.

Je crois que c'est à ce moment-là que j'eus l'impression que mes recherches sur les cons étaient sur le

point d'aboutir. Repassant en revue non seulement toutes les disparitions, mais également toutes mes réflexions survenues au fur et à mesure, j'essayai à nouveau de dégager une sorte de fil rouge à mon combat.

Si l'on peut admettre que la connerie n'est pas comme on le croit communément une simple variante de la bêtise, mais bien quelque chose de différent, de spécifique, alors il me paraît évident qu'elle se situe en quelque sorte à mi-chemin entre ladite bêtise et la crapulerie.

De la bêtise, le con se distinguait par l'intention. De la crapulerie, par l'ignorance, volontaire ou non, des conséquences. En effet la crapule est celui qui pense qu'on ne fait pas d'omelette sans casser des œufs, là où le con occultera les conséquences de son geste. Ainsi un propriétaire qui met ses locataires à la porte juste avant le 20 décembre est plus sûrement un con qui se moque de savoir comment ils vont se débrouiller qu'une crapule. On pourrait presque dire que la crapulerie est une sorte d'intelligence de la connerie.

On pouvait ajouter à ce schéma de base, comme me l'avait suggéré Marie, une catégorie particulière, les faiseurs de cons, les « enconneurs » comme je les appelais, qui d'ailleurs pouvaient être soit des crapules, agissant sciemment au nom d'intérêts qui leur étaient propres et dont ils suivaient méthodiquement la réalisation, soit des cons eux-mêmes reproduisant leur modèle, sans se poser de question.

Ces deux bornes étant posées, le champ de la connerie restait cependant très vaste. Mais il me semblait toutefois que j'étais proche du but.

Je me rappelle très précisément quand tout devint clair. Je ne sais pas si les circonstances ont une importance quelconque dans ce genre d'illuminations mais elles sont restées gravées dans ma mémoire. Je regardais par la fenêtre de mon studio les nuages dans le ciel qui formaient des dessins auxquels j'essayais d'attribuer une forme. Depuis tout petit, j'aime me livrer à ce genre d'occupation, en laissant vagabonder ma pensée. Je me disais que Marie avait considérablement modifié le sens de ma lutte depuis que je l'avais rencontré. Ça faisait un certain temps déjà que j'avais l'impression qu'il menait la partie et que je m'étais peu à peu transformé en un simple exécutant – à chacune de ses remarques, je notais dans mon carnet en face du nom désigné « con promis, mort due ». En fait j'étais débordé par ses conceptions, je les subissais presque, ce qui m'irritait un peu tant je sentais son emprise sur moi. Même si j'adhérais à sa vision des choses, ce combat était le mien et j'entendais qu'il le restât. Au fond de moi, j'éprouvais l'envie de reprendre la main, ou plutôt d'apporter à mon tour une réflexion qui le surprît et le contraignît à changer le cours de son raisonnement. Les nuages prenaient des contours de plus en plus intrigants et je sentais monter en moi une sorte de fièvre. Penché au-dessus de la rambarde, j'en oubliai d'éteindre ma cigarette et lâchai mon mégot qui atterrit sur un passant. Je n'eus que le temps de me cacher avant qu'il ne lève la tête. Assis par terre, le cœur battant, je me sentais comme un enfant qui vient de faire une bêtise et je guettais le moindre bruit dans l'escalier. Je me trouvais de plus en plus ridicule, recroquevillé sous ma fenêtre. J'aurais dû assumer ma maladresse et m'excuser platement auprès du passant. Au lieu de cela, je m'étais planqué comme un con... « Le con n'assume pas », me dis-je, flairant quelque chose. Il n'assume pas... Il évacue les conséquences de son geste... C'est-à-dire l'autre. La victime de sa connerie. Le con ignore les autres. Il n'en tient pas compte... C'est ça, il nie les suites de son geste et l'autre n'existe plus. Par égoïsme...? Par indifférence aussi... Par intérêt... Par mépris... Comme si toute humanité avait disparu de son action – et de son raisonnement. Voilà ! La connerie, c'est la disparition, non, la destruction, la négation des valeurs morales fondamentales. Celles qu'on nous enseigne à l'école. Qui nous permettent de vivre en société. La connerie, c'est très exactement une absence d'humanité... !

139.   Fier de ma découverte, j'attendis impatiemment l'arrivée de Marie pour lui en faire part.

Il arriva comme à son habitude vers les dix-neuf heures trente. Sur le coup, préoccupé par l'importance de ma réflexion, je ne prêtai pas attention à son attitude. Il était d'une humeur sombre, parlant peu, ne souriant guère. Mais je mis cela sur le compte d'une journée de boulot difficile et engageai la conversation.

— Vous savez, je crois que j'ai trouvé très exactement en quoi consiste la connerie.

Il me jeta un regard glacial.

— Vous voulez savoir ?

Il me fixa, silencieux.

— C'est l'absence totale d'humanité qui fonde la connerie ! dis-je. Voilà son fondement !

Il garda le silence un long moment. Je guettai de sa part un signe d'approbation, ou du moins de réaction, mais il resta impassible.

— Alors ? Vous en pensez quoi ?

Comme s'il n'avait pas entendu ma question, il commença :

— Imaginons quelqu'un, me dit-il, qui... un jour

découvre à travers un livre, ou une discussion, ou, que sais-je encore, des idées par exemple politiques, philosophiques, ou bien religieuses avec lesquelles il est d'accord... et ce qui au début n'était qu'un accord se transforme en une conviction, puis insensiblement cette conviction le dévore jusqu'à devenir sa seule passion...

Je me sentais en confiance, convaincu qu'il entamait sa réponse par un biais inattendu comme souvent.

— ... Bientôt il ne verrait plus le monde que par le prisme de cette passion. Tout ce qui se passerait, tout, y compris le moindre petit événement, le moindre fait, ne trouverait son sens qu'à travers ce miroir déformant... Et alors que cette passion porte en elle des idéaux généreux, elle l'obséderait, l'obnubilerait tant qu'elle serait non seulement dangereuse pour son entourage auquel il imposerait de suivre les préceptes de cette conviction, mais également pour le monde même qu'il entend sauver, en s'attaquant à tout ce qui remettrait en cause sa vision.

— Je ne vous suis pas, intervins-je.

— Prenons un exemple. Un type croise un soir dans un bistrot quelqu'un avec qui il parle politique. La discussion s'animant, le type se laisse convaincre par les idées de l'autre. Mettons qu'il soit...

— Communiste !

— Va pour communiste. Donc ils se revoient et, à chaque fois, l'autre le convainc un peu plus. Il finit par se décider à adhérer au Parti.

— Et le voilà en train de coller des affiches, de distribuer des tracts, de vendre *L'Huma* le dimanche matin... J'ai l'impression d'entendre l'histoire de mon père... Dès qu'il y avait un nouvel adhérent, on lui refilait tout le boulot militant...

J'étais heureux de pouvoir raconter un peu de mon

enfance à Marie. Je voulais lui faire partager ce que j'avais connu chez moi. Mais il me jeta un regard réprobateur.

— Donc il s'engage chaque jour un peu plus. Il s'essaie à convaincre son entourage, il modifie sa façon de vivre pour être en accord avec ses principes. Il les inculque à ses enfants...

— C'est exactement ça. Mon père nous faisait des grands cours d'histoire quand il rentrait du travail. Il nous expliquait la lutte des esclaves contre les maîtres, des serfs contre les seigneurs, puis des ouvriers contre les patrons... Il disait que nous serions la première génération à voir une société nouvelle, juste et...

— Bref, m'interrompit Marie d'un ton sec, il en vient à ne plus voir les choses que sous un certain angle. Tout prend un certain sens...

— Vous oubliez les interdictions : pas de Coca, ni de rock. Pas de Monopoly, c'était un jeu capitaliste...

— C'est un exemple, me coupa Marie, pas un témoignage.

— Pardon, fis-je.

— Tout donc, même l'instant le plus anodin, devient un morceau de l'immense puzzle que constituent l'exploitation, l'aliénation... on dit comme ça ?

— Oui, oui. Des fois, même ma mère, elle lui disait : « On peut s'embrasser sans penser à rien d'autre. » Et lui, il lui répondait : « Ne pas penser est une activité anticommuniste... »

— Au gré de son expérience et de son engagement, il élabore même une...

— ... théorie ? le coupai-je, de plus en plus intéressé par les réflexions de Marie.

Il eut un geste d'agacement.

— Et désormais dans ses relations avec les autres,

comme dans sa vie professionnelle ou sentimentale, il n'est plus question que de ligne politique, d'analyse de la situation et, plus grave, de combat contre l'ennemi. Peut-être même que dans sa lutte, il considère son patron comme un ennemi contre lequel tous les coups sont permis...

— C'était surtout le concierge qui était espagnol et parlait de Franco comme d'un grand homme. Mon père faisait exprès de jeter des trucs dans l'escalier ou de renverser les poubelles pour faire « chier le franquiste », comme il disait...

— Nous ne sommes pas en train de retracer votre enfance.

Je me tus, surpris par une telle agressivité de sa part.

— Bref, que vous en semble ? Cet homme, en ne voyant plus sa femme, ses amis, ses relations comme des êtres humains, mais comme des membres d'une classe, a bien peu à peu glissé vers une absence d'humanité ?

J'aurais bien ajouté que c'était par conséquent un con, rassuré et heureux que Marie adhère à ma définition, mais je ne pouvais me résoudre à voir mon père sous cet angle.

On aurait dit que Marie avait deviné le dilemme qui m'agitait.

— Nous parlons d'un exemple théorique. Pas de votre père.

Je le remerciai d'un sourire.

— Revenons à notre exemple. La question est : quand est-il devenu con ?

— Quand il a voulu faire correspondre à tout prix le monde et sa vision ?

— Il est devenu con quand il a fait d'une conviction généreuse et juste une activité politique réductrice et dangereuse pour les autres.

— Exactement.

— Bien, maintenant revenons à notre point de départ et remplaçons l'adhésion au communisme par autre chose...

— Comme quoi par exemple ?

— Les cons.

— Les cons ? demandai-je étonné.

C'était toujours pareil avec Marie. À chaque fois que j'avais l'impression d'avoir compris où il voulait en venir, il repartait dans une autre direction, tout aussi déroutante que la première.

— Oui, imaginons quelqu'un – tenez, moi, ou non, plutôt vous – qui, un jour, fait le constat que les cons pourrissent sa vie. Cette idée, ma foi extrêmement juste, est une véritable révélation. Chaque jour, il l'expérimente et la vérifie autour de lui. Elle finit par l'obséder, jusqu'à devenir le seul prisme à travers lequel il voit le monde.

— Vous allez me dire qu'à force d'y gamberger, d'essayer d'en faire une théorie, il fait preuve d'un manque certain d'humanité ?...

Plus les idées se bousculaient dans ma tête, plus j'avançais vers la conclusion logique de son raisonnement, comme vers une lumière éblouissante.

— Mais... Mais si je vous suis jusqu'au bout de votre pensée, si je vous comprends bien, m'emportai-je saisi par l'émotion, vous me prenez moi aussi pour un con ?

— Pour un meurtrier.

140.   Ses mots me saisirent comme une paire de menottes se refermant sur mes poignets.

Je le regardai fixement. Ses yeux ne cillèrent pas. Il ne marqua pas même la moindre émotion.

396

— Pardon ? fis-je, essayant de gagner du temps pour amortir le choc.

— Vous m'avez très bien compris.

Son air impassible acheva de briser en moi toute velléité de contestation.

— Vous savez tout ? m'entendis-je murmurer.

Il acquiesça de la tête.

— Mais comment vous... vous avez... deviné ?

J'avais besoin qu'il parle, qu'il m'explique, le temps que je retrouve mes esprits, que je mesure la situation.

— C'est grâce à Ridouard.

— Ridouard ? Mais ça fait des mois que vous n'êtes plus venu avec lui...

— Je ne vous ai pas dit ? Je l'ai fait muter, il y a deux mois...

— Mais alors... ?

— Dès le premier jour, Ridouard était convaincu que vous étiez coupable.

— Dès le premier jour ?

Il me jeta un regard qui me fit comprendre qu'il ne souhaitait pas que je l'interrompe à tout instant.

— Dès le premier jour, Ridouard vous a trouvé antipathique. Souvent dans une enquête, c'est la première impression qui oriente la suite. C'est pour ça qu'on est plusieurs sur chaque affaire. Pour ne pas être prisonnier de cette première impression. Carré, lui, vous appréciait plutôt.

— Et vous ?

— Moi ? Par principe, je m'efforce au début d'être d'une indifférence absolue. J'enquête de manière à ne pas m'attacher aux suspects potentiels. Après, bien sûr, c'est différent. On a les premières pistes, parfois des indices, on peut se laisser aller... Bref, Ridouard vous a d'emblée détesté. Pour lui, vous étiez coupable, cela ne faisait aucun doute. Il faut dire à sa décharge qu'on n'avait pas trop d'hypothèses possibles : c'était ou vous ou un crime de rôdeur, un meurtre sans mobile. Et ça, voyez-vous, nous les flics, on n'aime pas du tout. C'est la porte ouverte à tellement de pistes et d'erreurs. Enfin Ridouard était remonté contre vous.

— Mais pourquoi ?

— Une sorte de haine instinctive. Entre nous, Ridouard est un bon flic, mais c'est aussi une vraie tête de con... Il avait décidé de ne plus vous lâcher. Il a interrogé toute votre famille et celle de votre femme, vos amis, vos proches, vos connaissances, vos voisins... Il a tout passé au peigne fin, avec une sorte de rage comme un inspecteur sur sa première enquête. Pourtant il avait de la bouteille, Ridouard. Faut croire que vous l'inspiriez. Mais ni Carré ni moi n'étions vraiment convaincus. Une semaine plus tard, il est revenu avec le dossier de votre conseillère ANPE. Moi je penchais pour un accident comme le rapport des collègues l'indiquait à l'époque. Mais Ridouard ne voulait rien entendre. « Y a un lien, qu'il disait. Y a un lien. » Il le sentait. Il ne savait pas lequel, mais il était persuadé qu'il le trouverait.

En moi-même je pensai que c'était le danger avec les cons. Ils finissent toujours par tomber juste même si c'est pour de mauvaises raisons. La connerie est une sorte d'oracle qui les guide.

— Et puis vous savez, quand un flic a une intuition, rien ne peut l'en faire démordre. On lui aurait amené un autre coupable, avec des aveux et tout le toutim, qu'il aurait encore été persuadé que c'était vous. Il en avait fait une sorte d'affaire personnelle. J'aurais dû le décharger de l'enquête. Il n'avait plus l'esprit clair. Il a décidé de remonter plus loin dans votre passé. Pendant des semaines, il a tout fouillé minutieusement. Il

398

a retrouvé l'agence d'intérim où vous étiez. Il a reconstitué l'historique de vos missions, a visité chacune des boîtes où vous avez travaillé. Il est même parti quelques jours en province « pour vérifier une piste ». Et quand je lui demandais où il en était, il me répondait avec un air mystérieux : « Je l'aurai... Crois-moi, je l'aurai. » Enfin, un jour, il est entré dans mon bureau, complètement surexcité. Il criait : « Ce type est le plus grand criminel de tous les temps. » Avec Carré, on s'est moqués de lui. Alors il a sorti son dossier et il a commencé à énumérer tous les crimes que vous aviez commis selon lui. Il y avait le patron de la Prévoyante et associés, un chef de service, trois chasseurs et deux joggers, un car de personnes âgées, une concierge, une mère de famille dans une maison près du Mans, un responsable de l'agence d'intérim où vous étiez inscrit, un percepteur... Il en avait recensé près d'une cinquantaine. Et encore, il était sûr qu'en creusant un peu plus, il pourrait en trouver d'autres. Il n'avait pas eu le temps d'aller consulter le fichier des disparitions et celui des cas non résolus. Il n'arrêtait pas de répéter que c'était l'affaire du siècle, que cela lui vaudrait sûrement de passer commissaire. Carré et moi nous étions effarés, nous demandant ce qu'il pouvait y avoir de vrai dans cette histoire. Nous reprîmes le dossier méthodiquement. Très vite, une chose nous sauta aux yeux : même si la plupart des cas énumérés par Ridouard étaient des accidents, en tout cas classés comme tels, un nombre impressionnant de personnes étaient mortes dans votre entourage. Cela défiait toutes les lois de la probabilité. Nous dûmes reconnaître que Ridouard avait raison sur un point : il y avait là quelque chose de tout à fait anormal. Mais nous n'avions aucune preuve, ni surtout aucun mobile. Nous nous répartîmes le travail. Ridouard s'occupait des meurtres. Carré des morts « naturelles ». Moi je cherchais auprès de vous d'éventuelles pistes pour un mobile.

— C'est pour ça que les deux autres ne venaient plus avec vous ?

Il acquiesça.

Un pincement au cœur me saisit. Marie devina ce qui se passait en moi.

— Au début je suis venu pour l'enquête. Puis...

— Et puis quoi ? fis-je sur un ton de reproche.

Il esquissa un sourire. Il reprit son récit.

— Du côté de Carré, les choses n'avançaient pas franchement. On pouvait nourrir des doutes sur l'aspect accidentel de certains décès, mais rien de bien probant. En revanche Ridouard finit par découvrir une sorte de lien entre plusieurs meurtres. Des balles d'un même calibre, provenant d'une arme ancienne, un revolver de collectionneur, ou quelque chose dans le genre. Il consulta le fichier et découvrit l'assassinat d'un type qui habitait dans une tour près de chez vous, ainsi que de son fils et de trois de ses copains. Il y avait aussi un gardien de square et une pervenche dans votre nouveau quartier. Pour ceux-là, il y avait un rapport possible avec vous. Mais parmi les victimes de la même arme, il en restait pour lesquelles Ridouard ne parvenait pas à établir la moindre relation, notamment un conducteur de métro, ainsi qu'un professeur de médecine, je crois. Il avait beau chercher, il ne trouvait pas. Par contre, il découvrit deux nouveaux cas susceptibles de concerner notre affaire. Un inspecteur originaire d'Hennebont, enfin quelque chose comme ça...

— C'était sa sœur, fis-je.

— Oui, c'est ça. Sa sœur. Cet inspecteur, qui se souvenait très bien de vous parce que vous lui aviez appris une anecdote qu'il ignorait sur sa ville, enfin la ville de sa sœur, signala à Ridouard votre nom dans une double affaire d'accident, deux contrôleurs. Ridouard en devenait fou et nous avec. Ridouard était tellement acharné qu'il imagina que vous étiez peut-être un psychopathe schizophrène. Plusieurs fois, je vins à nos rendez-vous avec un micro caché sous le revers de ma veste. Dans une camionnette en bas, un psychologue de la police scientifique analysait vos propos. Il vous trouva tout à fait sain d'esprit, en tout cas bien incapable d'être ce psychopathe dont rêvait Ridouard.

Je revis Marie, assis à cette même place, une tasse de café à la main, me parlant avec son ton nonchalant, comme si c'était un ami venu passer un petit moment à la maison. Et l'autre, l'expert, « l'expert », les écouteurs sur les oreilles, écoutant notre conversation comme une concierge, décortiquant chacun de mes mots, dressant mon profil...

— C'est alors que Carré, qui vous aimait bien, émit une nouvelle hypothèse. Quelqu'un d'autre commettait tous ces crimes, quelqu'un de proche de vous, qui vous connaissait bien et vous suivait à la trace. Une personne de votre entourage. Ridouard ne voulait rien entendre. Pour lui, cet autre suspect n'existait pas. Carré s'entêta. Un après-midi, le visage illuminé par un grand sourire, il nous informa qu'il avait trouvé la solution. Comme il n'y avait aucune trace d'un nouveau meurtre depuis près de trois mois que nous vous surveillions, c'est-à-dire depuis la disparition de votre femme, il était évident que Ridouard faisait fausse route en vous chargeant. Selon Carré, cette absence de crime indiquait clairement le seul coupable possible : votre femme. Sur le coup, Ridouard crut à une blague. Quand il comprit que Carré était sérieux, il explosa. Il lui demanda sur un ton rageur quel pouvait être le mobile. « La jalousie ! » répondit Carré. Une jalousie exacerbée, qui la poussait à supprimer tous ceux qui vous approchaient. Bien que l'hypothèse ne me convainquît guère, je lui donnai carte blanche pour creuser cette piste. Ridouard y vit une trahison. Une sorte de compétition s'engagea entre les deux. Ridouard s'attachait à allonger la liste, Carré s'efforçait d'expliquer chaque crime avéré. Un jour, nous découvrîmes que le voisin de vos amis de Normandie était décédé en tombant d'une échelle, lors de votre séjour. Ridouard y vit votre œuvre, mais Carré expliqua que votre femme, jalouse de vous voir passer autant de temps avec lui, un bricoleur, je crois...

J'acquiesçai de la tête.

— Nous l'avions surnommé Patinex, du nom d'un produit qu'il utilisait souvent.

— ... n'aurait pas supporté cette amitié grandissante. Toutes ces explications rendaient fou Ridouard. Leur querelle commençait à prendre une tournure inquiétante. Ils ne se parlaient plus qu'en ma présence, semblaient prêts à fabriquer toutes sortes de preuves pour étayer leurs hypothèses. Ridouard voyait en vous le génie du mal. Carré dressait le même portrait que Ridouard, mais c'était votre épouse la cible. Il avait retrouvé ses collègues de travail qui lui donnèrent le profil d'une femme de caractère, ayant les dents longues et de l'ambition à revendre, le genre de collaboratrice dont il valait mieux ne pas se mettre en travers de la route. La thèse de sa culpabilité grimpa en flèche. Un soir, Carré crut avoir déniché le cas qui allait définitivement river son clou à Ridouard : l'histoire d'un homme retrouvé mort sur un parking d'autoroute. Carré avait interrogé les parents de votre femme. Selon ces derniers, votre épouse leur aurait parlé une fois de sa profonde déception causée par votre lâcheté au sujet d'un chauffard. Vous auriez eu peur de prendre un mauvais coup et refusé de l'attendre pour lui dire votre façon de penser. Elle avait même ajouté que si elle avait été un homme, elle lui aurait réglé son compte...

Découvrant Christine sous un jour nouveau, je commençais à trouver l'hypothèse de Carré séduisante.

— Ridouard sortit de mon bureau en menaçant Carré. Je dus intervenir pour les séparer. Afin d'en avoir le cœur net, je décidai de faire pratiquer une autopsie de votre femme pour savoir si elle s'était suicidée ou bien si on l'avait assassinée. Mes inspecteurs attendirent le résultat comme deux duellistes prêts à en découdre. Le légiste confirma le meurtre. Ridouard exulta. Passé le premier moment d'abattement, Carré revint à la charge. Vous auriez découvert la folie meurtrière de votre femme et cherché à la convaincre de se faire soigner, une dispute s'en serait suivie et les choses auraient mal tourné. Tout devenait matière à arguments, jusqu'aux morts inexpliquées, « pour brouiller les pistes », comme le suggéra Carré. Ridouard reprit l'idée à son compte. Le nombre des victimes ne cessait d'augmenter.

J'aurais tellement voulu savoir ce que Marie pensait. À l'écouter, j'avais l'impression qu'il me cachait quelque chose, son rôle véritable dans l'affaire. Avait-il hésité entre les deux hypothèses, avait-il été rapidement convaincu de ma culpabilité ?

— Chacun s'arrachait la liste des disparitions pour y voir la preuve de la justesse de sa théorie. Un SDF avait été tué sur le quai d'un métro. Ridouard reconstitua votre parcours pour prouver que vous aviez dû croiser sa route. Carré répliqua qu'il était mort parce qu'on vous avait vu lui donner la pièce, votre femme n'ayant pas supporté un tel accès de gentillesse... Un homme d'affaires suisse avait été retrouvé mort dans une chambre d'hôtel, en tenue de latex noir.

— Mais ce n'était pas moi !

— À l'époque nos collègues n'avaient pas encore arrêté le coupable...

Au fond de moi, je ressentis une profonde tristesse – comment Marie avait-il pu seulement croire en ma seule culpabilité dans une telle affaire ? J'avais la terrible impression que notre connivence n'avait existé que dans mon esprit... Mais il avait forcément vu, ou du moins deviné. Il m'avait bien désigné certains cons. Ce n'était pas possible autrement. Je l'observai. Je lui trouvai l'air gêné, presque triste.

— Ridouard vous soupçonna d'en être l'auteur. C'était au moment où vous participiez à un film porno. Il était convaincu que vos relations dans ce milieu dataient de bien avant et que vous faisiez partie d'un réseau de traite des Blanches... Carré contre-attaqua en y voyant l'œuvre de votre femme. Il se trouve que ce banquier était en relation avec la boîte où elle travaillait. Bref Carré avait un mobile et Ridouard un coupable... Aucun des deux n'en démordait. Heureusement Carré quitta peu après mon service. Il avait demandé depuis des années sa mutation pour le Sud. Il ne restait plus que Ridouard. Nous étions dans l'impasse. Je vous rendais visite le plus souvent possible avec l'espoir d'un indice, d'une piste...

— Alors c'est Ridouard qui a trouvé ?

— Oui... enfin non. C'est à cause de Ridouard. Mais lui, il n'y est pour rien. Bien au contraire. Je ne me suis jamais très bien entendu avec lui. Nous avions des caractères trop différents. Selon les critères de notre tableau, il serait rentré sans aucun doute dans la catégorie des cons sanguins. Il était agressif, s'énervait pour un oui ou pour un non. Et en plus de cela, un humour déplorable. L'humour typique du con qui vous fait toujours la même blague depuis dix ans. Lui, c'était chaque matin en entrant dans mon bureau. Il passait la tête et s'exclamait : « Je vous salue, Marie. » Ça ne ratait jamais. Invariablement, j'y avais droit. Il avait trouvé cela le lendemain de son arrivée dans mon service, il y a huit ans, et depuis, pas un jour sans qu'il me la fasse. Mais un matin, voilà environ trois mois, il pousse la porte, me lance comme d'habitude : « Je vous salue, Marie » et ressort. Et alors, au lieu de me contenter de hausser les épaules, je sens au fond de moi monter une immense colère. Soit que nos discussions sur les cons m'aient donné à réfléchir, soit que j'aie fini par arriver à saturation, je me mets à engueuler Ridouard. Le ton monte. On se dit des choses définitives. En fait ce que chacun gardait sur le cœur depuis le début. Dans le quart d'heure qui suit, il dépose sa demande de mutation pour les Stups. Exaspéré par son attitude, je la signe et cours la transmettre à mon chef. À peine avais-je fait tout ça qu'en redescendant dans mon service, je m'entends crier, en passant à côté de Ridouard : « Mort aux cons ! » Ça a été comme une illumination. Je tenais le lien entre toutes ces disparitions, votre mobile. J'ai passé les deux jours suivants à réexaminer tous les meurtres sous cet angle.

Je compris mon erreur. J'avais vraiment cru qu'il franchirait le pas, qu'il fermerait les yeux, protégeant tacitement mon combat, dont nous partagions les buts.

— Ridouard est parti sans même que j'aie eu le temps de lui en parler. Il faut dire que j'étais tellement occupé par ce que j'étais en train de découvrir... Quand je suis venu chez vous, j'ai noté avec attention tous les cons que vous aviez suggérés sur le tableau.

Au fond je me rendais compte que j'avais espéré une chose un peu folle, une sorte d'impunité, grâce à sa complicité. J'aurais continué à faire disparaître les cons, tout en conservant le minimum de discrétion qui lui aurait permis d'éviter de se trouver dans l'obligation de m'arrêter, et lui, il m'aurait suggéré, soufflé de nouvelles victimes, sans que jamais les choses soient vraiment dites. Nous aurions formé une sorte d'équipe, dans laquelle j'aurais tenu le rôle du vengeur que je lui avais proposé d'être un jour, par boutade.

— Tout concordait avec les victimes recensées par Ridouard. Mis à part deux ou trois cas où je n'avais pas de cadavre à mettre en face. De nouveaux meurtres à rechercher. C'est comme ça que j'ai retrouvé la trace de vos exploits dans un centre de Sécurité sociale, la mort d'un guichetier de La Poste, et puis d'autres encore survenues depuis notre rencontre... Je ne suis même pas sûr aujourd'hui d'être parvenu à toutes les dénombrer. Et pour certaines, j'ai encore des doutes.

Au dernier moment, il avait réendossé son habit de flic. Le pire, c'est que, dans ce qu'il disait, je n'arrivais pas à savoir s'il y avait été obligé par ma faute, trop de traces évidentes laissées derrière moi, ou par sa hiérarchie qui voulait voir l'affaire résolue, ou bien s'il l'avait décidé de lui-même, se désolidarisant soudain de mon combat.

— Tenez, votre collègue, Daniel. Il y a quelques jours, en vous voyant travailler sur le manuscrit du philosophe, je me suis aperçu que vous étiez gaucher. J'ai eu un doute. Je me suis procuré le dossier de la disparition de l'association « Mal à droite ». Il y a des éléments troublants. Je pense que vous n'êtes sans doute pas étranger à cet accident...

Je le regardai, ébahi.

— Tout ça à cause de cette plaisanterie stupide de Ridouard.

Il approuva de la tête.

Le cœur me chavirait.

— Vous n'auriez pas... Vous n'auriez rien su sans cela ? me décidai-je à lui demander.

— On finit toujours par trouver, me dit-il sur un ton de philosophe de comptoir.

Pas lui, pensai-je. Pas ce genre de connerie. Je tentai de me raccrocher à l'idée que sa gêne était telle qu'il ne trouvait rien d'autre à dire...

— Mais vous, vous comprenez ? risquai-je.

— Il va falloir me suivre, dit-il en se levant. (Puis il ajouta d'une voix presque inaudible :) Je suis désolé...

Je fus pris de panique. Tout se bousculait. J'avais l'impression d'une immense trahison. Lui que je considérais comme mon frère... Ce n'était qu'un flic. La violence de la déception céda soudain à la peur. C'était la fin de mon combat. Des années de prison. Quatre mètres sur trois et la compagnie d'un truand sans doute aussi con que les autres dehors. Impuissant. J'étais seul... La panique...

Sans réfléchir, je le suivis, mais au moment de sortir, je pointai mon revolver sur lui. Il me regarda, étonné. Je tirai à deux reprises. Il s'écroula. Je crus voir dans son regard comme de la déception, à moins que ce ne soit du soulagement. J'avais la vue brouillée. Je tremblais de la tête aux pieds. Le revolver tomba au sol. Je m'agenouillai à côté du corps de Marie, pleurant à chaudes larmes. Je lui fermai les yeux.

Je ne sais pas combien de temps je restai là, prostré près de lui. Soudain une idée terrible me traversa l'esprit. Pour la première fois de ma vie, j'avais tué un homme, pas par conviction. Juste pour me défendre.

J'avais tué comme un con qui se sent trahi. Comme un con qui veut échapper à la prison.

141.   J'étais un meurtrier.

XXX

Monsieur le rédacteur en chef,

Je compte à ce jour à mon actif 140 assassinats de cons. Afin qu'ils ne soient pas morts pour rien, je vous enjoins de publier le manifeste ci-après. Il explique le sens véritable de mon combat.

N'hésitez pas à contacter la police qui vous aidera, j'en suis sûr, à authentifier mon récit, car j'ai donné assez de détails pour lui permettre d'élucider un certain nombre de morts suspectes survenues ces dernières années un peu partout en France.

La publication de mon manifeste entraînera automatiquement l'arrêt de mon entreprise d'éradication physique des cons. En clair, convaincu que seule une mise au jour des agissements des cons permettra enfin à la société de vaincre ce fléau qu'est la connerie, je m'engage à ne plus commettre de crimes aussitôt mon texte paru.

Vous avez quarante-huit heures. Passé ce délai, de nouvelles victimes tomberont sous mes coups. Leur sort est donc entre vos mains. Pensez-y. Je décline par avance toute responsabilité dans leur mort, dont vous seriez, par votre refus, le seul coupable.

Dans l'attente de me lire dans vos colonnes,
À bas la connerie !
Mort aux cons !

P.-S. : Ne vous faites aucune illusion. Même pré-
venue, même sur les dents, la police ne pourra pro-
téger tous les cons de France.

 **www.livredepoche.com**

- le **catalogue** en ligne et les dernières parutions
- des **suggestions de lecture** par des libraires
- une **actualité éditoriale permanente** : interviews d'auteurs, extraits audio et vidéo, dépêches…
- **votre carnet de lecture** personnalisable
- des **espaces professionnels** dédiés aux journalistes, aux enseignants et aux documentalistes

Composition réalisée par NORD COMPO

Achevé d'imprimer en juillet 2009 en Espagne par
LITOGRAFIA ROSÉS S.A.
Gava (08850)
Dépôt légal 1ère publication : février 2009
Édition 05-juillet 2009
LIBRAIRIE GÉNÉRALE FRANÇAISE – 31, rue de Fleurus – 75278 Paris Cedex 06